Crónica de una muerte anunciada
Doce cuentos peregrinos

Gabriel García Márquez

予告された殺人の記録
十二の遍歴の物語

G・ガルシア＝マルケス
野谷文昭 旦 敬介 訳

Obras de García Márquez | 1976-1992
Shinchosha

予告された殺人の記録／十二の遍歴の物語●目次

Obras de García Márquez
1976-1992

Drawing by Silvia Bächli
96.8: without title, 1996, "LIDSCHLAG How It Looks", Lars Müller Publishers, 2004 through WATARI-UM
Design by Shinchosha Book Design Division

予告された殺人の記録

Crónica de una muerte anunciada, 1981

野谷文昭 訳

愛の狩人《かりうど》は
鷹に似て高きより獲物を狙う
ジル・ヴィセンテ*

自分が殺される日、サンティアゴ・ナサールは、司教が船で着くのを待つために、朝、五時半に起きた。彼は、やわらかな雨が降る*イゲロン樹の森を通り抜ける夢を見た。夢の中では束の間幸せを味わったものの、目が覚めたときは、身体《からだ》中に鳥の糞《ふん》を浴びた気がした。「あの子は、樹《き》の夢ばかり見てましたよ」と、彼の母親、プラシダ・リネロは、二十七年後、あの忌《いま》わしい月曜日のことをあれこれ想い出しながら、わたしに言った。「その前の週は、銀紙の飛行機にただひとり乗って、アーモンドの樹の間をすいすい飛ぶ夢を見たんですよ」彼女は、見た夢を必ず朝食の前に話すという条件で夢判断をし、それがよく当るので評判だった。しかし、自分の息子が見たこの二つの夢や、彼が死ぬ日の朝までに彼女に語った他の樹の夢については、何ひとつ不吉な前兆に気付かなかった。

サンティアゴ・ナサールにも、別に予感はなかった。彼はほとんど眠れず、服は着たままだった。目が覚めると、頭痛がし、口の中は銅の鐙《あぶみ》を突っ込まれたみたいにこわばり、苦い味がした。彼はそれを、夜中過ぎまで続いた結婚披露宴のどんちゃん騒ぎの当然の報いだと思った。しかも彼は六時五分過ぎに家を出たのだが、それから一時間後、豚のように滅多切りにされるまでに出会った多くの人々は、彼がいくらか眠そうだったが機嫌はよかったことを覚えていた。彼はみんなに、いい天気だねと、月並な挨拶をした。だが、実際空模様について何か言ったかどうかとなると、はっきり記憶している者はいなかった。例年の二月だったらいかにもありそうな、海からの微風がバナナ畑を渡ってくる陽射しの強い朝だったという点で、多くの人の記憶は一致していた。しかし、その朝は、雲が低く垂れこめ、淀んだ水の臭《にお》いが鼻をつく、うっとうしい天気で、あの惨事が起きたころには、サンティアゴ・ナサールが夢の中の森で見たようなこぬか雨が降っていたというのも、大方の意見だった。一方、このわたしはといえば、使徒を想わせるようなマリア・アレハンドリーナ・セルバンテスの柔い膝の上で、婚礼の騒ぎの疲れを癒《いや》しているところだった。そして非常召集を告げる鐘が激しく打ち鳴らされたにもかかわらず、ほとんど目を覚まさなかった。というのも、司教の到着を告げる鐘だと思ったからである。

　サンティアゴ・ナサールはズボンをはき、白い亜麻のシャツを着た。どちらも糊《のり》の付いていない、結婚式のために前日着たのと同じ晴着だった。司教を迎えるのでなければ、おそらく、カーキ色の服を着て、乗馬用のブーツを履くはずだった。月曜日は、その格好で〈エル・ディビーノ・ロストロ〉牧場へ行くことになっていたからだ。彼は父親から継いだその牧場を、大成功を収めるというほどではなかったものの、なかなかの手腕で経営していた。山へ行くときは、弾《たま》が馬の胴体を真っ二つにできると称する３５７マグナムを腰につけ、鷓鴣《しゃこ》*猟の季節には、鷹狩りの仕度もした。洋服簞笥の中にはさらに、ライフル、３０・０６マリンチャー・ショナウアー、同じくライフル、３００ホランド・マグナム、倍率を変えられる照準器の付いた２２ホーネット、そして連発式ウィンチェスター銃がしまってあった。寝るときは、父親がそうしたように、必ず銃を枕カバーの中に隠しておいた。だが、その日、彼は家を出る前に弾を抜き、銃をナイトテーブルの引出しにしまった。「決して弾をこめっぱなしにはしておきませんでしたよ」と彼の母親は言ったが、わたしもそのことは知っていた。さらに、万が一誰かが、誘惑に負けて家の中で弾をこめないとも限らないので、弾薬は、銃とは別のはるかに離れた場所に隠してあるのも知っていた。それは、彼が父親から教え込まれた賢明な習慣だった。ある朝、女中がカバーを外そうとして枕を振ったところ、中にあったピストルが床《ゆか》に落ちて暴発した。飛び出した弾は部屋の洋服簞笥をぶち壊し、居間の壁を突き抜けると、戦争を想わせるような音を立てて隣家の台所を通過してゆき、広場の反対側の端にある教会の、主祭壇に飾られていた等身大の聖人像を、石膏の粉にしてしまった。サンティアゴ・ナサールは、当時まだほんの子供だったが、その災難から学んだ教訓を、それ以来決して忘れなかった。

母親が最後に息子を見たのは、寝室を通り抜けたときだった。彼が浴室で薬戸棚のアスピリンを捜している最中に、彼女は目を覚ました。そして明りを点《つ》けたとき、水の入ったコップを手にした彼が現れた。彼女にとって永久に忘れられない姿だった。サンティアゴ・ナサールはそのとき、夢の話をした。しかし、彼女は、夢に現れた樹に対して注意を払わなかった。

「鳥が出てくる夢はどれも健康の印なのよ」と彼女は言った。

彼女が息子を見たのはハンモックの中からだった。そして散らばった破片を集めて砕けた記憶の鏡を元通りにしようと、この忘れ去られた町に戻ってきたとき、わたしが見つけた彼女は、その同じハンモックに同じ格好で横たわっていた。彼女はめっきり老《ふ》けこみ、影が薄かった上にひどく体を悪くしていて、明りを点けてさえほとんど物の形を見分けることができなかった。こめかみには膏薬が貼られていた。息子が最後に寝室を通りかかって以来、絶えず頭痛がしていたからである。横向きに寝ていた彼女は、ハンモックの上の方をつかんで身を起そうとした。薄暗い部屋は、事件の起きた朝、わたしの鼻をついた、あの洗礼堂の臭いがした。

戸口に立ったわたしを、彼女は一瞬、想い出の中のサンティアゴ・ナサールと取り違えてしまった。「そこにいたんですよ」と彼女は言った。「水で洗っただけの白い亜麻の服を着てね。肌がとても敏感で、糊でごわごわするのが我慢できなかったから」彼女はタネツケバナ*の実を嚙みながら、長い間ハンモックに坐っていた。そのうちようやく、息子が戻ってきたという錯覚から我に返り、溜め息まじりに呟《つぶや》いた。「あの子はあたしのいのちでした」

わたしは彼女の記憶を通して彼を見た。彼は一月の最後の週に二十一歳を迎えたのだった。細身で色白、アラブ人風の瞼《まぶた》とちぢれた髪は父親譲りだった。彼は、政略まがいの結婚でほとんど幸せを味わったことのない夫婦の間にできた独り息子だった。それでも父親とは、三年前に突然死なれるまでうまくいってたようだし、寡婦となった母親との仲も、彼が死を迎える月曜日までしっくりいっていたようだ。彼の生れつきの性格は、母親から受け継いでいた。また父親には、小さいころから銃の使い方や馬を愛すること、鷹狩りの方法を習う一方、いかにして大胆にあるいは慎重に振舞うかも教わった。彼ら父子の間ではアラビア語で話をしたが、プラシダ・リネロの前では、疎外感を感じさせないよう、そうすることは控えた。二人が武器を携えている姿は町なかでは見られなかった。それに、飼い慣らした鷹を人前に持ち出したのは、ただ一度、慈善バザーで鷹狩りの実演をして見せたときだけだった。彼は、父親に死なれたために、中等科を終えたところで学業を捨て、家の牧場経営を引き継いだ。サンティアゴ・ナサール自身の長所としては、明るく穏やかな性格、素直な心が挙げられる。

彼が殺される日、白い服を着ているのを見た母親は、息子が曜日を間違えたのだと思った。「今日は月曜日だと教えてやりました」と彼女は言った。だが彼は、礼服を着たのは、ことによると司教の指輪に接吻する機会があるかもしれないからだ、と説明した。彼女はその言葉に何の興味も示さなかった。

「船から降りて来やしないわ」彼女は彼にそう言った。「型通りの祝福を、いつものようにね、そうしたらまた引っ返してしまうわよ。この町を嫌ってるもの」

サンティアゴ・ナサールにも、それは分かっていたのだが、彼にとり、教会の儀式のきらびやかさはたまらない魅力だった。「まるで映画みたいだぞ」いつだったか、彼はわたしにそう言った。一方、彼の母親にとって、司教が来るに当っての気がかりは、息子が雨に濡れないようにということだけだった。というのは、彼が、寝ながらくしゃみをするのが聞えたからである。彼女は傘を持っていくことを勧めたが、彼は、手を上げて別れを告げると、部屋から出て行った。それが、彼女が息子を見た最後だった。

賄《まかな》い婦のビクトリア・グスマンは、事件の日はもちろんのこと、その二月はずっと雨が降らなかったと主張している。「それどころか、八月の朝よりもっと早くから、かんかん照りでしたよ」と、彼女は、亡くなる前、わたしが会いに行ったとき、そう言った。サンティアゴ・ナサールが台所に入ってきたとき、彼女は犬に囲まれて、昼食用の兎《うさぎ》を三羽潰《つぶ》しているところだった。「いつでも、よく眠れなかったみたいな顔で起きてきたものだよ」とビクトリア・グスマンは、想い出しながら、冷ややかに言った。当時、娘らしくなり始めたばかりだった彼女の娘、ディビナ・フロールは、大きなカップのコーヒーに砂糖と砂糖キビ酒を少し加え、サンティアゴ・ナサールに運んだ。彼は前夜の疲れを癒すために、月曜日はいつもそうさせた。炎がかすかな音を立て、牝鶏《めんどり》たちが止り木で眠るだだっ広い台所は、密《ひそ》かに息をしていた。サンティアゴ・ナサールはアスピリンをもう一錠嚙み砕くと、椅子に坐り、ゆっくりとコーヒーをすすった。彼は考えごとをしながら、調理台で兎の臓物を取り出している二人の女を、じっと見つめていた。ビクトリア・グスマンは、もういい年だったが、身体の線は崩れていなかった。娘の方は、まだ粗野なところが残っていたものの、体の内から激しく湧き上がる熱い血に息苦しい思いをしているように見えた。サンティアゴ・ナサールは、空のコーヒー茶碗を下げにきた彼女の手首をつかんだ。

「もうおとなしくなってもいい時期だぞ」と彼は彼女に言った。

するとビクトリア・グスマンは、血まみれの包丁を彼に示した。

「その娘《こ》をお放し、坊や《ブランコ》」と彼女は真顔で命じた。「あたしの眼《め》の黒いうちは、その娘に手をつけるんじゃないよ」

彼女は娘盛りのときに、イブラヒム・ナサールに誘惑されたのだった。彼は何年もの間、牧場の馬屋でこっそり彼女と関係を持った。そして熱が冷めると、彼女を自分の家に連れてきて、家事をさせたのである。彼女の一番新しい夫の娘だったディビナ・フロールは、自分がいずれサンティアゴ・ナサールの密かな慰み者となる運命を予感して、早くも胸騒ぎを感じていた。「あんな方は二度と現れませんでした」と、今はでっぷり太った彼女は、その後の男たちとの愛から生れた子供に囲まれながら、悲し気に言った。「とんでもない、父親そっくりだったじゃないか、最低だよ」とビクトリア・グスマンは彼女に反論した。そういいながら、兎の腹からつかみ出した、湯気の立つ臓物を犬どもに放《ほう》ってやったとき、サンティアゴ・ナサールがひどく怯《おび》えたのを想い出した。そのとたん、彼女は思わずぞっとした。

「野蛮なことをするのはよせ。それが人間だとしてみろ」と彼は彼女に言ったのだ。

ビクトリア・グスマンは、抵抗できない動物を殺すのに慣れているはずの男が、なぜ突然そんな風に恐がったのかを、約二十年の後、やっと悟った。「それじゃ、あれはなにもかも、お告げだったんだ!」と彼女はびっくりして叫んだ。けれども彼女は、事件のあった朝、怒りがなかなか治まらず、サンティアゴ・ナサールの朝食をただまずくしたいために、残りの兎の臓物を犬にやり続けた。司教の乗る蒸気船の到着を告げる汽笛があたりを揺《ゆる》がせ、町中が目を覚ましたのは、ちょうどそのときだった。

サンティアゴ・ナサールの家は、かつて二階建の倉庫だったもので、壁には荒削りの板が使われ、山形のトタン屋根の上では禿鷹《はげたか》の群が船着き場のごみ屑をじっと狙っていた。それが建てられたのは、河が盛んに利用され、数多くの艀《はしけ》とともにときには豪華船さえもが危険を冒して、海から河口の沼沢地《しょうたくち》を通り抜け、ここまで遡《さかのぼ》ってきたころだった。内戦が終り、イブラヒム・ナサールが一番新しいアラブ系移民としてやって来たときには、河の流れが変ってしまったために、海からの船はもう来なかった。そして倉庫は使われていなかった。イブラヒム・ナサールは、輸入品の店を開くためにそれを二束三文で買い取ったが、結局店を開かず、結婚することになったとき初めて、住めるように改造したのだった。彼は一階に、なんにでも使える広間を設けた。奥には馬四頭が入る馬小屋、それから洗面所、そして農場風の台所を作った。台所には船着き場の見える窓があり、そこからは絶えず河の臭いが漂ってきた。広間には、難破船から回収した螺旋《らせん》階段だけが残された。昔は税関の事務所があった二階には、二つの広い寝室と、将来数多く持つつもりだった子供たちのために五つの部屋をこしらえ、広場のアーモンドの樹の上に張り出す形で木製のバルコニーを取りつけた。三月の昼下《ひるさが》り、そのバルコニーには、じっと腰掛け、自らの孤独を慰めるプラシダ・リネロの姿が見られたものである。表玄関には以前からの扉をそのまま用い、そこに窓を二つ作って、ねじれた鉄格子《てつごうし》をはめこんだ。また裏玄関の戸も、馬を通すためにほんの少し持ち上げただけでそっくり使うとともに、かつての船着き場の一部をそのまま利用した。普段はその裏の戸の方がよく使われた。馬小屋や台所へ行くには、そこを通る方が自然だったし、新しい船着き場の通りに面していたので、広場を通らずに済んだからである。表の扉は、祭りがあるとき以外は閉ざされ、かんぬきが掛けられていた。それにもかかわらず、サンティアゴ・ナサールを殺すことになる者たちが彼を待ち受けていたのは、その扉のところであり、裏玄関ではなかった。そして、船着き場へ行くには家を一周しなければならなかったのに、彼はその表の扉口《とぐち》から、司教を迎えに出たのだった。

不幸な偶然がなぜこんなにも重なったのか、誰にも解《わか》らなかった。リオアチャから取り調べのために出向いてきた検察官も、その偶然に気づいていたにちがいない。もっとも彼はそれを敢《あ》えて認めてはいない。というのも、調書に明らかなように、合理的な説明を与えようとしているからである。広場に面したその扉は、連載小説の表題風に「宿命の扉」という名で繰り返し呼ばれている。実際のところ、説得力があったのは、プラシダ・リネロの説明ただひとつのように思われた。彼女はわたしの問に対し、母親としての道理にかなった答をした。「晴着のときは、息子は決して裏の戸口からは出ませんでした」そのことはあまりに単純な真実に見えたため、検察官は調書の余白に書き留めはしたものの、本文には記載しなかった。

一方、ビクトリア・グスマンは、サンティアゴ・ナサールを殺そうと待ち受けている者がいることを、自分も娘も知らなかった、と断言した。しかし、彼女は年を取るとともに、彼がコーヒーを飲みに台所に入ってきたときには、二人ともそれを知っていたことを認めるようになった。五時過ぎに、ミルクを少し恵んでほしいと言って訪ねてきた女からそれを聞いたのだ。その女はさらに、動機や待ち受けている場所さえも教えたのだった。「あたしは人には知らせなかったよ、どうせ酔っ払って言ったことだと思ったものだから」と彼女はわたしに言った。ところが、ディビナ・フロールは、わたしがその後に訪問した折、そのころには母親はすでに亡くなっていたのだが、次のように告白した。彼女の母親は、心の奥底ではサンティアゴ・ナサールが殺されることを願っていたために、彼に何も知らせなかったというのだ。一方、ディビナ・フロールが知らせなかったわけは、当時の彼女は、自分では何ひとつ決められないおどおどした小娘にすぎなかった上に、死人の手を想わせる、冷くこわばった手で手首をつかまれたとき、怯えきってしまったからだった。

サンティアゴ・ナサールは、司教の乗る船が到着を祝って鳴らす汽笛にせき立てられ、薄暗い家の中を大股《おおまた》で歩き、ディビナ・フロールは、扉を開けるため先を歩いた。彼女は追いつかれないようにしながら、籠の鳥たちの眠る食堂を抜け、柳で編んだ家具が置かれ鉢植えの羊歯《しだ》が吊ってある居間を進んだにもかかわらず、扉のかんぬきをはずしたとき、またしても灰鷹《*はいたか》を想わせる手をかわすことができなかった。「あそこをまともに触《さわ》られたんです」とディビナ・フロールはわたしに言った。「家の隅なんかに独りでいると、必ずそういうことをされました。でもあの日はいつもとちがって、恐いのではなく、ひどく泣きたい気がしたんです」彼女が身をかわすと、彼は外へ出て行った。半開きの扉の隙間から、夜明けの光で雪を被《かぶ》ったように白く輝く、広場のアーモンドの樹が見えた。けれど彼女は、それ以上見ることができなかった。「そのとき、船の汽笛が止《や》んで、鶏《とり》たちが時の声を上げ始めました」と彼女は言った。「そりゃもう大変な騒ぎで、この町にそんなにたくさん鶏がいるなんて信じられないほどでした。だから、司教の船で運ばれてきたんだと思ったんです」彼女は結局自分のものにはならない運命にあった男のために、万一の場合戻れるよう、プラシダ・リネロの言いつけに背いて扉のかんぬきを掛けずにおいた。その扉の下の隙間から、誰がしたのかわからないが、メモの入った封筒がさし込まれていた。そのメモにはサンティアゴ・ナサールを殺そうと待ち伏せしている者たちがいること、さらにその場所、動機、そして計画についての詳細が明らかに記されていた。サンティアゴ・ナサールが家を出たとき、その伝言は床の上にあったのだが、彼の眼にもディビナ・フロールの眼にも留まらず、見つかったのは、事件が起きて、かなり時間が経ってからのことだった。

　時刻は六時を過ぎていたが、街燈はまだ点《とも》っていた。アーモンドの樹の枝やいくつかのバルコニーには、結婚式のときの花飾りが残っていて、あたかも司教のために飾りつけられたばかりのように見えた。しかし、教会の入口まで石を敷きつめた広場には、楽隊用の舞台がそのままになっており、お祭り騒ぎの後の空壜《あきびん》やありとあらゆる種類のごみ屑で、まるでごみ捨て場のような有様だった。サンティアゴ・ナサールが家を出ると、汽笛にせき立てられた人々が何人も船着き場の方へ走って行くところだった。

　広場で開いていたのはただ一軒、教会脇の牛乳屋だけだった。そしてその店に、サンティアゴ・ナサールを殺そうと待ち構える二人の男がいたのである。明け方の光の中に彼の姿を最初に認めたのは、牛乳屋の女主人、クロティルデ・アルメンタだった。彼女は、彼がアルミ箔の服を着ているような印象を受けている。「あのときからもう幽霊みたいだったよ」と彼女はわたしに言った。彼を殺そうとしていた男たちは、新聞紙にくるんだナイフを膝の間にはさみ、椅子に腰掛けたまま眠ってしまっていた。クロティルデ・アルメンタは、彼らを起さないように、息をひそめていた。

　彼らは、パブロ・ビカリオとペドロ・ビカリオという、双子の兄弟だった。年は二十四歳、瓜二つだったため、ほとんど見分けがつかなかった。「彼らは油染みた顔をしていたが、根は善良だった」と調書には記されている。初等科のときから二人を知っていたこのわたしも、恐らく同じように書いただろう。その朝、彼らはまだ婚礼のときの黒いラシャの服を着ていた。それはカリブ海地方にしては、あまりに厚手で、格式ばったものだった。彼らは数日間でたらめに過ごしたため、だらしなく見えたが、ひげだけはちゃんと剃っていた。披露宴の前の日から飲み続けだったにもかかわらず、三日目の終りにはすでに酔いが醒め、寝不足でぼんやりしているようだった。クロティルデ・アルメンタの店で三時間ほど待った彼らは、夜明けの風がそっと吹き始めるころ、眠り込んだ。金曜日以来、眠ったのはそれが初めてだった。彼らは、船の最初の汽笛にもほとんど目を覚まさなかった。けれど、サンティアゴ・ナサールが家から出てくると、本能的にぱっと目覚め、二人とも新聞紙の包みをつかんだ。そしてペドロ・ビカリオが腰を上げかけた。

「お願いだよ」とクロティルデ・アルメンタが呟くように言った。「司教様を大切にもてなす意味でも、今は止《や》めておくれ」

「あれはとっさに浮んだんだよ、聖霊の息吹《いぶ》きみたいだったね」と彼女は繰り返し言っている。

実際、彼女はふとした思いつきでそう言ったのだが、一瞬効き目があった。彼女の言葉を聞くと、双子の兄弟はじっと考え、立ち上がりかけた方は、再び腰を下ろしたのである。サンティアゴ・ナサールが広場を横切るのを、二人は目で追った。「むしろ哀れむような目で、彼を見ていたよ」クロティルデ・アルメンタはそう言っていた。そのとき、尼僧《にそう》の経営する学校の、孤児の制服を着た女の子たちが、ばらばらに走りながら広場を横切っていった。

プラシダ・リネロの言った通り、司教は船から下りなかった。船着き場には、役場の関係者や学童のほか、多くの人々がつめかけ、いたるところに、司教への贈り物として運ばれてきた、よく肥えた鶏の入った籠が置かれていた。鶏冠《とさか》のスープは司教お気に入りの料理だった。貨物用の船着き場には、薪《まき》が山と積まれ、それを船に積み込むには少なくとも二時間はかかりそうだった。しかし船は泊まらなかった。船が、龍のようにばしゃばしゃ水音を立てながら、河の曲ったところから姿を現すと、楽隊が司教讃歌を演奏し始めた。すると籠の中の鶏たちが一斉に鳴き出し、それにつられて町中の鶏が騒ぎ出した。

その当時、薪を燃料にした伝説的な外輪船は、消える寸前にあり、まだ利用されていた残り少ない船にしても、もはや自動ピアノや新婚用の部屋を備えていなかったばかりか、流れを遡ることはほとんどできない有様だった。だが、司教の船はまだ新しく、旗が腕章のように描かれた一本の煙突のかわりに、二本の煙突を持ち、船尾の厚板でできた外輪は、それが馬力のある外洋船であることを示していた。船長室のそばの一番高いデッキには、お供のスペイン人を従え、白い法衣をまとった司教がいた。「まるで降誕祭のころのお天気みたいだったわ」とわたしの姉のマルゴは言った。彼女によると、船が、船着き場の前を通り過ぎるときに汽笛から勢いよく蒸気を吐き出したため、河岸に一番近かった人々がびしょ濡れになったという。何もかも、一瞬の幻のようなできごとだった。司教は、船着き場につめかけた群衆に向って、十字を切った。彼はその後も、悪意をこめるでもなければ鼓舞しようとするでもなく、ただ機械的に十字を切り続けた。やがて船は見えなくなり、後には、鶏たちの騒々しい鳴き声だけが残った。

サンティアゴ・ナサールは拍子抜けした。もっともそれには十分な理由があった。彼は、カルメン・アマドール神父の公的な依頼により、薪の山をいくつも供出した上、自らの手で、一番美味《うま》そうな鶏冠を持った鶏を選び出していたのだ。しかし彼のとまどいも長続きはしなかった。船着き場で彼と一緒だった、わたしの姉のマルゴによれば、アスピリンは全く効かなかったのに、彼はすこぶる上機嫌で、お祭り騒ぎの間元気にしていたという。「風邪を引いてるようには見えなかった、ただ、婚礼にかかった費用のことばかり考えていたわ」と彼女はわたしに言った。彼らと一緒にいたクリスト・ベドヤは、眼玉が飛び出るような金額をはじき出して見せた。彼は朝の四時ちょっと前まで、サンティアゴ・ナサールやわたしとともに、例のどんちゃん騒ぎの中にいた。だがその後、親のもとに帰って寝ることはせず、祖父母の家で四方山話《よもやまばなし》に花を咲かせていた。そしてそのときに、宴会の費用を見積るのに必要な数字をいくつも仕入れたのだった。彼の話では、招待客のいけにえになった七面鳥は四十羽、豚は十一頭に上り、新郎が町の人々のために広場で焼いた仔牛は四頭ということだった。さらに、密輸品の酒二百五ケースが飲み干され、約二千本のラム酒が人々に振舞われた、と彼は語った。貧富を問わず、町の人間はひとり残らず、なんらかの形で、この前代未聞の一大饗宴にあずかったのだった。サンティアゴ・ナサールは、自分の夢を大きな声で話した。

「おれの結婚式もああなるぞ」と彼は言った。「お前たちが一生かかったって計算しきれないくらい金をかけるんだ」

わたしの姉は、その言葉にすっかり魅せられてしまった。そして、なんでも持っている上に、その年の降誕祭にサンティアゴ・ナサールを手に入れることになっている、フローラ・ミゲルの幸運のことを、再び考えた。「そうなのよ、あの人に勝る相手なんているはずがなかったわ」と姉はわたしに言った。「いいこと、ハンサムで、きちんとしていて、おまけに二十一で自分の財産を持っていたんだから」彼女は、*ユカ芋の揚物料理があるときは、きまって彼を我が家の朝食に招いたものだった。そしてその朝は、母がその料理を作っていたのである。サンティアゴ・ナサールは、目を輝かせて招きに応じた。

「服を着替えたら、後から行くよ」と言ってから、彼はナイトテーブルの上に時計を忘れてきたことに気がついた。「今何時かな?」

六時二十五分だった。サンティアゴ・ナサールはクリスト・ベドヤの腕をつかむと、広場の方へ引っ張っていった。

「十五分後には君の家に着いてるさ」と彼は姉に言った。

だが彼女は、朝食の仕度がもうできているから、今すぐ一緒に来てほしい、と言って譲らなかった。「珍しく言い張ってたな」とクリスト・ベドヤはわたしに言った。「あんまりしつこかったんで、あいつが殺されるのをマルゴはもう知っていて、家にかくまおうとしたんじゃないかと思ったこともあるくらいだ」しかしサンティアゴ・ナサールは、自分が乗馬服を着る間、先に行っていてほしいと言って、彼女を説き伏せた。彼は、仔牛を去勢するために、〈エル・ディビーノ・ロストロ〉牧場に早くから出かけなければならなかったからだ。彼は母親にしたと同じように、手を上げて彼女に別れを告げると、クリスト・ベドヤの腕を引いて広場の方へ遠ざかっていった。彼女が彼の姿を見たのはそれが最後だった。

船着き場にいた人々の多くは、サンティアゴ・ナサールが殺されることを知っていた。士官学校出身で、大佐まで進んだ後、自主的に退役し、十一年前からは町長の職にあった、ドン・ラサロ・アポンテは、彼に指を立てて挨拶した。「わたしはきわめて現実的な理由から、彼の身に危険が生じることはもうあるまいと思ったんだ」彼はわたしにそう言った。カルメン・アマドール神父もまた、心配しなかった。「彼が無事、元気な姿を見せたので、すべて根も葉もないことだったのだと思いましたよ」と彼は言った。サンティアゴ・ナサールがまさか用心をしていないとは誰ひとり思わなかった。なぜなら、そんなことはありえないと思われたからである。

ところが実際には、姉のマルゴは、彼が殺されるのをまだ知らないでいた、数少ない人間のひとりだった。「もしそのことを知っていたら、たとえ縄でくくってでも、家へ連れて行きました」と彼女は、検察官に証言している。彼女が知らなかったというのは、不思議なことだった。しかしもっと不思議だったのは、母もまた知らなかったことである。というのも、彼女は、外出せず、ミサにさえ行かなくなって久しかったのに、どんなことでもきまって家の誰よりも先に知っていたからだ。朝早く起きて学校へ行くようになって以来、わたしは、母のその能力を買っていた。あのころ彼女はいつでも、蒼白い謎めいた顔で、灰色に輝く朝まだきの中庭を、枝箒《えだぼうき》で掃いていた。そして、コーヒーをすすっては、みんなが寝ている間に起きたことを、わたしに話してくれたものだった。母は、町の人間、とりわけ同年輩の人々との間に、秘密の情報網を持っていたようだ。時には、占いでしか分かりそうもない知らせを知っていて、わたしたちを驚かせることもあった。けれどもその朝は、早くも三時には兆《きざ》していた悲劇を、まったく予知できなかった。母はすでに中庭の掃除を終え、姉のマルゴが司教を出迎えに行くときには、揚物料理のためのユカ芋を粉にしていた。「鶏の声が聞えていたよ」あの日のことを想い出す度に、母はいつもそう言っている。だが彼女は、その遠くの騒ぎを、司教が着いたからではなく、婚礼の騒ぎの名残りだと思ったのだった。

そのころ、我が家は、大広場からはかなり離れた、河に面したマンゴーの森の中にあった。姉のマルゴは、船着き場まで、河沿いに歩いて行った。誰もが司教の来訪にひどく興奮し、他のことなど眼中になかった。病人たちは、司教から神の祝福を受けるため、玄関先に横たえられ、女たちは、七面鳥、仔豚、そしてありとあらゆる種類の食物を持って、中庭から飛び出してきた。また河の向う岸からは、花で飾った小舟がこちらへやってきた。しかし、司教が地面に足を下ろさずに通り過ぎてしまうと、それまでは密かに流れていた噂が、おおっぴらなスキャンダルになった。その時初めて、姉のマルゴはむごい報《しら》せのすべてを知った。それは、前日結婚した美しい娘、アンヘラ・ビカリオが、実家へ戻されたというのである。彼女が生娘《きむすめ》でなかったのを新郎が知ったのが原因だった。「あたし、自分が死にそうな気がしたわ」と姉は言った。「でも、人はあれこれ取り沙汰したけれど、誰の話を聞いても、なぜサンティアゴ・ナサールがあんなややこしいことに巻き込まれてしまったのか、あたしには分からなかったわ」ともかく、ただひとつみんなが確実に知っていたのは、アンヘラ・ビカリオの兄たちが、彼を殺そうと待ち構えているということだった。

わたしの姉は、泣くまいと歯を食いしばりながら、家に帰ってきた。彼女は母が食堂にいるのを見つけた。母は、ことによると司教が挨拶に立ち寄るかも知れないというので、青い花模様の晴着を着て、胸に秘めた愛をテーマにしたファド*を歌いながら、食卓を整えていた。姉は、いつもより席がひとつ多いことに気付いた。

「サンティアゴ・ナサールの席だよ」と母は姉に言った。「お前が朝食に誘ったって、聞いたものだから」

「片づけてちょうだい」と姉は言った。

それから姉は、母に例の話をした。「だけど、もう知ってたみたいだったわ」と彼女はわたしに言った。「いつもと同じ、人が話を始めて、半分までくると、もう最後がどうなるのか、分かっちゃってるの」母にとってその悪い知らせは、こみ入った厄介な問題だった。まずサンティアゴ・ナサールという名前だが、それは彼女のサンティアガという名にちなんでつけられたものだった。母は、彼の洗礼のときの教母*だった。しかし同時に、出戻りの花嫁の母親、プーラ・ビカリオとは、血の繋がった親類同士だった。ところが母は、話を全部聞き終らないうちに、もうヒールのある靴を履き、そのころは弔問のときにしか使わなかった教会用のベールを被っていた。すると、寝床で一部始終を聞いていた父が、パジャマ姿で食堂に出てきた。父は不安そうに、母に行く先を質《ただ》した。

「身内同然のプラシダに知らせにね」と彼女は答えた。「誰もが彼女の息子が殺されるのを知っているのに、彼女だけが知らないなんて、不公平じゃありませんか」

「家《うち》との関係で言えば、彼女もビカリオの一家も同じようなものだ」と父は言った。

「いつだって死んだ人間の側についてやらなけりゃいけないんですよ」と彼女は答えた。わたしの下の兄弟たちが、それぞれの部屋から次々に出てきた。ちいさい連中は、悲劇の空気を感じ取ると、一斉に泣き出した。だが母は、それまでになかったことだが、弟たちには眼もくれず、自分の夫に対しても無頓着だった。

「ちょっと待ってくれ、服を着替えるから」と、父は彼女に言った。

しかし彼女はすでに家の外にいた。そのとき服を着替えて学校へ行く仕度ができていたのは、当時七つそこそこだった弟のハイメただひとりだった。

「母さんと一緒に行くんだ」と、父は彼に命じた。

ハイメは、何が起きたのかも、どこへ行くのかも分からぬまま、母を追って駆けて行き、彼女と手をつないだ。「母さんは独り言を言ってたよ」とハイメはわたしに言った。「すごく小さい声で、ならず者、ろくでもないことしかできない、畜生めが、と、そう言っていた」彼女は、子供の手を引いていることにさえ気付いていなかった。「きっとみんなは、あたしの頭がおかしくなったと思ったことだろうよ」と、母はわたしに言った。「ただひとつ覚えてるのは、遠くから、また結婚の披露宴が始まったみたいに、大勢で騒ぐ声が聞えてきて、みんなが広場の方へ走って行ったことだよ」彼女は足取りを早めた。その足取りは、人の命が賭《か》かっているときにのみ可能な、しっかりしたものだった。が、向うから駆けてきた誰かが、彼女がすっかり取り乱しているのを見て、気の毒そうに声をかけた。

「もう心配しなくていいんだ、ルイサ・サンティアガ」と、その人間はすれ違いざまに大声で言った。「殺されちまったよ」

妻を実家に返した男、バヤルド・サン・ロマンが初めて姿を見せたのは、前の年の八月、つまり婚礼の六ヵ月前のことである。週に一度の定期船で着いたとき、彼は鞍袋《くらぶくろ》を担《かつ》いでいた。その鞍袋の銀の飾りは、半長靴《はんちょうか》の輪飾りやベルトのバックルと揃いになっていた。当時三十歳ぐらいだったが、とてもそうは見えなかった。というのも、腰は闘牛士のようにひきしまり、眼は光り輝き、肌は*硝石のとろ火でこんがり焼いたみたいだったからである。彼は、やってきたとき、仔牛の鞣革《なめしがわ》の短いジャケットにぴっちりしたズボンを穿き、同じ色の仔羊の鞣革でできた手袋をはめていた。彼と同じ船に乗り合せた*マグダレナ・オリベルは、船旅の間ずっと彼に目を奪われっぱなしだった。「女っぽいとこがあってね」と彼女はわたしに言った。「それが玉にキズだったわ。だって、バターを塗って、さあ生でお召し上りください、と言わんばかりだったのよ」そう思ったのは、彼女だけではなかったし、バヤルド・サン・ロマンが一目で正体の知れるような男ではないことに気付いたのも、彼女ばかりではなかった。

八月の末に、母が*学校《コレヒオ》に宛てて手紙をよこした。その最後のところに、こう書き添えてあった。「えらく変った男がやって来ました」また、次の手紙ではこう言っている。「例の妙な男は、バヤルド・サン・ロマンという名前です。みんなは魅力的だと言ってますが、わたしはまだお目にかかっていません」彼がなんの目的でやって来たのかは、誰にも分からなかった。結婚する少し前、我慢できずに尋ねた者に対し、彼は次のように答えている。「嫁さんを捜して、町から町を渡り歩いてきたのさ」それは本当だったかもしれない。が、別のことを訊かれても、やはり同じ調子で答えただろう。何かを分からせるというより、分からせないようにする、そんな口のきき方だった。

彼は、やって来た晩、映画館で、自分が鉄道技師であることを明らかにし、河の流れが変ってもだいじょうぶなように、海岸から奥まったこの土地まで至急鉄道を敷く必要があるという話をした。次の日、彼は電報を打たなければならなくなった。すると彼は、自分でキーを叩《たた》いて電文を打ち、彼自身が考え出した、切れた電池を生かして使う方法を、電信係に教えてやりさえした。また、そのころ徴兵のために訪れた軍医と、国境付近に見られる病気について、的を射た話を交わしたこともあった。彼は、いつ果てるともないにぎやかなパーティーが好きだった。けれども、飲み方はおとなしく、喧嘩が起きれば割って入り、賭事《かけごと》を嫌った。ある日曜日、ミサが終った後で、彼は、泳ぎの得意な連中と競争した。相手の数はかなり多かったのだが、河の向う岸まで行って帰る間に、彼は二位以下に二十ストロークの差をつけてしまった。その話は、母からの便りに書かれてあったのだが、最後はいかにも彼女らしい寸評でしめくくってあった。「どうやら河だけでなしに、お金の海でも泳いでいるみたいですよ」彼女の言っていることは、バヤルド・サン・ロマンは何もかも実に見事にこなせる上に、途方もない資金を使えるという、早くから広まっていた噂に応じるものだった。

十月にくれた手紙では、母はついに彼を誉《ほ》めるまでになった。「あの人はみんなにとても好かれています」と彼女は言っている。「真面目で心根が優しいし、このあいだの日曜日には、跪《ひざまず》いて聖体を受け、ラテン語のミサの侍者の役を務めたからです」そのころ、立ったままで聖体を受けることは許されず、ミサにはラテン語だけが使われていたのだが、物事を深くつきつめようとするとき、母はきまってそんな風に、要らぬことまで細々《こまごま》と話したり書いたりするのだった。彼を誉めたその手紙の後、母からは二度便りがあった。しかし、どちらも、バヤルド・サン・ロマンについては一言も触れていなかった上に、彼がアンヘラ・ビカリオとの婚礼を望んでいることが広く知れ渡ったときでさえ、母は何も書いてよこさなかった。ただ彼女は、あの不幸な結婚のずっと後になってから、こんなことを打ち明けた。つまり、彼女は、十月の手紙を出してしまってから彼を実際に知ったのだが、その金色の眼を見たとき身の毛がよだつほどぞっとしたというのである。

「まるで悪魔みたいに見えたよ」と彼女は言った。「だけど、そんなことは手紙に書くものじゃないと言ったのは、お前なんだからね」

母のすこしあとで、わたしも彼を知った。降誕祭の休暇で帰省したときのことだが、人の言うほど変った男だとは思えなかった。魅力的に見えたのは事実だとしても、マグダレナ・オリベルが言ったような、牧歌的な印象からはほど遠かった。彼がお道化てみせたり、大げさに愛敬を振りまいてみせても、隠し切れない緊張感のために、わたしにはむしろ真面目に見えたばかりか、ひどく寂し気な男という印象さえ受けた。そのころには、彼はすでにアンヘラ・ビカリオと婚約していた。

彼らがどのようにして知り合ったのか、はっきりしたことは分からなかった。当時、バヤルド・サン・ロマンは、独身者用の下宿に住んでいた。そこの女将《おかみ》の話では、九月の終りごろ、彼が広間の揺り椅子で昼寝をしていると、アンヘラ・ビカリオとその母親が、造花の入った籠をそれぞれ両手に持って、広場を通りかかったという。するとバヤルド・サン・ロマンは薄目を開け、厳しい喪を感じさせる黒い服に身を包んだ、二人の女を見た。午後二時のけだるい空気の中で、生きているのは彼女たちだけに見えた。彼は、若い方の女が誰なのかを尋ねた。そこで女将は、一緒に歩いている女の末娘で、アンヘラ・ビカリオという名前だと教えてやった。バヤルド・サン・ロマンは、二人が広場を横切ってしまうまで、その姿をじっと目で追った。

「彼女にぴったりの名だ」*と彼は言った。

それから、揺り椅子の背に頭をもたせかけ、また目を閉じた。

「目が覚めたら、ぼくが彼女と結婚するつもりなのを、想い出させてください」と彼は言った。

アンヘラ・ビカリオは、バヤルド・サン・ロマンが彼女に求婚する前から、下宿屋の女将にこのエピソードを聞かされていた、とわたしに語っている。「本当にびっくりしたわ」と彼女はわたしに言った。そのころの下宿人のうち三人は、そんなことが確かにあったと言っているが、他の四人は認めなかった。それでも、アンヘラ・ビカリオとバヤルド・サン・ロマンが初めて会ったのは、十月、国の祭り*があったときだったということでは、すべての意見が一致していた。つまり、その折に催された慈善バザーで、彼女がくじ抽《び》きの売り子を務めたときである。バヤルド・サン・ロマンは、バザーの会場にやってくると、その足で、賞品の置かれたカウンターに向った。そこには、手首まで隠れる喪服を着て物憂げにしている、売り子の娘がいた。彼は彼女に、その催しの目玉にちがいない、真珠母《しんじゆも》の象眼入りの蓄音器がいくらするのかと訊いた。すると彼女は、それは売り物ではなく、賞品だと答えた。

「そいつは結構」と彼は言った。「その方が手っ取り早い上に、安くつく」

彼は自分を印象づけることに成功した。ただし、愛とはまるっきり逆の気持ちを起させたんです、と彼女はわたしに告白した。「あたしは、何様《なにさま》みたいな顔をした人が大嫌いだったの。あんなに気取った男は、それまで見たこともなかったわ」と彼女は、その日のことを想い出しながら言った。「しかも、あの人がけちなカタルーニャ男《ポラーコ》だと思ったものだから」彼女の反感が頂点に達したのは、すべての人々がもどかしげに見守る中で、蓄音器の当選番号を読み上げたときだった。なんとバヤルド・サン・ロマンが、賞品を獲得してしまったのだ。彼女に自分を印象づける、ただそれだけのために、彼がくじを全部買い占めてしまったとは、彼女には想像もつかなかった。

その晩、アンヘラ・ビカリオが家に帰ると、贈り物用の包み紙でくるみ、オーガンジー*のリボンをかけた蓄音器が置いてあった。「その日があたしの誕生日だということを、あの人がどうして知ったのか、あたしにはまるで分からなかったわ」と彼女はわたしに言っている。そんな贈り物をさせる理由を、まして、人目につく形でそうさせるような理由を、バヤルド・サン・ロマンに与えた覚えはまったくないということを、彼女は苦労して両親に納得させた。そこで、二人の兄、パブロとペドロが、その蓄音器を、持ち主に返すために、彼の住む下宿屋へ運び込んだ。その騒ぎがあんまり派手だったので、蓄音器が彼女の家に運ばれてくるのを見た者はいなかったけれど、戻されるのを見なかった者はいなかった。二人の兄弟にとって、予想外だったのは、バヤルド・サン・ロマンが実に魅力的な人物だったことである。双子の兄弟が再び姿を現したのは、次の日の明け方だった。彼らはぐでんぐでんになり、再び蓄音器を運んでいた。それだけではない。家でどんちゃん騒ぎの続きをやろうというので、バヤルド・サン・ロマンを連れて帰ったのだ。

アンヘラ・ビカリオは、資産の乏しい家庭の末娘だった。彼女の父親、ポンシオ・ビカリオは、庶民相手の彫金師だったが、一家の体面を保とうとして細工に励んだのがもとで、視力を失《な》くしていた。彼女の母親、プリシマ・デル・カルメンは、結婚するまで、教員をしていた。物静かで、いかにも哀しげな外見のために目立たなかったが、その性格は厳格だった。「まるで尼さんみたいだったわ」とメルセデス*は彼女のことを想い出して言っている。彼女は夫の世話と子供の養育に没頭していたため、人はときに、彼女の存在を忘れてしまったほどである。上の二人の娘は、かなり遅くなってから嫁いでいた。彼女たちと双子の間に、もうひとり娘がいたのだが、*黄昏熱《たそがれねつ》がもとで死んだ。当時はそれから二年が過ぎていたのだが、一家は、家の中ではそれほどではなかったものの、外では相変らず厳しく喪に服していた。息子たちが男らしい男になるように育てられる一方、娘たちは花嫁修業を積まされてきた。彼女たちは、枠《わく》を使った刺繡《ししゅう》やミシン掛け、レース編み、洗濯にアイロン掛けができたし、造花や凝ったお菓子を作ったり、形式通りの書状をきちんと書くことができた。死者を敬うことを忘れたそのころの娘たちとは異なり、彼女たち四人は、病人を夜っぴて看病したり、臨終の床にいる者を力づけ、死に装束を着せてやるといった、昔からの知識を身につけていた。わたしの母に言わせれば、夜、寝る前に髪を梳《す》く習慣だけが、彼女たちの唯一の欠点だった。「あんたたち」と母は彼女たちに言ったものだった。「夜、髪を梳かないことだよ、船が遅れるからね」そのことを除けば、母は、彼女たち以上に躾《しつけ》のいい娘はいないと思っていた。「申し分ないよ」わたしは母がそう言うのをよく聞いたものである。「どんな男だって、あの娘《こ》たちと一緒なら幸せさ、だって、じっと耐えるように育てられてきたんだからね」しかし、上の二人の娘と結婚した男たちにとって、彼女たちのたがを壊すことは難しかった。なぜなら、二人は、どこへ行くにも一緒で、女ばかりのダンスパーティーを開き、男たちの考えることには必ず裏があると、用心を怠らなかったからである。

アンヘラ・ビカリオは、四人娘の中で一番の美人だった。彼女は、物語に出てくる偉大な女王たちみたいに、首にへその緒を巻きつけて生れてきたのだと、わたしの母はそう言っていた。だが、彼女はどこかたよりなげで、潑剌《はつらつ》としたところに欠けていた。それは、彼女の行く末が不確かであることを予告するようだった。毎年、降誕祭の休暇の折に、わたしは、窓辺にいる彼女を見かけた。が、その都度、彼女は以前にも増して生気がないように見えた。彼女は昼下りになると、近所の娘たちと一緒に、窓辺に腰掛け、端切《はぎ》れで造花を作ったり、気軽にワルツを歌ったりしていた。「お前のいとこの馬鹿娘ときたら、鰊《にしん》の燻製《くんせい》みたいにがりがりだな」とサンティアゴ・ナサールはよくわたしに言ったものである。彼女の姉が亡くなる少し前のこと、わたしは思いがけず、通りで彼女に出会った。外で彼女に会ったのは、それが初めてだった。いかにも女らしい服を着て、髪をカールさせていたため、同じ人物とは思えない華やかさがあった。だがそれも、はかない幻にすぎなかった。年とともに、彼女はますます精彩を失っていった。あまりの生気のなさに、バヤルド・サン・ロマンが彼女との結婚を望んでいることがおおっぴらになったとき、多くの人々は、それがよそ者の気《き》紛《まぐ》れにすぎないと思ったほどである。

しかし、彼女の家族は、そのことを本気にしたばかりか、大いに喜んだ。ただ、プーラ・ビカリオだけは別で、彼女は、バヤルド・サン・ロマンが身許を保証することを条件とした。そのときまで、彼が何者なのかを知っている人間は、ひとりとしていなかった。彼の過去にしても、芸人まがいの格好で船から下りてきた、あの午後以前のことは、さっぱり分からなかった。しかも、彼は自分の素性については固く口を閉ざしていたので、母親のお腹《なか》の中にいるうちから頭がおかしかったという噂さえ、もっともらしく聞えた。挙句のはてが、軍の指揮官として、*カサナレで村をいくつも破壊し、恐慌を惹き起したとか、カイエンヌの刑務所から脱走してきたとか、ペルナンブーコで、飼い慣らした熊のつがいを見世物にして稼いでいるのを見たことがあるとか、ロス・ビエントス水道で、金を積んだスペインの*ガレオン船の残骸を引き揚げたのだといったことまで、人の口に上るようになった。ところが、バヤルド・サン・ロマンは、さまざまな当て推量に、あっさり終止符を打ってしまった。すなわち、自分の家族をひとり残らず連れてきたのだ。

　家族は四人だった。父親、母親、そして男心をそそる二人の妹である。彼らは、公用車のナンバー・プレートのついたT型フォードで乗りつけ、家鴨《あひる》を想わせるクラクションを、午前十一時の町にけたたましく響き渡らせた。母親のアルベルタ・シモンズは、*キュラソー島出身の、黒人の血の入った大柄《おおがら》な混血女で、いまだにキュラソー訛《なまり》の抜け切らないスペイン語を話した。彼女は、若いころ、アンティーリャス諸島選《え》り抜きの美女二百人中、最も美しい女として称えられた経験があった。娘盛りを迎えたばかりの姉妹は、落ち着きのない二匹の牝馬《めすうま》のようだった。しかし、切り札は、父親のペトロニオ・サン・ロマン将軍だった。彼は、前世紀の内戦の英雄で、*トゥクリンカの戦でアウレリアノ・ブエンディーア大佐を敗走させた勲功によって、保守派政権の大立者となっていた。彼が誰だか分かったとき、母だけは挨拶に行かなかった。「二人が結婚するのは、とてもいいことだと思ったさ」と母はわたしに言った。「だけど、それと、ヘリネルド・マルケスの背中を撃つように命令した男に挨拶することとは、まったく別だったからね」彼が、車の窓から白い帽子を振って会釈をしてからは、すべての人々がその正体を知った。しばしば写真で見ていたからである。彼は、小麦色のリンネル*の服を着て、山羊の鞣革でできた編み上げ靴を履き、鎖をチョッキのボタン穴に留めた、金縁の鼻眼鏡をかけていた。衿元に勲章をつけ、握りに国の紋章の刻まれたステッキをついた彼は、悪路から舞い上る熱い砂埃ですっかり白くなった車から、真っ先に下り立った。だが、そこまでしなくても十分だった。運転席に彼の姿を見つけただけで、誰もが、バヤルド・サン・ロマンは望むがままの相手と結婚することを納得させられたからだ。

ところが、アンヘラ・ビカリオの方は、彼との結婚を望んでいなかった。「あたしには過ぎた人に見えたものだから」と彼女はわたしに言った。しかも、バヤルド・サン・ロマンは、彼女にそれ以上迫ろうとはしなかった。彼はその魅力で、彼女の家族の心を捉えてしまったのである。アンヘラ・ビカリオは、家の広間に集まった両親と、夫を伴った姉たちから、よく知らない男と結婚するように強いられた晩の恐ろしさを、決して忘れなかった。一方、双子の兄弟は、その相談に加わらなかった。「あんなのは、女どものすることだと思ったからさ」とパブロ・ビカリオはわたしに言った。彼女の両親は、つましいだけが取り柄の一家には、運命からの授かり物をないがしろにする権利などないと言って譲らなかった。アンヘラ・ビカリオに辛うじてできたのは、愛のない結婚のむなしさをほのめかすことぐらいだった。けれど、それも、母親の一言であっさり片付けられてしまった。

「愛だって習うものだよ」

そのころ、婚約時代といえば、長かった上に絶えず見張られていたものだが、彼らはわずか四ヵ月だった。バヤルド・サン・ロマンが急がせたからである。ただし、プーラ・ビカリオが、一家の喪が明けるのを待つよう要求したので、それ以上は短くならなかった。バヤルド・サン・ロマンが有無を言わせぬやり方で物事を処理していったため、なんの不安も生じぬままに、やがて時が来た。「ある晩、彼はあたしに、どの家が一番好きかと尋ねたわ」とアンヘラ・ビカリオはわたしに語った。「で、あたしは、なんのためなのか知らずに、町で一番きれいな家は、やもめのシウスの屋敷だと答えたの」このわたしも、同じように答えただろう。その屋敷は、風が渡る丘の上に立っていて、テラスからは、紫のアネモネの咲き乱れる沼沢地が、楽園のように果てしなく広がっているのが見渡せた。また、夏の晴れた日には、すっきりとしたカリブ海の水平線、そしてカルタヘナ*港から観光客を乗せて大西洋を渡る船を望むことができた。その夜、バヤルド・サン・ロマンは、社交クラブへ行き、やもめのシウスのテーブルに席を取ると、ドミノの勝負を始めた。

「シウスさん」と彼は言った。「あなたの家を買わせてもらいます」

「売りに出してはおらんが」とやもめは答えた。

「家具から何から全部まとめて引き取りますよ」

やもめのシウスは、家の中にあるものはどれもこれも、妻が一生かかって買い集めたもので、彼にとっては彼女の一部も同然なのだと、古い人間らしく、折目正しく説明した。「彼は胸襟《きょうきん》を開いて話していたよ」彼らとドミノに興じていた医師のディオニシオ・イグアランは、そうわたしに語っている。「三十年以上も幸せに暮した家を売るくらいなら、死んだ方がましだと思ってたにちがいない」バヤルド・サン・ロマンも、彼の言う理由を納得した。「分かりました」と彼は言った。「では、建物だけ売ってください」

しかし、シウスは、勝負が終るまで頑《がん》として折れなかった。それから三日後の夜、準備万端整えたバヤルド・サン・ロマンが、再びドミノのテーブルに現れた。

「シウスさん」と彼はまた切り出した。「家はいくらですか?」

「値段なんてありゃしない」

「いくらでもいいから言ってください」

「悪いが、バヤルド」とやもめは言った。「あんた方若い者には、気持ちの問題なんて分かっちゃもらえないんだ」

バヤルド・サン・ロマンは、躊躇することなく言った。

「それじゃ、五千ペソ出しましょう」

「冗談は止《よ》してくれ」とシウスは、威厳を示そうとするように言った。「あの家にそれほどの値打はない」

「一万ペソ」とバヤルド・サン・ロマンは言った。「たった今、それも現金を積ませてもらいます」

やもめは、涙を浮べた目で、彼をじっと見た。「腹立たしくて泣いていたんだ」とディオニシオ・イグアランはわたしに言った。彼は医者だった上に文学者でもあった。「考えてみたまえ。そんな金を目の前に積まれておきながら、ただ気が弱いばっかりに、断らなけりゃならないなんて」やもめのシウスは声も出なかった。けれど、ためらうことなく、首を横に振った。

「それでは最後のお願いです」とバヤルド・サン・ロマンは言った。「ここで五分待っていてください」

実際、五分経つと、彼は銀の飾りのついた鞍袋を担いで、社交クラブに戻ってきた。そしてテーブルの上に、まだ国立銀行の帯封が掛かったままになっている、千ペソの札束を十ばかり積み上げた。やもめのシウスは、それから二ヵ月後に死んだ。「それがもとで死んだのさ」と医師のディオニシオ・イグアランは言ったものである。「彼は我々よりも達者だったよ。だがね、聴診器を当ててみると、心の中で涙がふつふつとたぎっているのが分かるんだ」なぜなら、シウスは、家具調度いっさいひっくるめて家を売ったばかりか、バヤルド・サン・ロマンに、金は少しずつ払ってくれるように頼んだからである。彼には、その大金をしまっておくためのトランクひとつ、残っていなかったのだ。

アンヘラ・ビカリオが生娘であることを疑う者はおそらくいなかったし、それが取り沙汰されたこともなかった。また、かつて恋人がいたという話もなかった。彼女は、姉たちと一緒に、母親のこの上なく厳しい躾の下《もと》に育った。挙式まであと二月《ふたつき》たらずというころになってさえ、プーラ・ビカリオは、娘が勝手にバヤルド・サン・ロマンと連れ立って、新居となる家を見に行くことを許さず、娘の操《みさお》を守るため、自分と盲目の父親とで付き添ったほどである。「あたしはただ、死ぬ勇気を与えてくれることだけを、神様に願っていたわ」とアンヘラ・ビカリオはわたしに言った。「でも、与えてはくれなかった」当時、あまりに気が転倒していた彼女は、その苦しみから逃れるために、母親に真実を打ち明けようと決心したほどだった。しかし、窓辺での端切れの造花作りを手伝ってくれていた二人の友人から、その良心的な行為を思い止《とど》まるよう説得されてしまった。彼女が信を置ける友は、その二人だけだった。「あたしは彼女たちの言うことに、何も考えずに従ったの」と彼女はわたしに言った。「なぜなら、彼女たちは男の手口と駆け引きについては何でも知っていると、そう信じ込まされていたからなの」その二人は、大抵の女は、子供のころに、ちょっとしたはずみで処女でなくなるものだ、と言って彼女を安心させた。そして、どんなに気むずかしい夫でも、人に知られさえしなければ、なんだって我慢してしまうものだと、彼女に言い聞かせた。だいたい、男はひどくびくついて初夜に臨むので、女の協力なしには何もできないから、いざとなると自分のすることに責任を持てないのだという言葉を、彼女は納得させられた。「男たちは、自分がシーツの上に見るものしか信じないのよ」と彼女たちは言った。そして、処女を失っていなかったように見せかけ、初夜の翌朝、家の中庭で、名誉の染みのついた麻のシーツを広げて、陽に晒《さら》すことができるように、産婆が使う怪しげな手口を、彼女に教えたのである。

ことによるとそんなことが可能かもしれないという、空しい期待を抱いて、彼女は結婚した。一方、バヤルド・サン・ロマンの方は、彼の権力と財産をもってすれば、幸福を力で買うことができるという幻想を持って、結婚したにちがいない。というのも、披露宴の計画がふくらめばふくらむほど、それをさらに盛大なものにするためのアイデアが、狂おしいまでに次から次へと浮んだからである。司教の来訪が知らされたとき、彼は、司教に式を挙げてもらうために、婚礼の日取りを一日延ばそうとした。が、アンヘラ・ビカリオはそれに反対した。「本当のことを言うと」と彼女はわたしに言った。「スープのために鶏《とり》の鶏冠《とさか》だけ切り取って、あとはごみの中へ捨ててしまうような人に、祝福してもらうのがいやだったの」しかし、司教から祝福を受けることができなかったにもかかわらず、披露宴は、抑えようのない勢いで独り歩きを始め、バヤルド・サン・ロマン自身の手からも離れて、ついに町ぐるみの事件にまでなってしまった。

ペトロニオ・サン・ロマン将軍とその家族は、今回は、国会の式典用の船を仕立ててやってきた。その船は、披露宴が終るまで、船着き場に繋がれた。また、彼らとともに、数多くの名士も訪れたのだが、知らぬ者同士の大騒ぎの中では、気付かれることもなかった。もたらされたプレゼントがこれまた大変な数で、中でも特に見事なものを披露するために、第一発電所跡の、普段はなおざりになっていた場所を、整備しなければならなかったほどである。残りのプレゼントは、新婚の夫婦を迎える準備の整った、やもめのシウスの古めかしい屋敷にそのまま運び込まれた。花婿へのプレゼントの中には、*コンバーティブルの車があり、製造会社の紋章の下に、彼の名前がゴシック文字で刻まれていた。花嫁には、ケースに入った、二十四人分の純金の食器セットが贈られた。招待客の他に、ショーダンスの一座、そしてダンスパーティーのために、地元の楽団とは不釣合なオーケストラが二つ呼ばれ、さらに、披露宴の騒ぎに駆り立てられて、ブラスバンドやアコーデオン弾きが続々とつめかけた。

ビカリオ一家は質素な家に住んでいた。壁は煉瓦を積み、屋根は棕櫚葺《しゅろぶ》きで、一月になると、屋根裏部屋の二つの窓から燕が入り込み、卵を抱いたものである。正面には、花の咲いた植木鉢でいっぱいのテラスがあり、牝鶏《めんどり》が放し飼いにされ、果樹の植わった広い中庭があった。中庭の奥には、双子の兄弟が手がける養豚場があり、屠殺に使う石と解体用の机が置かれていた。ポンシオ・ビカリオが視力を失って以来、養豚は、家計を支える重要な収入源となっていた。その仕事を始めたのはペドロ・ビカリオだった。しかし、彼が兵役に就くと、双子の兄もまた、屠殺の仕事を覚えたのだった。

家の中は、生活するのにやっとの広さしかなかった。そのため姉たちは、披露宴の規模を知ったとき、家を一軒借りようとした。「想像できるかしら」とアンヘラ・ビカリオはわたしに言った。「姉たちはプラシダ・リネロの家を借りるつもりだったのよ。でも、幸いなことに、お父さんもお母さんもいつもみたいに頑として聞かなかったの、家《うち》の娘たちはこの豚小屋で結婚するか、さもなけりゃ結婚しないかだと言ってね」そこで、家は元の黄色に塗られ、扉は真《ま》っ直《す》ぐに直された。さらに床も修理され、家は盛大な婚礼に相応《ふさわ》しい体裁を整えた。双子の兄弟は、豚を他の場所へ移し、生石灰《きせっかい》で豚小屋を消毒した。それでも、まだ、場所が足りなくなりそうだった。そこでついに、バヤルド・サン・ロマンの機敏な処置によって、中庭の柵を取り払い、踊りの会場として隣りの家を借り、大工用の大きな机をタマリンド*の木蔭に置いて、食事の席を作った。

ただひとつ、意外だったのは、結婚式の朝、花婿がアンヘラ・ビカリオを迎えに来るのが二時間も遅れたことである。そのため、彼女は、彼の姿を家の中で見るまで、花嫁衣裳を着ようとはしなかった。「それはね」と彼女はわたしに言った。「あの人が来ないのは嬉しかったくらいだけれど、衣裳を着てふられるなんてまっぴらだったからよ」彼女が用心深くなるのも当然のことと思われた。なぜなら、女にとって、花嫁衣裳を着てから捨てられるほど、世間体の悪い話はなかったからだ。それどころか、アンヘラ・ビカリオが、生娘ではないのに敢えてベールを被り、オレンジの白い花の飾りをつけたりすれば、後で、人から、純潔の象徴を汚《けが》したと思われるにちがいなかった。ただ、わたしの母だけは別で、彼女が、最後までいかさまを通したことを、勇気ある行為として評価した。「あのとき」と母はわたしに説明した。「何がどうなるかは、神様にしか分からなかったんだから」それにひきかえ、バヤルド・サン・ロマンがどんな手札を持っていたのかは、いまだに分かっていない。フロックコートにシルクハットを被ってようやく現れてから、やがて苦悩の元となる相手を連れて、ダンスパーティーを抜け出すまで、彼の姿は幸せな花婿そのものだった。

サンティアゴ・ナサールの手にどんな札があったのかということも、まったく分からなかった。わたしは、教会でも披露宴でも、ずっと彼と一緒だった。それに、クリスト・ベドヤとわたしの弟のルイス・エンリーケもいたにもかかわらず、誰も彼の様子の変化には気がつかなかった。わたしは、そのことを繰り返し言わなければならなかった。というのも、わたしたち四人は、町の学校《エスクエラ》に通っていたころ、いつでも一緒だったし、その後も、休暇になると行動をともにしていたので、互いに打ち明けられない秘密、ましてやそれほど大きな秘密を持っていることなど、考えられなかったからである。

サンティアゴ・ナサールは、お祭り騒ぎの好きな男だった。そして、死の前日、婚礼の経費を見積りながら、彼はいつになくはしゃいだ。彼は、教会で、そこに飾りつけられた花の費用を、一級の葬式の献花の十四組分と値踏みした。彼がほかならぬそのときに葬式の話を持ち出したことを、わたしは、その後何年もの間、どうしても忘れられないことになる。なぜなら、室内にこもった花の匂いは、直ちに死と結びつくと、彼はそう言っていたものだが、その日も、聖堂へ足を踏み入れたとたん、わたしに向って同じことを言ったからである。「おれの葬式に花はまっぴらだ」まさか次の日、わたしが、花を飾らせないよう気を配るはめになるとは、思いもしなかっただろう。教会からビカリオ家へ行く途中、彼は、通りを飾る色とりどりの花の値段を考え、楽団や花火の費用はもとより、披露宴の会場に着いたとき、わたしたちに浴びせられた生米の費用まで計算した。真昼のけだるい中を、結婚したての夫婦は、中庭を回って挨拶していた。バヤルド・サン・ロマンは、すでにわたしたちの親友、そのころの言い方をすれば、飲み友達だった。彼は我々とテーブルを共にするのを、大いに楽しんでいるように見えた。一方、アンヘラ・ビカリオは、もうベールも花飾りもつけていなかった。*繻子《しゅす》の衣裳には汗が染み通り、早くも、結婚した女を思わせる表情をしていた。サンティアゴ・ナサールは、婚礼の費用がその時点までで約九千ペソになるとはじき出し、そのことをバヤルド・サン・ロマンに言った。アンヘラ・ビカリオがそれを不躾《ぶしつけ》に感じたことは、明らかだった。「他人の前では決してお金の話はしちゃいけないって、お母さんに教わってたものだから」と彼女はわたしに語っている。それにひきかえ、バヤルド・サン・ロマンは、彼の言葉を上機嫌で聞いたばかりか、いささか得意そうだった。「まあそんなところだ」と彼は言った。「だが、まだ序の口さ。終るころには、だいたいその二倍になるはずだ」

サンティアゴ・ナサールは、最後の一*センチモまで確かめようとした。そして、生きている間に、そうすることができた。実際彼は、翌日、船着き場で、クリスト・ベドヤから最終的な数字を聞いて、バヤルド・サン・ロマンの予言が正しかったのを確かめることができたのだ。死ぬ四十五分前のことである。

他人の想い出の断片を集めることによって全貌を明らかにしようと決心するまで、わたしは、披露宴に関して、曖昧模糊とした記憶しか持っていなかった。わたしの父が、新郎新婦のために、昔とった杵柄《きねづか》でヴァイオリンを弾いたとか、尼僧だった妹が、受付尼僧の制服で*メレンゲを踊ったとか、母の従兄《いとこ》のディオニシオ・イグアラン医師が、主賓が帰る公用の船に便乗し、翌日、司教が来たときにはいなかったとか、そんな話が我が家では、長いこと聞かれた。この記録のための調査を続けるうちに、わたしは、二次的な事実をいくつも想い出すことができた。たとえば、バヤルド・サン・ロマンの妹たちが美しかったことだ。蝶の羽の形をした大きな飾りを金のブローチで背中に留めた、彼女たちのビロードのドレスは、父親の軍帽の羽飾りや胸の勲章よりも人目を惹いた。また、多くの人々が、騒ぎのどさくさにまぎれて、わたしがメルセデス・バルチャに結婚を申し込んだことを知っていた。十四年後に結婚したとき、彼女自身がその事実を想い出させてくれた。あのとき彼女は、まだ初等科を終えたばかりだった。あの不幸な日曜日のことを想うとき、今でもはっきりと目に浮ぶのは、中庭の真ん中の丸椅子にぽつんと腰掛けていた、老いたポンシオ・ビカリオの姿である。彼をその位置に坐らせたのは、おそらく、そこを名誉席と考えてのことだったのだろうが、客たちは、彼にぶつかったり、他の人間と取り違えたり、邪魔にならないように別の場所に移したりするという有様だった。そして、真っ白な頭を四方八方に動かし、盲になりたての人間のなんとも頼り無い表情で、自分に向けられたのではない問に答えたり、相手もいないのに慌てて挨拶を返したりしていた。それでも、糊の効いたワイシャツを着て、披露宴用に買ってもらったグワヤコ材*のステッキを持った彼は、周囲から忘れ去られながらも、幸せそうだった。

型通りの行事が午後六時に済んでしまうと、主賓は引き上げた。燈《ひ》の点《とも》った船は、自動ピアノの奏《かな》でるワルツとともに、船着き場を離れた。しばらくの間、わたしたちは、どっちつかずの心もとない気持ちでいたが、やがて、周りに馴染《なじ》んだ顔を見つけると、どんちゃん騒ぎの真っ只中へ飛び込んだのだった。まもなく新婚夫婦が、幌を畳んだ車に乗り、人ごみを掻き分けるようにして姿を現した。バヤルド・サン・ロマンは、爆竹を鳴らし、みんながさし出す焼酎の壜を受け取ってらっぱ飲みすると、アンヘラ・ビカリオとともに車から下り、クンビア*を踊る輪の中に加わった。彼は最後に、自分がおごるので、生きてる限り踊りを続けてくれ、と我々に言い残し、恐ろしさに震える妻を連れて、かつてやもめのシウスが幸せに暮していた屋敷に、初夜を送るために向った。

　町をあげての騒ぎも夜半ごろには治まり、人々も散り散りになった。広場に面した店で開いているのは、クロティルデ・アルメンタの店ただ一軒となった。サンティアゴ・ナサールとわたしは、弟のルイス・エンリーケとクリスト・ベドヤとともに、マリア・アレハンドリーナ・セルバンテスの営む、慈悲の店へ出かけた。店には、多くの客に混じって、ビカリオ兄弟も顔を見せた。彼らは、わたしたちと一緒に酒を飲み、サンティアゴ・ナサールと声を合せて歌をうたっていた。彼を殺す五時間前のことである。そのころもまだ、披露宴の名残りが、いくつかくすぶっていたにちがいない。時折、遠い音楽やいさかいの声が、あちこちから聞えたからである。それは次第に寂しくなりながらも、司教の船の汽笛が吠えるほんの少し前まで聞えていた。

　プーラ・ビカリオがわたしの母に語ったところによると、彼女は、上の娘たちに婚礼騒ぎの跡片付けをちょっと手伝ってもらった後、夜中の十一時に床に就いた。それより前の十時ごろ、酔った連中がまだ何人か中庭で歌をうたっていたとき、アンヘラ・ビカリオが、使いをよこして、彼女の寝室の衣裳戸棚にあった、身の回り品を詰めた手提げカバンが欲しいと言ってきた。そこでプーラ・ビカリオは、娘の普段着も別のスーツケースに詰めて持って行かせようと思ったのだが、使いの者はそそくさと帰ってしまった。彼女がすっかり寝入ったときだった。誰かが戸を叩く音がした。「三回ばかり、えらくのんびりした叩き方でね」と彼女はわたしの母に語っている。「なのに、なぜだか、良くない知らせを持って来たという気がしたわ」彼女は誰も起さないように、明りを点けずに戸を開けた。すると、バヤルド・サン・ロマンが、街燈の光を浴びて立っていた。彼は、絹のワイシャツをボタンをかけずに着て、派手なズボンをはき、ゴムのズボン吊りで吊っていた。「夢の中の人間みたいに緑色に見えたわ」とプーラ・ビカリオは母に言っている。アンヘラ・ビカリオは暗がりにいた。そのため、バヤルド・サン・ロマンに腕をつかまれ、明るいところへ引き出されるまで、その姿は見えなかった。彼女の繻子のドレスはずたずたに破れ、腰までバスタオルを巻いていた。プーラ・ビカリオは、車が崖から転落し、二人は谷底で死んだのだと思った。

「ああ、なんてことだろう」彼女は震えながら言った。「まだこの世にいるのなら、返事をしておくれ」

バヤルド・サン・ロマンは家に入らず、黙ったまま、妻をそっと中へ押しやった。それからプーラ・ビカリオの頰に接吻すると、ひどく気落ちした声で、しかし精一杯の優しさをこめて言った。

「何もかもありがとうございました、お母さん」と彼は言った。「あなたは聖女みたいにいい人です」

それから二時間の間、アンヘラ・ビカリオがどうしていたかを知っていたのは、プーラ・ビカリオだけだった。娘は秘密を抱いたまま、あやうく死ぬところだった。「想い出せるのは、母さんに片手で髪の毛をつかまれ、もう片方の手で、殺されると思ったくらいすごい剣幕でぶたれたことだけよ」とアンヘラ・ビカリオはわたしに語っている。けれど、母親は、それさえもこっそりやったので、他の部屋で寝ていた彼女の夫も上の娘たちも、夜が明けて、何が起きたのかが明らかになるまで、まったく気がつかなかった。

三時ちょっと前、母親の急の知らせを聞いた双子の兄弟が戻ってきた。彼らは、アンヘラ・ビカリオが食堂のソファーにうつ伏せになっているのを見た。顔は叩かれたために腫《は》れ上がっていたが、もう泣いてはいなかった。「そのときは、もう怖くはなかったわ」と彼女はわたしに言った。「それどころか、死ぬ思いから解放されたみたいな気がして、何もかも早く終ってほしい、そしてひっくり返って眠りたいと、ただそう思ってたの」すると、兄より判断力のあったペドロ・ビカリオが、彼女を抱き上げ、食堂のテーブルに坐らせた。

「さあ」と彼は、怒りに身を震わせながら言った。「相手が誰なのか教えるんだ」

彼女は、ほとんどためらわずに、名前を挙げた。それは、記憶の闇の中を探ったとき、この世あの世の人間の数限りない名前がまぜこぜになった中から、真っ先に見つかったものだった。彼女はその名に投げ矢を命中させ、蝶のように壁に留めたのだ。彼女がなにげなく挙げたその名は、しかし、はるか昔からすでに宣告されていたのである。

「サンティアゴ・ナサールよ」彼女はそう答えた。

弁護人は、名誉を守るための殺人は正当であるという論を展開し、陪審員たちはそれを認めた。そして双子の兄弟は、公判の終りに、名誉のためなら何度でも同じことをするだろうと宣言した。犯行から何分か後、司祭館で、捕まる覚悟を決めたとき、彼らには自分たちを弁護する論がどんなものかおよそ察しがついていた。彼らは、いきりたったアラブ人のグループに追われ、捕まる寸前、息せき切って司祭館に駆け込んだのだった。彼らは、アマドール神父の机の上に、血をぬぐったナイフを置いた。残忍な人殺しをしてきたため、二人とも疲れ切っていた。服や腕は、汗とまだ生々しい血でべとべとになり、顔も汚れていた。だが神父は、自首することは、誇り高い行為であると言った。

「おれたちは殺すつもりで殺しました」とペドロ・ビカリオは言った。「だけど、おれたちに罪はない」

「神の前ではたぶんそうでしょう」とアマドール神父は言った。

「神の前だって人の前だっておんなじだ」とパブロ・ビカリオが言った。「あれは名誉の問題だったんだ」

しかも彼らは供述に際して、自分たちの行為が実際よりもはるかに残忍だったような言い方をし、果ては、プラシダ・リネロの家の正面の扉がナイフでめちゃめちゃになったから、町の金を使って直す必要があるとまで言い出す始末だった。保釈金を払えなかったため、二人は、判決が下るまでの三年間を、リオアチャの拘置所で送った。その拘置所で一番古い連中は、彼らが善良で、人付き合いが良かったのを覚えていた。が、後悔している様子はまったく認められなかったという。しかし、どうやらビカリオ兄弟は、人に見られず即座に殺すのに都合のいいことは、何ひとつせず、むしろ誰かに犯行を阻《はば》んでもらうための努力を、思いつく限り試みたというのが真相らしい。だが、その努力は実らなかった。

後にわたしに語ったところによれば、二人はまず、サンティアゴ・ナサールが二時まで彼らと一緒にいた、マリア・アレハンドリーナ・セルバンテスの店を捜した。このことは、他の多くの事実同様、調書には残されていない。しかし、実際には、双子の兄弟が捜しに行ったという時間には、彼はもう店にいなかった。なぜなら、わたしたちと一緒に、夜の散歩に出かけてしまったからだ。しかし、いずれにせよ、彼らが店に舞い戻ったというのは確かではない。「あの人たちは、一度出て行ったきりだと思うわ」とマリア・アレハンドリーナ・セルバンテスはわたしに言っている。わたしは彼女をよく知っているので、その言葉を疑わなかった。二人は彼女の店には行かず、クロティルデ・アルメンタの店に行って彼を待ったのだ。そこには多くの客が来るがサンティアゴ・ナサールは立ち寄らないことを、二人は知っていたのだ。「開いてるのはそこだけでした」検察官に対し、彼らはそう供述している。「遅かれ早かれ、あいつはあそこから出てくるにちがいないと思っていたんだ」と彼らは、釈放されてから、わたしに言った。けれども、プラシダ・リネロの家の正面の扉は、日中でさえ内側からかんぬきを掛けてあったこと、そして裏口の鍵は、サンティアゴ・ナサール自身が常に持ち歩いていたことは、誰でも知っていた。事実、ビカリオ兄弟が一時間以上も前から反対側で待ち伏せていたとき、戻ってきた彼は、その裏口から家の中に入ったのである。だから、後で、司教を出迎えに行くとき、彼が広場に面した扉口《とぐち》から外に出たことがあまりにも意外だったため、調書を作成した検察官自身、その理由をつかみかねている。

これほど十分に予告された殺人は、例がなかった。妹が名前を明らかにした後、ビカリオ兄弟は、屠殺用の道具がしまってあった、豚小屋の物置きに入り、一番上等のナイフを二本選んだ。一本は、豚を解体するのに使うもので、長さ十*インチ、幅二インチ半、もう一本は、調製用の、長さ七インチ、幅一インチ半のナイフだった。彼らはそれをぼろ布にくるむと、研ぐために、ぼつぼつ店の開き始めた肉の市場へ出かけた。客の姿はまだまばらだった。それでも二十二人の人間が、彼らが喋ったことを残らず聞いたと証言している。そして、彼らが喋ったのは、ただ人に聞かせるのが目的であるという印象を受けた点で、すべての意見は一致していた。彼らと親しかった、肉屋のファウスティーノ・サントスは、臓物を台に並べ終えたばかりの三時二十分に、二人が入ってくるのを見ている。彼らがなぜ月曜日に、しかもそんな朝早くから、黒いラシャの礼服を着たままやってきたのか、彼には理解できなかった。彼らはいつも金曜日に来ることになっていたが、もう少し遅い時間だったし、それに普段は屠殺のときに使う革の前垂れをつけていた。「おれは連中が、あんまり酔っ払ったんで、それで時間ばかりか曜日まで間違えたんだと、そう思ったよ」とファウスティーノ・サントスはわたしに語っている。彼はその日が月曜日であることを二人に教えてやった。

「そんなこと、知らないやつがいるか、バカ」とパブロ・ビカリオは、いつもの調子で答えた。「おれたちは、ただナイフを研ぎに来ただけだ」

彼らはグラインダーでナイフを研いだ。いつもそうするように、ペドロが二本のナイフを交互に石に当て、パブロがハンドルを回した。そうしながら彼らは、他の肉屋たちと、結婚式の素晴らしさについて話をした。何人かが、仕事仲間なのにケーキの分け前にあずかれなかったと不平を言った。すると二人は、後で持っていかせることを約束した。石に当てられたナイフが鋭い音を立てた。そしてパブロは自分のナイフを明りのそばに持っていき、刃の光り具合を見た。

「おれたちはサンティアゴ・ナサールを始末するんだ」と彼は言った。

二人がすこぶる善良な人間であることは、通り相場になっていたので、誰も彼らの言葉を気にかけなかった。「おれたちは、酔っ払いのたわごとだと思ったんです」ビクトリア・グスマンやその後彼らに会った多くの人々同様、何人もの肉屋はそう証言している。その後わたしは、肉屋の連中に、屠殺の仕事をする人間は、人も殺せるのではないかと訊いてみたことがある。彼らはそんなことはないと答えた。「動物を屠殺するときも、そいつの目を見ないようにするんだ」彼らのひとりは、自分が手を下した動物の肉は食べることができない、と言った。また、自分の知っている牛は殺せないだろう、乳を絞ったことがあればなおさらだと、そう言った者もいる。そこでわたしは、ビカリオ兄弟が自分たちの飼っている豚を屠殺していること、そして彼らが名前で区別できるほど豚に馴染んでいることを、想い起させた。「確かにそうだ」とひとりが答えた。「だが、いいかね、彼らは人の名ではなしに、花の名前をつけていたんだ」ファウスティーノ・サントスだけは、パブロ・ビカリオの脅しの裡《うち》に含まれる一抹の真実を感じ取った。そこで彼は冗談混じりに、先に死ぬべき金持がいくらでもいるのに、なぜサンティアゴ・ナサールを殺さなければならないのか、と訊いてみた。

「理由ならサンティアゴ・ナサールが知ってるさ」と、ペドロ・ビカリオが答えた。

ファウスティーノ・サントスは、ことによると本当かも知れないと思い、まもなく町長の朝食用のレバーを一ポンド*買うために通りかかった警官に、そのことを知らせたと、わたしに語っている。調書によると、その警官はレアンドロ・ポルノイという名で、次の年、守護聖人祭の最中に、牡牛《おうし》に首を角で突かれて死んでいる。それゆえわたしは、その警官から話は聞けなかったが、クロティルデ・アルメンタは、ビカリオ兄弟が椅子に腰掛けて待っている彼女の店に、最初にやってきたのはその警官だったと、はっきりわたしに言っている。

クロティルデ・アルメンタは、カウンターで働いていた夫と、いつものように交代したところだった。その店は、明け方は牛乳を、また日中は食料品を売り、午後六時からは酒場に変るのだった。クロティルデ・アルメンタは明け方の三時半に店を開けるのが常だった。そして彼女の夫で好人物のドン・ロヘリオ・デ・ラ・フロールは、看板まで酒場を受け持つことになっていた。けれど、その夜は、婚礼から流れてきた客があまりに多かったので、彼は三時に、店を閉めずに床に就いた。そして、クロティルデ・アルメンタは、普段より早かったにもかかわらず、すでに起き出していた。司教が着く前に仕事を終えたかったからである。

ビカリオ兄弟は四時十分に入ってきた。その時間には食料品しか扱っていなかったのだが、クロティルデ・アルメンタは、彼らに砂糖キビ焼酎を一本売ってやった。なぜかといえば、ひとつは、彼女が二人を好ましく思っていたからであり、もうひとつは、ウェディング・ケーキの分け前が彼女にも届いていたからである。彼らはその焼酎をぐいぐい飲み、空にしてしまった。なのに、相変らず平然としていた。「意識がなくなってたんだよ」とクロティルデ・アルメンタはわたしに言った。「だからもう、燈油を飲んだって、メートルは上がらなかったのさ」それから彼らはラシャの上着を脱ぐと、それを丁寧に椅子の背もたれに掛けた。そして焼酎をもう一本注文した。彼らのワイシャツは、汗の乾いた跡が染みになっていた。また前日からの無精髭のために、顔つきは野暮ったく見えた。彼らは再び腰を下ろすと、二本目を前よりもゆっくりと空けたが、その目は、真向いの家並の中にある、窓の暗い、プラシダ・リネロの家をじっと見つめたままだった。バルコニーのついた一番大きな窓は、サンティアゴ・ナサールの寝室のそれだった。ペドロ・ビカリオはクロティルデ・アルメンタに、その窓に明りが点《とも》るのを見たかどうかを尋ねた。彼女は、見なかったと答えたのだが、彼の関心の示し方を妙だと思った。

「あの男がどうかしたのかい?」と彼女は訊いた。

「別に」とペドロ・ビカリオは答えた。「ただおれたちは、あいつを捜し出して始末しようとしてるだけさ」

その返事があまりに自然だったので、彼女は自分の耳を疑った。しかし彼女は、双子が屠殺用のナイフを二本、ぼろにくるんで持っているのに目を留めた。

「で、こんな朝っぱらにあの男を殺すつもりだって言うけど、どうしてなのさ?」と彼女は訊いてみた。

「理由ならあいつが知ってるよ」とペドロ・ビカリオが答えた。

クロティルデ・アルメンタは真顔になって、彼らを調べるように見た。彼女は、見分けがつくほど二人を良く知っていた。ことにペドロ・ビカリオが兵役から戻ってきてからは、はっきり区別できた。「二人ともまるで子供みたいだったよ」と彼女はわたしに言っている。そう思ったとたん、彼女は背筋が寒くなった。なぜなら、日ごろから、子供だったらどんなことでもしかねないと思っていたからである。そこで彼女は牛乳を売る仕度を済ませると、夫を起しに行き、今のいきさつを話した。ドン・ロヘリオ・デ・ラ・フロールは、寝ぼけまなこで彼女の話を聞いた。

「バカ言え」と彼は言った。「あいつらが人を殺したりするものか、まして金持なんか」

クロティルデ・アルメンタが店に戻ると、双子の兄弟は、警官のレアンドロ・ポルノイと話をしていた。彼はいつものように、町長の牛乳を買いに来たのだった。彼らの話し声は聞えなかった。しかし、彼女は、出て行くとき彼がナイフを見やっていたことから、二人が自分たちの目的について何か言ったのだろうと思った。

ラサロ・アポンテ大佐は四時ちょっと前に起きた。彼がひげを剃り終えたとき、警官のレアンドロ・ポルノイが来て、ビカリオ兄弟の計画のことを報告した。彼は前の晩、あまりに多くの仲間喧嘩を処理していたので、その新たな一件を聞いても、慌てる気配はまったくなかった。のんびりと服を着終えた彼は、ネクタイの蝶結びがぴしっと決まるまで、何度も結び直し、司教を迎えるために首からマリアの会*の守り札を下げた。玉葱《たまねぎ》の薄い輪切りをたっぷり散らしたレバーの煮込みを朝食に食べていると、彼の妻がひどく興奮しながら、バヤルド・サン・ロマンがアンヘラ・ビカリオを実家に帰したという話をした。けれども、彼は妻のように芝居がかった興奮振りを示したりはしなかった。

「そりゃえらいことだ!」と彼はまぜっ返すように言った。「司教はどう思われるかな?」

しかし彼は、朝食を終える前に、今し方自分の当番の警官が言ったことを想い出し、二つの知らせを結びつけた。すると突然、パズルの断片みたいに、その二つがぴたっと符合することに気がついた。そこで彼は、司教の訪れを控えて家々が次第に活気づき始めた、新しい船着き場の通りを通って、広場へ行ってみた。「はっきり覚えているが、あれはもう五時になるというときだった。そして雨が降り出したんだ」とラサロ・アポンテ大佐はわたしに言った。彼は途中で、三人の人間に呼び止められ、ビカリオ兄弟がサンティアゴ・ナサールを殺そうと待ち伏せていることを耳打ちされたが、場所を教えることができたのはひとりしかいなかった。

彼は、二人がクロティルデ・アルメンタの店にいるのを見つけた。「彼らを見たとき、ただ強がりを言ってるだけだと思ったよ」と言って彼は、そう考えた訳を説明した。「なぜかというと、思ってたほど酔ってなかったからだ」彼は二人に対し、計画に関して質《ただ》すことはせず、ナイフを取り上げると、帰って寝るように言った。そうしながら彼は、あわてふためく妻をはぐらかしたときと同じ自己満足に浸っていた。

「考えてもみたまえ」と彼は二人に言った。「君たちがこんな様子でいるのを見たら、司教がなんと言われるか!」

彼らは立ち去った。クロティルデ・アルメンタは、町長の軽率さに再びがっかりした。なぜなら彼女は、本当のことを言うまで、双子の兄弟を捕まえておくべきだと思っていたからである。アポンテ大佐は、これでけりはついたと言わんばかりに、彼女にナイフを示した。

「もう人を殺そうにも武器は無しだ」と彼は言った。

「そうじゃないんですよ」とクロティルデ・アルメンタは言った。「ひどく苦しい羽目になってしまった、あの可哀そうな子たちを、助けてやりたいんですよ」

　彼女はそう直観していたからである。ビカリオ兄弟は仕返しをするよりも、それを阻んでくれる人間を見つけることの方を願っているにちがいないと、確信していた。だが、アポンテ大佐はのんびりしたものだった。

「怪しいからといって人を捕まえるわけにはいかんのだよ」と彼は言った。「今すべきことは、サンティアゴ・ナサールに用心させることだ。謹賀新年、めでたし、めでたし」

　クロティルデ・アルメンタはその後、アポンテ大佐のいかにも呑気《のんき》な性格に不愉快な想いをさせられたことを、決して忘れなかった。それに対し、わたしの覚えている彼は、通信教育で習った交霊術を独りで試していたため、頭の方はいくらかおかしかったが、好ましい人物だった。彼がその月曜日にしたことは、まさに彼の軽薄さを示すものだった。実のところ彼は、船着き場で会うまで、サンティアゴ・ナサールのことをすっかり忘れていたのである。そしてその姿を見かけたとき、彼は自分の処置が間違っていなかったことを自画自讃した。

　ビカリオ兄弟は自分たちの計画を、牛乳を買いに来た十二人を超える人々に話した。その客たちによって広められたため、彼らの計画は六時前には町中に知れ渡っていた。クロティルデ・アルメンタは、向いの家がその話を知らないはずはないだろうと思った。彼女は、サンティアゴ・ナサールは家にいないと思っていた。彼の寝室の明りが点るのを見ていなかったからである。そこで彼女は、誰かれかまわず、彼を見かけたら用心させるように頼んだ。その上、尼僧たちの牛乳を買いに来た使いの見習尼僧に、その話をアマドール神父に伝えてくれるよう言《こと》づけた。四時過ぎ、プラシダ・リネロの家の台所に明りが点いたのを見た彼女は、牛乳を少々恵んでもらうために毎日やってくる物乞いの女に、ビクトリア・グスマンに宛てて最後の言づけを持たせた。司教の船の汽笛が響いたとき、町中の人間のほとんどが、出迎えのためにすでに起きていた。そしてわたしたちは、ビカリオ兄弟がサンティアゴ・ナサールを殺すつもりで待ち受けていることをまだ知らないでいる、数少ない人間だった。ところがそのときには、計画はおろかその動機の細かいところまですっかり知れ渡っていたのである。

クロティルデ・アルメンタが牛乳をまだ売り終えないうちに、ビカリオ兄弟が戻ってきた。彼らは違うナイフを二本、新聞紙にくるんで持っていた。一本は解体用で、長さ十二インチ、幅三インチのごつい刃には黒錆びが出ていた。それは、戦争のためにドイツ製のナイフが入ってこなかった時期に、ペドロ・ビカリオが鋸《のこぎり》の刃から作ったものだった。もう一本は短かったが幅があり、反り返っていた。調書には検察官が描いたそのナイフの図があった。おそらく言葉では表わせなかったためだろう。彼はわずかに、それが新月刀を小さくした形であることを指摘するに留《とど》めている。犯行に用いられたのは、いずれも素朴で使い古されたその二本のナイフだった。

ファウスティーノ・サントスは、何が起きたのか理解できなかった。「二人はまたナイフを研ぎに来たよ」と彼はわたしに言った。「そしてまた、みんなに聞えるように大きな声で、サンティアゴ・ナサールのはらわたを引きずり出してやるつもりだと言ったんだ。だからおれは、連中にかつがれてるんだと思ったよ。なにしろナイフをよく見なかったものだから。おれはそれが前のと同じやつだと思ったのさ」だが今度の場合、クロティルデ・アルメンタは、彼らが店に入ってくるのを見たときから、前のときほど真剣には見えないのに気付いていた。

事実、彼らは初めて意見を違《たが》えたところだった。彼らは見かけこそ似ていたが、考えることはまったく異っていた。しかも、突然困難に襲われたような場合には、まるっきり反対の性格を示すことさえあった。友人である我々は、初等科時代からそれに気付いていた。パブロ・ビカリオは弟よりも六分早く生れた上に、想像力やものごとをてきぱき片付ける能力において、少年時代を通じ弟に勝ってきた。ペドロ・ビカリオの方は、わたしの見たところ、常に兄より感情的で、またそのためにもっと横柄《おうへい》だった。二人とも二十歳のとき、軍に召集されたのだが、家族を支えるという名目でパブロ・ビカリオは義務を免除された。ペドロ・ビカリオは十一ヵ月間兵役に就き、治安の警備に当った。軍隊組織を経験した上に、死の恐怖を味わったことで、なにかにつけ人に指図したがる傾向は強まり、兄に代ってものごとを決定する習慣もすっかり板に付いた。帰って来たとき彼はひどい淋病を背負《しょ》い込んでいた。それは軍隊の乱暴きわまりない治療法によっても、ディオニシオ・イグアラン医師の砒素の注射や過マンガン酸塩での消毒でも根絶できず、彼が拘置所に入って初めて治すことができたほどだった。ペドロ・ビカリオが兵隊根性を身につけて帰り、見せてほしいと言った者に、シャツをまくって、左の脇腹の弾がかすってできた傷跡を披露して珍しがられるようになると、奇妙なことにパブロ・ビカリオは、にわかに弟に頭が上がらなくなった。そのことは我々友人が一致して認めている。おまけに彼は、弟が戦《いく》さの勲章のように、大人の病気である淋病をひけらかすと、ある種の興奮さえ覚えるようになった。

サンティアゴ・ナサールを殺すことを決めたのは、本人の供述によれば、ペドロ・ビカリオだった。そして、兄の方は初めは彼に従ったにすぎなかった。町長に武器を取り上げられたとき、約束は果したとみなしたのも、どうやらペドロ・ビカリオだったらしい。すると今度は、兄のパブロ・ビカリオが指揮を執った。検察官に対し別々に供述を行なった際、二人はいずれもこの意見の不一致には触れなかった。しかしパブロ・ビカリオはわたしに、最後の手段に訴えることを弟に納得させるのは容易ではなかった、と何度もはっきりと言っている。多分、実際には、一時的にもめたにすぎないのだろう。だが、結局、パブロ・ビカリオ独りが豚小屋に入ってナイフを捜した。その間弟の方は、タマリンドの樹の下で、苦しみ悶えながら小便をぽたぽた垂らそうとしていた。「兄貴にゃあれがどんなものか分かりゃしなかったんだ」とペドロ・ビカリオは、ただ一度面会したときに、わたしに言った。「まるで粉々になったガラスの小便をしてるみたいなんだ」パブロ・ビカリオがナイフを持って戻ってくると、彼はまだ樹にしがみついていた。「あいつは痛さのあまり冷汗を垂らしていたよ」とパブロ・ビカリオはわたしに言った。「で、人を殺せるような状態じゃないからと言って、おれに独りで行かせようとしたんだ」ペドロ・ビカリオは、婚礼の日の昼食のために木蔭に置かれた大工用の机のひとつに腰掛けると、ズボンを膝まで下ろした。「あいつときたら三十分近くかけて、あそこに巻いたガーゼを取っ替えてたっけ」とパブロ・ビカリオはわたしに言った。実際には十分とかからなかったのだが、パブロ・ビカリオの目から見ると、ひどくややこしく不可解なことだったので、彼は、それもまた弟が夜が明けるまでの時間稼ぎに考えた新たな手口だと解釈した。そこで彼は、手にナイフを握らせると、妹の失った面目を取り戻すため、ほとんど力ずくで弟を引きずっていったのである。

「こうするより仕方がないんだ」と彼は弟に言った。「おれたちはもうしでかしたも同然なんだからな」

彼らはナイフをむき出しのまま持ち、養豚場の大きな戸を開けて出た。中庭では犬たちが騒々しく後を追ってきた。あたりは明るくなりかけていた。「雨は降っちゃいなかったな」とパブロ・ビカリオはそのときのことを想い出している。「それどころか」とペドロは自分の記憶を語っている。「海から風が吹いていたし、まだ星が指さして数えられるくらいだった」そのころ、二人の計画はあまりにも知れ渡っていた。そのため、彼らが家の前を通りかかったときにちょうど戸を開けたオルテンシア・バウテは、サンティアゴ・ナサールのことを想っていち早く泣き出した。「もう殺されてしまったと思ったんだよ」と彼女はわたしに言った。「街燈の光でナイフが分かったんだけど、刃から血が滴《したた》ってるように見えたものだから」その裏通りで、すでに開いていた数少ない家のひとつが、パブロ・ビカリオの許婚者《いいなずけ》、プルデンシア・コテスの家だった。そこをその時間に通りかかるとき、特に金曜日に市場へ行く途中、双子の兄弟は必ず立ち寄り、最初のコーヒーを飲むのだった。彼らは、明け方の薄闇の中で自分たちに気づいた犬どもにつきまとわれながら、中庭の戸を押し開けた。そして台所にいた、プルデンシア・コテスの母親に挨拶をした。コーヒーはまだできていなかった。

「コーヒーは後にするよ」とパブロ・ビカリオが言った。「おれたちは今、急いでるんだ」

「分かってるよ」と彼女は言った。「面目は待っちゃくれないからね」

だが、ともかく彼らは待った。すると今度はペドロ・ビカリオの方が、兄がわざと時間をつぶしているのだと思った。彼らがコーヒーを飲んでいると、娘盛りのプルデンシア・コテスが台所に姿を見せた。彼女はかまどの火を煽《あお》るために、古新聞を丸めて持っていた。「あの人たちが何をしようとしていたかは知ってたわ」と彼女はわたしに言った。「で、あたしはそれに賛成だったたたけでなく、男としての義務を果さない限り、あの人とは絶対結婚しないつもりだったの」台所を出る前にパブロ・ビカリオは、ナイフをくるむために彼女から新聞紙を一枚受け取り、半分を弟に渡した。プルデンシア・コテスは、彼らが中庭の戸口から出て行くのを見届けるまで、台所でじっと待っていた。さらに彼女は、パブロ・ビカリオが釈放され、自分の生涯の伴侶となるまで、三年の間少しもめげずに待ち続けたのである。

「二人とも気をつけてね」と彼女は彼らに言った。

したがって、クロティルデ・アルメンタには、双子の兄弟が前のときほど覚悟ができているようには見えなかったというのも、もっともなことだった。そこで彼女は酔いつぶれてくれればと思って、彼らに強いどぶろくを飲ませたのだった。「あの日あたしはつくづく思ったよ」と彼女はわたしに言った。「やっぱり女は女、駄目ね」彼女はペドロ・ビカリオに、夫の髭剃りの道具を貸してほしいと頼まれ、刷毛《はけ》、シャボン、吊せるようになった鏡、それに刃を取り替えた安全剃刀《かみそり》を持ってきてやった。が、彼は、屠殺用のナイフで髭を剃った。クロティルデ・アルメンタは、それこそまさに男らしさの最たるものだと思った。「まるで映画に出てくる殺し屋みたいだったよ」と彼女はわたしに言った。けれども彼が後にわたしに説明したところでは、またそれは確かだったのだが、彼は軍隊にいるときにナイフで髭を剃ることを覚えたのであり、他の方法では剃れなかったのである。それに対し兄の方は、貸してもらったドン・ロヘリオ・デ・ラ・フロールの剃刀で、もっと控え目に髭を剃った。最後に彼らは、寝起きの人間のようなぼんやりした目で、向いの家のまだ燈が消えたままの窓を見やりながら、黙って、実にゆっくりとどぶろくを飲み干した。その間、客を装った連中が店に入ってきて、要りもしないのに牛乳を買ったり、ありもしない食料品のことを訊いたりしたが、その目的は、二人がサンティアゴ・ナサールを殺そうと待ち構えているという噂が本当かどうか確かめるためだった。

ビカリオ兄弟はその窓に明りが点るのを見なかったはずである。サンティアゴ・ナサールは、四時二十分に自分の家に入った。しかし、寝室に行くのに明りを点ける必要はなかった。階段の電燈が一晩中点けっ放しになっていたからだ。彼は暗がりの中のベッドに倒れ込んだ。一時間しか寝る時間がなかったので、服は着たままだった。司教の出迎えに行く彼を起しに上がってきたビクトリア・グスマンが見たのは、その姿だった。わたしたちは三時を回るまで、揃ってマリア・アレハンドリーナ・セルバンテスの店にいたのだった。その時間になると、黒人の血の入った店の女たちを独りきりで寝かせてやるために、彼女は自らバンドマンを追い立て、踊り場になっていた中庭の明りを消した。店の女たちは三日三晩、休む間もなく働き続けていた。まず最初は、婚礼の主賓を内々に接待し、その後で、披露宴の騒ぎではまだ物足りなかった我々の相手をおおっぴらに務めたのだった。眠るのは死ぬときだけにちがいないと言われていたマリア・アレハンドリーナ・セルバンテスは、わたしが知ったどんな女よりも品があって優しく、しかもベッドでは最高に尽してくれた。けれど、あんなにきつい女も見たことがない。彼女はこの町に生れて育ち、そしてこの町に住んでいた。戸を開け放した家には貸し部屋がいくつもあり、ダンスホールを兼ねただだっ広い中庭には、彼女がパラマリボ*の中国人のバザーで買ってきた提燈《ちようちん》がぶら下がっていた。わたしの世代の男たちは、彼女によって童貞を失ったものだった。彼女は、覚えなくてもいいことまで色々教えてくれた。中でも、空っぽのベッドほど寂しい場所はないということを、我々は彼女から教わったものである。サンティアゴ・ナサールは、初めて会ったときから彼女にいかれてしまった。わたしはこう言って予め注意しておいた。〈鷹といえども、戦を好む鷺に挑めば、危うし〉にもかかわらず、マリア・アレハンドリーナ・セルバンテスの吹き鳴らす呼び子笛の音に我を忘れた彼の耳には、わたしの警告が聞えなかった。彼女は彼の狂おしい熱情のはけ口、十五の少年を泣かせる女教師だった。だが、ついにイブラヒム・ナサールが、彼をベルトで殴り付け、ベッドから引き離すと、〈エル・ディビーノ・ロストロ〉牧場へ一年以上も閉じ込めてしまった。それ以来、二人の間の情は深まったが、でたらめに愛し合うことはなくなった。そして彼に対する思いやりから、彼女は、彼がいるときはもはや誰とも寝なかった。最後の休暇だったあのとき、彼女は、疲れているからというわざとらしい口実で、我々を早々と引き上げさせたものだった。しかし、わたしがこっそり戻ってこられるように、戸にかんぬきを掛けず、廊下の明りを点けっ放しにしておいてくれたのだった。

サンティアゴ・ナサールは、変装術にかけては魔術的ともいうべき才能を備えていて、よく店の混血女たちを変身させては楽しんだものである。彼が女たちの衣裳箪笥を荒らし、彼女たちに変装させる、すると彼女たちの誰もが、自分の方が贋者《にせもの》で、自分でない方が本物かもしれないという気になってしまうほどだった。あるときなど、彼女たちのひとりが、あまりにそっくり真似《まね》されたため、ほとんど泣き出しそうになったほどである。「自分が鏡から脱け出したんだと思ったわ」とその女は言った。だが事件のあったあの夜、マリア・アレハンドリーナ・セルバンテスは、サンティアゴ・ナサールが生前最後の変装術を楽しむことを許さなかった。そのときの口実があまりにいい加減なものだったので、その苦い想い出のために彼女の人生はその後変ってしまったほどだった。そんなわけで、わたしたちはバンドマンをお供に夜曲《セレナーデ》を歌いに繰り出し、自前でお祭り騒ぎを続けたのだった。そうしている間に、ビカリオ兄弟はサンティアゴ・ナサールを血祭りに上げようと待ち構えていたのである。四時になろうかというころ、他ならぬ彼の思いつきでわたしたちは、やもめのシウスの丘に上り、新婚夫婦に歌をうたってやることになった。

窓越しに歌いかけただけでなく、わたしたちは庭で花火を打ち上げたり、爆竹を鳴らしたりした。しかし、屋敷の中に人気《ひとけ》はまったくなかった。わたしたちは、まさか誰もいないとは思いもしなかった。わけても、玄関先に幌を畳んだままの新車が停めてあり、披露宴の間、飾りつけてあった繻子のリボンやパラフィン製のオレンジの花の束が残っていたからである。当時ギターにかけてはプロ並だった、わたしの弟のルイス・エンリーケは、新婚夫婦のために、結婚の過ちの歌を即興でうたった。そのときまで雨はまだ降っていなかった。それどころか、月が空の中ほどに懸り、空気は澄みわたり、はるか下の墓地で鬼火がいくつも尾を引いて流れるのが見えた。反対の方角には、月の光を浴びて青いバナナの畑が遠く広がり、寂しげな沼地やカリブ海のきらめく水平線を望むことができた。サンティアゴ・ナサールは、海の上で点滅する光を指さし、あれは、カルタヘナの入江の前でセネガル*からの黒人奴隷を積んだまま沈んだ奴隷船の怨霊なのだ、と我々に語った。彼がいくらかでも後ろめたさを感じていたとは考えられない。もっともそのころ彼はまだ、アンヘラ・ビカリオのはかない新婚生活が二時間前に終ったことを知らなかったのだが。かつてやもめのシウスの幸せな住処《すみか》だった屋敷は真っ暗だった。そこにはバヤルド・サン・ロマンが独りでいたのだ。彼は、エンジンの音で自分たちの不幸をいち早く悟られないよう、歩いて彼女を実家に連れて行った後、屋敷に戻ったのだった。

丘から下りてくると、弟が、市場の屋台へ行って魚の揚物で朝飯にしようと我々を誘った。だがサンティアゴ・ナサールは、司教が着く前に一時間ばかり寝たいからと言って反対した。彼はクリスト・ベドヤと一緒に河岸に沿って去って行った。そのあたりは昔の船着き場で、粗末な食べ物屋が立ち並び、もう明りの点いている店もあった。彼は角を曲る前に手を振って我々に別れの合図を送った。それが、わたしたちが彼を見た最後だった。

クリスト・ベドヤは、後で船着き場で落ち合う約束をすると、サンティアゴ・ナサールの家の裏口で彼と別れた。主人が入ってくるのが分かると、いつものように犬たちが彼に向って盛んに吠えた。が、彼は薄暗い中で、鍵の束をガチャガチャいわせて犬たちを静めた。彼が家の奥へ行こうとして台所を通りかかったとき、ビクトリア・グスマンは、かまどにかけたコーヒー沸かしを見守っていた。

「坊っちゃん《ブランコ》」と彼女は声をかけた。「もうコーヒーができますよ」

サンティアゴ・ナサールは、後で飲むと答えた。それからディビナ・フロールに向って、五時半に起してくれるように、そして今着ているのと同じ服の着替えを持ってくるように言いつけた。彼が寝に上がって行った直後、ビクトリア・グスマンは、クロティルデ・アルメンタに牛乳を恵んでもらった物乞いの女から、彼女の言づけを受け取った。五時半、彼女は言いつけ通り彼を起すのだが、ディビナ・フロールはやらずに、亜麻の服を持って自分で彼の寝室に上がって行った。専制君主の魔手から娘を守るためなら、どんなことでもいとわなかったからである。

マリア・アレハンドリーナ・セルバンテスは、家の戸のかんぬきを掛けずにおいた。弟と別れたわたしは、造花のチューリップの植え込みの中で店の女たちのペットの猫が折り重なって寝ている通路を横切った。そして彼女の寝室の扉を、ノックせずに押した。明りは消えていた。けれど、入ったとたん、生温かい女の匂いがし、暗がりの中で寝ずにいた女豹《めひょう》の眼が見えた。それから後、教会の鐘が鳴り出すまでのことは、まったく記憶にない。

我が家に戻る途中、弟はクロティルデ・アルメンタの店に煙草を買いに寄った。彼はしこたま飲んでいたため、そのときの出会いについてはいつも漠然としか想い出せなかった。それでも、ペドロ・ビカリオにおそろしく強い酒を飲まされたことだけは忘れなかった。「ありゃ煮立った蠟だよ」と弟はわたしに言った。パブロ・ビカリオは、眠りかけていたのだが、わたしの弟が入ってきたのが分かるとぎくっとして目を覚まし、彼にナイフを向けた。「おれたちはサンティアゴ・ナサールを始末するんだ」と彼は言った。

弟はそのことを記憶していなかった。「だけど覚えていたところで、信じなかっただろうよ」と彼はわたしに何度も言っている。「あの双子が人を殺そうとしているなんて、誰が考えつくものか、まして豚の屠殺用のナイフでなんて！」それから彼らは弟に、サンティアゴ・ナサールがどこにいるのかを訊いた。というのも二人が一緒にいるのを見かけていたからである。そして弟は、そのときなんと答えたかも覚えていなかった。しかし弟の返事を聞くと、クロティルデ・アルメンタとビカリオ兄弟は度肝を抜かれてしまった。その言葉は、それぞれの供述とともに調書に正式に残された。彼らによれば、弟はこう言ったのである。「サンティアゴ・ナサールは死んじまったよ」それから彼は、司教風に大げさに祝福を与え、戸口の敷居につまずくと、千鳥足で表に出て行った。広場の真ん中で、彼はアマドール神父とすれ違った。祭服をまとった神父は、鈴を鳴らしている侍者の男の子や司教の野外ミサ用の祭壇を運ぶ何人ものお供を従え、船着き場に向う途中だった。一行が通るのを見ると、ビカリオ兄弟は十字を切った。

クロティルデ・アルメンタは、神父が彼女の家の前を素通りしてしまったとき、兄弟は最後の望みを断たれたのだと、そうわたしに語っている。「神父様はあたしの言づけを受け取らなかったんだと思ったよ」しかし、それから何年も経ち、ひっそりとしたカラフェル*の保養所に引きこもっていたアマドール神父は、実際には、船着き場へ出かける仕度をしている間に、クロティルデ・アルメンタの言づけをはじめ、急を知らせる伝言をいくつも受け取っていたことを、わたしに打明けている。「実を言うと、どうしたらいいか分からなかったんですよ」と彼はわたしに言った。「真っ先に考えたのは、それが町の当局の問題であって、わたしが出る幕じゃないということでした。でも、後で、行き掛けにプラシダ・リネロに何がしか伝えてやることに決めたのです」ところが、広場を通りかかったときには、彼はそのことをすっかり忘れてしまっていたのだ。「お分かりください」と彼はわたしに言った。「あの不幸のあった日は、司教がおいでになることになっていたのです」殺人が行なわれたとき、彼は激しい絶望感に襲われ、あまりに自分に腹が立ったため、警鐘を鳴らすよう命じることしか思いつかなかった。

弟のルイス・エンリーケは、勝手口から家に入った。我々が戻ったのを父に気づかれないようにと、母が掛け金を掛けずにおいてくれたからである。彼は寝る前に用足しに行った。だが、便器に腰掛けたまま眠り込んでしまった。そして末っ子のハイメが、学校へ行くので起きたときに、床石にうつ伏せにひっくり返り、眠りながら歌をうたっている弟を見つけた。尼僧の妹は、ひどい二日酔のために、司教の出迎えには行けないことになるし、むろん弟を起せなかった。「あたしがお手洗に行ったとき、ちょうど五時を打ったところだったわ」と彼女はわたしに言った。しばらくすると、姉のマルゴが、船着き場へ出かけるために用足しに手洗に入った。そしてやっとのことで弟を寝室に連れて行ったのだった。弟は司教の船の最初の汽笛を、夢うつつで聞いたのだが、目は覚まさなかった。それからどんちゃん騒ぎの疲れのために、ぐっすり寝入ってしまった。尼僧の妹が、大急ぎで僧服を着ながら寝室に入ってきて、狂ったように大声で彼を起した。

「サンティアゴ・ナサールが殺されたのよ！」

ナイフの傷は、カルメン・アマドール神父による無慈悲な検死解剖の手始めのようなものだった。ディオニシオ・イグアラン医師がいなかったため、彼がその仕事を引き受けなければならなかったのだ。「一度死んだ人間を、もう一度殺すようなものでしたよ」とかつての教区司祭は、カラフェルの保養所でわたしにそう言った。「でも町長の命令でしたからね。あの野蛮な男の命令は、たとえどんなにくだらないものでも、果さなければならなかったのです」彼の言葉がまったく正しかったわけではない。あの馬鹿げた月曜日の混乱の中で、アポンテ大佐はウナ電*を打って、州知事の指示を仰いだのである。すると州知事は、検察官を派遣するまで前もって処置を取る権限を、彼に与えたのだった。以前軍人だった町長は、裁判沙汰の経験が全くなく、その件に関しどこから手をつけるべきか、それを知っている人間を探さなければならないほどの無知ぶりだった。彼がまず気をもんだのは、検死解剖のことだった。医学生だったクリスト・ベドヤは、サンティアゴ・ナサールと親友だったことを口実にその仕事を免《まぬか》れた。町長は、ディオニシオ・イグアラン医師が戻ってくるまで、遺体は凍らせて保存できるだろうと考えた。だが人ひとり入れる大きさの冷蔵庫は見つからず、市場にたったひとつあった適当なものもすでに廃物になっていた。豪華な柩ができ上がるまで、遺体は広間の真ん中の、幅の狭い鉄製の簡易ベッドに横たえられ、人々の目に晒された。寝室や近所の家からいくつも扇風機が運ばれてきたが、それでも暑さは耐えがたかった。亡骸《なきがら》を見たがる者があまりに多く、家具をどけ、鳥籠や羊歯《しだ》の鉢をはずさなければならないほどだったからである。その上、死臭を嗅ぎつけた犬たちが騒ぎ立てるため、あたりにはますます不安な気配が漂った。サンティアゴ・ナサールが台所でまだ虫の息でいたときから犬たちは吠え続けていた。そのときわたしは彼の家に入り、ディビナ・フロールが声を上げて泣いているのを見つけた。彼女は棒で犬たちを寄せつけないようにしていたのだ。

「助けて」と彼女はわたしに叫んだ。「あの人のはらわたを食べたがっているのよ」

わたしたちは犬を馬小屋に閉じこめ、南京錠《ナンキン》を掛けた。その後でプラシダ・リネロは、葬儀が済むまで犬たちをどこか離れた場所へ連れて行くように命じた。ところが昼近くになると、どんな風にしてかは誰にも分からなかったのだが、犬たちは連れて行かれた場所から逃げ出し、狂ったように家になだれこんできたのだ。ついにプラシダ・リネロの堪忍袋の緒が切れた。

「このろくでなしの犬どもめ！」と彼女は怒鳴った。「始末してちょうだい！」

彼女の言いつけはただちに実行に移され、家は再び静けさを取り戻した。そのときまで、遺体に関してはなんの心配もなかった。傷ひとつない顔は、歌をうたっていたときとなんら変らぬ表情を浮べていた。クリスト・ベドヤは、飛び出していたはらわたを元通りに収めてやり、その場所を亜麻の帯で押えた。だが昼過ぎになると、傷口から糖蜜の色をした液がにじみ出し、蠅がたかった。そして口のまわりに紫の染みが現れ、水面に映る雲の影のようにじわじわと、生え際まで広がっていった。それまでずっと穏やかだった顔つきも憎々しげに変った。彼の母親は、顔をハンケチで覆ってやった。そのときアポンテ大佐は、もはや待てないことを悟り、アマドール神父に、検死解剖を始めるよう命じた。「一週間後に掘り出してそうしていたら、もっとひどかっただろう」と彼は語っている。神父は*サラマンカ大学で医学を学んだのだが、資格を得ないうちに神学校に入ってしまったため、彼の検死解剖が法的には無効なことは、町長でさえも知っていた。にもかかわらず、町長は命令を実行させたのだった。

それはまさに惨殺だった。作業は公立学校の校舎で、記録係の薬剤師と、休暇でこの町に来ていた医学部一年の学生の助けを借りて行なわれた。彼らは小さな外科手術用の器具をいくつか用いただけで、残りは職人の使う刃物類で間に合せた。しかし、遺体の切り刻み方はともかくとして、アマドール神父の検死報告はかなり正確と思われ、検察官はそれを必要な書類として調書に加えている。

無数の傷のうち、七つが致命傷だった。肝臓は、表からの二つの深い穴によって、ほとんどちぎれそうになっていた。胃には四ヵ所の刺し傷があり、そのひとつはきわめて深く、胃を貫いて膵臓にまで達していた。そのほか横行結腸に小さな刺し傷が六つ、小腸に無数の傷が認められた。背中にはただ一ヵ所、第三腰椎骨《ようついこつ》のあたりに傷があり、右の腎臓に届いていた。腹腔《ふくこう》には大きな血の塊が二つあり、また胃の内容物からは、*カルメル聖母像の金のメダルが出てきた。それはサンティアゴ・ナサールが四歳のときに飲み込んだものだった。胸腔の刺し傷は二つだった。ひとつは右の二番目の肋間《ろっかん》で、肺まで傷《いた》めていた。もうひとつは左の腋《わき》の下の際《きわ》にあった。さらに腕と手の六ヵ所に小さな傷があったほか、右の股《もも》と腹筋にそれぞれひとつずつ水平に切られた傷が認められた。それから右の掌に、深い刺し傷ができていた。それは報告によれば、「キリストの五つの傷のひとつに似ていた」彼の脳髄は、普通のイギリス人のものよりも六十グラム重かった。

そしてアマドール神父は報告書に、サンティアゴ・ナサールが優れた知能の持ち主であり、将来有望だったことを明記している。けれども彼は、記録の最後に、肝炎の不十分な治療が原因の肝臓肥大が見られることも指摘している。「つまり」と彼はわたしに言った。「いずれにしてもあの男の命はもう何年も残っちゃいなかったのですよ」サンティアゴ・ナサールが十二歳のときに実際彼の肝炎の治療に当ったディオニシオ・イグアラン医師は、その検死解剖を想い出すと腹を立てた。「あんなに無知でいられるのは坊主《ぼうず》ぐらいなものだ」と彼はわたしに言った。「我々南国人の肝臓がスペインのガリシア*の人間の肝臓より大きいということを、あいつに分からせる方法なんてなかったよ」検死報告は、七つの大きな傷のどれかによる大量出血が死因であると結論していた。

我々に戻されたのは、すっかり変り果てた遺体だった。頭蓋の半分は、開頭術を施されてめちゃくちゃになり、死んでからも保たれていた男前の顔は、今や見分けがつかなかった。しかも神父は、ずたずたになったはらわたを元から引き抜いたものの、結局どうしていいか分からず、腹立ちまぎれに祝福を施すと、それをゴミ捨て用の桶に放り込んでしまったのだ。最後まで残って校舎の窓からのぞいていた野次馬たちの好奇心は消え失せ、助手の医学生は失神してしまった。そしてラサロ・アポンテ大佐は、治安維持のための虐殺を度々目のあたりにし、また自ら手を下してきたにもかかわらず、ついに交霊術にたよるだけでなく、肉を断《た》って菜食主義になったほどだった。中身のなくなった亡骸は、ぼろと生石灰を詰め込まれ、包装用の粗い麻糸と馬具製造用の針で雑に閉じてあったが、わたしたちが新品の絹張りの棺桶に収めるとき、もう少しでばらばらになるところだった。「ああしておけば長持ちすると思ったのですよ」とアマドール神父はわたしに言った。ところが事実は逆で、わたしたちは遺体を夜明け前に急いで葬らなければならなかった。家の中に置いておくにはもはや耐えられないほど、腐《いた》みきっていたからである。

どんよりした火曜日が始まろうとしていた。なんとも重苦しい一日が終ったものの、わたしは独りで寝る気力がなかった。そこでもしや掛け金が掛かっていないのではと思い、マリア・アレハンドリーナ・セルバンテスの家の戸を押してみた。木々に吊り下げられた提燈はまだ点《とも》り、中庭のあちこちで薪が焚《た》かれ、大鍋が火に掛かっていた。そして湯気の立っているその大鍋で、店の女たちがパーティー用の衣裳を黒く染めていた。マリア・アレハンドリーナ・セルバンテスは、いつものように夜明けに目覚めていた。他人がいないときはいつもそうなのだが、彼女は素っ裸だった。そして女王を想わせるベッドの上で、食べ物を盛ったバビロニア*風の盆を前に、あぐらをかいていた。仔牛のあばら、蒸し鳥、豚の背骨肉、さらにバナナとレタスをあしらったその食べ物の量たるや、五人分はあっただろう。泣きたい時しゃにむに食べるのは、彼女の癖だったが、そのときほど深く悲しんでいる彼女を、わたしは見たことがなかった。わたしは服を着たまま、彼女の隣りに横になったが、ほとんど口をきけなかった。わたしもまた、自分なりに泣いていたのだ。わたしはサンティアゴ・ナサールの残酷な運命のことを思った。彼は二十年の幸福の代価を、死によって払わされたばかりか、遺体を切り刻まれ、ばらばらにされ、消されてしまったのだ。わたしは夢を見た。ひとりの女が腕に女の子を抱いて部屋に入ってくる、その子は息もしないでもぐもぐやっている、そして嚙みかけのトウモロコシの粒がブラジャーにこぼれ落ちる、そういう夢だ。その女はわたしに言った。「この子は小鳥みたいに慌てて嚙むんでね、下手くそで、ちゃんと嚙めないのさ」すると突然、もどかしげな指がワイシャツのボタンをはずそうとしているのが分かった。そして背後に横たわる愛の野獣の、危険な匂いが鼻をつき、やさしく動く砂の、その快感の中に自分が沈んでいく気がした。だが急に、その野獣は動くのを止《や》め、身をはなして軽く咳《せき》をすると、わたしの許《もと》からするりと逃げてしまった。

「できないわ」と彼女は言った。「あなたは彼の臭《にお》いがする」

わたしばかりではなかった。その日は何もかも、ずっとサンティアゴ・ナサールの臭いがしていた。町長はビカリオ兄弟を、どう処分したものか考えつくまで留置しておいたのだが、その留置場の中で彼らも同じ臭いを感じていた。「石鹼とへちまでいくらこすっても、あの臭いは取れなかったな」とペドロ・ビカリオはわたしに言っている。彼らは三日三晩寝ていなかったにもかかわらず、眠ることができなかった。というのも、うとうとしかけると、そのとたん再び犯行の場に居合せてしまうからである。あの終りのない一日、自分がどんな具合だったかを、今はめっきり老《ふ》け込んだパブロ・ビカリオは、淡々とわたしに語った。「あのときは、二重に目を覚ましているような気がしたよ」その言葉を聞いてわたしは、留置場にいた彼らにとって何よりも辛かったのは、正気だったことにちがいないと思った。

留置場は三メートル四方で、はるか高い所に鉄格子のはまった明りとりがあったほか、移動式の便器、金だらいと水差しを備えた洗面台、そしてござを敷いた石造りのベッドが二つあった。この留置場を作らせたのはアポンテ大佐だったが、彼は、これほど人間的なホテルはないと言っていた。弟のルイス・エンリーケもそれは認めていた。なぜなら、ある晩彼は、楽士たちとの喧嘩がもとでそこへぶち込まれたのだが、町長の温情で、女をひとり連れ込むことを許されたからである。午前八時、アラブ人の追手《おって》から逃れたと分かったとき、ビカリオ兄弟も多分同じことを思っただろう。二人はそのとき、義務を果したことで誇りを感じ、ほっとした気分になったのだった。しかし、彼らにとってただひとつの気掛りは、例のしつこい臭いだった。彼らは大量の水と黒石鹼とへちまをもらい、腕と顔の血を洗った。さらにワイシャツも洗ったのだが、それでも眠ることができなかった。ペドロ・ビカリオは消毒薬と利尿剤、それに包帯を取り替えるため、消毒したガーゼを一巻き頼んだ。そして午前中に二度ばかり小便をすることができた。けれども、時間が経つにつれ、彼はひどく調子が悪くなったため、臭いのことは二の次になってしまった。午後二時、二人とも暑さでぐったりとなり、あまりの疲労にペドロ・ビカリオはもはやベッドに寝ていられなくなった。といって、立っていることもできなかった。股ぐらの痛みは首まで上り、小便は詰まってしまった。彼は、もはや生きているうちは二度と眠れないにちがいないという妄想に取りつかれた。「おれは十一ヵ月というもの、まともに寝られなかったよ」と彼はわたしに言った。わたしは彼をよく知っているが、その言葉は確かだろう。彼は昼飯を食べられなかった。それに対しパブロ・ビカリオの方は、運ばれてきたものをそれぞれ少しずつ食べたのはよかったが、十五分後に恐ろしい下痢を起した。午後六時、サンティアゴ・ナサールの検死解剖が行なわれているとき、大急ぎで町長が呼ばれた。兄は毒を盛られたにちがいないとペドロ・ビカリオが言い張っているというのがその理由だった。「下痢で死んじまうかと思った」とパブロ・ビカリオはわたしに言った。「で、どう見ても、あれはアラブ人たちの仕業だとしか、おれたちには思えなかったんだ」そのときまでに彼はすでに二度便器を溢れさせていた。そして看守が、その後六回、彼を町長の官舎の手洗へ連れて行ったのだった。アポンテ大佐が見つけたとき、彼は官舎の扉のない手洗にいて、銃を構えた守衛に見張られていた。その下し方はすさまじく、毒を盛られたと考えてもおかしくないほどだった。ところが、彼が飲み食いしたのが、水とプーラ・ビカリオが差し入れた昼飯だけだったことがはっきりしたとたん、兄弟は毒のことを気にしなくなった。それでも、町長はひどく心配し、特別な見張りをひとりつけ、二人を自宅へ連れて行った。そして検察官が来て、彼らをリオアチャの拘置所へ移すまで、そこに留《とど》めておいた。

双子の兄弟の恐怖心は、町の空気に応じたものだった。アラブ人の仕返しが相変らず噂されていた。しかし、ビカリオ兄弟をのぞいて、毒のことを考える者はいなかった。それよりむしろ、予想されたのは、夜になるのを待って、明りとりからガソリンを注ぎ込み、留置場の二人を焼き殺すということだった。しかしそれにしたところで、あまりに軽はずみな憶測にすぎなかった。アラブ人たちは、穏やかな移民からなるグループを作っていた。彼らは今世紀の初めに、カリブ海地方の町や村に住み着いた。その中にはきわめて辺鄙《へんぴ》で貧しい場所もあった。彼らはそこで、色とりどりの布地や安物の装身具を売って暮した。団結力があり、勤勉で、カトリック教徒だった彼らは、仲間同士で結婚し、自分たちで小麦を輸入し、中庭で仔羊を育て、オレガノ*や茄子《なす》を栽培していた。そんな彼らが激しい情熱を燃やすとすればカルタ遊びぐらいなものだった。年長者たちは、自分たちの出身地の訛ったアラビア語を話し続け、家の中では二代目まで、そのままの形で使っていた。だが、三代目になると、サンティアゴ・ナサールのような例は別として、親の話すアラビア語を聞いてスペイン語で答えるという具合だった。そんなわけで、彼らののんびりした性質が突然変って、わたしたちのすべてに罪があるともいえる殺人の仕返しをすることなど、想像もつかなかった。一方、プラシダ・リネロの身内による報復を考えたものはひとりもいなかった。没落するまでは、彼女の家は政治家や軍人を生んでいた。中にはひとりならずやくざ者もいたのだが、家名の威光で表沙汰にはなっていなかった。

　アポンテ大佐は噂を気づかい、アラブ人の家庭を一軒一軒訪ねて回った。その結果、少くとも今回は、正しい結論を導き出した。彼の会ったアラブ人たちは、途方に暮れ、悲しみ、祭壇には喪中を示す飾りつけがしてあった。また床に坐り込み、声を上げて泣いている者もいた。けれど、誰ひとり仕返しを考えてはいなかった。朝方見られた反応は、殺人による興奮から生じたもので、殴りつける以上のことをする気がなかったことは、当事者たちが認めている。しかも、時計草《とけいそう》*とニガヨモギの摩訶不思議な煎じ薬を勧めてパブロ・ビカリオの下痢を止め、同時に双子の弟の、花盛りのホースを開通させたのは、他ならぬ、百歳になる女族長、スセメ・アブダラその人だった。かくしてペドロ・ビカリオは夢うつつになり、下痢の治まった兄は初めて苦しまずに眠ることができた。すると午前三時に、プリシマ・ビカリオがやってきた。彼女は町長に連れられて、息子たちに別れを告げに来たのだった。

　姉夫婦まで含め、結局ビカリオ一家は全員去って行った。それを言い出したのはアポンテ大佐だった。彼らは町中が疲れ切っているのに乗じ、誰にも気づかれることなく出て行った。そのころわたしたちは、サンティアゴ・ナサールを埋葬している最中だった。あの取り返しのつかない日に、まだ起きたままでいたのは、わたしたちだけだった。町長の決定にしたがって、ビカリオ一家は町の空気が落ち着くまで、ここにいないはずだった。だが彼らは二度と戻って来なかった。プーラ・ビカリオは、自分が殴りつけた痕《あと》を人に見られないように、出戻りの娘の顔を布で包み、秘密の恋人の喪に服すのだと思われかねないので、娘に真っ赤な服を着せた。彼女は発《た》つ前に、獄中にいる息子たちに告解させてほしい、とアマドール神父に頼んだ。しかし、ペドロ・ビカリオはそれを拒んだ上、自分たちには後悔するようなことは何もないのだということを兄に納得させてしまった。家族がいなくなり、兄弟は二人だけになった。けれど、リオアチャへ移動する日は、すっかり元気になり、自分たちの行為を正当であると信じ切っていたため、家族とちがって夜中にではなく、白昼堂々と出て行くことを望んだ。父親のポンシオ・ビカリオはその後まもなく世を去った。「心を痛めていたからよ」とアンヘラ・ビカリオはわたしに言った。双子の兄弟は釈放されると、リオアチャに留《とど》まった。家族の住んでいたマナウレ*からそこまでは、わずか一日しかかからなかった。プルデンシア・コテスはそのリオアチャへ行ってパブロ・ビカリオと結婚した。彼は父親の店を継ぎ金銀細工を身につけ、腕のいい職人となった。愛する女もいなければ仕事もなかったペドロ・ビカリオは、三年後、再び軍隊に入り、曹長にまで昇進した。そしてある晴れた朝、彼の一隊は、春歌をうたいながらゲリラ軍の支配地域を進んで行ったが、その後彼らがどうなったかは知られていない。

大勢の人間がいる中でただひとり、バヤルド・サン・ロマンだけが犠牲者だった。彼以外の悲劇の登場人物たちは、人生が自分たちに振り当てた得な役回りを、誇らしく、またある種の威厳をもって演じたと言えるだろう。サンティアゴ・ナサールは凌辱の罪を死によってあがない、ビカリオ兄弟は自分たちが男であることを証明した。その結果、辱しめを受けた妹は名誉を回復した。何もかも失った人間、それはバヤルド・サン・ロマンただひとりだった。「哀れなバヤルド」と人は、何年もの間、彼のことを想い出してはそう呼んだ。なのに、次の土曜日の月蝕の後、やもめのシウスが町長にきらきら光る鳥を見た話をするまで、みんな彼のことを忘れていたのだ。その鳥はかつてのシウスの屋敷の上で羽ばたいていた。彼はそれが、自分の魂を呼んでいる妻の魂だと思った。すると町長は、シウスが見たこととは関係なくおでこをぴしゃりと叩いた。「しまった！」と彼は大声で言った。「あの哀れな男のことをすっかり忘れていたぞ！」

彼は何人かの人間を率いて丘に登った。すると、屋敷の前に車が停めたままになっているのが見つかり、寝室にぽつんと明りが点っているのが見えた。だが声をかけても返事はなかった。そこで脇の戸を壊して家の中に入り、月蝕の後の淡い月の光に照らされた部屋を次々と見て回った。「何もかも水の底みたいだったな」と町長はわたしに話してくれた。バヤルド・サン・ロマンはベッドで気を失っていた。月曜日の朝早くプーラ・ビカリオが見たときと同じく、まだあの派手なズボンに絹のワイシャツという姿だったけれど、靴は脱いでいた。床《ゆか》には空になった酒の壜が何本も転がり、ベッドのそばにはまだ開けてない壜がしこたま置いてあったが、何かを食べた形跡はまったくなかった。「急性アルコール中毒の最悪の状態だったんだ」と急患の彼の手当をしたディオニシオ・イグアラン医師はわたしに言った。しかし彼は何時間と経たぬうちに回復した。そして意識を取り戻すやいなや、彼は必死になってみんなを屋敷から追い払った。

「誰にもかまってほしくないんだ」と彼は言った。「あの百戦練磨のたまをぶら下げた親父にもかまってもらいたくない」

町長はこの一件を一句漏らさず電文にして、ペトロニオ・サン・ロマン将軍に打電した。サン・ロマン将軍は息子の意志を文字通りに受け取ったにちがいない。なぜなら彼を迎えに来なかったからだ。その代り、妻と娘たち、それに妻の姉と思われる年輩の女性二人を送ってよこした。貨物船でやってきた彼女たちは、バヤルド・サン・ロマンの不幸を悼み、喉元《のどもと》まで黒ずくめで、悲しみを表わすために髪をほどいていた。一行は、土を踏む前に靴を脱ぎ、真昼の焼けつく土埃の上を裸足《はだし》で歩き、通りをいくつも横切って丘まで行った。彼女たちは長い髪を掻きむしり、あまりに激しく声を上げて泣いたので、嬉し泣きをしているように見えたほどだった。わたしはマグダレナ・オリベルの下宿屋のバルコニーから、彼女たちが通るのを見た。大恥を隠すにはそんな風な嘆き悲しみ方をしなければならないのだろうと、その時思ったことを覚えている。

ラサロ・アポンテ大佐は丘の上の屋敷まで一行に付き添った。その後、ディオニシオ・イグアラン医師が、救急用の騾馬《らば》に乗って丘に登った。日射しが弱まったころ、役所の人間が二人、頭まで毛布で覆われたバヤルド・サン・ロマンを乗せたハンモックを棒でかつぎ、泣きっ面《つら》をした人々とともに丘から下りてきた。マグダレナ・オリベルは、彼が死んでいるのだと思った。「なんてことを《クリヨンス・デ・デウ》」と彼女は叫んだ。「早まらなくてもよかったのに！」

彼は今度もまた、アルコール中毒で倒れたのだった。しかし、運ばれて行く彼が生きているとは信じがたかった。右手が地面をずっていたからである。しかも母親がその手を毛布の中に入れてやるとそのとたん、またぶらっと垂れ下がるのだった。そのため、崖っぷちの道から船の昇降段に至るまでずっと、地面に跡がついた。それがわたしたちの彼に関する最後の想い出、つまり犠牲者の想い出である。

屋敷はそのままにされた。わたしや兄弟たちは、休暇で帰省すると、派手に騒いだ晩などは、丘に登り、屋敷を探険したものだった。そしてその度に、数は減ったが、何かしら値打のあるものを見つけたものである。あるとき、婚礼の夜にアンヘラ・ビカリオが母親に頼んで取りよせた手提げカバンが見つかった。もっとも、我々にとってはどうでもいいものだった。中から出てきたのは、医薬品や女性用の化粧品らしきものだった。ずっと後になって、アンヘラ・ビカリオはわたしに、花婿をだますために教わった産婆の手口がどんなものかを話してくれたのだが、そのとき初めて、わたしはその使い途《みち》を知ることができた。わずか五時間しか住まなかった新居に彼女が残した跡は、ただそれだけだった。

何年も経って、この記録のための最後の証拠がために再び訪れたときには、ヨランダ・デ・シウスの幸福な屋敷は見る影もなかった。ラサロ・アポンテ大佐が注意を怠らなかったにもかかわらず、家具や調度はひとつまたひとつと消えていき、等身大の六面鏡さえもなくなっていた。それは戸口から入らなかったため、モンポス*の腕利きの職人たちが、家の中で組立てなければならなかったものである。初めのうち、やもめのシウスは、死んだ妻が自分のものを運んで行くのだと思って、喜んでいた。ラサロ・アポンテ大佐は笑って取り合わなかった。けれど、ある晩彼はふと思いついて、その秘密を明らかにするために、交霊術のミサを行なってみた。すると、ヨランダ・デ・シウスの霊が、文字を書き、確かに彼女があの世の家に、幸せだったときの品々を持ち帰っているのだと認めたのである。屋敷は崩れ始めた。結婚祝いの車は玄関先で色褪せていき、雨ざらしのため、ついには錆びついたポンコツ車になってしまった。その持ち主については、その後長らく分からずじまいとなった。調書にはバヤルド・サン・ロマンの証言が載ってはいるものの、あまりに短くしかも紋切り型であるところからすると、最後に形式を整える必要上、適当に直されたように見える。わたしは一度だけ彼と話そうとしたことがある。それは二十三年後のことだが、そのとき彼はわたしに対し、いくらか突っ掛かってくるような態度を示し、あの悲劇における自分の役割をいくらかなりとも明らかにするようなことは、およそ取るに足らぬものでさえ一切教えてくれなかった。いずれにせよ、彼についてては両親ですら、わたしたちより、それほど多くを知ってはいなかった。また自分で結婚相手を探すという目的だけははっきりしていたものの、彼がその実何しにこの辺鄙な町へやってきたのかは両親にも皆目見当がつかなかった。

それにひきかえ、アンヘラ・ビカリオに関する噂は、絶えず風に乗って流れてきた。その噂を聞いてわたしが描いた彼女のイメージは、実に理想化されたものだった。わたしの尼僧だった妹は、ある時期、*上グアヒラで、まだ残っていた偶像崇拝者の改宗に携わったことがある。その折、妹は、カリブの汐風《しおかぜ》の吹きつける村に寄っては、母親の手で生きながら葬られている彼女と、よく話をしたものである。「兄さんによろしくって」妹はきまってわたしにそう言った。姉のマルゴも、最初の何年かは彼女に会いに行っていた。姉はわたしに、母子二人が、風通しのいいだだっ広い中庭のある、日干し煉瓦造りの家を買ったことを教えてくれた。姉の話では、ただひとつ困るのは高潮の晩で、手洗は溢れ、朝になると寝室で魚が飛び跳ねているとのことだった。当時彼女に会った人間は口を揃え、彼女がミシンを巧みに操り刺繍に精を出していたと言い、その手仕事によって彼女は過去を忘れることができたのだと言っている。

それよりはるか後、情緒が落着かなかったわたしは、グアヒラの町や村を百科事典や医学書を売り歩きながら、自分自身について知ろうと努力した時期がある。そのころ、わたしは偶然にもそのインディオの住む僻地に着いてしまったことがあった。海に臨んだとある家の窓辺で、昼の暑い盛りに、ミシンで刺繍をしている女がいた。半喪服を着たその女は、鉄の縁の眼鏡をかけ、髪は黄色がかった灰色だった。頭の上には鳥籠が吊られ、カナリアが休むことなくさえずっていた。窓辺のその牧歌的な構図の中にいるのを見たとき、わたしはその女性が、自分が思っていた彼女だとは信じたくなかった。なぜなら、人の一生が、三文小説そっくりの結末を迎えるのを、認める気になれなかったからだ。しかしそれは彼女だった。悲劇から二十三年後のアンヘラ・ビカリオだったのだ。

彼女は昔のように、いとことしてわたしを扱い、質問に対してもてきぱきと、しかもユーモアを混じえて答えてくれた。あまりに成長し、賢くなっていたので、それが同一人物であるとは信じがたかった。中でも一番驚かされたのは、彼女がついに自分の人生の意味を理解していたことだ。数分と経たぬうちに、もはや最初見たときの老け込《ふ》んだ彼女ではなく、目の前にいるのは、あの想い出の中の姿とほとんど同じくらい若い彼女だった。しかも、二十歳のときに愛のない結婚を強いられた娘とは、まったくの別人だった。年老いて不機嫌な彼女の母親は、まるでしつこい亡霊が来たとでも言うかのようにわたしを迎えた。彼女は昔のことを話したがらなかった。だからわたしは、彼女とのかつての会話の中で聞いた言葉と、わたしの記憶にあったいくつかを、この記録のために用いるより仕方がなかった。母親は何がなんでもアンヘラ・ビカリオを生きたまま死なせようとした。ところが当の娘がその意図を打ち砕いてしまった。娘は自分の不幸について、少しも隠そうとしなかったからだ。それどころか、聞きたがる者には誰にでも、詳しく話して聞かせたのである。しかし、実際にサンティアゴ・ナサールだったとは誰ひとり思わなかった以上、本当は誰で、またいつ、どのようにして彼女と関係したのか、という疑問が残っていたのだが、そのことだけは、語ろうとせず、ついに分からずじまいとなった。彼らは互いに別の世界に属していた。二人が一緒にいるのを見た者はいない上に、いつでも他の誰かと一緒だったからだ。サンティアゴ・ナサールは、彼女に目をつけるには、気位が高すぎた。「お前のいとこの馬鹿娘が」彼女について触れなければならないとき、彼はわたしにそう言ったものである。おまけに彼は、そのころの土地言葉を使えば、ひよっこを狙う灰鷹《はいたか》だった。父親と同じように、彼は独りで歩き回った。そして山のあたりをふらついている小娘を見つけては、そのつぼみを摘み取るのだった。だが、町の中では、フローラ・ミゲルとの婚約、そして熱に浮かされた十四ヵ月に渡るマリア・アレハンドリーナ・セルバンテスとの嵐のような恋をのぞけば、彼がどんな女性関係を持っていたのか知られていない。おそらく一番意地が悪いために、もっとも一般的だった解釈は、こういうものだった。つまり、アンヘラ・ビカリオは本当に愛していた相手の男を庇っている、彼女がサンティアゴ・ナサールの名前を選んだのは、まさか兄たちが彼といさかいをするとは思わなかったからだ、というのである。わたしも、あらゆる証拠をきちんと揃えて、二度目に彼女を訪れたとき、それが真実であることを彼女の口から聞き出そうとした。だが、彼女は刺繍からほとんど目も上げずに、その議論を終らせてしまった。

「もうこれ以上頭をめぐらすのは止《よ》して」と彼女はわたしに言った。「彼だったのよ」

それ以外のことは、初夜の一件さえ含め、故意に言い落すこともなくすべて語ってくれた。それによると、友人たちが彼女に教えたのは次のようなことだった。まずベッドで花婿を正気を失うまで酔わせること、実際以上に恥ずかしそうな振りをして、明りを消させること、処女であるように見せかけるために明礬《みょうばん》を溶かした液で徹底的に洗うこと、翌日、新居の中庭で広げて見せることができるように、敷布に赤チンで染みをつけておくこと。ところが、取り持ち女たちが計算していなかったことが二つあった。ひとつはバヤルド・サン・ロマンがあまりにも酒に強かったことであり、もうひとつは、母親に押しつけられた外見の愚かさにもかかわらず、アンヘラ・ビカリオは、内側に清廉無垢な心根を隠していたことである。「教えられたことを何もしなかったの」と彼女はわたしに言った。「だって、考えれば考えるほど、そんなことはすべて馬鹿馬鹿しく、誰に対しても、まして運悪くあたしと結婚した気の毒な男の人に対して、そんなこととてもできやしない、ということが分かったからよ」そこで彼女は、明りの点いたままの寝室で、ためらうことなく服を脱いだ。それまで覚え込まされてきた恐怖心、彼女の生活をつまらないものにしていたあらゆる恐怖心もすでに消えていた。「とても簡単だったわ」と彼女はわたしに言った。「だって死のうと決めていたんですもの」

だが実を言うと、彼女が自分の不幸について、恥じらいもせずに話したのは、もうひとつの不幸、彼女の心の奥底でなお炎を放っていた真の不幸を隠すためだった。彼女が心を決めてわたしに話すまで、おそらく誰も想像だにしなかっただろう。つまり、彼女はバヤルド・サン・ロマンに実家に連れ戻されてからというもの、彼のことを常に想い続けてきたということである。彼女にとって、それは啓示のようなものだった。「お母さんがあたしを叩き始めたとき、突然、あの人のことを想い出したの。それが始まりよ」彼女はわたしにそう言った。彼のためだと分かっていたので、彼女はどんなに殴られてもそれほど痛いとは思わなかった。食堂のソファーに倒れて泣いている間も、彼のことが頭から離れなかったので、いささか自分で自分にびっくりしたほどだった。「泣いたのは、ぶたれたからでもないし、起きてしまったことに対してでもなかったの」と彼女はわたしに言った。「彼のために泣いたのよ」母親から顔に*アルニカチンキの湿布をしてもらっている間も、彼女は彼のことを想っていた。さらに表が騒がしくなり、教会で火事でも告げるかのように早鐘が鳴り始めたときも、まだ想い続けていた。すると母親が食堂に入ってきて、最悪の事態は済んだのでもう寝てもいい、と彼女に言ったのだった。

特に期待することもなく彼を想い続けて、長い年月が経ったある日、彼女は、母親がリオアチャの病院で眼の検査を受けるので付き添って行かなければならなかった。帰りがけに、二人は、知り合いの経営するホテル、〈オテル・デル・プエルト〉に立ち寄り、プーラ・ビカリオはバーで水を一杯注文した。彼女が娘に背を向けて水を飲んでいるときだった。室内に何枚も張られた鏡の中に、娘は自分の想いが映ったのを見たのだ。アンヘラ・ビカリオははっとして振り返った。すると彼が、彼女には目もくれず脇を過ぎ、ホテルを出て行ったのである。それから彼女は、胸の張り裂けそうな想いで再び母親を見た。プーラ・ビカリオは水を飲み終え、袖で口を拭《ぬぐ》うと、カウンターから新しい眼鏡をかけた顔で彼女ににっこりして見せた。その微笑の中に、アンヘラ・ビカリオは生れて初めて、ありのままの母を見た。それは娘の欠点をただひたすら讃美してきた哀れな女だった。「くそっ！《ミエルダ》」と彼女は独り言を言った。あんまり気が転倒した彼女は、帰りの道中ずっと声高らかに歌をうたい続け、その後ベッドに倒れ込むと三日三晩泣き通したのだった。

彼女は生れ変った。「あの人に夢中になってしまったの」と彼女はわたしに言った。「どうしようもないほどにね」目を閉じさえすれば彼が見えた。海からはその息遣いが聞えた。ベッドで寝ていると、夜中に彼の体のほてりを感じて目が覚めた。その週末、一時《いっとき》たりとも落ち着くことのできなかった彼女は、彼に最初の手紙を書いた。それは型通りの短い手紙だったが、彼女はその中に、彼がホテルから出て行くのを見たこと、そして彼が自分を見てくれたらさぞ嬉しかったろう、としたためた。彼女は空《むな》しく返事を待った。二ヵ月目の終りに、待ちくたびれた彼女は、前のと同じく、想いを遠回しに述べた手紙を、再び彼に送った。今度の目的はただひとつ、彼の非礼を非難することだったようだ。六ヵ月後には書いた手紙は六通になっていたが、いずれも梨のつぶてだった。しかし彼女は、彼がそれらをずっと受け取っているということを確かめるだけで我慢した。

初めて自分の運命を決める立場に立ったアンヘラ・ビカリオは、憎しみと愛が二つで一つの情熱であることを発見した。手紙を出せば出すほど、彼女の熱い想いはますます掻き立てられた。だが、母親に対して感じる快い恨みの気持ちも一層掻き立てられた。「お母さんを見るだけで、はらわたが煮えくり返ったわ」と彼女はわたしに言った。「だけどお母さんを見ると、彼のことを想い出さずにはいられなかったの」出戻り娘の生活は、嫁入り前に負けず劣らず、常に単調で、かつて布きれでチューリップの造花を作ったり、紙で小鳥を作ったのと同様、女友達たちと一緒にミシンで刺繡をする毎日が続いた。しかし母親が寝床に就くと、彼女は部屋で、返事をもらえる見込のない手紙を、夜が更《ふ》けるまで書き綴るのだった。彼女は聡明になり、堂々と自分の意志を通すようになった。そして、ただ彼に対してのみ、生娘の気持ちに返るとともに、他人の言葉に耳をかさず、ひたすら彼を想う心に従った。

彼女は半生を通じて、毎週手紙を書き続けた。「ときには何を書けばいいか思いつかないことだってあったわ」と言って彼女は笑い転げた。「でも、あの人が受け取ってくれていることが分かれば、それで十分だったの」初めのうちは紋切り型の簡単なものだった手紙は、その後、片想いの女の気持ちを短く綴ったものとなり、はかなかった新妻の香りのする手紙、仕事についての覚え書き、愛の記録、そしてついには、棄てられた妻がよりを戻すためにひどい仮病を使うような品のない手紙となった。機嫌のよかったある夜のこと、彼女は書き上げた手紙の上にインクをこぼしてしまった。すると彼女は、それを破り棄てる代りに、追伸を書き添えた。「愛の証《あかし》に涙を送ります」時折、泣きくたびれた彼女は、自分の気違い沙汰が滑稽になって笑い出すこともあった。郵便局の係の女は、その間に六回交代したが、彼女は六回とも係を味方につけてしまった。たったひとつだけ彼女が考えつかなかったことがある。それは諦めるということだった。けれども、彼には彼女の狂おしい気持ちが、さっぱり伝わらないようだった。彼女は相手無しに手紙を書いているのに等しかった。

十年目を迎えたころだった。ある風の吹く明け方、彼女は、自分のベッドに裸の彼がいるのを確かに感じて目を覚ました。そこで彼女は彼に宛て、便箋二十枚を使った熱烈な手紙をしたためた。彼女はその中で、あの忌《いま》わしい夜以来胸に抱き続け、もはや腐ってしまっている、苦い真実を、恥じらうことなくぶちまけた。彼が自分の体の裡《うち》に残した痕《あと》のこと、彼の気の利いた言葉、アフリカ人を想わせる熱い一物のことなどを書き連ねた。彼女はその手紙を、金曜日の午後にやって来て彼女と一緒に刺繡をし、手紙を持っていってくれる郵便局員の女に手渡した。ついにぶちまけてしまったことで、自分の苦しみは終るにちがいないと思った。そのときから彼女は、自分が何を書くのか、正確には誰に宛てて書くのかを、もはや考えなくなったのだが、十七年間、休みなく書き続けたのである。

八月のある真昼時、友人たちと刺繡に精を出していた彼女は、誰かが戸口にやってくるのが分かった。それが誰かを知るために振り返る必要はなかった。「すっかり太っちゃって、頭も薄くなりかけてたわ、それに近くのものを見るには眼鏡が要るようになってててね」と彼女はわたしに言った。「だけどまちがいなく彼だったたわ、そうよ、あの人だったのよ!」彼女はぎくっとした。

自分の目に映る彼の姿同様、彼の目には自分がひどく老け込んで見えていることが分かったからであり、そのことに耐えられるほどの愛が、自分と違って彼には残っていないと思ったからである。祭りで初めて会ったときと同じく、彼のワイシャツは汗でぐしょぐしょだった。そしてあの時と同じベルトを締め、銀の飾りのついた、同じ革の鞍袋を担いでいた。バヤルド・サン・ロマンは、刺繍をしていたほかの女たちが呆気《あっけ》に取られているのもかまわず、一歩進み出ると、鞍袋をミシンの上に置いた。

「さてと」と彼は言った。「やって来たよ」

彼は着替えの詰まった旅行カバンのほかに、もうひとつ同じものを持ってきていた。それには彼女が彼に書き送った、二千通余りの手紙が詰まっていた。手紙は日付の順に束ねられ、色つきのリボンで縛ってあったが、すべて封は切られていなかった。

何年もの間、わたしたちの話すことはほかにはなかった。連綿と続いてきた数多くの習慣にそのときまで従っていた我々の日々の行ないは、突如として、共通の不安を中心に回り始めた。夜明けに鶏がときの声を上げるが早いか、わたしたちは、あの不合理な事件を可能にした、互いにつながり合った無数の偶然に、秩序を与えようと努めた。言うまでもないが、わたしたちがそうしたのは、いくつものミステリーを明らかにしたかったからではない。そうではなく、宿命が彼に名指しで与えた場所と任務がなんだったのか、それがきちんと分からぬまま暮していくことは、わたしたちにとって不可能だったからである。

多くの人間にはそれが分からなかった。後に有名な外科医となったクリスト・ベドヤには、自分がなぜ、実家に帰って休むかわりに、司教が到着するまでの二時間を祖父母の家で待つ気になったのか、説明がつかなかった。両親は、例のことを注意しようと、明け方まで彼を待っていたのだ。けれども、犯行を阻《はば》むために何かできたはずでありながら、それをしなかった人々の大方は、名誉にかかわる事柄は、当事者しか近づくことのできない聖域であるということを口実にして、自らを慰めた。「名誉と愛とは同じことだよ」わたしは母がそう言うのをよく耳にした。オルテンシア・バウテと事件との関わりはただひとつ、二本のナイフが血まみれなのを、実際よりも前に見てしまったことだった。その幻覚から受けたショックがあまりに大きかったため、彼女はひどい罪の意識に苛《さいな》まれた。そしてある日、ついに耐え切れなくなり、往来で素っ裸になったのだった。サンティアゴ・ナサールの許婚者だったフローラ・ミゲルは、絶望のあまり、国境守備隊の中尉と駆け落ちした。そしてその男のために、ビチャーダ*のゴム液採集業者の間で、春をひさぐ身となった。アウラ・ビリェロスは、三世代に渡って赤ん坊を取り上げてきた産婆だった。彼女は事件の知らせを聞いたとたん、膀胱が引きつってしまい、亡くなる日まで、小用の度に消《しょう》息子《そくし》で尿道を広げなければならなかった。クロティルデ・アルメンタの良き伴侶だったドン・ロヘリオ・デ・ラ・フロールは、八十六歳という高齢にもかかわらずかくしゃくとしていた。だが彼は、それが最後の朝になることも知らずに、起き出すと、サンティアゴ・ナサールが自らの家の閉ざされた扉の前で滅多切りにされるのを見に行き、そのときのショックがもとで亡くなった。その扉をプラシダ・リネロは、間一髪のところで閉ざしたのだった。しかし彼女はあやうく罪を免《まぬか》れた。「あたしが扉を閉めたのは、息子が入るのを確かに見たとディビナ・フロールが言ったからなんですよ」彼女はそうわたしに語った。「だけどそれは本当じゃなかった」それよりも、彼女は自分が、樹木の意味する吉兆と鳥の意味する凶兆とをごっちゃにして夢判断を誤ったことが自分に許せず、その後、有害と知りながらタネツケバナの実を噛むという当時の悪習に染まったのだった。

事件から十二日後、調書作成のために検察官が、生皮を剝《は》がれてぴりぴりしている町を訪れた。役場のむさくるしい板張りの事務室で、彼は暑さで幻覚が起きるのを防ぐために、土鍋で沸かしたラム酒入りのコーヒーを飲んだ。そうしながら、劇的事件において自分が重要な役割を果したことを誇示したくて、呼ばれもしないのに、先を争って証言しようとする群集を誘導してもらうよう、軍隊の支援を仰がなければならなかった。法科を出たばかりの彼は、まだ黒いラシャの制服を着ていた。指には卒業年度の刻まれた金の指輪をはめ、その雰囲気からは新米らしい気負いと情熱が見て取れた。しかし名前は分からずじまいだった。彼の性格に関して我々が知っていることは、すべて調書から推し量ったものである。事件から二十年後、リオアチャの裁判所でその調書を捜すのに、わたしは大勢の人々の世話になった。資料室にはなんの分類もなく、かつて二日ほどフランシス・ドレイク*の総司令部となり、今はすっかり老朽化した植民地時代の建物の床に、一世紀分以上の資料が山積みされていた。一階は高潮のために水浸しになり、表紙が取れてばらばらになった書類が漂っていた。わたしは自らくるぶしまで水に浸《つ》かりながら、何度となく敗訴となった事件の書類の池の中を調べて歩いた。そして五年間捜しあぐねた末、あるとき偶然にも、五百枚を越えていたはずの調書のうち、散逸を免れたおよそ三百二十二枚分を見つけることができたのだった。

検察官の名はどこにも見当らなかった。とはいえ、それが文学に熱を上げている人間であることは明らかだった。彼がスペインの古典やラテンのいくつかを読んでいることは確実だったからだ。それに彼は、当時の司法官の間で流行《はや》りの作家だったニーチェをよく知っていた。本文に添えられた傍注は、インクの色のせいもあるが、まるで血で書かれているように見えた。彼は自分がたまたま手がけることになった謎に当惑するあまり、仕事の厳格さとは裏腹に、ちょくちょく、叙情的ともいえる気晴らしをしている。別《わ》けても、彼が絶えず不当と感じていたのは、文学には禁じられている偶然が、人々の間でいくつも重なることによって、あれほど十分に予告された殺人が、行なわれてしまったことだった。

しかし、行き過ぎとも見える取り調べの末に、彼がもっとも悩んだのは、サンティアゴ・ナサールが彼女を辱しめた張本人であることを示す証拠が、およそ取るに足らぬものでさえ、まったく見つからなかったことである。花婿をだますはかりごとに加わったアンヘラ・ビカリオの友人たちは、彼女に婚礼前から秘密を打明けられていたが、名前はまったく聞かなかったと、長い間主張し続けた。「彼女はわたしたちに、その奇跡の話をしてくれましたが、それを行なった聖人の名は教えてくれませんでした」彼女たちはそう証言している。一方、アンヘラ・ビカリオの方は、自分の立場を崩さなかった。検察官が第三者の形で、故サンティアゴ・ナサールが誰か知っているかと尋ねたとき、彼女は平然と答えた。

「彼はそのときの相手《アウトール》です」

調書にははっきりとそう記されているものの、方法や場所については一切明らかにされていない。取り調べはわずか三日しか続かなかったが、その間に、呼ばれた町の人々は、罪は軽いと盛んに主張した。ところが、サンティアゴ・ナサールに不利な証拠が見つからないので、検察官はひどく困惑し、時に幻滅のあまり、自分の仕事に対して無力感を感じているように見える。調書の四百十六頁目に彼は、あの記録係の薬剤師の赤インクを使い、自らの手で傍注を書き込んでいる。〈予断を許したまえ、さらば世界を揺がさん〉彼の落胆振りを意味するその文句の下には、同じ赤インクでもって、矢で射抜かれたハートの線画がご愛敬に描いてあった。親友たち同様検察官にとっても、サンティアゴ・ナサールが最後の数時間に示した行動こそ、彼が潔白である決定的な証拠だった。

凌辱の罪を着せられたりすればどうなるか十分承知していたにもかかわらず、殺される日の朝、サンティアゴ・ナサールが、なんの不安も抱かなかったのは事実である。彼は、人々がいざとなれば何をしでかすか分からないのを知っていた。それに、根が単純な双子にとって、馬鹿にされるのは我慢のならないことだということも、よく知っていたにちがいない。バヤルド・サン・ロマンの正体はあまりよく分からなかったものの、サンティアゴ・ナサールには十分察しがついていた。つまり、何様みたいに気取ってはいるが、自分の出身階級の偏見に深く捕われている点では、ほかのいかなる人間とも少しも変らないことに、彼は気づいていたのだ。したがって、もし彼が事情を知りながら注意を怠ったのなら、それは自殺行為だった。その上、最後になって、ビカリオ兄弟が彼を殺そうと待ち構えていることを、ついに知ったときも、繰り返し言われたことだが、彼は、恐れおののくというよりはむしろ、身に覚えがないためにまごつくという反応を示したのだった。

わたし個人の印象では、彼は自分がなぜ殺されるのか分からずに死んだのだ。船着き場のあたりで、わたしの姉のマルゴに我が家へ朝飯を食べに来る約束をした後、彼は、クリスト・ベドヤに腕を引かれて立ち去った。二人があまりに無警戒だったので、すべて思いすごしに過ぎなかったのだと、そう思いたくなるほどだった。「二人はとても楽しそうだったわ」とメメ・ロアイサはわたしに語っている。「それであたしは神様に感謝したの。問題が片づいたと思ったものだから」もちろん、誰もかれもがサンティアゴ・ナサールを大いに好いていたわけではない。発電所の経営者だったポロ・カリーリョは、彼が平気でいられたのは、身に覚えがなかったからではなく、厚顔無恥だったからだ、と考えている。「金のおかげであいつには誰も手出しできなかったのさ」と彼はわたしに言った。彼の妻、ファウスタ・ロペスはこう評した。「ここのアラブ人はみんなああなんだよ」インダレシオ・パルドは、クロティルデ・アルメンタの店に入ったとたん、双子の口から、司教が発《た》ったらすぐにもサンティアゴ・ナサールを殺すつもりだと聞かされた。多くの人々同様彼も、それを夜遊びをした連中の見た夢ぐらいに思った。しかし、クロティルデ・アルメンタは双子は本気だと言って、彼に、サンティアゴ・ナサールを探し出してそのことを注意するよう頼んだ。

「かまうことはない」とペドロ・ビカリオが言った。「なにせあいつはもう死んだも同じなんだ」

それは露骨な挑戦に見えた。しかし、双子の兄弟は、インダレシオ・パルドとサンティアゴ・ナサールの結びつきを知っていた。それで、彼なら、自分たちに恥をかかせずにうまく犯行を阻んでくれると思ったにちがいない。だが、彼が見つけたとき、サンティアゴ・ナサールはクリスト・ベドヤに腕を引かれ、幾組もの人々に混じって、船着き場から立ち去るところだった。それで敢えて注意しなかったのだ。「おれは気が抜けちまったよ」と彼は後にわたしに語っている。彼は二人の肩を叩くと、そのまま別れた。二人の方は、ほとんど彼に気づかなかった。婚礼の費用のことに相変らずかまけていたからである。

人々は彼ら同様、広場の方角に向って、家路を急いでいた。互いに肩の触れ合うほどの混雑振りだった。ところが、エスコラスティカ・シスネロスには、二人の友人が、人ごみの真っ只中にぽっかり開いた空間を苦もなく歩いているように見えた、それは人々がサンティアゴ・ナサールが死ぬことを知っていてそれで彼に触《さわ》らないようにしていたからだ、とそう言っている。クリスト・ベドヤも、自分らに対する人々の態度がいつもとは違っていたことを覚えている。「みんな、おれたちを、道化でも見るような目で見てたな」と彼はわたしに言った。また、彼らが通りかかったちょうどそのとき店を開けた、靴屋のサラ・ノリエガは、サンティアゴ・ナサールの顔が真っ青なのにびっくりした。しかし彼の言葉で彼女は安心した。

「そりゃそうだよ、サラ」彼はすかさず言った。「なにしろこの二日酔いだ！」

セレステ・ダンゴンは、パジャマ姿で家の戸口に坐り、司教歓迎のために正装した人々をからかっていた。そしてサンティアゴ・ナサールをコーヒーに誘った。「そうやって時間を稼いでおいて、どうするか考えるつもりだったんだ」と彼はわたしに言った。だがサンティアゴ・ナサールは彼に、わたしの姉と朝飯を食べるので急いで着替えに戻らなければならない、と答えた。「頭の中がこんがらがっちまってね」とセレステ・ダンゴンはわたしに説明した。「これからすることがそれほどはっきりしてるんだったら、連中も彼を殺すことはできまいと、急にそんな気がしたものだから」思い立ったことを実際に果したのは、ヤミル・シャイウムただひとりだった。彼は噂を知ると、ただちに自分の織物店へ行き、注意するためにサンティアゴ・ナサールを待った。彼はイブラヒム・ナサールとともにやってきた一番新しいアラブ系移民のひとりで、イブラヒム・ナサールとは、死ぬまでカルタ遊びの仲間だった。そして、彼の死後も一家の相談役を務めていた。彼はサンティアゴ・ナサールに口出しのできる唯一の人間だった。だが、噂が事実無根であれば余計な不安を与えると考えた彼は、もっとよく知っていそうなクリスト・ベドヤにまず訊くことにした。そこで通りかかった彼を、ヤミル・シャイウムは呼び止めた。広場の角まで行きかけていたクリスト・ベドヤは、サンティアゴ・ナサールの背中を軽く叩くと、ヤミル・シャイウムの呼びかけに応じた。

「じゃあ土曜まで」とクリスト・ベドヤは言った。

サンティアゴ・ナサールはそれに答えず、ヤミル・シャイウムに向ってアラビア語で何かを言った。すると彼も、身をよじって笑いながら、何かをアラビア語で答えた。「あれはわしらがいつでもやっている、言葉遊びだったのさ」とヤミル・シャイウムはわたしに言った。サンティアゴ・ナサールは足を止めず、手を上げて二人に挨拶すると、広場の角を曲った。二人が彼を見たのは、それが最後だった。

ヤミル・シャイウムから噂のことを聞くが早いか、クリスト・ベドヤは店を飛び出し、サンティアゴ・ナサールを追いかけた。角を曲るのを見たにもかかわらず、彼の姿は、広場で四方に散り始めた人々の中には見当たらなかった。彼のことを尋ねると、何人もの人間から同じ答が返ってきた。

「さっきまであんたと一緒にいたのは知ってるが」

そんなわずかの間に着いてしまったはずはないと思いながらも、クリスト・ベドヤは、とにかくサンティアゴ・ナサールの家に入って、彼のことを訊こうと思った。というのも、正面の扉のかんぬきがはずれ、半開きになっていたからである。クリスト・ベドヤは、床の封筒に気づかずに中に入ると、音を立てないように注意しながら、薄暗い客間を横切った。人の家を訪ねるにはまだ早過ぎる時間だった。だが奥で犬たちが騒ぎ出し、彼を迎えに飛び出してきた。彼は飼い主に教わっていた通り、鍵の束をがちゃがちゃいわせて静めると、犬たちを従えて台所まで行った。途中廊下で、客間の床磨き用に水の入ったバケツと雑巾《ぞうきん》を持ったディビナ・フロールと擦れ違った。彼女は、サンティアゴ・ナサールがまだ戻っていないことを保証した。彼が台所に入ったとき、ビクトリア・グスマンは兎の鍋を火にかけたところだった。彼女はただちに事情を察した。「口から心臓が飛び出しそうなほど息せき切ってましたよ」と彼女はわたしに言っている。クリスト・ベドヤは、サンティアゴ・ナサールが家にいるかどうかを尋ねた。すると彼女は、わざと落着き払って、まだ寝に帰ってきていないと答えた。

「冗談じゃないんだ」とクリスト・ベドヤは彼女に言った。「連中は彼を捜して殺そうとしてるんだ」

ビクトリア・グスマンはかっとなった。

「あの可哀そうな子たちは、誰も殺しゃしないよ」と彼女は言った。

「土曜日から飲み続けてるんだぞ」クリスト・ベドヤはそう言った。

「だったらなおさらじゃないか」と彼女はやり返した。「自分のくそを食らう酔っ払いがいるもんか」

クリスト・ベドヤは客間に戻った。ディビナ・フロールが窓を開けたところだった。「確かに雨は降ってなかったよ」とクリスト・ベドヤはわたしに言っている。「七時になるかならないかというところだった。それにもう窓から金色の光が一筋射《さ》し込んでいたな」彼はディビナ・フロールに、本当にサンティアゴ・ナサールが客間の戸口から入ってこなかったかどうか、もう一度訊いてみた。すると今度は、最初ほどきっぱりとした答は返ってこなかった。彼がプラシダ・リネロのことを尋ねると、彼女は、いましがたナイトテーブルにコーヒーを置いてきたが、プラシダ・リネロは目を覚まさなかった、と答えた。それはいつもの通りで、彼女は七時に目覚め、コーヒーを飲み、それから下りてきて、昼食のためにあれこれ言いつけることになっていた。クリスト・ベドヤは時計を見た。六時五十六分だった。そこで彼は、サンティアゴ・ナサールがまだ入ってきていないことを確かめるために、二階に上がった。

寝室の扉は中から閉めてあった。それはサンティアゴ・ナサールが、母親の寝室を通って出たからだった。クリスト・ベドヤは、その家を自分の家のようによく知っていた上に、家族から厚く信頼されていたので、隣り続きの寝室へ行くためにプラシダ・リネロの寝室の戸を押し開けた。明り取りから光が束になって射し込み、埃が浮んで見えた。ハンモックには美しい女が体を横にし、白く清らかな手を頰にあてがって眠っていた。その姿はこの世のものとは思えなかった。「まるで幻みたいだったたな」とクリスト・ベドヤはわたしに語っている。彼は美しさに魅せられ、いっとき彼女を眺めると、そっと寝室を横切り、浴室の前を通って、サンティアゴ・ナサールの寝室に入った。ベッドには寝た形跡がなかった。肘掛け椅子の上には、みごとにアイロンのかかった乗馬服が置かれ、その上にカウボーイハットが乗っていた。また床にはブーツが拍車と一緒に並んでいた。ナイトテーブルの上にあったサンティアゴ・ナサールの腕時計は、六時五十八分を指していた。「そのとき急に、おれはあいつがピストルを持ってまた出て行ったと思ったんだ」とクリスト・ベドヤはわたしに言った。だが、マグナムは、ナイトテーブルの引出しの中に見つかった。「おれはあいつが銃を使うのを一度も見たことがなかった」クリスト・ベドヤはそう言っている。「けれどおれは、そのピストルをサンティアゴ・ナサールに持っていってやることにしたんだ」彼は銃をベルトにさし込み、ワイシャツで隠した。ただし犯行の後になるまで、弾が抜いてあることには気づかなかった。引出しを閉めかけたとたん、コーヒーカップを手にしたプラシダ・リネロが戸口に現れた。

「まあ！」と彼女は叫んだ。「びっくりするじゃない」

クリスト・ベドヤもびっくりした。彼は明るい中で、金色の雲雀《ひばり》の縫取りのある部屋着姿で寝乱れた髪の彼女を見た。魅力は消え失《う》せていた。彼はいくらかまごつきながら、サンティアゴ・ナサールを捜しに入ったのだと説明した。

「司教の出迎えに行ったわ」

「司教なら寄らずに行ってしまいましたよ」と彼は言った。

「そんなことだろうと思ったわ、ひどいものね」と彼女は言った。

彼女はそこで口をつぐんだ。クリスト・ベドヤが身の置き場に困っているのに気がついたからだ。「悪いことをしてしまいましたよ」とプラシダ・リネロはわたしに言った。「だけど、見たとき、あんまりまごついていたものだから、ふと、泥棒に入ったんじゃないかと思ってしまってね」彼女は、一体どうしたのか、と彼に尋ねた。クリスト・ベドヤは、自分が疑われても仕方がないと思ったが、彼女に本当のことを明かす勇気がなかった。

「ぼくは、あのまま一睡もしてないんです」彼はそう答えた。

それ以上は説明しなかった。「とにかく」と彼はわたしに言った。「彼女は自分がいつでも人から何かを盗まれていると思っていたのさ」彼は広場で、中止になったミサのための祭服をまとったアマドール神父に出くわした。けれど、魂を救うこと以外、この神父がサンティアゴ・ナサールのために何かしてくれるとは思えなかった。そこでもう一度船着き場の方へ行こうとしたとき、彼は、クロティルデ・アルメンタの店から誰かが自分を呼んでいるのに気付いた。土気色の顔をし、髪がくしゃくしゃのペドロ・ビカリオが戸口に立っていた。彼はワイシャツのボタンをはずし、袖を肘までまくり上げ、鋸《のこぎり》の刃を利用した手製のごついナイフを持っていた。彼はわざとそうしているとしか思えないほどあまりに横柄《おうへい》だった。しかし、彼はいよいよとなったとき、挑むような態度をもっとあからさまに示して、自分の犯行を食い止めさせようとしたのだった。

「クリストバル」と彼は叫んだ。「サンティアゴ・ナサールに言うんだ、奴《やつ》を始末するためにおれたちがここで待ってるってな」

クリスト・ベドヤは、なんとかして犯行を阻んでやろうと思った。「あのときおれがピストルの撃ち方を知っていたら、サンティアゴ・ナサールはまだ生きていたんだ」と彼は語っている。だが、そのピストルの弾の特別な破壊力についてさんざん聞かされていた彼は一計を案じた。

「注意しておくが、あいつはマグナムを持ってるぞ、車のエンジンだってぶち抜けるんだ」と彼は怒鳴った。

ペドロ・ビカリオは、それが本当でないことを知っていた。「乗馬服を着ていないときは、奴は決して銃を持ち歩かなかったんだ」と彼はわたしに言った。が、いずれにせよ、妹の名誉を晴らそうと心に決めたときすでに、彼は銃のことは考えていた。

「死人が鉄砲を撃てるもんか」と彼は怒鳴り返した。

そのとき、パブロ・ビカリオが戸口に現れた。弟に負けず劣らず血の気のない顔をし、礼服の上着を着て、新聞紙にくるんだナイフを持っていた。「そうでなけりゃ、どっちがどっちだか、まったく分からなかっただろう」とクリスト・ベドヤはわたしに語っている。パブロ・ビカリオの後からクロティルデ・アルメンタが出てきた。そしてクリスト・ベドヤに、急いでくれ、この女みたいな男ばっかりの町で悲劇を防ぐことのできるのは、あんたみたいな男以外にはいないからと叫んだ。

それからはなにもかも町全体がかかわることになった。船着き場から帰る途中だった人々は、叫び声を聞きつけ、犯行に立ち会おうと広場に集まり始めた。クリスト・ベドヤは、何人もの顔見知りに、サンティアゴ・ナサールのことを尋ねた。だが、彼を見たものはいなかった。社交クラブの戸口で、彼はラサロ・アポンテ大佐に出くわした。そこで今し方クロティルデ・アルメンタの店先で起きたことを話した。

「まさか」とアポンテ大佐は言った。「帰って寝るようにわたしが命じたのだから」

「たった今、二人が豚を殺すナイフを持ってるのを見たんですよ」とクリスト・ベドヤは言った。

「ありえん。寝に帰るよう命じる前に、わたしは連中からナイフを取り上げたのだ」町長はそう言った。「君が見たのはきっとその前だ」

「見たのは二分前、それぞれ豚を殺すナイフを持ってましたよ」とクリスト・ベドヤは答えた。

「ああ、そうか！」と町長は言った。「だったら別のを持って戻ってきたにちがいない」

ただちに処置を取ることを町長は約束した。しかし、彼はその晩のドミノの予約を確認するために社交クラブに入っていった。そして出てきたときには、もう犯行は済んでいた。クリスト・ベドヤはそのとき、ひとつだけ致命的な過ちを犯した。サンティアゴ・ナサールは後で気が変って、服を着替える前にわたしの家で朝食を取ることにしたのだと、そう考えてしまったのだ。そして彼を捜しにわたしの家へ向ったのである。クリスト・ベドヤは河沿いの道を急ぎながら、人に会うごとに彼が通るのを見たかどうか尋ねた。けれど、見たと答えた者はいなかった。それでも大きな不安は感じなかった。というのもわたしの家へ通じる道はほかにもいくつかあったからだ。彼は途中で、アンデス地方出身の女、プロスペラ・アランゴから、あっという間に済んだ司教の祝福の効き目もなく、自宅の玄関先の階段で苦しみ悶えている父親をなんとかしてほしいと頼まれた。「その家の前を通ったとき、彼女のお父さんを見たわ」と姉のマルゴはわたしに言った。「だけどもう死相が現れていたわ」クリスト・ベドヤは四分かかって病人の容態《ようだい》を落着けると、後でもう一度応急措置を取ることを約束した。だがプロスペラ・アランゴが父親を寝室へ運ぶのを手伝ってやったため、さらに三分を費《ついや》した。その家を出たとき、遠くから叫び声が聞えたような気がした。けれど、彼は広場の方で爆竹を鳴らしているのだと思った。彼は走ろうとした。しかしきちんと腰にさし込まなかったピストルが邪魔になり、走れなかった。最後の角を曲るとき、クリスト・ベドヤは、わたしの母の後姿を認めた。母は末っ子をほとんど引きずるようにして歩いていた。

「ルイサ・サンティアガ」彼は大声で呼んだ。「あなたの名付け子はどこですか」

辛うじて振り向いた母の顔は、涙でぐしょぐしょだった。

「ああ、あんた！」と彼女は答えた。「殺されたっていうんだよ」

事実その通りだった。クリスト・ベドヤが彼を捜しているとき、サンティアゴ・ナサールは許婚者のフローラ・ミゲルの家に寄ったのだった。その家は、クリスト・ベドヤが彼を最後に見た角の曲りっ端《ぱな》にあった。「あそこにいるなんて思いもしなかったな」と彼はわたしに言った。「だってあそこの連中が昼前に起きることは決してなかったんだから」賢明な家長、ナヒル・ミゲルの命令で、一家は全員正午まで寝る、というのがもっぱらの噂だった。「二度煮炊きしても火が通らないほどの年増《としま》だったけれど、昼まで寝てたものだから、フローラ・ミゲルはまだバラの花みたいだったのよ」メルセデスは、今でもそう言っている。だが実際には、多くの家同様かなり遅くまで閉ざしてはいたものの、彼らは早起きでしかも働き者だった。サンティアゴ・ナサールとフローラ・ミゲルの双方の親は、二人を結婚させる約束を交わしていた。サンティアゴ・ナサールはその約束をまだほんの少年のころに受け入れ、当時はすでに結婚する覚悟ができていた。おそらく父親と同じく、結婚を功利的に見ていたからだろう。一方、フローラ・ミゲルの方は、箱入り娘としてある種の評判を得ていたものの、魅力と常識に欠けていた。そして彼女は同世代の結婚式にことごとく付添の役を務めてきていた。彼女にとり、この親同士の取り決めは、神の思召《おぼしめし》とも言うべき解決策だったのだ。したがって、婚約者としての二人の関係はあっさりしたもので、正式に訪問しあうこともなければ、心をときめかせることもなかった。婚礼は、何度も延期された後、ようやく次の降誕祭のときと決まった。

その月曜日、フローラ・ミゲルは司教の船の最初の汽笛で目を覚ました。そしてまもなく、ビカリオ兄弟がサンティアゴ・ナサールを殺そうと待ちかまえていることを知った。尼僧だったわたしの妹は、不幸な事件の後彼女と口をきいた唯一の人間だったが、妹に対して彼女は、そのことを誰から教えられたのか覚えていないと言っている。「分かっているのは、午前六時にはみんなそのことを知っていた、ただそれだけ」しかし彼女には、まさかサンティアゴ・ナサールが殺されるとは、想像もつかなかった。それよりも彼が、名誉回復のために、アンヘラ・ビカリオと無理矢理結婚させられるのではないか、ふとそんな気がしたのである。彼女は激しい屈辱感を味わった。そして、町の人々の大半が司教を待ちわびているとき、彼女は寝室で、腹立たしさに泣きながら、文箱《ふばこ》の手紙を整理していた。それはサンティアゴ・ナサールが学校時代から彼女に書き送ったものだった。

フローラ・ミゲルの家に寄るときはいつでも、たとえ誰もいなくても、サンティアゴ・ナサールは窓の金網を鍵束で引っ掻くことにしていた。その月曜日、彼女は文箱を膝の上に置いて彼を待っていた。外のサンティアゴ・ナサールからは彼女が見えなかったのに対し、彼女には金網越しに、鍵束で引っ掻く前から、彼が近づいてくる姿が見えていた。

「入ってちょうだい」と彼女は言った。

その家に朝の六時四十五分に入った人間は、かつてひとりもいなかったばかりか、医者でさえ呼ばれたことがなかった。サンティアゴ・ナサールは、ヤミル・シャイウムの店の前でクリスト・ベドヤと別れてきたところだった。しかし、広場であれほど多くの人々が彼を待ちわびていたにもかかわらず、誰ひとり彼が許婚者の家に入るのを見ていないのは、不可解なことだった。検察官は、彼を見た人間をひとりも捜し出すことができなかった。彼はわたしに負けず劣らず執拗に捜したのだが、結局見つけることはできなかったのである。調書の三百八十二頁目の余白に、彼は別の格言を赤インクで書き込んでいる。曰《いわ》く、〈宿命は我らの姿を隠してしまう〉事実、サンティアゴ・ナサールは正面玄関から、公衆の面前で、しかも人目を避けるようなことは一切せずに入ったのだ。フローラ・ミゲルは客間で、怒りのために顔を真っ青にし、大事なことがあるときにいつも着る、ギャザーのついた場ちがいな服のひとつを着て彼を待っていた。そして彼の両手に文箱を乗せた。

「さあどうぞ」と彼女は言った。「あんたなんて殺されればいいのよ！」

サンティアゴ・ナサールはひどくまごつき、手の上の文箱を落してしまった。手紙が床に散らばった。それは愛のない手紙だった。彼はフローラ・ミゲルを追って寝室に入ろうとした。けれど、彼女は扉を閉め、鍵をかけてしまった。彼は何度も戸を叩き、そんな早い時間にしては異常な声で、せき立てるように彼女の名を呼んだ。そのため、家族全員がびっくりして飛んできた。血族に姻戚《いんせき》、大人から子供まで含めると、一家は総勢十四人を越えた。最後に出てきたのは、父親のナヒル・ミゲルだった。彼は赤髯《あかひげ》をたくわえ、故郷から持ってきたベドゥイン*の長い仕事着をまとっていた。家の中ではいつもその格好だった。わたしはしばしば彼に会っているが、図体《ずうたい》が大きく、吝嗇家《りんしょくか》だった。しかし何よりも印象深かったのは、目を見張らせるような彼の権威である。

「フローラ」彼はアラビア語で彼女の名を呼んだ。「戸を開けなさい」

彼は娘の寝室に入った。一方、家族は呆気《あっけ》に取られた顔でサンティアゴ・ナサールを見ていた。彼は客間の床に跪《ひざまず》き、散らばった手紙を拾い集め、文箱にしまっていた。「まるで苦行のようだった」とみんなはわたしに言っている。数分後、ナヒル・ミゲルは寝室から出てくると、手で合図をした。すると家族は全員姿を消した。

彼はそれからサンティアゴ・ナサールとアラビア語で話した。「はなから気づいていたんだが、あれにはわしの言ってることがまるで通じなくてな」と彼はわたしに言った。そこで彼は具体的に、ビカリオ兄弟が殺そうと待ちかまえているのを知ってるか、と訊いてみた。「あれは真っ青になったよ、しかもそのうろたえ振りときたら、決してとぼけているようには見えなかったな」彼はそう言っている。サンティアゴ・ナサールが恐れるというよりはむしろまごついたという点で、彼の見方も一致している。

「あの連中の言うことが正しいのかそうでないのか、お前には分かっているはずだ」とナヒル・

ミゲルは言った。「だがいずれにせよ、今お前に残された道は二つしかない。お前の家も同然のここに隠れているか、わしのライフルを持って出て行くかだ」

「何がなんだかさっぱりだ」とサンティアゴ・ナサールは答えた。

彼に言えたのは、ただそれだけだった。しかも彼はそれをスペイン語で言った。「まるで濡れた小鳥みたいだったな」とナヒル・ミゲルはわたしに語った。彼はサンティアゴ・ナサールの手から文箱を取り上げる必要があった。サンティアゴ・ナサールが、戸を開けるためにそれをどこに置いていいか分からずにいたからである。

「二対一だぞ」とナヒル・ミゲルは言った。

サンティアゴ・ナサールは出て行った。広場にはパレードがある日のように、人々がつめかけていた。彼が出てきた。誰もがそれを見た。彼がすでに自分が殺されることを知っており、あわてふためくあまり自分の家に戻る道が見つからないでいることは、誰の目にもはっきり分かった。人の話では、そのとき誰かがバルコニーから叫んだという。「そこからはだめだ、古い船着き場からにしろ」サンティアゴ・ナサールは声の主を捜した。ヤミル・シャイウムは、自分の店に入れと彼に向って叫ぶと、中に戻って猟銃を捜し出した。しかし、弾の隠し場所が思い出せなかった。人々は四方八方から彼に向って叫び始めた。一時に掛かるいくつもの声にとまどったサンティアゴ・ナサールは、後ろを向いては前を向くという動作を繰り返した。彼が自分の家の台所の戸口を目ざしていたのは明らかだった。だが、突然、彼は正面の扉が開いていることに、そのとき気づいたにちがいない。

「来たぞ」とペドロ・ビカリオは言った。

二人とも同時に彼を見つけた。パブロ・ビカリオは上着を脱ぐと、それを椅子の上に置き、新月刀の形をしたナイフを新聞紙から取り出した。店を出る前に二人は、申し合せたわけでもないのに、ともに十字を切った。そのときクロティルデ・アルメンタがペドロ・ビカリオのワイシャツをつかみ、サンティアゴ・ナサールに向って、殺されるから走れと叫んだ。それはほかの叫び声を消してしまうほど切羽詰まったものだった。「彼は初めぎくっとしてたよ」とクロティルデ・アルメンタはわたしに言った。「誰がどこから自分に叫んでいるのか分からなかったからさ」けれど、彼は彼女の姿を認め、同時にペドロ・ビカリオの姿も認めた。ペドロ・ビカリオは彼女を地面に突き倒すと、兄の後を追った。自分の家までもう五十メートルとないところにいたサンティアゴ・ナサールは、正面の扉に向って走り出した。

その五分前に台所で、ビクトリア・グスマンは、もう誰もが知っていたことをプラシダ・リネロに話した。プラシダ・リネロは気丈夫な女だった。だからその話を聞いても、顔色ひとつ変えなかった。彼女はビクトリア・グスマンに、息子にそのことを伝えてくれたかと訊いた。するとビクトリア・グスマンは故意に嘘をついた。なぜなら、彼がコーヒーを飲みに下りてきたときにはまだ何も知らなかったと、そう答えたからだ。客間で床を磨いていたとき、ディビナ・フロールは、サンティアゴ・ナサールが広場に面した扉口《とぐち》から入ってきて、寝室に通じる船の階段を上がる姿を見ている。「はっきり見たんですよ」とディビナ・フロールはわたしに言った。「真っ白な服を着て、手に何か持ってました。よく見えなかったけれど、バラの花束みたいでした」それでディビナ・フロールは、プラシダ・リネロから彼のことを訊かれたとき、彼女を安心させたのだ。

「一分前にお部屋に上がって行きましたよ」ディビナ・フロールは彼女にそう答えたのだった。

プラシダ・リネロはそのとき床に落ちている封筒を見た。しかしそれを拾おうとは思わなかった。もっと後になり、悲劇の騒ぎの中でそれを誰かに見せられたとき初めて、何が書かれていたのかを知ったのだった。彼女は扉越しに、ビカリオ兄弟がむき出しのナイフを手に家の方に走ってくるのを見た。彼女のいた位置から、二人の姿は見えたが、息子が別の角度から扉口の方に駆けてくるのは見えなかった。「家の中にいるあの子を殺しに入ってこようとしてるんだと思ってね」と彼女はわたしに言った。そこで彼女は、扉のところへ飛んで行き、一気に閉めてしまった。かんぬきを掛けていると、サンティアゴ・ナサールの声が聞え、扉を激しく叩く音がした。ところが、彼女は息子が上にいて、寝室のバルコニーからビカリオ兄弟をののしっているのだと思い、加勢をしようと二階に上がったのだった。

サンティアゴ・ナサールがあと数秒で中に入れるというときに、扉は閉ざされてしまった。それでも彼は、こぶしで何度も扉を叩いた。が、すぐに向き直ると、素手で敵に立ち向かった。「奴をまともに見たとき、おれはぞっとしたよ」とパブロ・ビカリオはわたしに言った。「なにしろ普段の倍には見えたからな」まずペドロ・ビカリオが真っ直ぐなナイフでサンティアゴ・ナサールの右の脇腹を狙った。それをサンティアゴ・ナサールは手を上げて止めようとした。

「このやろうっ！」と彼は怒鳴った。

ナイフは彼の右の掌を貫き、さらに脇腹に深く突き刺さった。彼が苦痛に叫ぶ声を誰もが聞いた。

「ああっ！　母さん」

ペドロ・ビカリオは屠殺人の腕っ節でナイフを引き抜くと、ほぼ同じ場所をもう一度突き刺した。「妙なことに、ナイフを抜いても血がついてませんでした」ペドロ・ビカリオは検察官にそう証言している。「少くとも三度は奴を刺しましたが、血は一滴も出ませんでした」三度目の攻撃を受けた後、サンティアゴ・ナサールは腹の上で腕を組み、身をよじって、仔牛に似た悲鳴を上げながら二人に背を向けようとした。そのとき、左にいたパブロ・ビカリオが、反ったナイフで背中を刺した。背中が刺されたのはその一回だけだった。すると血が勢いよく噴き出し、パブロ・ビカリオのワイシャツは真っ赤になった。「あいつと同じ臭《にお》いだった」と彼はわたしに語っている。三つの致命傷を負ったサンティアゴ・ナサールは、再び兄弟の方に向き直った。彼は母親が閉ざしてしまった扉に寄り掛かり、少しも歯向かおうとせず、進んで二人に公平に止《とど》めを刺されようとしているかに見えた。「奴は二度と声を上げませんでした」とペドロ・ビカリオは供述している。「それどころか、おれには笑ってるように見えました」そこで二人は扉を背にした無抵抗の彼を、代わるがわる滅多突きにした。彼らは目の眩《くら》むような思いでただひたすらそうしたのだが、それは恐怖心の裏返しだった。自らの犯行に怯《おび》える彼らには人々の叫び声が聞えなかった。「まるで馬で突っ走ってるような気持ちでした」とパブロ・ビカリオは証言している。二人は、疲労の極に達したため、突然現実に引き戻された。ところがサンティアゴ・ナサールはまるで倒れそうもない。「ひでえもんだ！」とパブロ・ビカリオはわたしに言った。「人をひとり殺すのがどんなに難しいか、お前さんにゃ想像もつくまいね」なんとかけりをつけようとして、ペドロ・ビカリオは彼の心臓を狙った。が、狙った場所は腋《わき》の下のあたりだった。豚の心臓はそこにあるからだ。実際サンティアゴ・ナサールは倒れなかったのだが、それはナイフで攻撃を加える彼ら自身が、彼を扉に寄り掛からせていたからだった。やけくそになったパブロ・ビカリオは彼の腹を横に切りつけた。するといきなり、腸《はらわた》が残らず飛び出した。ペドロ・ビカリオも同じことをしかけた。だが彼は怖《お》じ気《け》づき、そのため手元が狂って股《もも》を切りつけてしまった。サンティアゴ・ナサールはそれでもまだ、しばらく扉にもたれかかっていた。が、日光に当った自分のきれいな青い腸を見ると、膝からくずおれた。

プラシダ・リネロは大声を上げながら、寝室を次々回って息子を捜した。彼女には誰かが叫んでいるのが聞えるのだが、どこからなのか分からなかった。彼女は、広場に面した窓辺に立った。ビカリオ兄弟が教会の方へ走り去るのが見えた。彼らのすぐ後を、虎狩り用の猟銃を持ったヤミル・シャイウムや丸腰のアラブ人が何人か追いかけていた。プラシダ・リネロは危険が去ったと思った。そこで寝室のバルコニーに出てみた。すると、扉口の前の埃の中にうつ伏せになったサンティアゴ・ナサールが、血の海から立ち上がろうとしているのが見えた。彼は体をよじるようにして起き上がると、垂れ下がった腸を両手で支えながら、幻覚症状が現れたときのようにふらふら歩き出した。

家の周りをひと回りして台所の戸口から中に入るために、彼は百メートル以上も歩いた。まだかなり気は確かで、一番長い道のりとなるため通りを歩くのは避け、隣り続きの家を通り抜けたほどだった。ポンチョ・ラナノとその妻及び五人の子供は、彼らの家の玄関から二十歩のところで起きたばかりのできごとを知らなかった。「人がわいわい騒いでるのは聞えましたよ」と細君はわたしに言った。「でもあたしたちはそれが司教の歓迎会だと思ったんです」朝食を食べようとしていたとき、彼らは血まみれのサンティアゴ・ナサールが自分の腸を両手で抱えながら入ってくるのを見た。ポンチョ・ラナノはわたしに言っている。「あの、おっそろしいくそみたいな臭いだけはどうしても忘れられなかったよ」しかし長女のアルヘニダ・ラナノは、サンティアゴ・ナサールが規則正しい足取りでいつものように堂々と歩いていた、そして無数の巻毛とアラブ人風の顔がいつになく美しかったと、そう語っている。食卓の前を通るとき、彼は一家に微笑《ほほえ》んでみせ、それから寝室の前を次々通り過ぎると、裏口から出て行った。「みんなあまりの恐ろしさにすくんでしまったわ」とアルヘニダ・ラナノはわたしに言った。わたしの叔母のウェネフリーダ・マルケスは、彼がしっかりした足取りで自分の家を目ざし、古い河岸の石段を下りるのを、河向うの家の中庭で鰊の鱗《うろこ》を落しながら見ている。

「サンティアゴ!」と彼女は彼に向って叫んだ。「どうしたの」

サンティアゴ・ナサールは、それが彼女であることが分かった。

「おれは殺されたんだよ、ウェネ」彼はそう答えた。

彼は最後の段につまずいて転んだ。が、すぐに起き上がった。「まだ、腸に泥がついたのを気にして、手でゆすって落したほどだったよ」と叔母のウェネはわたしに言った。それから彼は、六時から開いている裏口から家に入り、台所で突っ伏したのだった。

十二の遍歴の物語

Doce cuentos peregrinos, 1992

旦 敬介 訳

緒言
なぜ十二なのか　なぜ短篇なのか　なぜ遍歴なのか

この本に収められた十二の短篇小説はこの十八年間のうちに書き継がれてきたものだ。現在の形をとる前に、十二のうちの五つは新聞のコラムだったことがあり、また別の五つは映画の台本、一篇はテレビの連続ドラマだったことがある。残る一篇は十五年前にインタヴューで語ったことのある話で、聞き役だった友人がそのテープから書き起こして発表したのだが、このたび私は、その書き起こしヴァージョンをもとにしてもう一度書き直した。全体として、これは説明しておくに値する稀な創造的体験だった――大きくなったら作家になりたいと思っている子供たちに、ものを書くという中毒がどれほど貪欲かつ仮借ないものであるか今のうちから知らせておくのも悪くはないだろう。

最初にこの本の着想を得たのは七〇年代の初頭のことで、きっかけはバルセローナに暮らして五年たったころに見た、ある啓示的な夢だった。その夢の中で私は自分自身の葬儀に出席していた。私はちゃんと自分の足で立って友人たちの一団とともに葬列に加わって歩いているのだ。友人たちは格式ばった喪服を着ているのだが、まるでお祭りのように陽気にしている。私たちは誰もが、みんなで一緒にいるということに幸福を感じているようだ。中でもとりわけ私がそうだった——死があたえてくれたこのよろこばしい機会のおかげで、わがラテンアメリカの友人たちと集《つど》うことができたのだから。しかも、彼らこそ私の一番古くからの友人たちであり、一番好きな友人たち、もうずいぶん長いこと会っていない友人たちだった。葬儀が終わってみんなが帰りはじめると、私も一緒に帰ろうとした。ところが、彼らのひとりが有無を言わせぬ厳しい調子で、私にとってはもう祭りは終わったのだと言ってきた。「お前はひとりで残るんだ」と彼は言った。その時になって初めて私は、死ぬというのがもう二度と友達と一緒にいられないということであるのを理解したのだった。

どうしてなのかわからないが、私はこの酷薄な夢をわがアイデンティティの自覚として解釈し、ヨーロッパに来たラテンアメリカ人の身に起こるいろいろな奇妙なできごとについて書くいい出発点になるのではないかと考えた。これはひとつの励ましとなる着想だった。というのも、私はその直前に『族長の秋』を書き終えたばかりで、これがそれまでで一番苦しい難儀な仕事だったため、その先どこから始めたらいいのかわからなくなっていたのだ。

それから二年ほどの間、私は思いついたテーマを、どのように使うのかわからぬままどんどんメモに書きとめていった。書きとめていこうと決めた晩には家にメモ帳がなかったため、息子たちの学校のノートを借りた。わが一家が頻繁な旅に出るたびに、息子たちはこのノートが行方不明になるのを恐れて自分らの学校鞄に入れて持ち運んだ。こうして結局、かなり細かいところまで書きこまれた六十四のテーマがたまり、あとは実際に書くだけというところまで来た。

バルセローナからメキシコにもどった一九七四年、私は、この本が最初に考えていたように長篇小説になるのではなく、短めの短篇のコレクション——新聞記事的な出来事に基づいていながら、詩的策略の力によって、忘却の運命を免かれているような——になるべきなのだと気がついた。それまでに私は短篇集を三冊出していた。しかしいずれも、一冊の短篇集として構想されれ書かれたものではなく、各短篇はそれぞれ時に応じて書かれた独立した作品だった。となると、六十四の短篇を書き下ろしていくというのはくらくらするような冒険になるかもしれない。全篇を一気に書いてしまうことができて、そのタッチとスタイルによって内的な統一がとれているために、読者の記憶の中で全体が分かちがたくひとつに結びついている、というふうにできれば——。

最初の二篇——「雪の上に落ちたお前の血の跡」と「ミセス・フォーブスの幸福な夏」——は一九七六年に書きあげ、すぐに何か国かで新聞の文芸付録などに発表した。私は一日も休まずに書き続けたが、三つめの短篇の途中で——実はこれが自分の葬式の話だった——長篇小説を書いている時よりもさらにひどく自分が疲れてきているのを感じた。同じことが四本めの作品の時にも起こった。あまりにも苦しくて息が続かず、この二篇は完成させられなかったほどだ。どうしてだったのか、今ではわかっている。短篇小説をひとつ書くには、長篇を書き出すのと同じくらい強烈なエネルギーが必要なのだ。長篇小説では最初の一段落ですべてを決定しなければならない——構成、タッチ、スタイル、リズム、長さ、さらに場合によっては特定の人物の性格まで。それ以後は書くことの快楽、想像しうる最も私的な、最も孤独な快楽がある。そして、作家が自分の本を一生書き直し続けたりしないのは、書きはじめるのに必要な鉄のような厳しさが書き終わりをも決定するからだ。それに対して、短篇には始まりも終わりもない——一気に行くか行かないか、それだけしかない。そして、うまく行かない場合は、私の経験からしても他の作家の経験からしても、たいがいはもう一度最初から別の道でやりなおすか、あるいは思い切って全部捨ててしまった方がいい。誰だったか覚えていないが、このことをうまく表現して私たちを慰めてくれている――「いい作家というのは、発表したものよりも破って捨てたものの方で自分を評価するものだ」。私としては、下書きやメモを破って捨てることはしなかったが、実はもっとひどいことをした――忘却にまかせたのだ。

このノートがメキシコで私の書き物机の上にあって、折り重なった書類の合間に埋もれかかっていたのを私は一九七八年までおぼえている。ところがある日、私は別のものを捜していて、ふと、例のノートをしばらく前から見かけなくなっていることに気がついた。が、その時は特に気にしなかった。しかし、机の上に本当にないことをついに確認した時にはパニックに襲われた。家じゅうの隅という隅を徹底的に捜索した。家具をどけてみたり、書棚を解体して本の後ろに落ちていないことを確かめたりした。使用人や友人たちを許しがたい尋問にかけた。どこにもなかった。唯一可能な説明（あるいは唯一つじつまの合う説明）とは、私自身が頻繁に行なう書類の大量抹殺のおりに、あのノートもまぎれてゴミ箱行きになってしまったということだ。

私は自分自身の反応に驚いた――四年近くも思い出すことのなかったノートの内容を回復することが私にとって、名誉のかかった大問題になったのだ。なんとしてでもあの中味を取りもどそうと、もとのを書くのにかかったのと同じだけのエネルギーを傾けた結果、私は三十のテーマを再構成するのに成功した。もとのアイディアを思い出す努力が毒抜きになったのか、次いで私は、救いがたいと思われるテーマを容赦なく捨てていった。すると十八が残った。今度こそは間を置かず書き継いでいこうと決意して気持ちも高揚したが、じきに私は自分がこれに熱意を失ってしまっていることに気づいた。しかしながら、新しい物書きたちに日ごろ助言してきたことに反して、私はそれをゴミとして捨てることはせずに、再度保管しておくことにした。ひょっとしての万が一のために……。

一九七九年になって『予告された殺人の記録』を書きはじめた時、私は自分が、二冊の本の間の空白期間のうちにものを書く習慣を失ってしまって、新しい作品にとりかかるのが毎回さらに困難になってきていることをあらためて確認した。そのため、一九八〇年の十月から一九八四年の三月まで、私は腕を暖めておくための規律訓練として、さまざまな国の新聞に週一本コラム記事を書くという仕事を自分に課した。その時になって私は気がついた――あのノートのメモと私との格闘は一貫して文学的ジャンルの問題であって、あれは本当は短篇小説ではなく新聞のコラムになるべきなのだ。ノートの中からとった話題を五つ発表してから、私はすぐにまた考えを変えた――映画の方がもっと向いているのではないのか。こうして五本の映画とテレビの連続ドラマがひとつできあがった。

私がまったく予期していなかったのは、新聞や映画の仕事が、いくつかの短篇に関して私のアイディアに変更を加えることになったということで、それは今回、最終的な形に書くにあたって、私自身のアイディアだった部分と、脚本を書いている間に監督たちがふくらませた部分とを、ピンセットでより分けるように注意深く分けていかなければならなかったほどだ。さらに、五人の異なったクリエーターと同時並行で協力して仕事をするということがあったせいで、私はこの短篇集を書いていく新しい方法を思いついた――暇な時に一篇を書きはじめて、疲れたと感じたり予定外の企画がもちあがったりしたら一時それを放棄し、またじきに別のを書きはじめる、というものだ。一年あまりのうちに当初の十八テーマ中の六つはゴミ箱行きになり、その中には私の葬式の話も入っていた。どうしても夢の中でのような陽気な大騒ぎとして書くことができなかったからだ。あとに残ったものはしかし、もっと長く生きられる息吹《いぶき》を得たようだった。

それがこの本の十二篇だ。さらに二年間の断続的な仕事をへて、昨年の九月には印刷所にまわせるところまできた。くずかごに行ったりもどったりという絶え間ない遍歴はそこで終わるはずだったのだが、ぎりぎりの瞬間になって私は最後のひとつの疑念にとりつかれた。各短篇の舞台となっているヨーロッパの都市を、私はずいぶん遠くから、記憶に基づいて書いたため、ほぼ二十年後における自分の記憶の正確さを確かめたいという気持ちになったのだ。そこで私は、バルセローナ、ジュネーヴ、ローマ、パリと足早な偵察旅行を企てた。

いずれの都市も、私の記憶とは似ても似つかぬものだった。どの町も、現在のヨーロッパ全域と同様、驚くべき反転によってすっかり希薄になっていた。現実の記憶が私には記憶の亡霊のように感じられ、その一方で、偽《にせ》ものの記憶の説得力があまりにも強くてすっかり現実にとってかわってしまったようだった。そのため、私には幻滅とノスタルジアとの間の境界線を見極めることがまったくできなかった。それが最終的な解決策となった。ついに私はこの本を仕上げるために一番必要だったもの、年月の経過によってのみ得られるものを見つけたのだ——それは時間の中での遠近法ということだ。

この好運な旅からもどると私は全篇をもう一度最初から書き直した。熱に浮かされたような八か月だった。私にはもうどこまでが現実の生で、どこから空想が始まるのか自問する必要はなかった。二十年前にヨーロッパで生きたことはどれも本当ではないのかもしれない、という思いが後押ししてくれたからだ。そうなると筆の運びは実になめらかになり、時には純然たる語りの快感によって書いている——この状態は人間の状態としてはもっとも空中浮遊に近いものかもしれない——ように感じられたほどだった。さらに、全短篇を同時に書いていきながら、まったく自由に一篇から別の一篇へと飛び歩いた結果、全体をパノラマ的に見渡すことができ、これは順次出だしから書いていく疲労から救ってくれたばかりでなく、無為な反復や決定的な矛盾を狩りだす助けとなった。このようにして結局、ずっと書きたいと思っていたものに一番近い短篇の本ができたと私は思っている。

さあ、どうぞ、不実な運命の手管を逃れて生き残るために戦いながら、あちこちをさんざん放浪したものが、ようやくお手もとに運ばれることになりました。最初に書きあげた二篇をのぞけば、いずれも同時に書き終えたものであり、それぞれに書きはじめた日付を付してある。この本の中の順番は最初のメモ帳に並んでいた順番通りになっている。

私は昔からずっと、短篇小説は別ヴァージョンとして書き直していけばいくほどかならずよくなっていくと信じてきた。では、どのヴァージョンを最終版とすればよいのか。それはこの仕事の秘密なのだが、知性の法則には従わず、直感の魔法に属する——ちょうど料理女がスープのできあがりを直感するのと同じように。しかし、いずれにせよ、さまざまな疑義のため、私はこの本を読み返すまいと思っている。後悔するのがこわくて私はこれまで自分の本はどれも読み返したことがない。この本をどうすればいいのか、それは読む人がおのずと知るにちがいない。幸いなことに、この十二の遍歴の短篇たちにとっては、くずかごに放りこまれて終わるというのもまた、自分の家に帰るようなほっとした気持ちのすることにちがいない。

ガブリエル・ガルシア＝マルケス

カルタヘーナ・デ・インディアス、一九九二年四月

大統領閣下、よいお旅を

ひとけのない公園の紅葉した木の下で彼はベンチに腰をおろして、ステッキの銀の握りに両手を休めたまま、埃まみれの白鳥たちを見つめて死に思いをめぐらせていた。初めてジュネーヴ*に来たころには湖の水は静かでよく澄んでおり、人に馴れたかもめたちが近づいてきては手から餌を食べたものだったし、時間を間違えた亡霊のような商売女たちが、オーガンディのフリルに身を飾り、絹の日傘をさして立っていたものだった。しかし今では、声をかけることができそうな女といったら、目の届くかぎり、無人の船着き場に花売り女がひとりいるだけだった。時間というものが自分の人生にだけでなく世界にまで、これほどの荒廃をもたらしうるというのを信じるのはつらいことだった。

数多くの著名人が人知れず暮らしているこの都においては、彼もまたひとりの知られざる男にすぎなかった。白のピンストライプが入った濃紺の背広、金糸の織りこまれたヴェスト、退任した判事がかぶるようなかっちりした帽子。三銃士のひとりのようなお高くとまった口髭、色男ふうに波うっている青みがかった豊かな黒髪、ハープ奏者のような手、その左手の薬指にはすでに相手の失われた結婚指輪が残り、目には今なお陽気な光があった。唯一、くたびれた感じの肌だけが彼の健康状態をあらわに示していた。にもかかわらず、七十三歳にして彼にはなおも王公のような優雅さがあった。しかし、その朝の彼は虚栄から遠いところにいる自分を感じていた。栄光と権勢の日々はすでにとりかえしようもなく遠く、今彼のもとにあるのは死を間近にひかえた日々だけなのだった。

ふたつの世界大戦を間にはさんで彼がジュネーヴを再訪したのは、マルティニーク島*の医師たちには特定できなかったある痛みに関して決定的な解答を得るためだった。二週間以上かかることはあるまいと考えてやってきたものの、苦しい検査とはっきりしない結果ばかりのうちにすでに六週間が過ぎ去っており、いまだにいつになったら終わるのか見通しすら立たなかった。医師たちは痛みのありかを肝臓に探り、腎臓に探り、膵臓に、そして前立腺に探った。関係のないところばかりだった。その陰気な木曜日の朝、それまでに診察をしたたくさんの医者の中で一番名の知られていない医者が、朝の九時に神経科病棟に来るようにと言ってくるまでそれは続いたのだった。

診察室は修道士の独居房のようなところだった。医者は寸づまりで陰気な感じ、おまけに親指を骨折したとかで右手にギプスをはめていた。電気が消えるとスクリーン上に脊椎のレントゲン写真が映し出されたが、医師がポインターで腰の下のふたつの椎骨のつなぎめを差し示すまで、彼はそれが自分の脊椎だとは気づかなかった。

「あなたの痛みはここにあるんです」と医師は言った。

しかし、彼からすれば、ことはそう簡単ではなかった。彼の痛みはとらえがたいもので、時には右の肋骨のところにあるように感じられ、時には下腹部に感じられ、かと思うと思いがけない時に突き刺すような痛みが鼠蹊《そけい》部に走るのだった。医師はポインターでスクリーン上を差したまま彼の言うことにじっと耳を傾けた。「だからこんなに長いこと、とらえきれなかったんです」と医師は言った。「しかし、今ではここにあることがわかりました」。それから彼は、こめかみに人差し指をもっていってぴしゃりと言った——

「厳密に言えばもちろん、大統領閣下、痛みというのはすべてここにあるわけですが」。

その診断スタイルはいかにも劇的で、このせりふに比べれば最後の宣告も温情判決のように聞こえた——結局のところ、大統領は危険な手術を受けざるをえないのだった。どのくらいの危険があるのか、と大統領はたずね、すると老医師は曖昧な空気で彼を包んだ。

「確定的には言えません」。

ごく最近までは手術中に致命的な事故が起きる危険は大きかった、と医師は説明した。異った種類の麻痺がさまざまな程度で生じる危険はさらに大きかった。しかし、二度の戦争にともなう医学の進歩によって、その恐れはすでに過去のものとなったという。

「どうかご心配なく」と言って医師は話をしめくくった。「身のまわりのことを整理して、それからご連絡ください。ただ、ひとつだけ、早ければ早いほどいいということはお忘れなく」。

この悪い知らせを消化するのに都合のいい朝ではなかった。荒れた天候のもとではなおさらそうだった。彼は朝早く、窓から目のさめるような陽光が見えたため、外套を持たずにホテルを出てしまっていた。そして、シュマン・デュ・ボー・ソレイユ街*の病院から、人目を避ける恋人たちが集う英国公園の一角まで慎重な足取りで歩いてきたのだった。それからそこで一時間以上、ずっと死について考えめぐらしていると、急に秋が始まった。湖の水は激した大洋のように荒れ、乱暴な風がかもめたちを追い散らし、枝に残った最後の木の葉を落としていった。大統領は立ち上がり、花屋から買うかわりに花壇からデイジー*を一本抜いて襟のボタン穴に差した。花屋はそれを見逃さなかった。「旦那さん、そこの花は神様のものじゃないんだよ」と彼女はあきれて言った。「市庁のものだからね」。

彼は耳も目も貸さなかった。ステッキを中程でつかみ、時折いくぶん伊達男ふうの洒落っ気をもって回転させながら軽い足取りで遠ざかった。モンブラン橋のところでは突風にあおられた連盟旗を大急ぎで取り外しているところで、泡を冠のように頂いた優美な噴水も時間前に水を止められていた。大統領は湖岸にある行きつけのカフェを見逃しそうになった。キャンバス地の緑色のひさしが外されて、夏の間設けられていたテラス席が閉鎖されていたからだ。店内に入ると、昼日中だというのに電灯がともされており、弦楽四重奏団が不吉なモーツァルトを弾いていた。大統領は客のために置いてある新聞をカウンターから取り、帽子とステッキをかけて一番遠くのテーブルにつくと、新聞を読むために金縁のめがねをかけ、その時になって初めて秋が来ていることを意識した。ごく稀にアメリカ大陸のニュースがのっている国際欄から読みはじめて、後ろから前へと新聞を読んでいると、毎日飲んでいるエヴィアン水*をウェイトレスがもってきた。彼はもう三十年以上前から、医者の指示にしたがってコーヒーを飲むのをやめていた。しかし、こう言ったこともあった――「自分がじきに死ぬと確信する日が来たら、その時はまた飲んでやる」と。もしかしたらその時が来たのかもしれなかった。

「コーヒーも持ってきてくれないか」と彼は完璧なフランス語で注文した。そしてさらに、二重の意味に気を止めることなくつけたした。「イタリア式の、死んでいるものまでむっくり起き上がるようなやつを頼む」。

砂糖を入れずに彼はそれをゆっくりとひと口ずつ飲み、飲み終えるとカップを逆さにして受け皿に置いた。沈殿したコーヒーの粉に、数十年ぶりに、運命を描き出してもらうためだった。とりもどしたコーヒーの味は、悪い方に向かいがちな思考をしばし押し止《とど》めてくれた。その一瞬後、占いの一環のようにして、彼は誰かに見つめられているのを感じた。そこで何げなく新聞のページをめくりながらレンズの上から周囲を見た。無精髭の伸びた青白い顔の男、野球帽に羊の裏革のジャケットを着た男がいるのが見えた。男は彼の視線とぶつからないようにその瞬間、目をそらした。

その顔には見覚えがあった。何度か病院の待ち合い室ですれちがったことがあり、その後も白鳥を眺めている時に、この男が湖畔の遊歩道で*ペダル式バイクに乗っているのを見かけたことがあったが、身元を知られているような気がしたことは一度もなかった。しかし、これもまた亡命生活につきまとう毎度の追跡妄想なのかもしれなかった。

彼はゆっくりと新聞を読み終えながら、ブラームスのすばらしいチェロの調べの中を浮遊し続けたが、やがて痛みの方が音楽の麻酔作用よりも強くなった。そこで、鎖でつながってヴェストのポケットに入っている金時計を見てから、エヴィアンの最後のひと口で正午の鎮静剤二錠を飲んだ。眼鏡をはずす前にコーヒー粉に描かれた運命を読んだ。氷のような戦慄が走った——不確実性がそこには描き出されていた。最後に彼は勘定を払って形ばかりのチップを残し、ステッキと帽子を取って、自分を見つめている男に目をやることなく通りに出た。風に荒らされた花壇の縁に沿って陽気な足取りで遠ざかり、占いの呪縛から逃れたことを感じた。しかし、急に自分のすぐ後ろに足音を感じて、角を曲がったところで立ち止まるとまわれ右をした。後ろからつけていた男は衝突するのを避けるためにその場に立ちつくすしかなく、彼の目から手のひらふたつほど離れたところから怯えたように見た。

「大統領閣下」と男はもごもごと言った。

「誰から金をもらっているのか知らないが、変な希望を抱くな、と言ってやってくれよな」と大統領は、笑みを失うことなく魅力的な声で言った。「私の健康には何も問題はない」。

「私以上にそれを知っている人はいません」。男は突然ふりかかってきた威厳の圧力に押されて言った。「病院で働いているんです」。

そのしゃべりかたと抑揚は、その控えめな調子までふくめて、洗練されていないカリブ人のものにちがいなかった。

「医者だって言うんじゃないだろうな」と大統領は言った。

「そんな、とんでもない」と男は言った。「救急車の運転手をやっています」。

「それは失礼」。大統領はすなおにそれを信じて言った。「きつい仕事だな」。

「いや、閣下ほどではありません」。

大統領は男をじっと見つめ、両手をステッキにやって体を支え、本気で興味をもってたずねた。

「きみはどこの出身だ？」。

「カリブ海です」。

「それはもうわかっている」と大統領は言った。「で、どの国だ？」。

「閣下と同じ国です」と男は言い、手を差し出した。「名前は*オメーロ・レイといいます」。

大統領は驚いてその手を握ったままことばをさえぎった。

「そりゃすごい、すごい名前だな！」。

オメーロも緊張がとけた。

「もっとあるんです。本名はオメーロ・レイ・デ・ラ・カーサといいます」。

冬めいた疾風にふたりは無防備なまま道のまん中で襲われた。大統領は骨の芯から震えあがり、よく食事をする安食堂までの二ブロックを外套なしで歩いていくのは無理だと判断した。

「もうお昼は食べたかね？」と彼はオメーロに聞いた。

「昼は食べないことにしてます」とオメーロは言った。「一日一回だけ、夜、家で食べることにしてるんです」。

「きょうは例外にしたらいい」。彼は魅力のすべてを傾けて言った。「ごちそうしよう」。

大統領は相手の腕を取り、向かいのレストランへと連れていった。布のひさしには金色で*ル・ブフ・クーロネと店の名前が書かれていた。店の中は狭くて暖かかったが、空いているテーブルはなさそうだった。誰も大統領のことに気づかないのを見てあわてたオメーロ・レイは、店の奥まで頼みに行った。

「現役の大統領なんですか？」と店の主人は聞いた。

「いや、失脚した大統領です」とオメーロは答えた。

店の主人は肯定の笑みを浮かべた。

「そういう方のためには、いつでも特別なテーブルを用意してあります」。

主人はふたりを一番奥の、気兼ねなく話ができる離れたテーブルに案内した。大統領は主人に礼を言った。

「あなたのように亡命者の名誉を尊重してくれる人は少ないものでして」。

店のおすすめ料理は牛のあばら肉の炭火焼きだった。大統領とその招待客は周囲を見回し、よそのテーブルに大きな肉の切り身が出されているのを見た。縁にはやわらかそうな脂がついていた。「見事な肉だな」と大統領はつぶやくように言った。「しかし、医者に禁じられてる」。彼はオメーロをいたずらっぽい目つきで見つめ、それから声の調子を変えて言った。

「実を言えば、何もかも禁じられている」。

「コーヒーも禁じられてるんじゃありませんか」とオメーロは言った。「でも、飲んでらっしゃる」。

「気がついたかね？　しかし、きょうのは特別な日の特例だったんだ」。

その日の特例はコーヒーだけではすまなかった。彼は炭火焼きのあばら肉をやはり注文し、さらに、オリーブ油をひと振りかけただけの新鮮な野菜のサラダを頼んだ。客の方は同じものに加えて赤ワインをハーフボトル注文した。

肉が焼けるのを待っている間に、オメーロは上着のポケットから、紙幣のかわりに紙切ればかり入っている財布を取り出し、色のさめた一枚の写真を大統領に見せた。大統領はワイシャツ姿の自分をそこに見た。何キロ分か今より痩せており、髪と髭はみごとな漆黒、少しでも顔が出るように背伸びをしている若い群衆に囲まれている自分だった。ひと目見ただけでその場所もわかった。唾棄すべきあの選挙運動のシンボルマークもすぐにそれとわかったし、思い出したくもないその日の日付まで思い出した。「なんてこった！」と彼はつぶやいた。「人は実物よりも肖像の方が早く老《ふ》けるものだ、と昔から言ってたんだが、その通りだな」。そう言うと彼は、きっぱりとした態度で写真を返した。

「よく覚えているよ」と彼は言った。「もう何千年も前、サン・クリストーバル・デ・ラス・カーサスの闘鶏場だったな」。

「ぼくはあの村の出身なんです」とオメーロは言い、写真の中の自分を指差した。「これがぼくです」。

大統領も彼の姿を認めた。

「ほんの子供のころだな！」。

「まあそうですね」とオメーロは言った。「支援大学生隊のリーダーとして閣下の南部の遊説《ゆうぜい》にずっと同行してたんです」。

大統領は非難されるのを見越して先に言った。

「私はもちろん、きみのことには気づきもしなかった」。

「とんでもない、閣下はぼくらにはたいへん親切でした。ただ、数が多かったのでいちいち覚えてられるはずはありません」。

「その後は？」。

「閣下が一番よくご存じなんじゃありませんか？　あの軍事クーデターがあったわけですから、今ここに私たちふたりが無事にいて、ステーキを腹いっぱい食べようとしているということの方が奇跡なんじゃないでしょうか。もっと運が悪かった人も多いわけで」。

オメーロがそう言った時に料理が運ばれてきた。大統領はナプキンを赤ん坊のよだれかけのように首につけた。相手が黙って驚いているのにも気がつき、「こうしないと食事のたびにネクタイを一本むだにしてしまうのでね」と言った。彼は食べはじめる前に肉の味加減を試し、うれしそうな身振りで気に入ったことを示すと、もとの話題にもどった。

「わからないのは、探偵みたいに尾行したりせずに、もっと前にどうして私に接近しなかったのかという点だ」。

そこでオメーロは、特別な患者専用の裏口から大統領が病院に入るのを見かけたその時から大統領に気づいていたことを語った。それは夏のさなかのことで、大統領はいかにもアンティール諸島ふうに白い麻の三つ揃いスーツを着て、白と黒のコンビネーション靴をはき、襟には一輪のデイジーを差し、豊かな髪は風に乱れていた。オメーロは大統領が人の手を借りずにひとりでジュネーヴに来て暮らしていることを確認した。ジュネーヴは昔、彼が法律の勉強を終えた町で、よく覚えているところなのだった。病院当局は彼の要望に沿って、完全な匿名性を維持するよう内部措置をとった。その同じ晩のうちにオメーロは彼と接触することで妻と合意した。にもかかわらず、オメーロはそれから五週間にわたって適切な機会を求めて大統領を尾行し続けた。もし大統領の側から彼を詰問することがなければ、結局挨拶もできずに終わっていたかもしれなかった。

「結局挨拶してくれてよかったよ」と大統領は言った。「まあ本当のところを言えば、私はひとりで放っておかれるのはまったく気にならない方なんだが」。

「いや、それは大統領に対する不当な扱いです」。

「どうして？」。大統領は本当にわからなくてたずねた。「わが生涯最大の勝利は、人から忘れられるのに成功したという点なんだが」。

「ぼくたちは、思ってらっしゃるよりずっとよく閣下のことを覚えています」。オメーロは感情を隠さずに言った。「このように、お元気で、若くてらっしゃるのを見ることができて、感激です」。

「とはいうものの、あらゆる点から見て、私はもう、じきに死ぬことになっているんだ」と大統領は大仰な調子もなく言った。

「すべてがうまくいく確率はひじょうに高いはずです」とオメーロは答えた。

大統領は驚いてびくりとなったが機知を失うことはなかった。

「こりゃたまげた！」と叫んだ。「美しきスイスは医療秘密というのを廃止したのか？」。

「世界じゅうどこの病院でも、救急車の運転手の知らない秘密はありません」。

「それにしても、私が知っていることはつい二時間前、知っているはずの唯一の人物から聞いたものなんだが」。

「いずれにしても、閣下がたとえ亡くなっても、誰かがかならず名誉ある偉人にふさわしい扱いをしてくれるはずです」。

大統領は喜劇的に驚いたふりをした。

「前もって知らせてくれて、ありがとうよ」と彼は言った。

彼は他のことをするのと同じようにゆっくりと、実にていねいに食事をした。食べながらオメーロの目をまっすぐ見つめた。そのため、オメーロは彼が考えていることを直接に見ることができるような気がした。長いこと、懐かしい昔の話をした後で、大統領はずる賢そうな笑みを浮かべた。

「自分の遺体の行く末については気にかけないことに決めてたんだが、こうなってくると、誰にも発見されないよう探偵小説めいた予防策を少しとった方がよさそうだな」。

「やってもむだですよ」とオメーロの方も冗談で答えた。「病院には一時間以上続く秘密というのはありませんから」。

　コーヒーを飲んで食事を終えると大統領はカップの底を読み、ふたたび戦慄をおぼえた——占いは前と同じことを告げていた。しかし、表情は変わらなかった。彼は勘定を現金で払ったが、その前に何度も計算を確認し、お金もまた何度も不必要なほど注意深く数えた。残したチップはウェイターが不平をこぼすのも無理ない額だった。

「まったく楽しかった」と彼はオメーロに別れを告げながら最後に言った。「いつ手術をするかはまだ決めていないが、それに手術を受けるかどうかすらまだ決めていないんだが、すべてがうまくいったらまた会おう」。

「それよりもっと前にはどうですか?」とオメーロは言った。「妻の名はラサラというんですが、お金持ちの家で料理をしたりしてるんです。彼女は海老の炊きこみご飯《アロス・コン・カマローネス》がどこの誰よりもうまくて、よろしかったら数日中にでもうちにご招待したいんですが」。

「海老、蟹の類いは禁じられてるんだが、よろこんでいただくよ。いつがいいのか、言ってくれたまえ」。

「ぼくは木曜日が休みの日でして」とオメーロは言った。

「それがいい」と大統領も言った。「じゃあ木曜日の夜七時にうかがうよ。楽しみにしてる」。

「お迎えにあがります。オテル・リー・ダーム、ランデュストリー街14番地。駅の裏ですよね、ちがってますか？」。

「その通りだ」と大統領は言い、いつにもまして魅力的に立ち上がった。「どうやら私の靴のサイズまでご存じのようだな」。

「もちろんです、閣下」とオメーロもおもしろがって答えた。「四十一号です」。


オメーロ・レイが大統領には言わなかったこと、しかしその後何年間も、聞く人がいるたびに語って聞かせたこととは、彼の意図が最初はそれほど邪気のないものではなかったということだ。他の救急車の運転手たちと同様、彼も葬儀屋や保険会社とつながりがあり、病院の中で、特に経済的余裕のない外国人患者を相手にそうした会社のサービスを売ったりすることがあった。手数料はわずかなもので、それをさらに、重病人に関する秘密情報を横流しする職員と分けなければならなかった。それでもその小さな収入は、妻と子供ふたりをかかえてばかげた給料でかろうじて食いつないでいる未来なき異邦人にとってはけっこう慰めとなる金額だった。

妻のラサラ・デイヴィスは彼よりもずっとリアリストだった。彼女は*プエルト・リコのサン・フアンから来た細身の混血女《ムラータ》で、小柄でひきしまった体つき、肌は冷ましかけのカラメルのような色、そして気の強い雌犬のような目は彼女の性格にぴったりだった。ふたりは病院のチャリティー事業を通じて知りあった。ベビーシッターとして彼女を連れて来た母国の資産家のところからジュネーヴで放り出された後、チャリティーの庶務全般のアシスタントとして働いていた時のことだった。彼女はヨルバ族*の王家の血筋だったが、ふたりはカトリック教会で結婚し、アフリカ系移民の多い建物の、エレベーターのない八階、2ベッドルームにリビングというアパートに住んでいた。ふたりには九歳の娘バルバラと、いくぶん知恵遅れ気味らしい七歳の息子ラサロがいた。

　ラサラ・デイヴィスは聡明な女で、意地は悪かったが心は優しかった。彼女は自分のことを牡牛座の性格そのものであると理解しており、自分で行なう星占いには盲目的な信仰をもっていた。しかしながら、億万長者相手の星占い師として生活をたてるという夢はかなわなかった。そのかわりに彼女は、お金持ちの夫人たちにかわって晩餐の料理を用意することで折々の生計のたしにしていた。それは時にはかなりの額になった。夫人連中はそのエキサイティングなカリブ海料理がすべて自分の手になるものだと招待客に信じこませて自慢にするのだった。それにひきかえ、オメーロの方は極端なほどの内気症で、ほとんど何の役にも立たなかったが、ラサラは彼の無垢な心と立派な一物ゆえ、オメーロなしで生きていくことなど想像すらできないのだった。ふたりの間はうまくいっていたが、年をへるごとに暮らしは厳しくなり、子供は大きくなっていった。大統領があらわれたころには、五年間ためてきた貯金を少しずつ取り崩しはじめていた。そのため、オメーロ・レイが病院の匿名患者の中に大統領がいることを発見すると、ふたりの思いは大きくふくらんだ。

　彼らは大統領から何を、どういう理由をつけてもらうつもりなのか、はっきりとは理解していなかった。最初は、遺体の防腐処理と母国への移送を含めた葬儀パッケージ一式を売りつけようと考えた。しかし、やがて、大統領が最初思ったほどすぐには死にそうもないことがわかってきた。例の昼食の日のころには、ふたりは本当に得をすることがあるのかどうか、自問するほどになっていた。

本当のところを言えば、オメーロは支援大学生隊のリーダーではなかったどころか、それに類するものだったこともなく、大統領の選挙遊説に関係したのは唯一あの写真——簞笥《たんす》の奥から奇跡的に出て来たもの——が撮られた時だけだった。しかし、熱心な支持者だったのは本当だった。また、軍事クーデターに対する街頭抵抗運動に加わったため国から逃げなくてはならなかったというのも本当だったが、その後こんなに長くジュネーヴで暮らし続けているのは、ただひたすら彼に才気が欠けているせいだった。というわけで、大統領に取り入るために、まったく的外れではない嘘をひとつ、つくぐらいは何でもないはずだった。

ふたりにとって最初の驚きは、この名高き亡命者が、さびれたグロット地区の四流ホテルに泊まってアジア系の移民や夜の女たちに交じって暮らしていて、貧乏人用の安食堂でしか食事をしないということだった。なにしろジュネーヴには、表舞台から追われた政治家にふさわしい立派な住居がいくらでもあるのだから。オメーロは大統領が毎日、最初の日と同じことをくりかえすのを見た。彼は遠くから、そして時には危ないほど近くから大統領の後をつけ、旧市街の陰気な壁と垂れ下がった黄色い*フウリンソウの間をめぐる夜の散歩につきあったりした。何時間もカルヴィンの彫像に見入っているのを見たこともあった。ジャスミンの激しい香りに息を詰まらせながら彼の後について石段を登り、ブール・ド・フール広場の上から夏の悠然とした日没を眺めたこともあった。またある晩には、最初の霧雨のもと、*ルビンシュタインのコンサートを聞くために学生たちに交じって、大統領が外套も傘もなしに列に並んでいるのを見た。「肺炎になってもおかしくなかった」と後でオメーロは妻に言った。前の週の土曜日には、気候が変わりはじめたのを受けて、偽ミンクの襟がついた秋もののコートを買っているのを見た。それは逃亡中のアラブ人首長たちが買い物をするローヌ街のきらきらした店でのことではなく、ノミの市でだった。「それじゃもうどうしようもないじゃない！」。オメーロから話を聞いてラサラは叫んだ。「芯からけちなんだわ、政府の金で共同墓地に埋めてくれとだって言い出しかねない。そんなのからじゃ、一銭もとれない」。

「ひょっとしたらほんとに貧乏なのかもしれない」とオメーロは言った。「職をなくしてもうずいぶんたつんだから」。

「あんたやめてよ、魚座の生まれで上昇点にも魚座っていうのはしかたないけど、だからって間抜けである必要はないんだから」とラサラは言った。「国の金を持ち逃げしたおかげで、マルティニークじゅうの亡命者で一番の金持ちだって、誰でも知ってるじゃない」。

十歳年上のオメーロは、大統領がかつて建設現場で働きながらジュネーヴで勉強したという美談に感銘を受けて育った方だった。それに対してラサラは、子供の時から子守役として働いていた敵方の家の中で、敵方のマスコミが伝えるスキャンダルをなおさら誇張されたかたちで聞きながら育ったくちだった。そのため、大統領といっしょにお昼を食べたといってオメーロが狂喜して帰ってきた晩も、彼女は、高いレストランに招待してくれたというだけではよろこぶ気にならなかった。むしろ彼女は、ふたりで打ち合わせしてあったことをオメーロが何ひとつ——子供たちのための学費も、病院内でのもっといい仕事の口も——大統領に頼まなかったということに機嫌を損ねた。さらに、ためこんでいるスイス・フランを名誉ある葬儀と栄光ある祖国帰還のために使うつもりがなく、自分の亡骸《なきがら》は禿げ鷹の餌にしてもらえばいいというのは、彼女の抱いていた疑いを裏づけるもののように感じられた。しかし、一番打撃が大きかったのはオメーロが最後まで取っておいた知らせだった——木曜日の夜、海老ご飯を食べに来るよう大統領を招待したというのだ。

「なんてことをしてくれたの」と彼女は声を荒らげた。「缶詰めの海老であたって、ここで死なれたらどうするのよ？　子供たちの貯金をはたいてあたしたちが葬式を出すなんて、かんべんしてよ」。

しかし、最終的に彼女の態度を決めたのは夫に対する忠誠の心だった。彼女は近所の女からア*ルパカ銀のナイフとフォーク三人分とクリスタル・ガラスのサラダボウルを借り、また別の女から電動のコーヒー・メーカーを借り、刺繍入りのテーブルクロスと磁器のコーヒーカップを借りた。古いカーテンを外してパーティの時にしか使わない新しいカーテンに変え、家具のカバーを外した。まる一日かけて床を磨き、埃をはらい、家具の位置を変え、結局、本来ねらうべき効果——あからさまな貧困の風情《ふぜい》によって客の心を動かす——の正反対を達成した。

木曜日の夜、八階分の息切れが収まってから大統領は戸口に姿をあらわした。新しい中古の外套に時代遅れの丸型帽をかぶり、ラサラのためのたった一本のバラの花を手にして。ラサラは彼の男性的な美貌と王公のような物腰には感銘を受けたが、にもかかわらず予期していたものだけを、つまり俗物性と強欲だけを彼に見た。まず彼女はぶしつけさを感じた——ラサラは海老の匂いが家じゅうに広がらないように窓を全部開けはなって料理をしたのだったが、にもかかわらず大統領は家に入るや、突然恍惚となったように息を胸いっぱいに吸いこみ、目を閉ざしたまま両手を広げて「ああ、われらが海の匂いだ！」と感嘆の声をあげたのだ。また、バラを一本だけ――それも公園で摘んできたものに違いない――持ってくるとはしみったれにもほどがある、と彼女は思った。オメーロはいかにも純真に、大統領の栄光を伝える新聞の切り抜きや選挙運動の三角旗や小旗を居間の壁に貼り出しておいたのだが、それを目にした時の馬鹿にしたような様子にも彼女は傲慢さを感じた。心が冷たいのだとも思った。というのも、バルバラとラサロが手作りの贈り物を用意していたのに、彼はふたりに挨拶さえしなかったばかりか、食事中の会話で、自分は我慢がならないものがふたつある、それは犬と子供だ、と言ったからだった。彼女は彼のことが大嫌いになった。しかし、彼女の中のカリブ的なもてなしの心がこうした気持ちを制御した。彼女はパーティ用のアフリカ的なゆったりしたドレスを着て、サンテリア*の数珠の首飾りと腕輪を身につけ、夕食の間じゅう、ひとことも余計なことは言わなかったし、何ひとつ余計なしぐさは見せなかった。彼女は非のうちどころがなかったどころか、完璧だった。

本当のところを言えば、海老ご飯というのは彼女の得意料理ではなかったのだが、それでも彼女は心をこめてそれを作り、実際うまくできた。大統領は賛辞を連発しながらおかわりをしたし、彼らと郷愁を共有している様子は見せなかったものの、熟れたバナナの揚げものとアボカドのサラダも大いに気に入ったようだった。デザートの時になって、神が存在するかどうかという出口なしの話題をオメーロがうかつにも持ち出すまで、ラサラは聞き役に徹していた。

「私は存在すると思っている」と大統領は言った。「ただ、神は人間などとはかかわらないのだと思う。もっとずっと大きな問題を扱っているんだ」。

「私は星座しか信じません」とラサラは言って大統領の反応を見た。「誕生日はいつですか?」。「三月十一日だが」。

「思った通りだわ」とラサラは勝ち誇ったように驚いて見せ、明るい調子でたずねた。「ひとつのテーブルに魚座がふたりというのは多すぎますよね?」。

男たちが神について話し続けている間に彼女は台所にコーヒーを入れにいった。すでに食器も下げ終わっており、彼女はこの夜が無事に終わることを心の底から願っていた。コーヒーを用意して食堂にもどったちょうどその時、大統領がふともらしたことばが耳に入って彼女は愕然となった——

「なあきみ、嘘だと思わんで聞いてくれ。あのわれらが哀れな国に起こった一番不幸なこととは、私のような人間が大統領になったということなんだ」。

オメーロは磁器のカップと借り物のコーヒー入れをもったラサラが戸口のところに立ちつくすのを目にし、彼女が失神するのではないかと思った。大統領も彼女に気がついた。「奥さん、そんなふうに見ないでください」と彼は明るく言った。「心から言ってるんですから」。そしてそれからオメーロの方に向きなおって続けた——

「狂気の沙汰の代償は高かったが、ちゃんとこうして払っているというのがせめてもの救いだな」。

ラサラはコーヒーを出し、テーブルの真上の明かりが話をするには厳しすぎて邪魔になっていたので消し、すると部屋は居心地のよい薄暗がりになった。彼女は初めて、その気品をもってしても背後にある悲しみを隠すことができずにいるこの客に興味を覚えた。ラサラは、彼がコーヒーを飲み終えてから、沈殿物が落ち着くようにカップを逆さに置くのを見ると、さらに興味をかきたてられた。

大統領は、亡命先としてマルティニーク島を選んだのは詩人のエメ・セゼール*と友達だったからであることを話した。エメ・セゼールはちょうどそのころ『故国への帰還ノート』を発表したところで、大統領が新しい生活を始めるのに手を貸してくれたのだった。夫人が受け取っていた遺産の残りで彼らはフォール・ド・フランスの丘の上に高級木材でできた家を買いもとめた。窓には格子が入っており、原始的な植物が繁茂する海に面したテラスに出て、砂糖工場から流れてくる糖蜜とラムの風に包まれ、蟋蟀《こおろぎ》の鳴き声に抱かれて眠るのはごちそうのようなよろこびだった。十四歳年上で、ただ一回の出産以来病弱になった妻とともに彼はその家にこもり、運命に対抗して塹壕にたてこもるようなつもりでローマの古典を、中毒したようにラテン語で再読して過ごした。それが人生最後の行為となることを確信していた。何年にもわたって、敗北した仲間たちがもちかけてくるあらゆる種類の冒険の誘惑をはねつけ続けねばならなかった。
「しかし、もう決して、送られてくる手紙の封は切らなかった。一番緊急の手紙ですら一週間後にはそれほど急用ではなくなっていて、二か月もすれば書いた方ですらそんな手紙のことは忘れている。それがわかって以来、二度と手紙は開けないことにした」。

薄暗がりの中でラサラが煙草に火をつけるのを見て、彼は飢えたように指をのばし、彼女の手の中から煙草をとった。一服深く吸いこみ、喉に煙をためた。ラサラは驚いて煙草の箱とマッチをとってもう一本火をつけようとしたが、彼は火のついた煙草を返した。「あなたがあんまりうまそうに吸うものだから、誘惑に耐えきれなくなったんだ」と彼はラサラに言った。しかし、咳が出かけて煙を吐き出した。

「もうずいぶん昔にやめたんだが、向こうは完全には放してくれなくてね」と彼は言った。「時々、向こうが勝つことがある。今みたいに」。

さらに二回、咳が出た。痛みがもどってきた。大統領は懐中時計で時間を確認し、夜の分の薬を二錠飲んだ。それからカップの底をのぞいた——何も変わっていなかった。しかし、今回はもう戦慄が走ることはなかった。

「昔の仲間の中には私より後に大統領になったのもいる」と彼は言った。

「サヤゴのことですね」とオメーロは言った。

「サヤゴだけじゃない」と大統領は言った。「みんな私と同じだ——自分にふさわしくない名誉を奪い取って、できもしない職務につく。権力を追求する者もいる、が、たいがいはもっと低いねらいしかない。ただ職がほしいだけだ」。

ラサラはいらだちを覚えた。

「人になんて言われているのかご存じなんですか?」。

オメーロはあわてて口をはさんだ——

「全部嘘です」。

「嘘であって、嘘ではない」。大統領は天国のように穏やかに言った。「大統領というものに関しては、最低の暴言が、同時に両方であることができるんだ——真実であって嘘である」。

彼は亡命以来、マルティニークから一歩も出ることなく暮らした。外部との接触は政府系の新聞にのるわずかなニュースだけ、政府系の高校でスペイン語とラテン語を教え、時折エメ・セゼールに頼まれた翻訳の仕事をして生計を立てた。八月の暑さは耐えがたく、正午までハンモックの中に留《とど》まって、寝室の天井の扇風機を子守唄のように浴びながら読書をして過ごした。夫人は一番暑い時間もいとわず、にせもののフルーツとオーガンディの花飾りがついたつば広の麦わら帽子で太陽をさえぎって、放し飼いの小鳥たちの世話をした。しかし、暑さが衰えてからはテラスで涼むと気持ちがよく、彼は夕闇に消えるまで海を見つめて過ごし、彼女は籐の揺り椅子にすわって、破れた帽子をかぶり、模造宝石の指輪をすべての指にはめて、世界じゅうの船が航行していくのを眺めた。「あれはプエルト・サントのバナナの積み荷が重くてふうふう言ってるわ」と彼女は言うのだった。「あれなんか、プエルト・サントのバナナの積み荷が重くてふうふう言ってるわ」。彼女にとって、母国の船以外の船がそこを通っていくことなど考えられないのだった。彼はいつも聞こえないふりをしたが、結局は彼女の方が先に昔のことを忘れるのに成功した。彼女は記憶をなくしたのだ。ふたりは黄昏が夜に道を譲り、蚊の勢いに押されて家の中に逃げこまなくてはならなくなるまでこうして過ごした。そんなある八月のこと、テラスで新聞を読んでいた大統領は驚いて飛び上がった。

「なんてこった！」と彼は言った。「おれはエストリルで死んだそうだ！」。

まどろんで浮遊していた夫人はこのニュースにおびえあがった。それは新聞の五ページ目にのったわずか六行の記事だったが、その新聞というのはすぐそこの角を曲がったところで印刷されており、彼の翻訳の仕事が時折掲載されるばかりか、その編集長は折々に彼の家をたずねてきていた。それが今や、彼がリスボン郊外のエストリルで死んだと書いているのだ。ヨーロッパの没落貴族が根城にしている海水浴場、彼自身は一度も行ったことなどなく、おそらく世界じゅうで唯一、ここでばかりは死にたくないと思う場所で。夫人はそれから一年後、本当に死んだ。その時点で唯一残っていた最後の記憶に苦しめられながら――それはたったひとりの息子の記憶、自ら父親の追い落としに加わり、その後、他ならぬ仲間たちによって銃殺に処された息子の記憶だった。

大統領はため息をついた。「われわれはそういうものなんだ、そしてわれわれを救いうるものは何もない」と彼は言った。「世界じゅうの屑どもによって、一瞬の愛を覚えることもなく作られた大陸――かどわかしによって生まれた子供たち、強姦、忌まわしい契り、いんちきから生まれた子供たち、敵と敵の間に生まれた子供たちの大陸」。彼はラサラの、容赦なく彼を見据えるアフリカの目にぶつかり、年期を経た教師の弁舌で彼女を手なずけようとした。「混血ということばは、涙を、流された血と混ぜるという意味なんだ。そんな混ぜ合わせからいったい何を期待できるというのか?」。

ラサラは死のような沈黙で彼をその場に釘づけにした。しかし、彼女はなんとか自制し、真夜中十二時を間近に控えて、頬に形ばかりのキスをして彼を送り出した。大統領はホテルまで送るというオメーロの申し出は断ったが、タクシーをつかまえるのを手伝うというのまではねつけることはできなかった。オメーロが家にもどると、ラサラは憤怒《ふんぬ》に正体をなくしていた。「まったくあれは、世界一、落ちきった、倒されきった大統領だわ」と彼女は言った。「とんでもない食わせ者よ」。

オメーロは彼女をなだめようと努めたが、結局ふたりとも眠れぬままひどい一夜を過ごした。ラサラは、彼には破壊的なほどの誘惑の力と種馬のような男っぽさがあり、これまでに見た一番美貌の男であることを認めた。「今じゃすっかり年とってくたばってるけど、それでもまだベッドの中じゃ虎みたいだと思うわ」と彼女は言った。しかし、そうした神から与えられた力を、見せかけをつくろうためにすっかりむだにしてしまったのだと彼女は思った。自分はわが国が生んだ最低の大統領だった、というひけらかしには我慢がならなかった。隠者のような質素な暮らしを送っているというてらいにも腹が立った。彼女は相手がマルティニーク全島の砂糖工場の半分ほどを所有していると信じこんでいるのだった。権力を蔑んでみせる偽善にも我慢ができなかった。仇敵どもに失墜の味を味わわせるべく、もう一度、一瞬でも大統領になるためなら、すべてをなげうつにちがいないと彼女は思っているのだった。

「あたしたちが足元にひれ伏すのをねらって、あの見せかけを全部やってみせたのよ」と彼女は言った。

「そんなことしても、何の得にもならないじゃないか」とオメーロは言った。

「何の得にもならないわ。ただ、人の気を引くっていうのは、どこまで行ってもおさまらない中毒の一種なのよ」。

彼女の怒りはおさまらず、一緒にベッドにいるのがいやになったオメーロは結局、居間の長椅子で毛布にくるまって夜を明かした。夜中になってラサラもすっ裸で——眠る時や家の中にいる時はたいがいそうだった——起き出してきたが、彼女はなおも同じ調子で独り言をくりかえしていた。そしてついに、あの不愉快な夕食の痕跡を人類の記憶から消し去ることにした。夜明けと同時に彼女は借りものの食器を全部返し、新しいカーテンを古いカーテンと取り替え、家具を元の位置にもどし、結局家は前の晩までと同じように貧しく堅気な感じにもどった。最後に彼女は、新聞の切り抜きや写真、あの唾棄すべき遊説旅行の三角旗や小旗をひきはがし、ごみ箱に全部一気に放りこんで叫んだ――
「くたばれ！」。

夕食の晩の一週間後、オメーロは病院の出口で大統領が待っているのに出くわし、ホテルまで一緒に来てくれないかと頼まれた。ふたりは急な階段を三階までのぼり、灰色の空に向けて開かれた明かり取りがひとつあるだけの屋根裏部屋にたどりついた。部屋には紐が張り渡されて、洗濯物が干されていた。あとは部屋の半分ほどを占めるダブルベッドと、シンプルな椅子がひとつ、洗面台と移動式のビデ、曇った鏡のついた安物の洋服箪笥があるだけだった。大統領はオメーロの反応に気がついた。

「学生時代を過ごした同じ部屋なんだ」と彼は言い訳のように言った。「フォール・ドゥ・フランスから予約を入れて取ったんだよ」。

彼はビロードの袋から、残された最後の資産を取り出してベッドの上に並べた――いろいろな宝石の飾りが付いた金のブレスレットがいくつか、三重の真珠の首飾りひとつに金と宝石の首飾りがふたつ、聖人像のついた金のチェーンが三つ、エメラルドの入った金のイヤリングがひと組、ダイヤモンドとルビーのイヤリングがひと組ずつ、聖像入れがふたつにロケットがひとつ、手のこんださまざまな台座のついた指輪十一個、どこかの女王様のものであってもおかしくないようなダイヤモンド入りの髪飾りがひとつあった。それからさらに、別のケースから銀のカフスボタン三組と金のをふた組、そのそれぞれとセットになったネクタイピン、そして白金メッキの懐中時計をひとつ取り出した。そして最後に、靴箱の中から勲章を六つ取り出した――金のがふたつ、銀のがひとつ、残りはがらくた同然のものだった。

「わが生涯で残されたのはこれだけだ」と彼は言った。

医療費をまかなうにはこれを売るしか手立てがなく、内密に売ってきてもらいたいというのだった。しかしそう言われても、オメーロとしては領収書がちゃんとそろっていないかぎりとても自分の手には負えそうもないと感じた。

大統領は説明した。これはいずれも妻が植民地時代生まれの祖母から相続したもので、その祖母というのはコロンビアの金山の株を一式相続した人だった。時計とカフスボタンとネクタイピンは彼自身のものだ。勲章類も当然、彼自身がもらったものだった。

「こうしたものには領収書など、誰も持っていないものだろう」と彼は言った。

それでもオメーロは折れなかった。

「そういうことなら」と大統領は自分自身の中を見つめるようにして言った。「私が自分でやるしかなさそうだな」。

彼は計算された落ち着きをもって宝石類をしまいはじめた。「すまなかったな、オメーロ、許してくれ、貧乏な大統領以上にひどい貧乏というのはないものなんだ」と彼は言った。「生きのびているというだけでも、不名誉なことのようだ」。それを聞いてオメーロは心の目で彼を見、抵抗をやめた。

その晩、ラサラは家に遅く帰り着いた。水銀のような食堂の明かりのもとで宝石が輝いているのが玄関口からすでに見え、彼女はまるでベッドの中に蠍《さそり》を見つけたようにおびえた。

「あなた、馬鹿なことはやめて」と彼女はおびえて言った。「なんでそんなものがここにあるの？」。

オメーロの説明に彼女はさらに動揺を深めた。彼女は椅子にすわって宝石をひとつひとつ、宝石職人のように入念に調べた。その途中でささやくように言った――「ひと財産あるにちがいないわ」。そして結局、当惑に出口をあたえられぬままじっとオメーロをにらみつけた。

「なんてこと」と彼女は言った。「あいつの言ってることが全部本当だって、どうしてわかるのよ？」。

「嘘だっていう理由はあるのか？」。オメーロは言った。「自分で洗濯をして、うちと同じように部屋の中に針金を張って干してるのを見てきたばかりなんだぞ」。

「けちだからよ」とラサラは言った。

「か、貧乏だからだ」とオメーロは言った。

ラサラはもう一度、宝石を調べた。しかし今度はあまり熱も入らなかった。彼女もすでに降参していたからだった。そうして翌朝、彼女はもっている一番いい服を身につけ、一番高そうに見える宝石で身を飾った。はめられるだけ指輪を――親指にまで――はめ、両腕につけられるだけブレスレットをつけて、売りにでかけた。「このラサラ・デイヴィスに誰が領収書を見せろなんて言うもんですか」と彼女は出がけに言って大笑いしながらしなを作った。彼女はそれ用の宝石店をしっかり選んだ。名前が知れているというよりも格好だけつけていて、うるさいことを言わずに売り買いしているとわかっている店だった。店に足を踏み入れながら、彼女の気持ちは縮みあがっていたが、足取りはしっかりしていた。

タキシードを着た、痩せて顔色の悪い店員が彼女の手に口づけをして頭を下げ、彼女の担当になった。店内はきつい照明と鏡のせいで屋外よりも明るく、店じゅうがダイヤモンドでできているように見えた。ラサラは芝居を見破られるのを恐れて店員と目を合わせずに、店の一番奥まで黙って進んだ。

店員は三つあるルイ十五世様式の机*――カウンターがわりに使われていた――のひとつを使うようにと彼女に椅子を勧め、染みひとつないハンカチーフを机の上に広げた。それからラサラの向かいに腰を降ろして待った。

「どのような御用向きでしょうか?」。

彼女は指輪とブレスレットとネックレスとイヤリング、見えるようにつけていたものをすべてはずし、チェスの駒のように順次机の上に並べた。そして、これの本当の値打ちを知りたいだけなのだ、と言った。

宝石屋は左の目に拡大鏡をつけ、医者のように黙りこくって調べはじめた。ずいぶんたってから、なおも鑑定を続けながら、彼はたずねた――

「ご出身はどちらでらっしゃいますか?」。

ラサラはこの質問は予期していなかった。

「あら、そんな」と彼女は消え入るように言った。「とても遠くなんですの」。

「そうでらっしゃいますか」と相手は言った。

それから彼はふたたび黙りこみ、一方ラサラは、その恐るべき黄金の目で容赦なく相手の様子を観察した。宝石屋はダイヤモンドの髪飾りを特に注意深く調べ、それだけ他のものとは別に置いた。ラサラは息を飲んだ。

「あなたは完璧な乙女座ね」と彼女は言った。

宝石屋は鑑定を続けながら言った。

「どうしておわかりで?」。

「様子を見ていればわかるわ」とラサラは答えた。

相手はすべて見終わるまで何もコメントせず、それからようやく、最初と同じように慇懃《いんぎん》に言った。

「こちらはいずれも、どちらから来たものなんでしょうか?」。

「祖母が残してくれたのよ」。ラサラは張りつめた声になった。「去年、パラマリボで亡くなったの、九十六歳だったわ」。

すると宝石屋は彼女の目をじっと見つめた。「残念ですが」と彼は口を開いた。「これはいずれも、金の重さ分の値打ちしかありません」。そう言いながら彼は髪飾りを指先でつまみあげ、目のくらむような照明の下で揺すってその輝きを見せた。

「ただ、これだけは別です。ひじょうに古いもので、もしかしたらエジプトのもの、ダイヤモンドの状態がもう少しよければたいへんな値打ちがあったものです。しかし、いずれにしても、あるていど歴史的な価値があります」。

それにひきかえ、他の装身具の石は、アメジストもエメラルドもルビーもオパールも、いずれも例外なく偽物だった。「オリジナルの石はいずれもいいものだったにちがいありません」と宝石屋は彼女に返すためにひとつずつ集めながら言った。「しかし、世代から世代へと受け継がれていくうちに本物の石は失われて、ガラス玉が入れられていったようです」。ラサラは緑色の吐き気を覚え、深呼吸をして取り乱すのをこらえた。店員は慰めのことばをかけた。

「奥様、よくあることなんです」。

「わかってるわ」。ラサラはほっとして言った。「だから手放したいのよ」。

その時になって彼女は下手な芝居を越えた自分を感じ、本来の自分にもどった。それ以上遠回りをすることなく、彼女はバッグの中からカフスボタンと懐中時計、ネクタイピン、金と銀の勲章その他大統領の個人的ながらくたを全部取り出し、テーブルの上に置いた。

「こちらもですか?」と宝石屋はたずねた。

「ええ、全部よ」。

支払われたスイス・フラン紙幣はしわひとつない新札ばかりで、インクが指につくのではないかと思えるほどだった。彼女は数も数えずに受け取った。宝石屋は最初入ってきた時と同じように戸口まで出てきて儀式的に彼女に別れを告げた。彼はガラスのドアを押さえて彼女を送り出しながら、最後になって一瞬、彼女をひきとめた。

「奥様、最後にひとつだけ」と彼は言った。「私は実は水瓶座です」。

夜のとばりがおりるころ、オメーロとラサラはホテルに現金を届けた。もう一度計算してみると、まだ少しお金が足りなかった。そこで大統領は結婚指輪と鎖つきの時計と、身につけていたカフスボタンとネクタイピンをはずしてベッドの上に並べた。

指輪はラサラが取って返した。

「これはだめ」と彼に言った。「こういう形見を売っちゃいけないわ」。

大統領もそれは認め、指輪をはめなおした。ラサラはまた懐中時計も返した。「これもだめ」。

大統領は同意しなかったが、彼女は時計をもとの場所にもどした。

「スイスで時計を売ろうなんて、むだな話よ」。

「すでに一個売ったじゃないか」と大統領は言った。

「そう、でも時計としてじゃなくて金《きん》として売ったのよ」。

「これだって金でできている」と大統領は言った。

「ええ、でも、手術はしないでもいいかもしれないけれど、時間はわからなくちゃいけないでしょ」。

彼女はメガネの金のフレームも受けつけなかった——彼としてはもうひとつ鼈甲《べっこう》のフレームがあるのでかまわなかったのだが。ラサラは受け取った装身具を手に持って重さを計り、議論に終止符を打った。

「それに、これだけで足りるわ」。

部屋を後にする前に、彼女はたずねもせずに濡れた衣類を洗濯紐からはずし、家で干してアイロンをかけるためにもって帰った。ふたりはペダル式バイクで帰った。オメーロが運転し、ラサラは荷台にすわって彼の腰にしがみついた。薄紫色の夕暮れの中で町の明かりがちょうどついたところだった。最後に残った木の葉も風に吹き落とされ、木々は羽根を抜かれた化石のように見えた。一艘の曳航船がラジオを最大音量で鳴らしながらローヌ川を下っていくところだった。通りにはその音楽の航跡が残った。ジョルジュ・ブラッサンス*が歌っていた——「恋人よ、しっかりつかまるがいい、時がそこを過ぎていくから。時はアッティラと並ぶ野蛮人、その馬が通るところに愛は育つことがない」。オメーロとラサラはその歌と、忘れがたいヒヤシンスの香りに酔って、黙って走った。それからしばらくして、彼女は急に長い夢から覚めたように口を開いた。

「くそったれ」と彼女は言った。

「何が?」。

「あの哀れなじじい」とラサラは言った。「あんなひどい人生なんて!」。

その次の金曜日、十月七日、大統領は五時間にわたる手術を受けた。結果は一時は、以前にも増して不明確だった。厳密にいえば、まだ生きているとわかったことだけが慰めだった。十日後には、他の患者と共同の病室に移され、面会も許された。まるで別人になっていた——やつれて混乱している様子で、薄い髪は枕にこすれただけで抜け落ちた。以前の快活さの名残りは、なめらかな手の動きに見られるだけだった。リハビリテーション用の二本の杖を使って歩く最初の試みは心が痛むような光景になった。付き添い看護の費用を節約するためにラサラが泊まりこんだ。同室の患者のひとりは最初の晩、死の恐怖にとりつかれて夜じゅう叫び声をあげていた。この果てしない夜通しの看病を通じてラサラは一切の遠慮をしなくなった。

ジュネーヴに着いて四か月目に彼は退院した。乏しい資金を細心の注意をもって管理していたオメーロが病院の支払いをすませ、自分の救急車に乗せて家に連れて帰った。一緒に乗ってきた同僚たちの手を借りて八階まで運び上げた。大統領は子供たちの寝室に陣取った。彼は結局最後まで子供たちのことには気づかなかったが、徐々に現実にもどった。軍隊式の厳格さをもってリハビリテーションの運動にはげみ、以前使っていたステッキ一本でふたたび歩けるようになった。

しかし、以前と同じ上品な服を着てはいても、もはや容貌からしても態度からしても、とても同じ人物とは言えなかった。ひじょうに厳しくなると予告されていた冬――実際、今世紀で一番苛酷な冬になった――を恐れた彼は、もうしばらく経過を見たいという医師たちの忠告に反して、マルセイユ*を十二月十三日に出航する船で帰ることに決めた。最後になってそれにも資金が足りないことがわかり、ラサラは夫に内緒で子供たちの貯金を削って不足分を補おうとしたが、いざ見てみると、貯金額は思ったよりも少なくなっていた。その時になってオメーロは、病院の費用を払うために彼女に隠れて一部おろしていたことを打ち明けた。

「わかったわ」とラサラはあきらめて言った。「上の子が入院したんだって考えることにしましょう」。

十二月十一日、彼らは大雪の中でマルセイユ行きの列車に彼を乗せ、家に帰ってから、子供部屋のナイトテーブルの上に別れの手紙が残してあるのを見つけることになる。そこにはバルバラのために、と彼の結婚指輪が、亡くなった夫人の指輪――これは一度も売ろうとしなかったもの――とともに置いてあり、ラサロあてには鎖つきの懐中時計が残されていた。日曜日だったため、秘密に気づいたカリブ出身の隣人たちが数名、ベラクルス*から来たハープの楽団を引き連れてコルナヴァン駅に姿を見せた。大統領は道楽者ふうの外套に、ラサラのものだった派手な色の長いマフラーを巻いてなおも寒さに息が苦しそうにしていたが、それでも最後尾の車両のデッキに出たまま、突風にあおられながら帽子を振り続けた。列車が加速しはじめてからオメーロはステッキを自分がもったままだったことに気がついた。彼はプラットホームの終わりまで走り、大統領が空中でキャッチできるように力いっぱい投げたが、ステッキは車輪の間に落ちて粉々に砕けた。

恐怖の一瞬だった。ラサラが最後に目にしたのは、震えがちな手が結局届かなかったステッキを捕らえようと伸びているところと、車掌が雪に覆われた老人をぎりぎりのところで襟巻きでつかまえ、空中であやうく救ったところだった。ラサラは恐怖におののきながら夫のところに駆け寄った。涙の背後で笑おうとしながら。

「神様、なんてこと！」と彼女はオメーロに叫んだ。「あの人は何があっても死なないわ」。

大統領は、長大な感謝の電報によれば、無事に島に帰り着いたとのことだった。それから一年以上、彼のことは何も伝わってこなかった。その後ようやく、六枚におよぶ手書きの手紙が届いた。それによるともはや、まるで別人のようだった。痛みが復活して、それは前と同じように激しく、同じように定期的にやってきたが、もう気にしないことに決めて、人生を来るがままに生きることに専念することにしたという。詩人のエメ・セゼールが真珠貝のはめこみ細工の施されたステッキを贈ってくれたが、もうそれも使わないことにした。六か月前から肉とあらゆる魚介類を日常的に食べるようになり、今やきついコーヒーを一日に二十杯飲んでも平気だった。しかし、占いはいつも反対のことばかりを告げるので、もうカップの底を読むのはやめにした。七十五歳の誕生日にはマルティニーク産の最高のラムを数杯飲んでたいへん気分がよくなり、煙草もふたたび吸いはじめた。もちろん調子はよくはならないが、悪くもならないとのことだった。しかしながら、手紙の本当の趣旨は、改革運動のリーダーになるために――正当な大義と名誉ある祖国のために――国に帰るという誘惑を感じている、と彼らに伝えることにあった。とはいえ、それもまた、ベッドの中で老いて死にはしなかった、というつまらぬ栄誉を得たいがためだけなのかもしれないが、とあった。この点では、ジュネーヴへの旅は決定的な意味をもった、と手紙はしめくくられていた。

(一九七九年六月)

聖女

二十二年後に私はマルガリート・ドゥアルテに再会した。トラステヴェレ*の裏道で突然出くわしたのだったが、不自由そうなスペイン語と昔気質のローマっ子のような陽気さのせいで、最初はなかなか彼だとは思えなかった。髪は白く薄くなっており、初めてローマに来た時の陰気な風情や、いかにもアンデス地方の学者さんといった感じの葬式めいた服装の趣味は微塵もなくなっていたが、話をしているうちに私は年月のもたらした偽装の向こうに少しずつ本来の彼をふたたび見いだしていき、結局昔と同じ彼——思慮深く、しかし思いがけない行動をとり、石工のように粘り強い——を見ることになった。かつて一緒に通ったカフェのひとつで二杯目のコーヒーに入る前に、私は胸の中で渦巻いていた質問をあえて口に出すことにした。

「で、聖女はその後どうなったの?」。

「まだちゃんといるよ」と彼は答えた。「まだ待ってる」。

この返答にこめられているものすごい人間的エネルギーをほんとうに理解できるのは、テノール歌手のラファエル・リベーロ・シルバと私のふたりだけだった。私たちは彼のドラマを知りつくしていたため、私は長いこと、マルガリート・ドゥアルテというのは誰か適切な書き手を捜し求めている登場人物であって、小説家たちが一生待望して過ごすたぐいの人物なのだと考えていたものだった。私自身がその書き手とならなかったのは、彼の物語の結末がまったく想像しかねるものに感じられたからにほかならない。

　彼がローマに来たのはピウス十二世*がしゃっくりの発作にとりつかれ、医者たち呪術師たちの、良き術も悪しき術もそれを直すことができずにいたあのまばゆい春のことだった。コロンビアのアンデス山中にある険峻なトリーマの村を出るのは生まれて初めてのことで、それは彼の眠り方にまであらわれていた。彼はある朝、その形と大きさからしてチェロのケースのように見える、よく磨かれた松材のトランクを持ってわが国の領事館にあらわれ、その旅の驚くべき目的を領事に告げたのだった。領事はそこで、同国人のテノール歌手ラファエル・リベーロ・シルバに電話をかけ、私たちふたりが暮らしていた下宿屋に彼のための部屋を取るよう求めた。それによって私たちは彼と知り合ったのだった。

　マルガリート・ドゥアルテは小学校しか出ていなかったが、文学を天職と感じて、手の届くところの印刷物をすべて熱心に読破してきたため、ずっと広範な知識をもっていた。十八歳の時、村の書記になっていた彼は美しい少女と結婚したが、彼女は初めての女の赤ちゃんを出産した後に亡くなった。娘は母親よりもさらに美しかったが、誰もがかならずかかる熱病のせいで七歳にして死んだ。しかし、マルガリート・ドゥアルテの真の物語が始まったのは、彼がローマに来る六か月前のことだ。それは、ダム建設のために村の墓地を移動しなければならなくなった時だった。その地方のすべての住民同様、マルガリートも新しい墓地に移すために家族の死者の遺骨を掘りおこした。妻の遺体はすでに土と化していた。ところが、その隣の墓に入っていた娘の方は、十一年たっているにもかかわらず、無傷で残っていた。棺の蓋を開けると、一緒に埋葬した新鮮なバラの香りが感じられたほどだった。さらに驚くべきことに、その遺体には重さがなかった。

奇跡の噂を聞きつけた人が何百人も村に押し寄せた。疑問の余地はなかった。肉体が腐敗しないというのはまぎれもなく聖性の徴候であるに違いなく、教区の司教までもが、これほどの驚異はヴァチカンの判断にゆだねるべきだという意見で一致した。そのため、マルガリート・ドゥアルテがローマに行って力をつくせるよう、広く募金が行なわれた。もはやこの大義は、彼ひとり、あるいは彼の村という狭い領域のものではなく、国全体にかかわるものとなっていた。

閑静なパリオリ地区の下宿屋で私たちにこの話をしながら、マルガリート・ドゥアルテは錠前を外し、見事な作りのトランクの蓋を開けた。こうしてテノールのリベーロ・シルバと私は奇跡をこの目で見ることになった。それは、世界各地の博物館で目にすることのできる萎《しな》びたミイラとは似ても似つかず、花嫁衣装を着た少女が地下に長らく滞在してなおも眠り続けている、というように見えた。肌はすべすべしていて温かく、開かれた瞳は透き通っていて、死の向こう側から私たちを見つめているような耐えがたい印象をあたえた。花嫁の冠を彩るサテンと造花のオレンジの花は、少女の肌のように健やかに時の審査に耐えることはできなかったが、彼女の手の中に置かれたバラの花はまだ生きていた。松のトランクの重さは、遺体を外に出しても確かに変わらなかった。

マルガリート・ドゥアルテは到着した翌日から陳情活動を始めた。ヴァチカンの無数の障壁を乗り越えるために、最初のうちは、効果的というよりも同情的な大使館の協力をあおぎ、後には思いついたありとあらゆる計略を用いた。彼は自分の苦労についてはほとんど語らなかったが、苦労ばかり多くて実りがないことは私たちにもわかっていた。宗教団体や博愛主義の基金などにかたっぱしから連絡をとったが、いずれも相手は彼の話に耳を傾けはするものの、その内容に驚きはせず、すぐに手続きをとると約束しながらそれが実行されることはなかった。実際問題として、時期も悪かった。教皇庁が関係する問題はすべて、教皇のしゃっくりの発作がおさまるまで延期されていたのだ。それは大学の医学部で開発された先進の治療法によっても、また世界じゅうから送られてくる魔術的な薬によっても、一向によくならないのだった。

七月になってようやく、ピウス十二世は回復し、カステルガンドルフォ*に夏の休暇にでかけた。マルガリートは週一回の拝謁の場で見てもらえることを期待して、その最初の回に聖女を連れていった。教皇は奥の中庭に姿をあらわした。ごく低いバルコニーにあらわれたため、マルガリートはよく磨かれた教皇の爪まで見ることができたし、彼がつけているラヴェンダーの香りまでかぐことができた。しかし、マルガリートの期待に反して、教皇は世界じゅうから彼を見にきた観光客たちの間に降りてくることはなく、同じ説教を六か国語でしてから、全員をひとからげにして祝福をあたえただけだった。

待たされに待たされたあげく、マルガリートは自分で正面からぶつかることを決心し、教皇庁国務省に裏表でほとんど六十枚におよぶ手書きの手紙を届けたが、返事がくることはなかった。それは彼も予見していたことだった。というのも、厳粛な形式主義にのっとってその手紙を受け取った事務員は、死んでいる少女に公式的な一瞥をくれただけだったし、通りがかった職員たちも、彼女を見ても何の関心も示さなかったからだ。その中のひとりは、前年一年間だけで世界各地から、変質しない死体の聖別を求める書簡が八百通以上届いたことを彼に話した。マルガリートは最後に、遺体に重さがないことを確認してくれるよう求めた。事務員はそれを確認したが、認めるのを拒んだ。

「集団的な暗示の一例に違いない」と相手は言った。

まれに暇な時間がある時や、夏の不毛な日曜日には、マルガリートは自室にこもって、自分の主張に関係がありそうな本を読みふけった。毎月末になると彼は自主的に、その月の出費を主席書記にふさわしい几帳面な筆跡で大学ノートに詳細に書きこんだ。村の出資者たちに厳密にして明確な報告をするためだった。その年が終わるまでに彼はローマの迷路を、まるでそこで生まれたかのように知りつくすようになっていたし、アンデス式のスペイン語と同じように単語数の少ない簡便なイタリア語を話し、列聖の手続きについてもその道の専門家のように知悉《ちしつ》するようになっていた。しかし、葬式のように地味な服装が変わるにはもっとずっと時間がかかった。判事のようなそのチョッキと帽子は、当時のローマでは、公表できない目的をもった一部の秘密結社が用いているものにそっくりだった。彼は早朝から聖女のケースを持って家を出て、時には深夜になってようやく帰ってきた。その時にはもう疲れきって悲しげだったが、それでも常に、奥の方には残り火がともっていて、それが翌日のために新たなエネルギーを彼に吹きこむのだった。

「聖人たちは独自の時間の中に生きていますからね」と彼は言うのだった。

私はといえば初めてのローマ滞在中で、実験映画センターで学んでいたが、彼の受難の連続を忘れがたい濃密さをもって生きた。私たちが住んでいた下宿屋は、実際にはヴィラ・ボルゲーゼ公園のすぐ近くのモダンなアパートで、女主人が寝室をふたつ使い、残りの四室を外国人の学生に貸していた。女主人のことを私たちはマリア・ベッラと呼んでおり、すでにしっかり人生の秋に入っていたがなおも美人で気性は激しく、誰もが自分の部屋の中では絶対的な王であるという神聖な規則に常に忠実な人だった。実際に日常生活の重みを担っているのは彼女の姉のアントニエータおばさんで、翼こそないものの天使そのもののようなこの人は、日中何時間もマリア・ベッラのために働き、バケツとモップを持っていたるところに出没しては、床の大理石を不可能なほどにまで磨きあげていた。歌を歌う小鳥を食べることを私たちに教えたのは彼女だったし——夫のバルトリーノが戦争中に覚えた悪習を続けてつかまえてくるのだった——、その後、マルガリートがマリア・ベッラの家賃を払えなくなった時、自分の家に連れていって住まわせたのもアントニエータおばさんだった。

あの無法地帯のような下宿ほどマルガリートの性格に合わないところはなかった。そこでは一日じゅう新しい驚きが待ちかまえていたもので、深夜とて例外ではなく、ヴィラ・ボルゲーゼの動物園のライオンのそら恐ろしい咆哮に目が覚めることもしばしばだった。テノールのリベーロ・シルバはひとつの特権を勝ちえていた——彼の早朝の練習にもローマの住民は腹を立てないのだ。彼は六時に起きると、健康のために冷水の風呂に入り、メフィストフェレスのような髭と眉を整え、タータンチェックのガウンと絹のマフラーと専用のオーデコロンを身につけて用意ができてから初めて、全身全霊をもって歌の練習に突入した。冬にはまだ星が見えているうちから部屋の窓をいっぱいに開けはなち、大いなる愛のアリアのフレージングで徐々に声を暖めることから始めて、やがて自分を解き放って全開の声で歌いだすのだった。彼が最大声量でドを出すと、ヴィラ・ボルゲーゼのライオンが地を震わせるように吠えて答えるというのが毎日のこととなっていた。

「あなたは聖*マルコの生まれ変わりね、フィーリョ・ミーオ」とアントニエータおばさんは本気で驚いて言った。「ライオンと話ができるのはマルコだけよ」。

ある朝のこと、彼の歌に返答したのはライオンではなかった。テノールは『オテッロ』の中の愛のデュエットを歌いはじめた――「すでに深き夜、あらゆる物音は途絶えて」。すると突然、パティオの向こうから、美しいソプラノが応じるのが私たちの耳にも届いた。テノールは先を続け、両者の声はその一節を最後まで歌った。近隣じゅうの人がこの抵抗しがたい愛の奔流によって家を聖化しようと窓を開けて聞き入った。どこにいるのか見えないこのデスデモーナが大マリア・*カニリアその人だったことを知った時、テノールはあやうく失神しそうになった。

私の印象では、マルガリート・ドゥアルテがこの家の生活に溶けこもうと決める重要な動機となったのはこの一件だったように思う。その時からそれまでのように台所で食べるのをやめて――そこではアントニエータおばさんが毎日のように見事な歌鳥の煮こみで彼を歓待した――、私たち全員と一緒に食卓につくようになった。マリア・ベッラは私たちをイタリア語の発音に慣らすために、食後にその日の新聞を読んで聞かせ、記事の後には彼女一流の独断と機知を付け足して私たちの暮らしによろこびを添えたものだった。そうしたある日、彼女は聖女の話をしている時に、*パレルモの町には腐らなかった死体の大博物館があることを語った。男、女、子供、さらには数名の司教の遺体も含まれており、いずれもカプチン会の同じひとつの墓地から掘り出されたものだという。この知らせにマルガリートはすっかり動揺し、私たちとともに実際にパレルモに行ってみるまで一瞬も心が休まらなかった。しかし、情けないミイラがうんざりするほど羅列されているのをひと目見ただけで、心和む判断を下すには十分だった。
「これはまったく別の話ですね」と彼は言った。「どれも、ちょっと見ただけで死んでいるってわかりますから」。

昼食の時間が終わるとローマは八月のまどろみへと落ちていった。正午の太陽は空のまんなかに留まり、午後二時の静寂の中に聞こえるのは水音だけだった。これがローマの自然の声だった。しかし、夜の七時ごろになると、動きはじめた涼しい空気を招き入れるためにあちこちで急に窓が開かれ、よろこびにわいた群衆が生きるということだけを目的として通りにくりだし、オートバイの爆音やスイカ売りの叫び声、テラスの花に囲まれた愛の歌などとまじりあった。

テノールと私は昼寝はしない習慣だった。私たちは彼のヴェスパ*に乗って——彼が運転し、私は後ろに乗った——、真昼の太陽のもとで眠りにつけずにいる観光客をねらってヴィラ・ボルゲーゼの月桂樹の古木の陰ではばたいている夏の娼婦たちにアイスクリームやチョコレートを届けた。彼女らは、あの当時のたいがいのイタリア女と同じように、美しく、貧しく、心優しく、青いオーガンディやピンクのポプリン*、緑の麻などを着て、ついこないだまで続いていた戦争中に虫に食われてしまったパラソルで日差しを防いだ。彼女らと一緒にいると、人間としてのよろこびがあった——彼女らは上客を逃すことになるのもいとわず、職業上のルールをひとっ飛びに乗り越えて、私たちとともに角のバール*でコーヒーと会話を楽しんだり、公園内の小道を貸し馬車で回ったり、ガロッパトイオで悲劇の愛人とともに夕暮れの乗馬を楽しむ廃位された王様たちに同情を覚えたりした。一度ならず私たちは彼女らのために、道に迷ったグリンゴの通訳をつとめたものだった。

私たちがマルガリート・ドゥアルテをヴィラ・ボルゲーゼに連れていったのは彼女らに会わせるためではなく、ライオンを見せるためだった。このライオンは深い掘り割に囲まれた小さな無人島で放し飼いになっていて、私たちの姿を対岸に認めるや、世話係まで驚くほど落ち着きをなくして吠えだした。公園を訪れていた人たちも驚いて集まってきた。テノールは毎朝やっている例の全開のドを出して身元を明かしたが、ライオンは彼には注意を向けなかった。私たち全員に向けて吠えているように見えたが、世話係はすぐに、マルガリートにだけ吠えていることに気がついた。その通りだった——彼が動くとライオンも同じ方向に動き、彼が姿を隠すとすぐにライオンは鳴きやんだ。世話係は*シエナ大学で古典文学を修めた博士だったが、マルガリートがその日、どこかで別のライオンに触れて匂いが移っているのだろうと考えた。もちろんこの説明は事実に反していたが、彼にはそれ以外の理由は思いつかなかった。

「いや、いずれにしても、戦いの声じゃなく、同類に対する同情の声ですからね」と彼は言った。

しかしながら、テノールのリベーロ・シルバが深い印象を受けたのは、この超自然的な出来事ではなく、足を止めて公園の女たちと声を交わした時のマルガリートの動転ぶりの方だった。彼はその話を後で食事の時に持ち出し、私たちのある者は悪戯心《いたずらごころ》から、またある者は同情心から、マルガリートの孤独を解消するために手を貸してやろうじゃないかという意見でまとまった。私たちの心のやわらかさに感動したマリア・ベッラは、偽宝石の指輪に彩られた両手で、聖書に出てくる慈母のような乳房をつかんでみせた。

「あたしが慈悲の心でお相手してもいいくらいだけどね」と彼女は言った。「ただ、あたしはチョッキを着てる男は昔からだめなのよ」。

そこでテノールは午後二時のヴィラ・ボルゲーゼに赴き、マルガリート・ドゥアルテに一時間ばかり同伴するのに一番ふさわしそうな蝶をひとり、ヴェスパの後ろに乗せて連れてきた。彼は自分の寝室で女の服を脱がせ、香水石鹸の風呂に入れ、体を拭《ぬぐ》い、自分専用のオーデコロンをふりかけ、髭剃り後に使う樟脳タルクを全身にまぶした。そして最後に、それまでにかかった時間に一時間分を上乗せして払い、どうすればいいのかこと細かに指示した。

裸形の美女は薄暗い家の中をシエスタの夢のように忍び足で横切り、一番奥の寝室のドアをやわらかに二回ノックした。上半身裸で裸足のマルガリート・ドゥアルテがドアを開けた。*「ブオナ・セーラ、ジョヴァノット」と彼女は女学生のような声と態度で言った。「テノールに《ミ・マンダ・》言われて来たの《イル・テノーレ》」。

マルガリートはたいへんな品位をもって衝撃を受け止めた。彼女を通すためにドアを開き、彼女がベッドに横たわる一方で、ふさわしい敬意をもって応対するために大急ぎでシャツを着て靴をはいた。そして、彼女のかたわらに、椅子にすわって会話を始めた。女の子は驚いて、一時間しかないから急ぐようにと言ったが、彼には何のことかわからなかったようだった。

彼女が後に語ったところでは、一銭ももらわずに彼の望むだけ一緒にいてもかまわなかったという。彼以上にお行儀のいい男はこの世にひとりもいないから、というのだった。その間どうしていいのかわからなかった彼女は、部屋の中を見回し、暖炉の上に木のケースが置いてあるのに気がついた。サクソフォーンなのか、と彼女はたずねた。マルガリートは返答せず、部屋に光が入るようにブラインドを少し開けると、ケースをベッドに運んで蓋を開いた。彼女は何か言おうとしたが、あごがはずれて何も言えなかった。というか、彼女が私たちに後で語ったところでは

「お尻の穴が凍りついちゃった」からだった。彼女はおびえあがって逃げ出し、しかし廊下の方向を間違えて、電球を取り替えようと私の部屋に向かっていたアントニエータおばさんに出くわした。両者の仰天ははなはだしく、彼女はテノールの部屋に逃げこんで、夜が更けるまで出てこなかった。

アントニエータおばさんは何があったのか最後まで知ることがなかった。彼女はすっかりおびえあがり、私の部屋に入っても手が震えて電球をはめることができないほどだった。どうしたのかと私はたずねた。「この家はお化けが出るのよ」と彼女は言った。「近ごろじゃまっ昼間から出るわ」。戦争中、今テノールが入っている部屋でドイツ軍の将校が愛人の首をはねたことがあるのだ、と彼女はたいへんな確信をこめて私に話した。アントニエータおばさんは仕事中に何度も、この殺された美女の亡霊が廊下を歩いているのを見たことがあるのだった。

「たった今、その子がまっ裸で歩いているのを見たのよ。そっくりだったわ」。

秋になると町はもとの日常にもどった。夏の間、花の咲き乱れていたテラス席が秋風とともに閉ざされると、テノールと私はふたたびトラステヴェレの古いトラットリア*に行くようになり、カルロ・カルカーニ伯爵に学ぶ声楽の生徒や、映画学校の私の仲間とよく夕食をともにした。この、私の仲間の中で一番の常連だったのはギリシャ人のラキスだった。彼は頭がよくて人なつこい人物だったが、ただひとつ、社会の不正に関して眠くなるような演説をすぐに始めるというのが欠点だった。幸いなことに、テノールたちやソプラノたちはたいがいの場合、オペラの一節を大声で歌い出して彼の声をうずめてしまった。真夜中過ぎでも誰も文句は言わなかった。それどころか、深夜の通行人の中には合唱に加わる人もいて、近隣の家は窓を開けて拍手を送った。

ある夜、私たちが歌を歌っていると、マルガリートが歌の邪魔にならないように忍び足で入ってきた。例のケースを抱えていた。典礼聖省に対して強い影響力をもっていると広く知られているサン・ジョヴァンニ・デ・ラテラーノの教区司祭に聖女を見せに行った帰りで、下宿屋に置きに寄る暇がなかったのだ。私は彼がそれを離れたテーブルの下に置くのを横目で見た。歌が終わりに近づく中で彼は席についた。真夜中近くになるといつもやっていたことだが、店がすいてきたので私たちはいくつものテーブルをくっつけて、歌を歌う者も映画の話をする者も、その友人たちも、全員が一緒のテーブルについた。その中にはマルガリート・ドゥアルテも入っていた。彼はすでにその店では、口数の少ない陰気なコロンビア人として知られていたが、誰も本当のことは何も知らなかった。興味をもったラキスは、チェロを弾くのかと彼にたずねた。それはかわすのがむずかしい不躾な質問のように感じられて私はどきっとなった。テノールも私同様、居心地の悪い思いをしたようだったが、事態を収拾することはできなかった。マルガリートだけがこの質問をごく自然に受け止めた。

「チェロじゃないんですよ」と彼は言った。「聖女なんです」。

彼は箱をテーブルの上に置き、錠前を開けて蓋を取った。驚愕の嵐が店内を揺さぶった。他の客もウェイターも、そしてさらには調理場の従業員まで血に濡れた前掛けをしたまま、呆気に取られてこの驚異を見に集まった。十字を切る者もいた。料理女のひとりは両手を合わせて跪《ひざまず》き、熱に浮かされたように震えながら静かに祈りを唱えた。

しかしながら、最初の動揺が収まると、私たちはこんにちにおける聖性の不足について大声で議論しはじめた。ラキスがもちろん、一番ラディカルだった。最後に明確に残ったのは、聖女をテーマとして目を開かれるような映画を作ろうという彼のアイディアだけだった。

「おれは確信してる」と彼は言った。「チェーザレ親父はこのテーマを逃さないぞ」。

　それはチェーザレ・ザヴァッティーニのことだった。それは私たちの、ストーリーとシナリオの先生で、映画史に残る偉人のひとり、しかも授業以外で私たちと個人的な関係を保っているただひとりの先生だった。彼は私たちに映画の仕事についてだけでなく、人生を違う見方で見ることを教えようとしていた。彼は映画のストーリーを考える機械だった。それはほとんど彼の意志に反して次から次へといくらでも出てきた。しかもものすごいスピードで。そのため、声に出して考えていく一方で誰かそれを空中でとらえて書き止めていく人がいつでも必要だった。ただ、ストーリーが出終わると彼はがっくり気落ちした。「撮影しなきゃならないのが、残念だな」。スクリーンに乗ると、もとの魔法が大幅に失われてしまうと考えているからだった。彼はアイディアをテーマごとにカードに整理して壁にピンで貼っていたが、数が多くて家のひと部屋がそれで占められていた。

　次の土曜日、私たちはマルガリート・ドゥアルテを連れて彼に会いに行った。彼は人生に対して実に貪欲で、電話で伝えておいたアイディアに早く手をつけたくてじりじりしながら、アンジェラ・メリチ街の家の戸口で私たちを待ち構えていた。私たちに対していつものように愛想よく挨拶することすらせずに、あらかじめ用意してあったテーブルのところにマルガリートを連れて行くと、自らの手で蓋を開けた。すると、私たちがまったく想像していなかったことが起こった。予想していたように狂喜するかわりに、彼は一種の精神的な麻痺状態に陥った。

「[*]アンマッツァ！」と彼は狼狽して呟いた。

彼は二、三分の間、聖女を見つめ、それから自分で蓋を閉めると、何も言わずにマルガリートを戸口に案内した。歩くのを覚えたばかりの子供を相手にしているかのように。そしてその背中を二、三回軽く叩いて言った。「ありがとうありがとう、ほんとにありがとう。神がきみの戦いに力を貸してくれますように」。ドアを閉めて私たちのところにもどってくると、彼は判決を言い渡した。

「映画にはならん。誰も信じない」。

この驚くべき教えは帰りの路面電車に乗っている間じゅう、私たちの頭を離れなかった。彼がそう言ったのだから、それは考えるだけ無駄というものだった――この話は映画にはならない。しかし、家に帰りつくと、マリア・ベッラがザヴァッティーニの緊急の伝言をもって待っていた――その同じ日の晩に来てくれ、ただしマルガリートは連れずに、というのだった。

行ってみると彼は例の才気走った状態に入っていた。ラキスは弟子仲間を二、三人連れて行ったが、ドアを開けに出てきたザヴァッティーニは彼らには気づきもしなかったようだ。

「わかったぞ！」と彼は叫んだ。「マルガリートがもし、あの子を生きかえらせることができたら、この映画はものすごいものになる」。

「映画の中でですか、それとも現実に？」と私は質問した。

彼は苛立《いらだ》ちを抑えて私に言った。「馬鹿なことを聞くな」。しかしすぐに私たちは彼の目の中にすごいアイディアの輝きがともるのを見た。「ひょっとして現実に生きかえらせることができたとしたら」と彼は言い、それから本気になって考えた。

「やってみるべきだがな」。

それは一瞬の誘惑にすぎず、彼はすぐに本筋に立ち返った。彼は幸福な狂人のように家の中を歩きまわりはじめ、大きな手振りを交えて大声で映画を朗唱しだした。私たちはそれを呆気に取られて聞いた。イメージが、蛍光を発する鳥となって群れをなして逃げ出し、家じゅうを狂ったように飛びまわっている――そんな様子を見ているみたいだった。

「ある晩」と彼は言った。「教皇がもう二十人ぐらい死んで、それでもまだ受け付けてもらえない、マルガリートは家に帰り、疲れて年をとっている、箱を開けて死んでいる少女の顔をなでる、そして、この世の慈しみをすべてこめて言う――『お父さんのお願いだ、立ち上がって歩いておくれ』」。

私たち全員を見まわし、彼は勝ち誇ったような身振りでしめくくった――

「すると少女は立ち上がるんだ！」。

私たちの反応を待った。しかし、われわれは当惑しきって、言うべきことばを見つけられなかった。ただ、ラキス、あのギリシャ人だけは別で、教室でのように指を挙げて発言を求めた。

「ぼくにとっては、信じられないというのが問題です」と彼は言い、驚く私たちの前で、ザヴァッティーニをまっすぐ見つめた。「先生、申し訳ありませんが、ぼくには信じられません」。

呆気に取られたのは今度はザヴァッティーニの方だった。

「どうしてだ？」。

「わかりませんが」とラキスは苦悶しつつ言った。「ただ、ありえないんです」。

「アンマッツァ！」。先生はものすごい声でどなった。それは近所一帯で聞こえたにちがいなかった。「スターリン主義者が一番だめなのはそこのところだ。現実を信じようとしない」。

それからの十五年間、本人が語ったところでは、マルガリートは毎年聖女をカステルガンドルフォに連れていった。ひょっとして教皇に見せる機会があるかもしれないと期待して。ラテンアメリカから来た巡礼者およそ二百人に対する接見の場で、彼は押しあいへしあいを受けながらも、親切なヨハネ二十三世*に自分の物語を語って聞かせることができた。しかし、少女の姿を見せることはできなかった。巡礼たちの荷物と同様、テロ警戒のために入口に置いてこなければならなかったからだ。教皇はその群衆の中で可能なかぎりの注意を向けて聞いてくれた。そして彼の頬に、勇気を吹きこむ手のひらを添えた。

「ブラーヴォ、フィーリョ・ミーオ」と教皇は彼に言った。「神はあなたの辛抱に報いられるでしょう」。

しかし、本当に夢が実現されるところまで来たと彼が感じたのは、微笑みの教皇アルビーノ・ルチアーニ*の短い在位中のことだった。この教皇の親族のひとりがマルガリートの物語に感銘を受けて、仲介の労をとることを約束したのだ。そう言っても誰も彼を信じなかった。しかし、二日後、昼食の途中で、マルガリートあての短いメッセージが下宿屋に届いた——ローマから出るな、木曜までに個別接見のためにヴァチカンから呼び出しがある、というのだった。

これが冗談だったのかどうか、結局誰にもわからなかった。マルガリートは本当だと信じて待機を続けた。家から一歩も出なかった。トイレに行かなくてはならない時には声に出してそれを告げた——「トイレに行きます」と。老年の入口に達してなおも陽気なマリア・ベッラは、自由な女らしい笑い声をあげた。

「わかってるわよ、マルガリート」と彼女は叫び返した。「もしかしたら教皇様が電話してくるかもしれない、でしょ」。

その翌週、予告された電話の二日前、マルガリートはドアの下から差しこまれた新聞の見出しにくずおれた——「教皇逝去」。一瞬彼は、遅れた新聞がまちがって届けられたのだという錯覚にすがった。毎月教皇がひとり死ぬというのは信じがたかったからだ。しかし、間違いではなかった——三十三日前に選出されたばかりの微笑みの教皇アルビーノ・ルチアーニは、ベッドの中で死んで発見されたのだった。

私はマルガリート・ドゥアルテと知り合ってから二十二年後にローマを再訪したが、偶然彼と出くわすことがなければ彼のことを思い浮かべることもなかったかもしれない。私自身、時の経過がもたらした荒廃にすっかり打ちのめされて、とても他の人のことを考えている余裕はなかったのだ。生ぬるいスープのような間の抜けた小雨が降り続いていて、かつてのダイヤモンドのような光はすっかり濁り、かつては私のもので、私のノスタルジアの支えとなってきた場所たちはいずれも別物、他人のものになっていた。下宿屋があった建物はまだ同じだったが、マリア・ベッラの行方《ゆくえ》を知る人はいなかった。テノールのリベーロ・シルバがこの年月の間に送ってくれた六つの電話番号は、どれを回しても答える人はなかった。映画界の新しい人たちとの昼食の席で、私はわが師の思い出を語ったが、するとその場には一瞬、急に沈黙が羽ばたいた。そして誰かが思いきってこう口にした。

「ザヴァッティーニ？　聞いたことありません」。

その通りだった。彼のことを聞いたことがある人はひとりもいなかった。ヴィラ・ボルゲーゼの木々は雨のもとでだらしなく乱れており、悲しき王女たちのガロッパトイオは花ひとつない藪に覆われ、かつての美女たちは、派手な色彩を身につけた両性具有的な運動選手たちにとってかわられていた。消え去った生き物たちの中で生き残っていたのは老ライオンだけ、皮膚病にかかって、その上風邪気味で、さえない水びたしの島にいた。スペイン広場のプラスティック仕立てのトラットリアでは、どの店に行っても歌を歌う人もいなければ愛の病に苦しむ人もいなかった。結局、私たちのノスタルジアの中のローマはすでに、カエサルたちの古代ローマと同じもうひとつの古きローマとなり果ててしまったのだ。突然、あの世のものとも思える声がトラステヴェレの小道で聞こえて、私ははたと足を止めた。

「やあ、詩人さん」。

彼だった。年をとって疲れた彼だった。教皇はすでに五人死に、永遠のローマは衰亡の最初の徴候を見せはじめていたが、彼はまだ待ち続けているのだった。「もうずいぶん待ったからね、あとはもうあんまりかからないでしょう」と、四時間近くの追憶の後で、彼は別れ際に言った。「あと数か月の話かもしれない」。兵隊のようなブーツと老ローマっ子らしい色あせたハンティング帽、腐りかけた光を映す水たまりを気にすることなく、彼は両足をひきずるようにして道のまん中を遠ざかっていった。その時、私には、もはや一片の疑いもなく（疑いをもったことがあったのかどうかは知らないが）わかった――彼こそが聖人なのだ。彼は自分ではそうと気づくことなく、腐敗しない娘の遺体を通じて、すでに二十二年間、自分自身の列聖という正当な大義のために、生きながらにして戦ってきていたのである。

（一九八一年八月）

眠れる美女の飛行

彼女は美しく、しなやかで、パンの色をしたやわらかな肌、アーモンド形の緑の目、背中まで伸びたまっすぐな黒髪、それに古代へと通じるオーラがあってインドネシアの生まれともアンデスの生まれとも言えた。服装には上品な趣味が見えた——山猫のジャケット、淡い花柄の絹のブラウス、生成《きな》りの麻のスラックス、*ブーゲンビリア色の華奢な靴。「わが生涯で一番美しい女だ」——雌ライオンのような慎重な足取りで通りすぎるのを見た時に私は思った。パリのシャルル・ドゴール空港でニューヨーク行きの便に乗るために並んでいる時のことだった。それは一瞬だけの超自然的な幻影で、すぐにロビーの人波の中に消えた。

朝の九時だった。前の晩から雪が降り続いて、町中の道路はいつもより混雑しており、高速道路に入ると流れはさらに遅くなった。道路脇には貨物トラックが並んでおり、雪の中で湯気を立てている車もあった。空港のロビーの中はしかし、春先のような気候だった。

私はチェックインの列でオランダ人の老婦人の後ろについたが、彼女は十一個のスーツケースの重さをめぐって一時間近くも言い争いを続けた。ちょうど退屈しはじめたころに、私はこの一瞬の幻影を目にして息も絶えだえになったため、言い争いがどう終わったのか気づかず、女性職員に注意されて初めて我にかえるというありさまだった。不注意をわびる言い訳がわりに私は、ひと目惚れというのを信じるか、と彼女にたずねた。「もちろんです」と彼女は答えた。「それ以外にはありえません」。彼女はコンピューターの画面をじっと追い続けており、そのまま、喫煙席か禁煙席か、と席の好みをたずねた。

「どっちでもいいですよ」と私はすべての注意を彼女に向けて言った。「十一個のトランクの隣でさえなければね」。

彼女は光る画面から視線を離さずに職業的な笑みを浮かべてみせた。

「3か4か7、どの番号がいいですか」。

「4番」と私は答えた。

すると彼女の笑みには勝ち誇ったような輝きが加わった。

「ここで働きはじめて十五年になりますけど、7番を選ばなかったお客さんは初めてです」。

搭乗券に座席番号を記すと、彼女は他の書類とともに差し出しながら初めて私に目を向けた。そのブドウ色の瞳は、あの美女をもう一度目にできるまで、大いなる慰めとなった。その時になって初めて、私は空港が閉鎖されてすべての便が延発になっていることに気がついた。

「いつまで待つんですか？」。

「神様にしかわかりません」と彼女は例の微笑みとともに言った。「けさのラジオでは今年一番の大雪になるということですから」。

それは間違いだった——それは結局、今世紀一番の大雪となった。しかし、ファースト・クラスのラウンジ内には本物のバラまで花瓶に差してあって、春の気分は本物に近かった。パッケージされたありふれた音楽まで、制作者がねらった通りに崇高で鎮静作用があるように聞こえたほどだ。突然、私はあの美女の避難場所としてここがふさわしいことに気づき、他のラウンジまで行って彼女を捜した。自分の大胆さに自分でぞっとしながら。しかし、待っている人の大半はこの世の実業にたずさわる男たちで、彼らが英語の新聞を読んでいる横では、その奥さんたちが他の男のことを考えながら、パノラマ・ウィンドーごしに、雪の中で死んでいる飛行機や凍りついた工場や、ライオンに荒らされたロワシー*の畑を眺めていた。正午を過ぎるともうあいている席はなくなり、耐えられないほど暑くなってきたので私は息をつきに脱出した。

　ラウンジの外に出ると、ぎょっとするような光景が広がっていた。あらゆる種類の人々が待合室からあふれ出して、息のつまるような通路をはじめ階段にまでキャンプを張って、ペットや子供や旅の荷物とともに床に寝転んでいた。町との通信も途絶えているということで、この透明なプラスティックの館は嵐で座礁した巨大なスペース・カプセルのようだった。あの美女もまたこのおとなしい家畜の群れの中のどこかにいるにちがいない、という思いを私は抑えることができず、この幻想のおかげでふたたび待つ勇気で満たされた。

　昼食のころになると、私たちは遭難者であるという意識を自然と受け入れていた。七つあるレストランやカフェテリア、バーはいずれも満員で長蛇の列ができており、それから三時間もしないうちにいずれも閉店しなければならなかった。食べ物も飲み物もすべて売り切れてしまったためだった。小さい子供たち——一時は世界じゅうのすべての子供がここに集まったような感じだった——は全員がいっときにいっせいに泣きはじめ、群衆の中から本当に家畜の群れのような匂いが立ちのぼりはじめた。本能が騒ぎ立つ時間だった。食べ物の争奪戦の中で私が手に入れて食べることができたのは、子供向けの店にあった最後の二個のアイスクリームだけだった。席があき次第、ウェイターたちが順次椅子をテーブルに上げていく中で、私はそのアイスをゆっくりとカウンターで食べた。カウンターの奥の鏡の中で、最後の厚紙のカップと最後の厚紙の匙《さじ》を手に持っている自分を見つめながら、そして、あの美女のことを考えながら。

朝の十一時に出る予定だったニューヨーク便は、夜の八時に出発した。私がようやく搭乗した時にはファースト・クラスの乗客はすでに席についており、スチュワーデスが私を案内してくれた。私は息を飲んだ。窓際の、隣の席ではあの美女が、旅のエキスパートらしい慣れた様子で自分のスペースの整備にあたっていた。「いつの日かこれを文章に書くことがあっても、誰も信じてくれないだろう」と私は思った。そして、切れ味の悪い挨拶をかろうじて口の中でもごもごと試みたが、彼女は気づいてくれなかった。

彼女はそこで何年間も暮らすつもりであるかのように身を落ち着け、すべてのものをそれぞれの場所にそれぞれの秩序をもって配置した。その結果、そこはすべてが手の届くところにある理想の家のようにうまく準備された。その間に、パーサーが歓迎のシャンパンを持ってきた。わたしは彼女に勧めるためにグラスをひとつ手に取ったが、ぎりぎり間に合うタイミングで思い止《とど》まった。彼女はただ水が一杯ほしいと言い、パーサーに、まず最初は苦しげなフランス語で、それからわずかにましな英語で、フライト中は何があっても起こさないでほしいと頼んだ。重みのあるその暖かな声には東洋的な悲しみの影があった。

水が届けられると彼女は、おばあちゃんのトランクのように角に銅がついた化粧ケースをひざの上で開け、いろんな色の錠剤が入ったケースから金色のを二錠取り出した。彼女はそのすべてをごく慎重にゆっくりと行なった。まるで、出生以来、彼女にとっては何ひとつ予定されてないものはないというかのように。それから彼女は窓の日よけを降ろし、座席を最大限に倒し、靴をはいたまま毛布で腰まで覆い、アイマスクをつけ、私に背中を向けて半分横向きに横たわり、そして、一度も目を覚ますことなく、寝息ひとつたてることもなく、体の位置をわずかに変えることもなく、ニューヨークまでの永遠のような八時間と十二分を眠り続けた。

　濃密な旅だった。私は昔から、この世の自然の中に、美しい女ほど美しいものはないと信じてきた。そのため、私の横で眠っているこの、おとぎ話から抜け出してきたような生き物の魔法の呪縛から一瞬たりとも抜け出すことができなかった。パーサーは離陸するとすぐに姿を消してしまい、かわりに担当になった*デカルト主義的なスチュワーデスは、洗面用具セットとヘッドホーンを渡すために美女を起こそうとした。私は彼女がパーサーに言った注意を伝えたが、このスチュワーデスは夕食もいらないのかどうか彼女本人から聞きたいといってゆずらなかった。この女は結局パーサーに確認しにいったが、それでもなおも、起こさないでくれと書かれた紙切れを美女が首にかけていないと言って私を責めた。

　私はひとり孤独に夕食をとったが、もし彼女が起きていたら彼女に言ったはずのことをすべて心の中で言った。彼女の眠りは実に穏やかで、一時は、彼女が飲んだ薬は眠るためではなく死ぬためだったのではないか、と心配になったほどだった。私は酒を飲むたびにグラスをかかげて、乾杯した。

「美女よ、きみの健康に」。

夕食が終わると明かりが消され、誰も見やしない映画がかかり、私たちは世界全体を覆った暗がりの中でふたりだけになった。今世紀最大の嵐は過ぎ去り、大西洋の夜は広大で透き通っていた。機体は星の合間に止まっているようだった。そこで私は彼女を隅から隅まで数時間にわたって観察した。見てとることができた生命のきざしは、水面を渡る雲のようにその額を通過していく夢の影だけだった。首には黄金色の肌とあいまってほとんど見えないくらい細い鎖をつけていて、完璧な形の耳たぶにピアスの穴はなく、爪は健康なピンク色、そして左手には飾りのない指輪をはめていた。二十歳以上には見えなかったため、私はそれが結婚指輪ではなく、じきに解消されることになる婚約の指輪だろうと考えて自分を慰めた。「きみが確実に、安全に、眠っていることを知る。自らを放り出した忠実な流れ、純粋な線。しばられたわが両腕にこんなにも近く」、と私は頭の中で言った。ヘラルド・ディエゴ[*]の傑作ソネットをシャンパンの泡ごしにくりかえしているのだった。それから私は座席を彼女と同じ高さまで倒し、すると私たちはダブルベッドの中よりも近くで横たわることになった。彼女の呼吸の風土は彼女の声と同じだった。そしてその肌は、彼女の美しさそのものの匂いでしかありえないかすかな息吹を発していた。私には信じられなかった――その前の春、私は川端康成の美しい小説を読んだところだった。京都の町人の老人たちが途方もない金を払って、町で一番美しい娘たちが麻酔にかけられて裸で眠るのを見つめながら一夜を過ごし、同じ床の中で愛の苦悩に悶えるという物語だった。娘たちを起こしても触れてもならず、実際、彼らはそんなことはしようともしない。この快楽の精髄は彼女らが眠るのを見ることにあるからだ。あの晩、美女の眠りを見守りながら、私はこの老境の洗練を理解しただけでなく、それを十全に生きた。

「誰が思っただろう」と私は、シャンパンによってふくれあがった自愛を感じながらひとり呟いた。「おれがこの年になって日本の老人になるだなんて」。

私はシャンパンと、映画の無言の炸裂にやられて数時間眠ったと思う。頭にひびが入ったように感じて目が覚めた。私は化粧室に立った。私のふたつ後ろの座席には、例のスーツケース十一個の老女がだらしなく股を開いて寝くずれていた。まるで戦場に忘れ去られた死体のようだった。通路のまん中には、色ビーズの鎖がついた彼女の老眼鏡が落ちていた。私はそれを拾わずに放っておくというさもしい行為に一瞬のよろこびを覚えた。

飲みすぎたシャンパンを放出して息をついてから、私は鏡に映った自分に驚いた。情けなく、見苦しかった。愛のもたらす荒廃がこれほどまでにひどいことに私は驚きあわてた。突然、飛行機は落下し、なんとかもちなおしてからも大きく揺れ続けた。席にもどれというサインが点灯した。神の乱気流のみが美女の眠りを覚ます、そして彼女は恐怖を逃れて私の腕の中に飛びこんでくる、という幻想に私はあわてて飛び出した。急いでいたせいで、あやうく例のオランダ女の眼鏡を踏みつぶすところだった。実際に踏んでいたらそれによろこびを覚えたにちがいなかった。しかし、私は後もどりして眼鏡を拾い上げ、彼女のひざの上に置いた。彼女が私よりも先に4番の席を選ばなかったことに急に感謝の念を覚えたからだった。

美女の眠りは何ものにも負けなかった。機体が安定すると、私は何でもいいから理由をつけて彼女を揺り起こしたいという誘惑と戦わねばならなかった。飛行の最後の一時間に入ったその時の私が欲した唯一のこととは、たとえ激怒していようとも目覚めた彼女を見たいということだった。私が自由を、そしてもしかしたら若さを、取りもどすために。しかし、私にはできなかった。

「くそ!」と私は激しい軽蔑をこめて自分に言った。「なんで牡牛座なんかに生まれたんだ!」。彼女は着陸の合図がついた瞬間に、誰の力も借りずに目を覚ました。バラ園で眠ったかのように美しく、みずみずしかった。その時になって初めて私は、機内で隣の席になった人たちは、結婚して長い夫婦と同じように、目が覚めてもおはようを言わないことに気がついた。彼女も例外ではなかった。彼女はアイマスクを取り、輝く瞳を開き、座席の背をもとにもどし、毛布を脇によけ、髪を揺すり——それはそれ自身の重さで自然に伸びた——、ふたたび化粧ケースをひざに乗せ、する必要のない化粧をすばやくした。それはちょうど搭乗口のドアが開く時まで続き、私に目を向ける暇はなかった。それから彼女は山猫のジャケットを身につけ、アメリカ大陸の純然たるスペイン語で、ありふれた謝罪のことばを口にしながらほとんど私の上をまたぐようにして通路に出ると、別れも告げず、私たちの幸福な一夜のために私が行なった多くのことにお礼を述べることもなく去っていき、ニューヨークのアマゾニアの中へと、今日にいたるまで永久に姿を消したのだった。

(一九八二年六月)

私の夢、貸します

朝の九時、私たちがハバナ・リビエラ・ホテルのテラスで朝食をとっていた時、晴天にもかかわらず、ものすごい大波が陸地を襲い、海岸通りを通行していた車や、道路脇に駐車してあった車が何台も空中にはねとばされ、その中の一台はホテルの側面の壁にめりこんで止まった。それはまるでダイナマイトが爆発したみたいで、二十階建ての建物全体がパニックに包まれ、ロビー入口の大ガラス窓は粉々に砕けた。ロビーにいた多数の観光客は家具とともに空中にとばされ、ガラスの破片でけがをする人も出た。それは本当に巨大な波だったにちがいなかった。堤防壁とホテルの間には両方通行の広い通りがあり、つまり波はその大通りを飛び越してなおも、大ガラスを粉々にするだけの威力を残していたのだ。

キューバ市民は陽気に率先して消防隊員と力を合わせ、六時間もしないうちに残骸をすべて片付けた。海側の入口が閉鎖されて別の口が開放されると、すべては平常にもどった。壁にはまりこんだ車は午前中は放置された。歩道沿いに駐車してあった車だろうと考えられたからだ。ところが、クレーンで車を穴から降ろしてみると、安全ベルトで運転席に固定されている女性の遺体が見つかった。衝撃があまりに激しく、全身の骨が砕けていた。顔はつぶれ、靴は破れ、服はぼろぼろに裂けていた。その女性は目にエメラルドが入った蛇の形の金の指輪をはめていた。警察の調査でこの女性は、新しく着任したポルトガル大使一家の家政婦であることがわかった。一家とともに二週間前にハバナに到着し、この朝は新しい車を運転して市場に出かけるところだったという。新聞でこのニュースを読んだ私にとって、この女性の名前には聞き覚えがなかったが、一方、エメラルドの目が入った蛇の指輪というのには思い当たるところがあった。しかしながら、その人がどの指にそれをはめていたのかは確認できなかった。

これは決定的に重要な点だった。というのも、私は、これが昔知っていたある忘れがたい女性ではないかと惧《おそ》れたのだ——私はその人の本名は一度も知ったことがなかったが、彼女は同じような指輪をいつも右手の人差し指にはめていて、これは当時としては今よりもずっとめずらしいことだったのである。知り合ったのは三十四年前のウィーン、彼女はラテンアメリカの学生たちが行きつけにしていた飲み屋で、ゆでたじゃがいもとソーセージを食べながら樽出しのビールを飲んでいた。私はその日の朝、ローマから着いたところで、今でも覚えているが、ソプラノ歌手のように見事な彼女の胸、外套の襟からもの憂げに下がった狐の尻尾、そして蛇の形をしたこのエジプトの指輪に、即座に強烈な印象を受けた。私は彼女がこの細長い木のテーブルにすわっているただひとりのオーストリア人だろうと考えた。金属的なアクセントで息をつかずに話す初歩的なスペイン語のせいだった。しかし、それはちがっていた。彼女はコロンビアの生まれで、ふたつの戦争の間の時期に、音楽と歌唱を勉強するためにまだ子供みたいな年でオーストリアに渡ったのだった。あの当時、彼女は三十歳ぐらいだったが、もっと年上に見えた。もともと美人だったことはなかっただろうし、年よりも早く老《ふ》けはじめてもいた。しかし、人間としてはまったく魅力的な人だった。と同時に、ひじょうに恐るべき人でもあった。

ウィーンはまだ昔の帝国の名残りを残した都市だったが、第二次大戦が残したふたつの和解不能な世界の間にあるその地理的な位置のせいで、ブラック・マーケットの天国、そして全世界のスパイ活動の天国となっていた。ただただ自分の出身地に対する忠誠心から学生飲み屋で食事をし続けている――彼女にはそこの店で食事している人まで含めて店ごと現金で買い取れるほどの財産があったのだから――この同胞の逃亡者に、私はウィーン以上にふさわしい場所を想像することはできなかった。彼女は自分の本当の名前は誰にも明かさず、ラテンアメリカの学生たちがつけたドイツ語の早口ことばのようなあだ名――フラウ・フリーダ*――で知られていた。私は彼女に紹介されるやいなや、おめでたい不躾さを発揮して、どうして風の強いキンディーオの岩山からこんなに遠く、こんなに異なった世界に移り住むことになったのか、と質問した。すると彼女は殴りつけるような強さで答えた――

「夢を貸すためなのよ」。

実際、それが彼女の唯一の商売だった。彼女は旧カルダス*地方の裕福な小売商人の家に、十一人の子供の三番目として生まれ、ことばを話せるようになるや、夜見た夢を朝食前に話して聞かせるという良き習慣を家庭内に定着させた。朝食前というのは、彼女の予知能力が一番純粋に保たれている時間だからだ。七歳の時、彼女は弟のひとりが奔流に飲まれるという夢を見た。母親は宗教的な迷信かつぎから、その子が一番好きだったこと、つまり渓流での水浴びを禁じた。しかし、フラウ・フリーダはそのころからすでに独自の夢解釈のシステムをもっていた。

「この夢の意味は、あの子が溺れるっていうことじゃなくて、お菓子を食べちゃだめだっていうことなの」と彼女は言った。

この解釈は、日曜日のお菓子なしでは生きられない五歳の子供にかかわるものであってみれば、まるでただの意地悪のように見えた。しかし、娘に予知能力があることをすでに確信していた母親は、この警告を厳格に守らせた。ところが、彼女がちょっと気を許したすきに、その子は隠れて食べたキャラメル玉を喉につまらせ、介抱むなしく命を落とすことになった。

フラウ・フリーダはこの能力を職業にできるとは、ウィーンの残酷な冬のさなか、人生の厳しさに喉首をつかまれるまで考えたことがなかった。食いつめた彼女は、住みたいと思った最初の家の戸を叩き、雇ってもらえないかと頼んだ。何ができるのか、とたずねられると、彼女はありのままの真実を述べた――「夢を見るんです」。家の婦人に簡単に説明しただけで彼女は受け入れられ、給料は小遣い程度でしかなかったが、いい部屋をあたえられ、三度の食事を保証された。特に朝食は重要だった。その時には家族全員が席について、各人の間近な運命の行方を知るために耳を傾けた。父親は洗練された資産家で、母親はロマン派の室内楽が大好きな陽気な女性だった。子供はふたり、十一歳と九歳だった。全員、宗教心のある人たちで、それゆえ古い迷信にも左右されやすく、大喜びでフラウ・フリーダを受け入れた。夢を通じて一家の毎日の運命を占うというのだけが彼女の仕事だった。

彼女はその仕事を長期にわたってしっかりとこなした。現実の方が悪夢よりももっと不吉だった戦争中には特にそうだった。彼女だけが、朝食の時間に、その日に各人が何を行なうべきか、どう行なうべきか決めることができ、ついには彼女の予言が家の中で唯一の権威となった。彼女は一家を完全に支配した——ごくかすかなため息ひとつにいたるまで、彼女の指示によるものとなった。私がウィーンに行ったのはちょうど一家の主人が死んだばかりのころだった。夢が続くかぎり一家のために夢を見続ける、というのを唯一の条件として、彼はエレガントにも、収入の一部を彼女に遺産として残していた。

私はウィーンにひと月以上滞在したが、お金が届くのを待っている身だったため（これは結局届かなかった）、暮らしは学生たちと同じように苦しかった。例の飲み屋にフラウ・フリーダが思いがけずあらわれておごってくれる日は、われわれ貧窮生活を送っている者にとってはお祭りのような日となった。そうしたある晩のこと、ビールの酔いのさなかで彼女は私の耳に口を寄せて、一刻を争うような強い確信をこめて言った——

「きのうの晩、あなたの夢を見たことを伝えたくて来たのよ」と彼女は言った。「すぐにウィーンを出ないといけないわ、五年間はもどってきちゃだめよ」。

そのことばにこめられている確信があまりにもリアルだったため、私はその同じ晩のうちにローマ行きの最終列車に乗った。私は私ですっかり暗示にかかってしまい、それ以来、いまだに何だったのか知らないが、ある悲惨な出来事をくぐり抜けた生き残りであると自分のことを考えるようになっている。いまだにウィーンにはもどっていない。

ハバナの惨劇より前に、私は一度、バルセローナでフラウ・フリーダに出会った。神秘的な感じがしたほど予想外の、偶然の出会い方だった。それはパブロ・ネルーダ*が、バルパライソへののんびりした海の旅の途中で、スペイン内戦以来初めてスペインの土を踏んだ日のことだった。彼は私たちとともに大掛かりな古本屋めぐりをして午前中を過ごし、「ポーター」書店で、ばらばらになりかけた古いさえない本を一冊、ラングーンの領事館での彼の給料二か月分ぐらいにあたる金額で買った。彼は人々の間を体の不自由な象のように動きまわりながら、あらゆることの内的なメカニズムに子供のような関心を示した。彼にとって世界は、それを通じて人生が発明されていく巨大なぜんまい仕掛けのおもちゃのように見えるのだった。

私はネルーダ以上に、われわれがもっているルネサンス期の教皇のイメージに似ている人を知らない——大食いで、しかも、洗練されている。彼自身が望まない時ですら、いつもテーブル全体の長となった。奥さんのマティルデはいつも彼の首によだれかけをつけた。それは食卓用というよりも床屋用に近い大きさだったが、ソースを浴びてしまうのを防ぐにはそれが唯一の方法なのだった。「カルヴァリェイラス」で食事をしたその日は典型的だった。彼はロブスターを三尾、外科医のような熟練した手つきでばらして食べ、同時に他の全員の料理まで食べたそうに視線を送って、結局それぞれから少しずつ、食べたいという気持ちが伝染するほど実においしそうにつまんだ——ガリシアの蛤《はまぐり》、*カンタブリア海の烏帽子貝《えぼしがい》、アリカンテのアカザエビ、コスタ・ブラーバの海鼠《なまこ》。それらを食べながら彼は、まるでフランス人みたいに、他の美味について——特に、彼の心の中に住みついているチリの先史時代の魚介類について——ばかり話すのだった。ところがその途中で彼は突然、食べるのをやめ、ザリガニのように触角を研ぎすまし、ひじょうに小さな声で私に言った——

「誰かぼくの後ろで、ずっと見つめてる人がいるんだ」。

彼の肩ごしに視線をやると、確かにそうだった。彼の背後、テーブルを三つ隔てて、昔ふうのフェルト帽に紫色の襟巻きをして落ち着きはらった女が、じっと彼を見つめながら食べ物を噛んでいた。すぐに彼女だとわかった。年をとって太っていたが彼女だった。人差し指に蛇の指輪をはめていた。

彼女はナポリからネルーダ夫妻と同じ船に乗って旅していたのだが、両者が船内で顔をあわせたことはなかった。私たちは同じテーブルでコーヒーを飲むよう彼女を招き、私は詩人を驚かしてやろうと思って、彼女が夢の話をするようにもっていった。しかしネルーダは耳を貸さなかった。最初から夢占いなど信じないと言い放ったのだ。

「未来を見通すことができるのは詩だけだ」と彼は言った。

昼食後、不可欠な*ランブラス散歩の途中で、私は他の人に聞かれることなく昔の記憶を更新するためにフラウ・フリーダと一緒にわざと後に遅れた。彼女はオーストリアにあった財産を売り払って、ポルトガルのオポルトに引退して暮らしていると言い、住んでいる家は、彼女の言い方によれば、アメリカ大陸まで大西洋が全部見渡せる丘の上にあるお城まがいの建物だということだった。はっきりとは言わなかったが、話を聞いていると、次々に夢を見ることによって彼女は結局、例のパトロン一家の財産を全部手に入れてしまったことがわかった。しかし、私は特に驚きもしなかった。昔からずっと、彼女の夢というのは実は生活のための幻術でしかないと思ってきたからだ。私は彼女にそのことを言った。

彼女はあの抗しがたい笑い声をあげた。「あいかわらず思い切ったことを言うわね」と彼女は言った。そして口を閉ざした。ネルーダがランブラスの鳥市で鸚鵡《おうむ》たちとチリ弁の隠語で話しはじめたため、残りのグループは立ち止まって待っていたのだ。ふたたび口を開いた時にはもう別の話題だった。

「ところでね、もうウィーンにもどってもだいじょうぶよ」と彼女は言った。

その時になって私は、私たちが知り合ってから十三年がたっていることに気がついた。

「あなたの夢が嘘だったとしても、二度ともどりませんよ」と私は言った。「万が一ということもありますしね」。

三時に私たちは、ネルーダを神聖なるシエスタに連れていくために彼女と別れた。ネルーダは私の家で昼寝をすることになっていた。それに先立っては、なにか日本のお茶のセレモニーを思わせるような厳粛な準備があった。ぴったりの気温になるように、そして特定の方角から特定の種類の光が入り、完全な静寂が広がるように、この窓を閉め、あの窓を開けるという作業があった。それからネルーダは即座に眠りに落ち、十分後に目を覚ました。子供のように、思いがけない時に。彼は元気を回復して、枕の刺繍文字の跡を頬につけたまま居間に姿をあらわした。

「夢を見るあの女の夢を見たぞ」と彼は言った。

マティルデはその夢を話してみるようにと言った。

「彼女がぼくの夢を見ているのを夢に見たんだ」。

「それはまるでボルヘス*ですね」。私は彼に言った。

彼はがっくりしたように私を見た。

「もう書かれているのか?」。

「まだ書かれていなくても、そのうちに書きますよ」と私は言った。「彼の迷宮のひとつになるでしょう」。

午後の六時、乗船するとすぐにネルーダは私たちに別れを告げ、離れたテーブルにすわると、いつも本に花や魚や鳥の絵を献辞がわりに描く緑のインクのペンですらすらと詩を書きはじめた。一回目の出航予告があると私たちはフラウ・フリーダを捜しはじめ、しかし見つからないのでもう挨拶せずに帰ろうと決めたころになって、ツーリスト・クラスのデッキにいるのが見つかった。彼女もまたシエスタから覚めたところだった。

「あの詩人の夢を見たわ」と彼女は私たちに言った。

びっくりして私はその夢を話してくれるように頼んだ。

「あの人が私の夢を見ているのを見たの」と彼女は言い、私の驚いた顔に当惑したようだった。「どうしろっていうの？　こう夢ばかり見ていると、ときには現実の暮らしとまったく関係ない夢が出てくることもあるのよ」。

その時以来、リビエラ・ホテルの遭難事件で死んだ女性が蛇の指輪をしていたことを知るまで、私は彼女に会うことはなく、どうしているかと考えることもなかった。そのため、何か月も後になって、とある大使館のレセプションでポルトガル大使と同席した時、彼女について質問してみたいという誘惑に私は身をまかせた。大使は彼女についてたいへん熱心に、ひじょうな敬意をこめて私に語った。「あなたなら、彼女について小説を書きたいという誘惑に身をまかせたことでしょうね」。そして、大使は同じ調子で、さまざまな驚くべきディテールをおり混ぜながら話を続けたが、その中には、私にとって、最終的な判断を下せるヒントはひとつもなかった。

「具体的に言うと、彼女は何をしていたんですか？」。ついに私は彼に迫った。

「いや、何も」と彼は、ある種、幻滅したように言った。「ただ夢を見てたんです」。

（一九八〇年三月）

「電話をかけに来ただけなの」

春の雨が降る午後、ひとりでレンタカーを運転してバルセローナに向かっていたマリア・デ・ラ・ルース・セルバンテスは、モネグロスの荒涼地で車の故障にみまわれた。彼女は、かつてはヴァラエティー・ショーの女優としてそれなりに知られていたこともある二十七歳の真っ正直なメキシコ美人だった。今では出張奇術師と結婚しており、その日もサラゴサ*に住む親戚をたずねた後で彼と合流する予定になっていた。嵐の中を高速で走り過ぎていく自動車やトラックに向けて一時間あまり必死に合図をしたあげく、ようやく一台のがたがたのバスの運転手が彼女に同情して止まった。運転手はそんなに遠くまでは行かないことを、たしかに彼女に告げた。

「かまいません」とマリアは言った。「とにかく電話をかけたいだけですから」。

それは本当で、とにかく夫に七時までには着けないことを知らせることができればそれでよかった。学生ふうのオーバーを着て、まだ四月なのにビーチ・シューズをはいている彼女はまるでびしょ濡れの小鳥みたいで、車のキーを忘れてくるほど不慮の災難にすっかり動転していた。運転手の隣には、軍隊ふうの容貌の、しかし優しげな態度の女が乗っており、タオルと毛布を貸してくれた上、隣にすわれるよう場所をあけてくれた。適当に雨をぬぐってからマリアは座席にすわり、毛布にくるまって煙草に火をつけようとしたが、マッチが湿っていた。隣の女が火をつけてくれて、濡れていない煙草は数少なかったが、一本ねだった。ふたりで煙草を吸いはじめると、マリアは心中を打ち明けたい気持ちにかられて、雨音よりもバスの騒音よりも大きな声になった。隣の女は人差し指をくちびるにもっていって彼女の話をさえぎった。

「みんな寝てますから」と彼女は小声で言った。

マリアは後ろを振り返り、するとこのバスには、年齢不詳の、さまざまに異なった様子の女たちが乗っていて、いずれも自分と同じ毛布にくるまって眠っていることがわかった。彼女らの穏やかな様子にマリアも感染して、座席に深くすわりこんで雨音に身をまかせた。目が覚めた時にはもう夜で、雨に代わって冷たい夜気が満ちていた。どれだけ眠ったのか、また、世界のどこに自分がいるのか見当がつかなかった。隣の席の女は緊張した様子だった。

「どこにいるんですか？」とマリアは彼女にたずねた。

「着いたのよ」と女は答えた。

バスは、巨木の森に囲まれた古い修道院のような、大きな陰気な建物の石畳の中庭に入るところだった。乗っている女たちは中庭の外灯に薄暗く照らされたまま、軍隊ふうの容貌の女が、幼稚園で使われるような一連の初歩的な指示を出してバスから降りるよう命じるまで車内でじっとしていた。いずれも年のいった女たちで、中庭の薄暗がりの中を、夢の一場面のようにのろのろと動いた。最後にバスから降りたマリアは、彼女らはみな修道女なのだと思った。しかし、バスのドアの外に何人か制服姿の女がいるのに気がつくと、そうではないのかもしれない、とも思った。制服の女たちは、雨に濡れないよう彼女らに毛布をかぶらせると、有無を言わせぬ調子でリズミカルに手拍子を打って指示しながら、何も言わずに女たちを縦一列に並ばせた。隣の席の女に別れを告げた後、マリアは毛布を返そうとしたが、女は中庭を横切るまで頭にかぶっていって受付で返せばいい、と言った。

「電話はあるかしら」とマリアは聞いた。

「あるわよ」と女は言った。「あそこで教えてくれるわ」。

彼女はマリアにもう一本煙草をねだり、マリアは濡れたパッケージごと渡した。「途中で乾くわ」と言った。女はステップのところから手を振り、大きな声で言った――「幸運を祈るわ」。バスはそれ以上待たずに発車した。

マリアは建物の入り口めがけて走りだした。警備の女は力強い手を差し出して彼女を止めようとしたが、それでは足りずに高圧的な声をあげた――「聞こえないの、止まりなさい！」。マリアが毛布の下から見やると、氷のような目と断固たる調子の人差し指が列を差しているのが見えた。それに従った。建物の入り口まで行くと彼女は一団から離れ、門番にどこに電話があるのかたずねた。しかし、警備の女のひとりが彼女の背中を叩いて列にもどらせながら、この上なく柔和な調子で言った――

「こっちよ、あなた、電話はこっちにあるわ」。

マリアは他の女たちとともに薄暗い廊下へと向かい、そのつきあたりの大寝室に入ると、女警備員らは毛布を集めてベッドを各人に割り当てはじめた。警備員とは違う女がひとり――マリアには彼女の方が人間的で、地位も高そうに見えた――、列を下っていきながら、一枚のリストと、女たちの胴衣に縫いつけられた紙片の名前とを照合していった。マリアの前まで来ると女は、マリアが名前をつけていないことに驚いた。

「電話をかけに来ただけなんです」とマリアは彼女に言った。

街道で車が故障したことをマリアは大急ぎで説明した。パーティ用の魔術師をやっている夫がバルセローナで待っていて、真夜中までに三つ仕事が入っているのだが、約束の時間までに自分は着けないことを連絡したいのだと伝えた。ちょうど七時になろうとしていた。夫は十分以内に家を出るはずで、マリアは自分の遅刻のせいで彼が仕事をキャンセルしてしまうのではないかと心配しているのだった。その女は注意深く彼女の話を聞いているように見えた。

「あなたのお名前は？」とマリアに聞いた。

マリアはほっとため息をついて自分の名前を言った。相手は何度もリストを調べたが、その名前は発見できなかった。不安にかられて警備の女を問いただしたが、その女は何も答えることができずにただ肩をすくめてみせた。

「電話をかけに来ただけなんですから」とマリアは言った。

「わかったわ、お嬢さん」と上役の女は言い、あまりにもわざとらしくてとても本物とは思えないくらい優しくマリアをベッドのところに連れて行った。「ちゃんとお行儀よくしていれば誰に電話をかけてもかまわないのよ。でも今はだめ、あしたにしましょう」。

その時、何かがマリアの頭の中で起こり、バスに乗っていた女たちがどうして水槽の底にいるみたいな動き方をしていたのかがわかった。彼女らは本当は、おとなしくなるよう鎮静剤を投与されているのであり、分厚い石の壁と冷えきった階段をもつこの陰気な屋敷は、本当は心の病をもった女たち専門の病院なのだ。恐怖にかられて彼女は寝室から走って逃げ出したが、玄関口に着く前に、機械工のようなつなぎ服を着た巨体の女監視人につかまり、熟練した羽交《はが》い締《じ》めによって地べたに押さえつけられた。マリアは恐怖に麻痺しながらこの女を肩越しに見た。

「神様にかけてお願い、死んだ母に誓って、電話をかけに来ただけなのよ」。

顔をひと目見ただけで、このつなぎ姿の悪鬼——その馬鹿力のために女ヘラクレスと呼ばれていた——を相手に頼みこんだりしてもむだであることがわかった。彼女はむずかしい患者の担当で、誤って殺す術にたけた北極熊のようなその腕によってこれまでに、入院患者がふたり窒息して死んでいた。最初のケースは事故だったことが証明されたとして処理された。二度目のケースはそれほど明確ではなく、女ヘラクレスは訓告を受け、ふたたび同じようなことがあったら今度は徹底的な調査を行なうと警告されていた。広く言われているところでは、彼女は有名な苗字をもつ一家に生まれたはみだし者で、スペイン各地の精神病院でいくつも疑わしい事故を起こしてきているとのことだった。

この最初の晩、マリアを寝つかせるためには睡眠薬を注射しなければならなかった。夜明け前、煙草が吸いたくなって目が覚めると、彼女は手首と足首でベッドの支柱に縛られていた。いくら叫んでも誰も来てくれなかった。朝になって、夫がバルセローナじゅうどこにもマリアの行方の痕跡すら見つけられずにいたころ、彼女は医務室に運びこまれていた。自らの失意の沼にまみれて気を失っているのが発見されたのだった。

気がついた時にはどれだけ時間がたっているのかわからなかった。しかし、その時には世界は愛に満ちた安息の地となっており、ベッドの前には長身の老人が立っていた。扁平足のような歩き方をする彼は、鎮静剤のような微笑みを浮かべ、熟達した態度で即座に生きるよろこびをマリアに取りもどさせた。それがサナトリウムの院長だった。

何を言うよりも前に、挨拶すらしないうちに、マリアは彼に煙草を頼んだ。彼は火をつけて一本手渡し、ほとんど減っていないひと箱をまるごとくれた。マリアは涙を抑えることができなかった。

「今のうちに好きなだけ泣いちゃいなさい」と医師は眠りを誘うような声で言った。「涙よりいい薬はないんだからね」。

マリアは恥も外聞もなくすべてを吐き出した。折々の恋人たちに対して愛の後の倦怠の中で一度もできなかったほどに、すべての思いを吐き出した。彼女の話に耳を傾けながら、医師は彼女の髪を指でなで、息が楽になるよう枕を調節し、不安と迷いの迷路の中を、彼女がそれまで夢にすら見たことがなかったような知恵と優しさをもって導いた。セックスすることをひきかえにせずに魂の全体で話を聞いてくれる男がいて、その男に理解してもらえる、という生まれて初めての奇跡のような体験だった。長い一時間の後、底の底まで吐き出しつくした後で、彼女は夫に電話をかける許可を求めた。

すると医師は、その地位にふさわしい威厳を一気に取りもどして身を起こした。「今はまだだめだよ、ね」と言って彼女の頬を彼女の一生で一番優しくなでた。「すべてはその時が来たらできるからね」。彼は戸口から神父のように祝福をあたえ、そのまま永遠に姿を消した。

「私を信じなさい」と彼は言った。

その同じ午後、マリアは識別番号をつけられて病院に登録された。収容された経緯の謎と不詳な身元に関してはごく表面的なコメントが付されただけだった。欄外には院長自身の直筆で所見が書かれていた――「荒れている」と。

マリアが予想した通り、夫は三つの仕事をこなすためにオルタ地区の質素なアパートを三十分遅れで出発した。しっかりとした同意に基づいた二年近くにおよぶ事実婚の同居生活において彼女が時間に遅れるのは初めてのことで、彼はそれを、この地方をその週末襲った激しい雨のせいだろうと理解した。家を出る前に彼は、その夜の仕事の道順を書いたメッセージをドアに貼って残した。

子供たちが全員カンガルーの扮装をしていた最初のパーティでは、目玉となるはずの透明魚のトリックは、彼女の手助けがなければできないので飛ばさなければならなかった。ふたつ目の仕事は車椅子にすわった九十三歳の老婆の家でのものだった。彼女はこの三十年間、誕生日には毎年違うマジシャンを呼んで祝ってきたことを自慢にしていた。彼はマリアの遅れにすっかり苛立っていて集中できず、ごく簡単な手品にまで失敗するありさまだった。三つ目はランブラスのカフェ・コンサートで毎晩やっている仕事で、魔法を信じるのを拒絶しているため実際に目にしているものを信じることができないフランス人観光客の一団を前に、精彩のないショーをやった。ひとつひとつの仕事が終わるたびに彼は家に電話をし、マリアが電話に出ることを期待もせずに待った。最後にはもう、何か悪いことが起こったに違いないという焦燥を抑えることができなかった。

屋外での公開ショー用に改造されたライトバンで家に帰る途中、彼はパセオ・デ・ラ・グラシアの椰子の木に春の輝きを見、マリアのいないこの町はどうなるのかという不吉な思いに震えあがった。書き置きがまだドアに貼られたままなのを見つけると最後の望みも露と消えた。心が乱れて猫に餌をやるのも忘れた。

こうして書いている今になって、私は彼の本当の名前を知らないことに気がついた。バルセローナではみんな彼のことを「魔法使いのサトゥルノ*」という芸名で知っていたからだ。それは変わった性格の男で、人間関係においては救いがたいほど不器用だったが、彼に欠けているそつのなさや機転といったものはマリアの方が補ってあまりあった。たくさんの大きな神秘に彩られたこの町――夜の十二時より後に、自分の妻の行方について誰かに電話で聞く、というようなことを誰も決してしようとしないこの町――の中を、彼の手を取って導くのはいつもマリアの方だった。サトゥルノは来たばかりのころ一度、その電話をかけるというのをやったことがあって、それはもう思い出すのもいやだった。そのため、この晩、彼はサラゴサに電話をするに止《とど》めた。そこでは、ねぼけ半分のおばあちゃんが、マリアは昼食後に発《た》ったと不安そうな様子もなく答えた。一時間も眠らないうちに夜が明けた。彼は血の跡が跳ねとんでいるぼろぼろの花嫁衣装を着たマリアが出てくる泥沼のような夢を見て、あいつはまたもやおれをひとり捨てていったのだという恐ろしい確信に目を覚ました。それも今回は永久に、彼女なき広大な世界に彼をひとり残していったのだ。

彼女はこの五年間のうちにすでに三回、別々の三人の男をそうやって捨てていったことがあった。そのうちのひとりは彼自身だった。知り合って六か月後、メキシコ・シティで彼を捨てて出奔したのだ。アンスーレス区に借りた女中部屋で、狂ったような愛の幸福にふたりで苦悶している最中のことだった。とても人には言えないような罵詈雑言《ばりぞうごん》の一夜が明けると、マリアは姿を消していた。前の結婚の指輪をふくむすべての持ち物が残されてあり、自分にはこの無謀な愛の苦しみを生きのびることができないという手紙が置いてあった。最初の夫のもとに帰ったのだ、とサトゥルノは考えた――それは、未成年だったため隠れて一緒になった中等学校の同級生だったが、愛のない二年を経て彼女は別の男のためにその夫を捨てたのだった。しかし、その推測はまちがっていた。彼女は両親の家にもどっており、サトゥルノはどうしても連れもどすつもりでそこに出かけていった。何の条件もつけずに懇願し、自分で守るつもりでいる以上のことを約束したが、彼女の決意の固さに阻《はば》まれた。「愛には短い愛と長い愛があるのよ」と彼女は言った。そして無慈悲に言い放った――「これは短い方の愛だったわ」。彼女は折れず、彼は敗北を受け入れた。しかし、*万聖節《ばんせいせつ》の朝、彼がほぼ一年間にわたって忘却の暮らしを生きたみなしごの部屋に帰ってみると、彼女が処女の花嫁がつける長いクレープの裳裾《もすそ》とオレンジの花輪をつけて居間のソファーで寝ているのが見つかった。

マリアは彼に本当のことを語った。新しい恋人は子供のいない裕福な暮らしの男やもめで、カトリック教会で永遠の結婚をする心構えがあると口では言っていたが、いざとなると祭壇の前に花嫁姿の彼女を待たせたまま姿をあらわさなかった。彼女の両親はとにかく披露宴は何事もなかったように行なうことに決めた。彼女もその芝居につきあった。ダンスを踊り、マリアッチ*の伴奏で歌い、結局酒を飲みすぎて、時宜《じぎ》を失した激しい後悔の念にとりつかれて真夜中にサトゥルノのところに来たのだった。

サトゥルノは家にいなかったが、廊下の植木鉢に鍵があった。彼らが以前いつも隠していた場所だった。今度は無条件にひれ伏したのは彼女の方だった。「で、今度はいつまでなんだ？」とサトゥルノは聞いた。彼女はヴィニシウス・ジ・モラエス*の詩で答えた——「愛は続いているかぎり永遠なのよ」。二年たってもまだ愛は永遠であり続けていた。

マリアは大人になったようだった。女優になる夢をあきらめ、仕事においてもベッドにおいても彼につくした。この前の年の年末にはペルピニャン*で開かれた手品師の国際会議に出席し、その帰りにバルセローナに立ち寄った。ふたりはこの町がすっかり気に入り、八か月を過ごした。すべてがうまく行ったため、カタルニア色の強いオルタ地区にアパートまで買った。やかましく、門番もいないアパートだったが、五人子供がいても大丈夫なくらい広かった。ありうるかぎりもっとも幸せな暮らしだった——月曜の夜の七時までにもどるという約束で、彼女がレンタカーを借りてサラゴサの親戚を訪問しに行った週末までは。木曜日の朝が明け、それでもまだ、生きているのか死んでいるのか、連絡はなかった。

翌週の月曜になって、レンタカーの保険会社からマリアの行方をたずねて家に電話があった。「私は何も知りません」とサトゥルノは言った。「サラゴサで捜したらいい」。そう言って電話を切った。一週間後、治安警察の警官が家に来て、骨組だけになった車がカディス*近郊の抜け道で見つかったと知らせた。マリアが車を放置した場所から九百キロ離れたところだった。警官は彼女が盗難に関して何か知らないのかと質問した。サトゥルノは猫に餌をやっているところで、相手にほとんど目も向けずに、妻は出奔したのであって、どこに誰と行ったのか自分は知らないから時間のむだだ、とことばを濁さずに言った。その強い調子に警官は気まずそうにし、立ち入った質問を詫びて去った。事件は不明として処理された。

マリアが再度逃げ出すことがあるかもしれないという懸念にサトゥルノが初めて襲われたのは、

ローサ・レガスの招きでヨット遊びに行ったカダケス*での、復活祭の主日のことだった。フランコ政権末期、左翼のビューティフル・ピープルがひいきにしていた「マリティム」という、いつも満員のやかましいバールに私たちは集まり、やっと六人がすわれる程度の鋳鉄のテーブルと椅子に全員あわせて二十人ほどがすわっていた。その日ふた箱めの煙草の最後の一本を吸おうとして、マリアはマッチを使い切ってしまっていることに気づいた。すると、ローマ時代のブロンズのブレスレットをはめた細い毛深い腕が、テーブルの混乱の合間を抜けて差し出され、彼女の煙草に火をつけた。彼女は相手を確認せずに礼を言ったが、魔法使いのサトゥルノはその男をしっかりと見た。それは骨ばった髭のない若者で、死のように血の気がなく、腰まで届くまっ黒な髪をポニーテイルにしていた。バールのガラス窓には春のトラモンターナ*が激しく吹きつけていたが、その男は生成りの木綿のパジャマ服を着て、農夫の草履をはいていた。

　以後、その男を見かけることはなかったが、秋の終わりになって、ラ・バルセロネータ*にある魚介料理の店でふたたび出会った。同じ木綿の上下を着て、髪はポニーテイルのかわりに一本の長い三つ編みにして垂らしていた。男はふたりに昔からの友人のように挨拶し、男がマリアの頬にキスをした様子と、マリアがキスを返した様子からして、サトゥルノはこのふたりが隠れて会っていたのではないかという疑念に襲われた。数日後、彼は偶然、家の電話番号録にマリアの筆跡で新しい名前と番号が書かれているのを見つけ、嫉妬のもたらす苛酷な明晰さによってそれが誰のものであるのかすぐに悟った。相手の社会背景は決定的な一撃となった——二十二歳、金持ちのひとり息子、ブティックのウィンドー・デコレーター、バイセクシュアルとして広く知られ、結婚しているご婦人連中相手の雇われ愛人として動かぬ名声をもっているというのだった。しかし彼は、マリアが帰って来なかった晩までなんとか自分を抑えた。そして、それからは毎日その番号に電話をかけはじめた。最初は朝の六時から翌日の早朝まで二、三時間ごとに、そして後には、手近に電話があるかぎり時を選ばずいつでもかけた。誰も電話に出ないという事実に彼の苦しみは増した。

四日目になって、掃除に来ているアンダルシア女*が電話に出た。「坊ちゃんはおでかけです」と彼女はサトゥルノを激昂させるに足る曖昧さをもって言った。彼は誘惑に逆らわずに、そこにセニョリータ・マリアはいないか、とたずねた。

「ここにはマリアという人は住んでいません」と相手は答えた。「坊ちゃんは独身ですから」。

「それはわかってる」とサトゥルノは言った。「住んでるんじゃなくて、時々たずねてくるんだ。そうだろう?」。

相手は腹を立てた。

「あんたいったいどなた?」。

サトゥルノは電話を切った。相手の否定の返事は、もはや彼にとっては疑いではなく燃えるように確実な事実となっていることを裏づけるもののように感じられた。彼は自制を失った。それからの数日間、彼はバルセローナの知り合い全員にアルファベット順に電話をかけた。誰も彼の言うことに同意する人はいなかったが、電話をするたびに彼の不幸は深まった。嫉妬にかられた彼の妄想は、金持ち左翼人社会の常習的な夜更かし族の間で広く知られるようになり、みんな彼を苦しめるような冗談ばかりを返してくるようになったからだ。その時になって彼は初めて、この美しい都市――この狂った不可解な都市、自分がけっして幸せにはなりえない都市――において自分がどれほどまでにひとりぼっちであるのか理解した。夜明け近くになって、猫に餌をやってから、彼は死なないように自分の心を握りしめて、マリアを忘れる決意をした。

二か月たってもマリアはまだサナトリウムの生活に適応せずにいた。切り出したままの木の大テーブルに鎖でつながれたナイフとフォークで、囚人食のような食事を少々ついばむだけで生きのびた。視線は、中世ふうの陰気な食堂の上に掛けられたフランシスコ・フランコ将軍の石版画にじっと据えられていた。最初のうちは、教会式の時間割——朝課、讃課、晩課その他、一日の時間の大半を費やす日課祈禱のばかげたくりかえし——に反抗した。休憩用の中庭でのボール遊びに加わるのを拒み、収容患者の一団が熱狂的な勤勉さで取り組んでいる造花のワークショップで働くのも拒否した。しかし、三週間目からは少しずつ幽閉生活に同化していった。結局のところ、誰でも最初はこういうもので、遅かれ早かれコミュニティーに溶けこむようになるものなのだ、と医師たちは言うのだった。

最初の数日間は、煙草は女警備員が法外な値段で売ってくれたのでよかったが、手持ちのわずかな現金を使い果たしてしまってからは煙草切れに苦しめられた。それからは、一部の収容患者が、ごみの中から拾ってきた吸い殻で作る新聞紙製の巻き煙草で我慢しなければならなかった。煙草を吸いたいというのは、電話をかけたいというのと同じくらい強烈な強迫観念となっていた。その後は、造花を作って稼ぐわずかなペセータで、一時的に息をつけるようになった。

一番きついのは夜の孤独だった。収容患者の多くは彼女と同じように薄暗がりの中で目覚めたまま、何もする勇気がなくてじっとしていた。鎖と錠前で閉ざされた大扉の向こうでは、夜警の女がやはり寝ずに番をしているからだった。しかし、ある夜、悲痛な思いに打ちのめされて、マリアは隣のベッドの女に聞こえる声で聞いた――

「ここはどこ?」。

隣の女の重厚な、明晰な声が答えた――

「地獄の底よ」。

「ここは*モーロ人の土地だっていうわよ」ともっと遠くからの声が寝室じゅうに響いた。「きっとそう、夏になると、月が出ている晩には犬が海に向かって吠えているのが聞こえるから」。

鎖がガレオン船の錨のような音でほどかれるのが聞こえ、扉が開かれた。地獄番の女は、一瞬にして広がった沈黙の中で生きている唯一の生き物のように、寝室の端から端へと歩きまわりはじめた。マリアは震えあがった。その理由を知っているのは彼女だけだった。

サナトリウムでの最初の週から夜番の監視人は彼女に、一緒に夜警部屋で寝るようにと単刀直入にもちかけてきたのだ。具体的な商売のような調子で女は話した――煙草と交換で、あるいはチョコレート、あるいは何でもよいが、それと交換で愛を、と。「何でも手に入るのよ」と相手は震える声で言った。「女王様みたいに扱ってあげるから」。申し入れをマリアが拒むと、番人は方法を変えてきた。枕の下や、胴衣のポケット、その他思いがけない場所に小さな愛の手紙を置いていくようになった。それはいずれも、岩の心をも乱すような、胸が裂けるような差し迫った文面だった。寝室での一件が起こったのは、女がもうひと月以上もあきらめたように見えていたころだった。

患者が全員眠っていると確信すると、夜警の女はマリアのベッドに近づき、彼女の耳の中にありとあらゆる卑猥なことばをやわらかにささやき、同時に顔や、恐怖に張りつめた首すじ、硬直した腕、疲れきった脚に口づけをくりかえした。そしてついには、マリアが体を固くしているのは恐れからではなく喜びからなのかもしれないと考えて、さらに先へと思い切って試みた。その時になってマリアが手の甲ではねのけると、相手は隣のベッドまでふっとんだ。夜警の女は大騒ぎをする患者たちのさなかで怒り狂って立ち上がった。

「この売女《ばいた》」と彼女は叫んだ。「あんたがあたしに狂うまで、一緒にこの豚小屋で腐っていくのよ」。

六月の最初の日曜日、夏は予告もなく訪れ、緊急の対策が必要となった。収容患者たちは暑さに我慢できずに、ミサの途中でウールの胴衣を脱ぎ捨てはじめたのだ。マリアはすっ裸の患者が女警備員たちに盲の鶏のように教会の通路を追いかけまわされるのを面白がって眺めていた。混乱の中で彼女はとばっちりを受けるのを避けようとして、いつのまにか、誰もいない事務室にひとり迷いこんでいる自分を発見した。そこでは電話が懇願するように鳴り続けていた。マリアは何も考えずに受話器を取り、電話の時刻案内をまねて遊んでいる遠い微笑みがちの声を聞いた──

「ただ今から、四十五時、九十二分、百七秒をお知らせします」。

「おかま」とマリアは答えた。

そして笑いながら受話器をもどした。そのまま立ち去ろうとして、急に彼女は二度とないチャンスを逃そうとしていることに気づいた。彼女は六桁の番号を回した。緊張と焦燥のあまり、自分の家の番号かどうか確信がもてないほどだった。心臓が暴走している中で、貪欲で悲しげな響きのある聞き慣れた呼び出し音を聞いた──一回、二回、三回、そしてついに、彼女のいない家にいる生涯の男の声を聞いた。

「もしもし?」。

彼女は喉もとにできた涙の玉が通り過ぎるのを待たねばならなかった。

「あたしのウサギちゃん」と彼女はささやいた。

涙が勝って、それ以上言えなかった。電話の向こうでは一瞬、驚きの沈黙があり、それから嫉妬に燃え上がった声がたったひとつのことばを吐き出した――

「売女!」。

そしてそのまま切れた。

その晩、発作的に逆上したマリアは、食堂の将軍の石版画をひきずりおろし、全身の力をこめて庭に面した窓に投げつけ、血まみれになって倒れた。それでもまだあまっていた怒りにまかせて、取り押さえようとした番人たちに殴りかかって立ち向かい、それは、女ヘラクレスが戸口に仁王立ちになって、腕組みをして自分を見つめているのを目にするまで続いた。マリアは投降した。にもかかわらず、彼女は荒れ狂った患者のための棟に引きずられていき、ホースで冷水の噴射を受けて叩きのめされ、両脚に*テレピン油を注射された。それによる炎症で歩けなくなったマリアは、この地獄から脱出するためならこの世にできないことは何もないと考えている自分に気がついた。翌週、一般寝室にもどされた彼女は、足音を忍ばせて夜警の部屋の戸を叩いた。

マリアがまず先にやってくれと要求したのは、夫のもとにメッセージを届けることだった。絶対に口外しないことを条件に夜警の女は同意した。そして、冷酷な人差し指を彼女に突きつけた。

「誰かに知られることがあったら、あんたは死ぬのよ」。

こうして魔法使いのサトゥルノは次の土曜日、マリアの帰還を祝うために飾りつけをした例のライトバンで狂女たちのサナトリウムを訪れた。院長が自ら、軍艦のようにきちんと整頓された執務室で彼を迎え、彼の妻の病状について愛情のこもった報告をした。どこから来たのか、どのように、いつ来たのかさえよくわからないのは、彼自身が面談した時につけさせた公式登録記録の日付が、彼女がここに収容されたことを示す最初の証拠だからだ、という説明だった。いずれにせよ、院長が一番知りたがったのは、サトゥルノが妻の居所をどのようにして知ったのかということだった。サトゥルノは夜警の女をかばった。

「車の保険会社から知らされまして」と彼は言った。

院長は満足したようにうなずいた。「保険会社というのはどういうわけか、何でも知ってますからね」と彼は言い、禁欲的な仕事机の上にあった書類に目をやってから続けた。

「ただひとつ確実に言えるのは、病状はかなり重いということです」。

院長は魔法使いのサトゥルノが、奥さんのために、彼の指示する通りの行動を取ると約束するなら、一定の予防策のもとで面会を許可するつもりだと言った。その約束とは特に、彼女に対する態度にまつわるもので、時を追って頻繁に、しかも危険になってきている怒りの発作が起こるのを避けるためだということだった。

「不思議ですね」とサトゥルノは言った。「彼女は昔から気性は激しい方でしたが、自制はちゃんとできたんです」。

医師は賢人のような身振りをした。「長いこと潜伏したままになっている行動というのもあるんです、それがある日、弾《はじ》けるんです。いずれにせよ、ここに来たのは幸運でした、うちは厳しい扱いが必要なケースの専門ですからね」。それから最後に彼は、電話に対するマリアの奇妙な強迫観念について忠告した。

「彼女の話に合わせてやってください」と院長は言った。

「まかせてください、先生」とサトゥルノはうれしそうな様子で言った。「それは私の専門ですから」。

刑務所と告解室とがまざったような面会室は、昔の修道院の外部者面談室だった。サトゥルノが室内に入っても、両者が期待していたかもしれない喜びの爆発というふうにはならなかった。マリアは部屋の中央、椅子ふたつと、空の花瓶が置かれた小さなテーブルの横に立っていた。イチゴ色の情けないコートを着て、見るに見かねてあたえられたひどい靴をはいており、彼女が出所するつもりで準備してきたことは明らかだった。部屋の隅には、ほとんど見えないように、女ヘラクレスが腕を組んで立っていた。マリアは夫が入ってくるのを見ても身動きせず、ガラス窓の怪我の跡があちこちにある顔にも何の感情もあらわれなかった。ふたりはごく形式的に頰にキスをした。

「調子はどう?」と彼はたずねた。

「やっとあなたが来てくれて、うれしい」と彼女は言った。「ここは死ぬよりひどかった」。

椅子にすわっている暇はなかった。涙にむせびながらマリアは幽閉のみじめさを語り、番人たちの暴力、犬のような食事、こわくて目も閉じていられないような果てしない夜について話した。

「もう今じゃ何日ここにいたのか、それとも何か月、何年になるのかわからないけど、一日一日が確実にひどくなっていったことだけは確かよ」と彼女は言い、魂の底からため息をついた。

「もう二度と同じ人間にはもどれないと思う」。

「でも、もうそれも全部終わった」と彼は生々しい顔の傷を指先でなでながら言った。「ぼくは毎週土曜に来るよ。もっと来てもいい、院長先生が許可してくれれば。すべてうまくいくさ」。

彼女は恐怖にかられた瞳で彼の目を射抜いた。サトゥルノはパーティ用の芸を試みた。大きな嘘をつく時の子供っぽい口調で、医師の予想を大幅に甘くして語った。「簡単に言えば、完全に回復するにはまだ何日か、かかるらしいんだ」。

「お願い！　ウサギちゃん」と彼女は唖然となって言った。マリアは真実を理解した。「あなたまであたしが狂ってるなんて信じてるの！」。

「なんてことを言うんだ！」と彼は笑おうとしながら言った。「要するに、誰にとっても、きみがもうしばらくここに残った方がいいということなんだ。もちろん、もっといい条件のもとでね」。

「でも言ったじゃない！　あたしは電話をかけに来ただけなのよ！」。

彼はこの恐るべき強迫観念を前にして何と言ったらいいのかわからなかった。女ヘラクレスに目をやった。彼女はその視線をとらえて、腕時計を示し、面会を終わらせる時間であることを伝えた。マリアはその様子に気づいて後ろを振り向き、女ヘラクレスがいつでも飛びかかれるように構えているのを見た。彼女は夫の首にしがみつき、ほんものの狂人のように叫びだした。彼はマリアをできるかぎりやさしくふりほどき、後は背後から飛びかかった女ヘラクレスにまかせた。彼女は抵抗するチャンスをあたえずに彼女は左手でマリアに締め技をかけ、鋼鉄の右腕を首にまわし、そして魔法使いのサトゥルノに叫んだ――

「もう行きなさい！」。

サトゥルノは恐れおののいて逃げ出した。

しかし、次の土曜日になると、前の面会の驚きからは回復して、猫にも自分と同じ服——赤と黄のレオタード、シルクハット、空を飛ぶためのような、体を一周半するマント——を着せてサナトリウムを訪れた。修道院の中庭までパーティ用のライトバンを乗り入れ、そこでおよそ三時間にわたる見事なショーをやってみせた。収容患者たちはバルコニーから耳障りな嬌声をあげたり不適切なところで拍手をしたりしながら楽しんだ。マリア以外の全員がいた。彼女は夫に会うのを拒否しただけでなく、バルコニーからショーを見ることも拒んだのだった。サトゥルノは死ぬほど傷ついた。

「典型的な反応です」と院長は彼をなぐさめた。「じきに過ぎます」。

しかし、それは決して過ぎなかった。もう一度マリアに会おうと何度も試みてから、サトゥルノは今度は、彼女に手紙を受け取ってもらえるようあらゆる手をつくしたが、すべて無駄だった。四度にわたって手紙は封を切られぬまま、何のコメントもなしに送り返されてきた。サトゥルノも手紙はあきらめ、しかし、マリアの手もとに届くのかどうかわからぬまま、病院の受付に煙草を届けるのだけは続けた。しかしやがてついに、現実の方が勝った。

以後二度と彼の話は——結婚しなおして母国に帰ったということ以外——伝わらなかった。バルセローナを去る前に、彼は飢え死にしそうな猫をゆきずりの恋人に譲った。彼女はマリアに煙草を届け続けることも約束した。しかし、その彼女もまた姿を消した。ローサ・レガスはおよそ十二年前に、その子をデパートのコルテ・イングレースで見かけたことを覚えている。頭を剃って、何か東洋の宗教セクトのオレンジ色の胴衣をまとっており、妊娠してはちきれそうになっていたという。彼女がローサ・レガスに語ったところでは、機会があるごとにマリアには煙草を届け続けた上、突然の急用を果たしてあげたりもしたが、ある日行ってみると、病院は、あの不幸な時代の忌まわしい記憶として取り壊されて瓦礫しか残っていなかった。最後に会った時にはマリアはきわめて明晰な感じで、少し太りぎみ、平和な収容生活に満足しているようだったという。その日、彼女はサトゥルノが餌代として残していったお金が底をついたため、猫も一緒に連れて行ったという。

（一九七八年四月）

八月の亡霊

私たちがアレッツォ*に着いたのは正午前だったが、ベネズエラ人作家のミゲル・オテーロ・シルバがこのトスカーナの田園の牧歌的な一角に買ったというルネサンス期の城を見つけるには、それから二時間以上かかった。それは焼けつくように暑くて騒々しい八月初めの日曜日で、観光客のあふれる通りで事情を知っている人を見つけるのは容易ではなかった。何度も無益な試みをくりかえしたあげく、私たちは車にもどり、町を離れて、糸杉が並ぶ道路標示のない小道に入った。すると鵞鳥の世話をしている老婦人が城のありかを正確に教えてくれた。別れ際に彼女は私たちに、あの城で夜を過ごすつもりかとたずね、私たちは予定していた通りに、昼食に行くだけだと答えた。

「ならまだいいかね」と彼女は言った。「あの家は幽霊が出るからね」。

白昼の幽霊など信じない妻と私は、彼女の迷信深さを馬鹿にして笑った。しかし、九歳と七歳になる子供たちは、生身の幽霊に会えるかもしれないという思いに興奮しはじめた。

ミゲル・オテーロ・シルバは、いい作家であるだけでなく、すばらしい招待主かつ洗練された美食家で、忘れがたい昼食を用意して待っていてくれた。到着が遅れたため、テーブルにつく前に城の内部を見てまわる時間はなかったが、外から見たかぎり、その城には何も不気味なところはなく、昼食を食べることになった花のテラスからは町全体の風景が見渡せるとあって、懸念はすべて吹き飛んだ。高いところに家が立ち並ぶこの丘、せいぜい九万人ほどしか住めないこの町から、不滅の才能をもった人がかくも多く生まれたとはなかなか信じがたかった。しかし、ミゲル・オテーロ・シルバは、アレッツォで一番名高い人物は、そのよく知られている数多くの中には含まれていないのだ、とそのカリブ人らしいユーモアをこめて私たちに告げた。

「一番偉大なのはルドヴィーコだった」と彼は判決を下した。

苗字もなく、そのように単にルドヴィーコだった――大いなる学芸と戦争の主、自らの不幸の現場となるこの城を建てた人物、ミゲルが昼食の間じゅう語り続けたのはその人物についてだった。彼はその莫大な権勢について、報われなかったその愛について、そしてその恐るべき死にざまについて語った。彼が心の狂気の瞬間に、愛する貴婦人を、愛を交わしたばかりの寝床の上で刺し殺し、それから自分の飼っていた獰猛《どうもう》な闘犬を自分自身にけしかけ、ずたずたに嚙みちぎられたさまを話して聞かせた。そしてミゲルは、真夜中を過ぎるとルドヴィーコの亡霊が、愛の煉獄での平穏を求めて家の闇を徘徊しはじめるのだ、と本気になって私たちに言った。

実際、城は巨大で陰気なところがあった。しかし、日中に、満たされた腹と満たされた心をもって聞くミゲルの話は、招待客をもてなすための数多くの冗談のひとつとしか思えなかった。シエスタの後で、胸騒ぎを覚えることもなく見てまわった八十二の部屋には、以後代々の持ち主たちの手であらゆる種類の変更が加えられていた。ミゲルは一階を全面的に模様替えして、床に大理石を張ったモダンな寝室を作らせ、サウナとエクササイズのための設備を入れ、食事をした花咲き乱れるテラスを整備した。数世紀にわたって一番よく使われてきた階である二階は、特徴のない部屋の連続で、異なった時代の家具が荒れるがままに放置されていた。しかし、一番上の階には、時が通り過ぎるのを忘れていった部屋がひとつ、手つかずのままに保存されていた。ルドヴィーコの寝室だった。

それは魔術的な一瞬だった。金糸の刺繍入りカーテンのついたベッドがあり、驚異的な縁飾りがほどこされたベッドカバーは、血祭りにあげられた恋人の乾いた血でかちかちに固まっていた。凍りついた灰と石化した最後の薪が残された暖炉があり、よく手入れされた武器の収まった戸棚があり、金の額縁には物思いにふける騎士の油彩の肖像が入っていた。時代を超えて生きのびる幸運にめぐまれなかったフィレンツェの名人の手になるものだった。しかし、私が一番強い印象を受けたのは、説明不能なまま寝室じゅうに閉ざされて残る新鮮な苺の匂いだった。

トスカーナでは夏の一日は長く、ゆっくりと過ぎていき、地平線は夜の九時まで消えずに残る。城の中をまわり終えた時にはもう五時を過ぎていたが、ミゲルは聖フランチェスコ教会にピエロ・デラ・フランチェスカのフレスコ画を見せに連れていくと言って聞かず、その後で、広場の蔓棚の下でコーヒーを飲みながら会話を楽しんだ。それからスーツケースを取りに帰ってきてみると、夕食が用意されていた。そこで私たちはとどまって夕食を食べていくことにした。

星がひとつだけ出ている薄紫色の空のもとで夕食をしている間に、子供たちは台所から松明《たいまつ》を取ってきて、上の階の闇を探険しに出かけていった。テーブルについている私たちにも、躾のなっていない野生馬が階段を走る足音や、扉が泣く音、まっ暗な部屋でルドヴィーコを呼ぶ楽しそうな声が聞こえた。泊まっていこうという悪い考えを起こしたのは彼らだった。ミゲル・オテーロ・シルバは彼らの考えを大喜びで支持し、私たちにもそれを断るだけの遠慮深さは欠けていた。

危惧に反してたいへんよく眠れた。妻と私は一階の寝室で、子供たちは隣の部屋で寝た。どちらの部屋も近代化されており、不気味なところは微塵もなかった。眠りにつこうとしながら私は広間の振り子時計が眠らずに十二回打つのを数え、鵞鳥を飼っていた老婆の恐るべき警告を思い出した。しかし私たちは疲れていたのですぐに途切れのない濃密な眠りへと落ち、窓の蔦の間から差しこんでくるすばらしい陽光で目が覚めたのは七時すぎだった。隣では妻が罪なき者の平和な海を漂っていた。「なんて馬鹿なことだ」と私は自分に言った。「この時代になってまだ幽霊を信じている人がいるなんて」。その時になって突然、私は摘まれたばかりの苺の匂いに戦慄を覚え、冷たい灰と石化した最後の薪が残る暖炉を目にし、さびしげな騎士の肖像が黄金の額の中から三世紀ごしに私たちを見ているのを見た。見れば私たちは、前の晩ベッドに入った一階の寝室にいるのではなく、ルドヴィーコの寝室で、ベッドの天蓋に覆われ、埃っぽいカーテンに囲まれて、その呪われたベッドのまだ暖かい血に濡れたシーツの中にいるのだった。

（一九八〇年十月）

悦楽のマリア

葬儀会社の男がぴたりと時間通りにやってきた時、マリア・ドス・プラゼーレスはまだバスローブ姿で、髪はカーラーだらけ、自分でもひどいと感じている自分を少しでもましに見せようと、急いで耳に赤いバラを一本差すのがやっとだった。ドアを開けて相手を目にすると、彼女は自分の格好をさらに情けなく思った。そこに立っているのが陰気な公証人タイプではなく——彼女は死の商人というのはみなそういう感じだろうと思いこんでいた——、チェックの上着に明るい色の小鳥のネクタイを締めた内気そうな若者だったからだ。風で雨が斜めに降りつけるせいでたいがい冬よりもっと過ごしにくい、移ろいやすいバルセローナの春だというのに、男はコートを着ていなかった。時間を問わずに無数の男を迎え入れてきたマリア・ドス・プラゼーレスだったが、これまでになく自分を恥ずかしく思った。彼女は七十六歳になったところで、クリスマスまでには死ぬことになると確信していたが、それでも、即座にドアを閉めて、ふさわしい格好で迎えるために服を着るからちょっと待ってくれ、と墓地のセールスマンに頼もうかと思った。しかし、暗い踊り場は寒くて凍えてしまうだろうと考えなおして、若者を招き入れた。

「こんな蝙蝠《こうもり》みたいな格好でごめんなさいね」と彼女は言った。「カタルニアに住んで五十年以上になるけど、約束の時間に人がちゃんと来るなんて初めてなものだから」。

彼女は少々古めかしい感じがするほど純粋な、完璧なカタルニア語を話したが、そこには今なお、忘れかけたポルトガル語の音楽的な響きが残っていた。彼女はその年齢にもかかわらず、また金属製のカーラーにもかかわらず、しっかりと腰のある髪と黄色い無慈悲な目をした活気あふれるスリムなムラータで、男に対する憐れみを失って久しかった。まだ室内の暗さに目が慣れない様子だったセールスマンは、何も答えずにジュート*のマットで靴底をぬぐい、おじぎをしながら彼女の手に口づけをした。

「あたしの時代の男みたいね」とマリア・ドス・プラゼーレスは雹《ひょう》のように笑い声を降らせて言った。「どうぞ、すわって」。

男はまだこの仕事を始めて短かったが、朝の八時にこのように華やいだ応対をしてもらえる商売でないことはわかっていた。一見してアメリカ大陸から逃げてきた狂女のように見えるこんな無慈悲な老女が相手ではなおさらだった。そのため、戸口から一歩入ったところで何を言ったらいいのかわからずに立ちつくし、マリア・ドス・プラゼーレスが分厚いビロードのカーテンを開けるのを見守った。四月の淡い光は整頓された居間の内部をかろうじて照らした。調度はむしろ、骨董屋の展示物のように見えた。いずれも日常的に使われているもので、ひとつとして余計なものも足りないものもなく、そのひとつひとつがしっかりした趣味にもとづいて、自然の定めた位置に配置されているようで、バルセローナほど古い、秘められた町でも、これほどよくまとまった家を見つけるのはむずかしいだろうと思われた。

「すいません、ドアを間違えたようです」と若者は言った。

「だといいけど、死は間違えたりしないわよ」と彼女は言った。


　セールスマンは食堂のテーブルの上に幾重にも折りたたまれた海図のような図面を広げた。そこにはさまざまな色に塗られた区画と色つきの十字や記号が記されていた。マリア・ドス・プラゼーレスはそれが広大なモンジュイク霊園全体の地図であることを理解し、十月の豪雨の下のマ*ナウスの墓地の光景を、遠い恐怖の思いとともに思い出した。名もない墓や、フィレンツェふうのステンドグラスで彩られた冒険者の霊廟の合間で、獏がぱちゃぱちゃと水音をたてている光景だった。まだごく小さな子供だったころのある朝、目が覚めると、アマゾン河は氾濫して吐き気のするような泥沼と化しており、彼女は壊れかけた柩が自宅の中庭にいくつも浮かんで、裂け目からぼろぎれや死人の髪の毛がのぞいているのを目にしたのだった。この記憶こそ、彼女が安らかに眠る場所として、近くて慣れ親しんでいるこぢんまりとしたサン・ヘルバシオ墓地ではなく、モンジュイクの丘を選んだ理由だった。

「水が絶対に届かない場所がほしいのよ」と彼女は言った。

「ならここです」とセールスマンは、万年筆のようにポケットに差していたポインターを伸ばして地図の上の地点を差し示した。「どんな海でもこんなにまで水位が上がることはありませんから」。


　彼女は色つきの図面上でメインゲートの位置を捜した。名前の書かれていないまったく同じ墓が三つ並んで、内戦で死んだブエナベントゥーラ・ドゥルーティとあとふたりのアナーキスト指導者が眠っているところだ。今でも毎晩、この名前のない墓石には誰かが彼らの名前を書きしるしていくのだった。使われるのは鉛筆だったりペンキだったり、木炭、眉墨、あるいはマニキュアだったりしたが、いつでも正しい順番で、彼らの本名が全部書かれ、毎朝、管理人たちが来ては、物言わぬ大理石の下のどこに誰が眠るのかわからないように消していくのだった。マリア・ドス・プラゼーレスはドゥルーティの埋葬——バルセローナであった無数の葬儀の中でもっとも悲しく、もっとも荒れた葬儀だった——に立ち会ったひとりで、彼の墓の近くに眠りたかった。しかし、広大な墓地とはいえ、そのあたりは過密で、場所はなかった。そこで彼女は、可能な場所でいいとあきらめをつけた。「ただ、あの五年かぎりの引き出しみたいなところには入れないでちょうだい、私書箱みたいなのはごめんよ」と言った。それから、急に重要な点を思い出してつけくわえた——

「それから、何よりも、ちゃんと横向きに埋めてちょうだい」。

実際、前払いによる墓地の割賦《かっぷ》販売という派手な売り方に対する反発として、これをやっている業者はスペース節約のために人を縦に埋葬しているという噂が出回っているのだった。セールスマンは、暗記して何度もくりかえし口にしている文面通りに、それは月賦で墓地をという新手の販売戦略をおとしめるために伝統的な葬儀業者が流布させている悪質な中傷である、と説明した。そう説明している途中で、ドアを控えめに三回ノックする音が聞こえ、セールスマンは不安げに話を中断したが、マリア・ドス・プラゼーレスは続けるようにと合図した。

「気にしないで」と彼女はごく小さな声で言った。「ノイが来ただけ」。

セールスマンは説明を続け、マリア・ドス・プラゼーレスはその内容に納得した。しかしながら、ドアを開けに行く前に、マナウスのあの伝説的な洪水以来何年もかかって心の中で次第に、もっとも細かい点にいたるまで熟してきた考えを最終的に整理してまとめてみようとした。「要するにね、あたしがほしいのは、地面の下に横になれる場所で、洪水の危険がなくて、できることなら夏には木陰になって、時間がたったら掘り出されてゴミと一緒に捨てられたりしない場所、ということになるわ」と彼女は言った。

それから彼女は玄関のドアを開けに行き、すると雨でびしょ濡れになった小さな犬が入ってきた。だらしのない格好の、この家にある他のものにはまるで似合わない犬だった。近隣の朝の散歩からもどってきたところで、室内に入るや、狂喜して大暴れしはじめた。意味もなく吠えながらテーブルの上に飛び乗り、泥で汚れた足であやうく墓地の地図を台なしにするところだった。しかし、飼い主がちらっと目を向けるだけで、いたずらをやめさせるには十分だった。

「ノイ！」と彼女は声を高めることなく言った。「おりなさい！」。

犬は身を縮め、恐れたように彼女を見やり、するとその目からは澄みきった涙がふた粒こぼれた。マリア・ドス・プラゼーレスはそれからセールスマンの方にもどったが、彼の方は唖然となっていた。

「コロンス！」*と彼は声を上げた。「涙を流したじゃないですか！」。

「そう、この時間にここに誰かいるんで興奮しちゃったのよ」とマリア・ドス・プラゼーレスは低い声でわびるように言った。「ふつうはね、男たちよりもずっと気をつけて家に入ってくるんだけど。見てたら、あなたは例外だったけど」。

「でも、泣いたじゃないですか！　なんてこった！」とセールスマンはくりかえし、それからすぐに自分のことばづかいに気づいて赤面しながら謝った。「いや失礼、ただ、こんなことは映画でも見たことがなかったもんですから」。

「どんな犬でも教えればできるのよ」と彼女は言った。「でも、ふつうの飼い主は一生懸命彼らが苦しむような習慣ばかりしつけるのよ。お皿から食べさせたり、時間を決めて一か所でうんちをさせたり。なのに、彼らが好きな、自然なことは教えないの、笑ったり泣いたり。何の話だった？」。

話は終わりに近づいていた。マリア・ドス・プラゼーレスは夏の木陰というのもあきらめなければならなかった。墓地にある数少ない木陰はいずれも政府の要人たちのために取り置かれているからだった。それに対して、契約の条件や形式の話は簡単だった。現金一括払いによる割引の方を選んだからだ。

話が終わって書類を鞄にしまいながら、セールスマンは初めて、家の様子を意識的な目で眺め、その美しさの魔術的な息吹に戦慄を覚えた。彼はマリア・ドス・プラゼーレスを、初めて目にするように見直した。

「ひとつだけ立ち入った質問をお許しいただけますか？」と彼はたずねた。

彼女はドアの方へと案内しながら言った。

「もちろんよ、年の話でなければね」。

「私、実はいつも、家に置いてあるものからお客さんの仕事を当てることにしているんですが、正直な話、お宅の場合、わからないんです」と彼は言った。「何をやってらっしゃるんですか？」

マリア・ドス・プラゼーレスは死ぬほど大笑いしながら答えた――

「あたしは売春婦だよ、お兄さん。それとも、もうそうは見えないのかね？」

セールスマンは赤面した。

「いや、失礼しました」。

「それを言いたいのはあたしの方だよ」と彼女は言い、相手がドアに頭からぶつかりそうになるのを腕を取って止めた。「気をつけてちょうだい！　あたしをちゃんと埋めてもらうまで、頭をかち割られたりしたら困るんだから」。

ドアを閉めるとすぐに彼女は犬を抱きあげてなではじめ、おりしも隣の幼稚園から聞こえてきた子供たちの歌声に、その美しいアフリカの声を重ねた。三か月前、彼女は夢の中で、もうじき死ぬことになるというお告げを受け、その時以来、以前にも増して、この孤独の同伴者と強い絆で結ばれているのを感じるようになっていた。彼女は自分が死んだ後の持ち物の分配と遺体の処置について、細心の注意をこめて準備してきており、今この瞬間に死んでももう誰にも迷惑はかからないはずだった。塵も積もれば式に、しかし特にけちけちと我慢をすることなくためてきた財産をもって、彼女は自分の意志で廃業し、最後の避難場所として、すでにバルセローナの拡大によって飲みこまれてしまっている古くからの上品な村グラシアを選んだ。そして、いつも燻製鰊の匂いがする崩れかけた建物の中二階のアパートを買った。湿ってだいぶ硝石に冒されてきている壁には、ところどころに、栄光なき戦闘の弾痕が今も残されていた。門番はいなかったし、湿った暗い階段には欠けている段があったりしたが、どの階にもちゃんと住んでいる人がいた。マリア・ドス・プラゼーレスは風呂場と台所を改修し、壁は明るい色の布地で覆い、窓にはカットグラスを入れ、ビロードのカーテンをつけた。それから最後に、上品な家具や実用品、装飾品、絹や錦の櫃《ひつ》を運びこんだ——いずれも、敗北後の脱出に際して共和派が放棄していった住居からファシストたちが盗み出したものを、彼女が何年もかけて少しずつ秘密の競売で、安値で買い集めてきたものだった。彼女のもとに残った過去との唯一の絆はカルドーナ伯爵との友情だった。伯爵は毎月最後の金曜日に彼女のもとを訪れて、夕食をともにし、食後にふたりは物憂い愛を交わすのだった。しかし、この若き日からの友情でさえ秘めやかに維持されていた。伯爵は自分の紋章のついた車を、慎重な距離と呼べる以上に遠く離れた場所に駐車し、彼女のアパートまで物陰を歩いて来るのだった。彼女の名誉のみならず自分自身の名誉を守るためだった。マリア・ドス・プラゼーレスは同じ建物の人を、向かいのドアの一家——九歳の娘がいるひじょうに若い夫婦が最近住みはじめたところだった——を別にすれば誰も知らなかった。自分でも信じられなかったが、たしかに他の誰とも階段ですれちがったことがなかった。

しかしながら、遺産の分配においては、国民的名誉の基礎を性的な慎みに置いている無骨なカタルニア人たちのコミュニティーに彼女が、自分で考えていた以上にしっかり根づいていることがあらわれていた。ごくつまらぬがらくたまで、彼女は自分の心に一番近い人たちの間に分配することに決めており、それは結局彼女の家に一番近い人たちということだった。最後になって彼女は公正に分けたかどうか自信がもてなくなったが、それでも、何かを残すに値する人で忘れた人は誰もいないという点にだけは自信があった。それはきわめて厳密に行なわれた行為で、この世のすべてを見てきたことを誇りとするアルボル通りの公証人でさえ、彼女が記憶だけを頼りに自分の財産の詳細なリストを——しかも、それぞれのものの正確な名前を中世カタルニア語で——口述し、また、その相続人たちの名前と職業と住所の完全なリストを、そしてそのそれぞれが彼女の心の中で占めている位置を、次々に述べて書記たちに書き取らせているのを見た時には、自分の目が信じられなかったほどだった。

墓地のセールスマンの来訪以降、彼女は日曜日に墓地を訪れる多くの人たちのひとりとなった。周囲のお墓の人たちと同様に、彼女も区画に四季の花の種をまき、生えてきた芝には水をやり、市庁舎の絨毯のようになるまで剪定鋏《せんていばさみ》で平らに刈りこみ、結局その場所にすっかり親しんで、最初どうしてあんなに荒廃したさびしい場所だと思ったのか自分でも理解できないほどになった。

初めてその場を訪れて、入り口の門のところの三つの無名の墓を見た時には心臓が跳《は》ねたが、それを立ち止まって見ることはしなかった。数歩離れたところに番人がいたからだ。しかし、三度目の日曜日には番人の不注意を見透かして、昔からの夢をもうひとつ果たすことにした――口紅を取り出し、雨に洗われた最初の墓石に「ドゥルーティ」と書いた。それ以来、彼女はチャンスがあるたびに同じことをした。時によって墓のひとつだけに、あるいはふたつに、あるいは三つともに名前を書いた。いつもしっかりとした手つきで、しかし心は追憶に乱れながら。

九月の終わりのある日曜日、彼女はこの丘での最初の埋葬に立ち会った。その三週間後、凍りつくような風の午後には、彼女の隣の墓に結婚したばかりの若い女の子が埋葬された。年末までには七つの区画がすでに利用されていたが、短い冬は彼女には影響をあたえずに過ぎ去った。彼女は何の不調を覚えることもなかったし、暖かくなって開け放たれた窓から騒々しく生命の音が入ってくるようになると、なおさら自分の夢の謎を越えて生き続ける気力を感じるようになった。一番暑い数か月を山の中で過ごすことにしているカルドーナ伯爵は、町に帰ってきてみて、彼女が五十歳にして驚くべき若さを保っていたころよりもさらに魅力的になっているのを見いだしたほどだった。

何度も試みて失敗をくりかえしたあげく、マリア・ドス・プラゼーレスはようやく、同じような墓が並ぶ広大な丘でノイに彼女の墓を識別させることに成功した。次には空っぽの墓の上で泣くことを教えようと力をつくした。彼女が死んでからも習慣でそこで泣き続けるようにと願ってのことだった。家から墓地まで何度も、道しるべとなるものを教えつつ歩いて連れていき、ランブラス行きのバスの通るルートを覚えさせた。そしてついには、ひとりで送り出してもだいじょうぶなほど慣れたと感じるにいたった。

最後の練習の日曜日、午後の三時、彼女はノイの春用のチョッキを脱がせ――夏が近づいていたからでもあり、人の注意を引かないためでもあった――、彼自身の意志にまかせた。興奮している尻尾の下でお尻の穴を悲しげに締めて、軽い速足で日陰側の歩道を遠ざかっていくのを見つめながら、彼女は泣き出したい――自分自身のために、そしてノイのために、また、ともにはかない希望を抱きながら過ごしたかくも長く、かくも苦い年月のゆえに泣き出したい――気持ちを必死で抑えた。そして、ついに彼がマヨール通りの角を海の方向へと曲がるのを見送った。十五分後、彼に見られることなく窓から彼の姿を見ようと、彼女はランブラスに行くバスに、近くのレセップス広場で乗った。そして実際、日曜日の子供たちの合間、遠くで、真剣そうに、パセオ・デ・ラ・グラシアの歩行者用信号が変わるのを待っているノイの姿を認めた。

「神様」と彼女は呟いた。「なんてさびしそうなの」。

モンジュイクの強烈な太陽のもとで二時間近く待たなければならなかった。これほど特別でない別の日曜に知り合った遺族の人たちに挨拶したが、実際には、初めて会った時からもうずいぶん時間がたっていたため、ほとんど覚えてはいなかった。彼らももう喪服は着ていなかったし、死んだ人に思いを寄せることもなく墓の上に花を置いていた。それからしばらくして、彼らがみな帰ってしまってから、鷗たちをおどかす陰気な唸りが聞こえた。見ると、広大な海にブラジルの旗を掲げた大西洋横断船が見えた。彼女は魂の底から、それが誰か、ペルナンブーコの刑務所で彼女のために死んだ誰かからの手紙を運んできてくれていることを願った。五時少し過ぎ、予想より十二分早く、丘にノイが姿を見せた。疲れと暑さによだれを垂らして、しかし、勝ち誇る幼児のように誇らしげに。その瞬間にマリア・ドス・プラゼーレスは、誰も自分の墓の上で泣いてくれる人がいないかもしれないという恐怖を乗り越えた。

それに引き続く秋、彼女は不吉な徴候を知覚しはじめた。彼女はそれらの徴候を解読できなかったが、心にかかる重さは増していった。彼女は狐の尻尾の襟がついたコートを着て、あまりにも古くて結局また流行のものとなった造花の飾りの帽子をかぶって、時計広場の黄金色のアカシアの下でふたたびコーヒーを飲みはじめた。直感が研ぎすまされた。自分自身の焦燥感に説明をつけようとして、彼女はランブラスで鳥を売る女たちのおしゃべりに耳をすまし、サッカー以外の話を何年かぶりで初めてしている本の売店の男たちのひそひそ話に、また、鳩にパンくずをやっている戦争負傷者たちの深い沈黙に聞き入った。そして、あらゆるところにまぎれもない死の徴候を見いだした。クリスマスになると、アカシアの木の合間にはいろんな色の明かりが灯されたし、建物のバルコニーからは喜びの音楽や歌声が聞こえてきたし、われらが運命とは無関係な観光客の群れが屋外のカフェを占領したが、お祭りのさなかにも、アナーキストたちが街路の主となった時期に先立ってあったのと同じ抑圧された緊迫が感じられた。あの大いなる情熱の時期を生きぬけたマリア・ドス・プラゼーレスは不安感を抑えることができず、初めて恐慌に襲われて夢の途中で目を覚ました。ある晩には、国家公安部の係官が彼女の窓のすぐ前で、壁に黒々と「自由カタルニア万歳」とカタルニア語で書いた学生を射殺した。「神様」と彼女はおびえて自分に言った。「まるでみんなあたしと一緒に死のうとしているみたいじゃないの！」。

これに匹敵する焦燥を覚えたのはたった一回、マナウスでまだほんの小さな子供だったころ、夜明けの直前に、さまざまな夜の音が突然やんで、河の水が流れるのをやめ、時間がためらい、アマゾンの森が、死の沈黙と同じものでしかありえない深淵のような沈黙に沈んだ時だけだった。このこらえがたい緊迫感のさなか、四月最後の金曜日、いつものようにカルドーナ伯爵が夕食にやってきた。

訪問はすでにひとつの儀式となっていた。伯爵はいつも正確に夜の七時と九時の間に、人目につきにくいようにその日の夕刊に包んだ国産のシャンパンを一本とチョコレート・トリュフを持ってやってきた。そして、マリア・ドス・プラゼーレスはカネロニ＊のグラタンと若鶏のスープ煮——それはどちらも往時を偲ぶ名門の出のカタルニア人たちが好物とする料理だった——を作り、季節の果物の取り合わせを用意するのだった。彼女が料理をしている間、伯爵は蓄音機でイタリア・オペラの一節を歴史的な録音で聞きながら、レコードが終るまでにオポルトを一杯ゆっくりとするのだった。

会話のはずむゆっくりとした夕食が終わると、ふたりは記憶をたよりに、ほとんど動きのない愛を行ない、両者とも悲惨な思いが沈殿するのを味わうのだった。いつも、間もなく十二時になるのに急き立てられるようにして帰る前に、伯爵は寝室の灰皿の下に二十五ペセータを置いていった。それは彼がパラレロ大通り沿いの時間貸ホテルで初めてマリア・ドス・プラゼーレスを知った時の彼女の値段で、時とともに酸化せずに残っている唯一のものだった。

ふたりのどちらも、何がこの友情を支えているのか、一度も自分に質《ただ》したことがなかった。マリア・ドス・プラゼーレスは彼にいくつかごく簡単な恩義を負っていた。伯爵は彼女に貯金の運用について折々に適切な助言をし、また、家具の本当の価値の見分け方や、それが盗品であることを知られないようにしておく方法を教えた。しかし、それにもまして、一生を過ごした売春宿で、もはや使いこまれすぎてモダンな趣味にはあわないと宣告されて、若い男の子たちに五ペセータで愛の仕方を教える夜の女の秘密の養老院に送りこまれそうになった時、彼女にグラシア地区での品位ある老後の道を指し示したのが伯爵だった。彼女は十四歳の時にマナウスの港で母に売られ、トルコの船の一等航海士に大西洋横断の間ずっと無残にもてあそばれ、それからパラレロ大通りの光の泥沼に、金も言語も名前もなく放り出されたことを伯爵に語った。ふたりとも、お互いにごくわずかしか共通のものをもっていなくて、それゆえ、一緒にいる時ほどますます孤独に感じるのを意識していたが、どちらも習慣のもたらす奇妙な喜びを破り捨てるほど大胆にはなれなかった。ふたりがどれほどお互いを憎んできたか、それもどれほどの優しさをもって、かくも長い年月憎んできたか、両者が同時に気づくには、国家的な衝撃が必要だった。

それは突然の爆発としてやってきた。カルドーナ伯爵がリチア・アルバネーゼ*とベニァミーノ・ジリの歌う「ラ・ボエーム」の愛のデュエットを聞いていたその時、マリア・ドス・プラゼーレスが台所で聞いていたラジオのニュースの一節が、偶然彼の耳まで届いた。彼は足音を忍ばせて近づき、一緒に耳を傾けた。スペインの永遠の独裁者、フランシスコ・フランコ将軍が、最近死刑を宣告されたバスク人分離独立派三名の最終的な運命を決定する責任を自ら引き受けた、というのだった。伯爵は安堵のため息をもらした。

「ということは、有無を言わさず銃殺にするということだな」と彼は言った。「統領は曲がったところのない男だから」

マリア・ドス・プラゼーレスはコブラのように燃える瞳で彼をにらみつけ、金縁眼鏡の向こうに情熱のない瞳を見、猛禽のような歯、湿り気と闇に慣れた動物の雑種のような手を見た。あるがままの彼を見た。

「じゃあ、そうならないように神に祈ることね」と彼女は言った。「ひとりでも銃殺されたら、あたしはあんたのスープに毒を入れてやるから」。

伯爵は仰天した。

「いったい、どうして?」。

「あたしも曲がったところのない売春婦だからよ」。

カルドーナ伯爵は二度と彼女のもとにはもどらず、マリア・ドス・プラゼーレスは自分の一生の最後の周期が閉じたことを確信した。実際彼女はごく最近まで、バスの中で席を譲られたり、通りを横断するのを手助けされたり、階段を上るのに腕を引かれたりすると憤激したものだったが、今では結局、そうしたことを受け入れるようになったばかりか、いやだけれども必要なものとして、望むようになっていたのだ。そこで彼女は、アナーキストのように名前も日付も彫られていない墓石を注文し、寝ている間に彼女が死んでもノイが外に出て人に知らせられるように、玄関のドアの閂《かんぬき》を閉めずに寝るようになった。

ある日曜日、墓地から帰って建物に入ると、向かいの部屋に住んでいる少女と階段の踊り場で出くわした。彼女は少女と一緒に何ブロックか歩きながら、祖母のように無邪気にあらゆることについて話し、少女が昔からの友達のようにノイとはしゃぎあうのを見た。ディアマンテ広場に着くと、彼女は予定していた通り、少女にアイスクリームを買ってあげた。

「ねえ、あなたは犬が好き？」と彼女はたずねた。

「大好き」と少女は答えた。

そこでマリア・ドス・プラゼーレスはもうずいぶん前から暖めていた提案を少女にした。

「もしいつか、あたしに何かあったら、あなたがノイのめんどうを見てやってちょうだい」と彼女は言った。「たったひとつの条件は、毎週日曜日には何も心配せずにノイを放してやること。どうすればいいのかノイはわかっているから」。

少女は大喜びだった。マリア・ドス・プラゼーレスもまた、何年間も心の中で熟成させてきた夢を現実に生きたことで歓喜とともに家に帰った。しかしながら、その夢が現実になることはなかった。それは老いの疲れのせいでも、死の遅れのせいでもなかった。彼女自身の決断によることですらなかった。人生は、凍りつく十一月のある午後、彼女にかわって勝手に決断を下したのだ。それは彼女が墓地を後にしたところで突然、嵐が襲ってきた日のことだ。彼女は三つの墓石に名前を書いてから、バス停に向かって歩いて降りていく途中で、雨の最初の一撃によってびしょ濡れになった。まるでよその都市のように見える人影のない地区で、建物の柱廊に身を寄せるのがやっとだった。崩れかけた倉庫や埃っぽい工場が並び、恐ろしい嵐の轟音にさらに輪をかける巨大なトレーラーが走っている地区だった。濡れた犬を自分の体で暖めようとしながら、マリア・ドス・プラゼーレスには満員のバスが通り過ぎるのが見え、空車のタクシーがメーターを消して去っていくのが見えたが、誰も遭難した彼女の合図には目を向けなかった。ところが突然、もう奇跡すらありえないように思えはじめた時、黄昏に映える鋼《はがね》の色をした豪華な車が水の氾濫した通りをほとんど音もなく通りがかり、角のところで急に止まると、彼女のいるところまでバックしてもどってきた。魔法のように窓が開き、運転手は彼女を乗せていこうと申し出た。

「かなり遠くまで行くのよ」とマリア・ドス・プラゼーレスは正直に言った。「でも途中までで も乗せていってくれると本当に助かるわ」。

「どこまで行くのかおっしゃってください」と相手はかまわずに言った。

「グラシアなのよ」と彼女は答えた。

ドアは手もふれないうちに開いた。

「私の行く方角です」と男は言った。「乗ってください」。

冷えた薬品が香る車内に入ると雨は現実の災難ではなくなり、町の色も変わり、彼女はあらかじめすべてが解決されている、まったく別の、幸福な世界にいるように感じた。運転手は無秩序な車の流れの中を何か魔術的なところのあるなめらかさで抜けていった。マリア・ドス・プラゼーレスは萎縮していた。それは、自分自身の不運のせいだけでなく、ひざの上で眠りこんでいる不憫《ふびん》な犬の不幸のためでもあった。

「まるで大西洋横断船みたいね」と彼女は、何かそれらしいことを言わなくてはならないと感じて言った。「夢の中ですら、こんなすごいのは見たことがないわ」。

「正直に言いますと、この車の唯一の欠点は、私のものじゃないというところなんです」と彼は不自由なカタルニア語で言い、ちょっと言いよどんでからカスティーリャ語*でつけたした。「私の給料じゃ一生かかっても買えませんよ」。

「そうなんでしょうね」と彼女は消え入るような声で言った。

彼女は、ダッシュボードの光で緑色に照らされている相手を横目でうかがい、まだほんの若者であるのを見た。カールした短い髪、ローマのブロンズ像のような横顔だった。美貌というのではないが、人と違った魅力があると思った。また、使いこまれてすりきれている安い革のジャケットが似合っていることを思い、また、彼が家に帰ってくるのを聞きつけるとその母親は大いに幸せを感じるにちがいない、と考えた。労働者ふうの両手を見て初めて、彼が実際にこの車の持ち主ではないことを信じることができた。

道中、ふたりはそれ以上話をしなかったが、マリア・ドス・プラゼーレスもまた何度か横目で観察されているのを感じ、一度はこの年になってまだ生きていることをつらく思った。彼女は自分が醜く、同情の対象となっていることを感じた。雨が降りはじめた時にとにかく大急ぎで頭にかぶった台所のふきんみたいな布きれ、死についてばかり考えていたせいで衣替えすることを思いつかなかったしみったれた秋もののコート。

グラシア地区に着いたころには雨はあがりはじめており、すでに夜になって通りには明かりがともっていた。マリア・ドス・プラゼーレスは運転手に近くの角で降ろしてくれるよう言ったが、彼は家の戸口まで乗せていくと言って譲らず、その通りにしただけでなく、彼女が濡れずに降りられるよう歩道に乗り上げて車を止めた。彼女は犬を放し、体が許すかぎり威厳をもって降りようとした。そして、お礼を言うために振り返ると、突然、男の目つきに出くわして息を飲んだ。

一瞬の間、彼女は誰が何を、誰に期待しているのかよくわからぬままその視線を受け止め、すると相手は決意のこもった声で彼女に聞いた――

「上がっていいですか？」。

マリア・ドス・プラゼーレスは侮辱されたように感じた。

「乗せてくれたことにはとても感謝しているわ」と彼女は言った。「でも、私をからかうのは許せない」。

「からかうようなつもりはまったくありません」と彼は断固とした真剣さをこめてカスティーリャ語で言った。「あなたのような人に対して、そんなつもりはなおさらありません」。

マリア・ドス・プラゼーレスはこのような男はたくさん知っていたし、これよりももっと厚かましい男をたくさん自殺の道から救ったことがあったが、長い人生を通じてこの時ほど判断を下すことに恐れを感じたことはなかった。声の調子をまったく変えずに相手がくりかえすのが聞こえた――

「上がっていいですか？」。

彼女は車のドアを閉めずに遠ざかり、確実に理解されるようカスティーリャ語で言った。

「好きなようになさい」。

通りからの斜めの光にかろうじて照らされた入り口に入り、死の瞬間にのみ可能だと信じてきたような恐怖の感覚に息をつまらせながら、震えるひざで階段の最初の一連を上りはじめた。ポケットの中の鍵を見つけようと焦りに震えながら中二階のドアの前で止まった時には、通りで車のドアがふたつ続けて閉まるのが聞こえた。先に行っていたノイは吠えようとした。「お黙り」

と彼女は今にも死にそうなささやき声で命じた。ほとんどそれと同時に、ぐらぐらした階段をのぼる最初の足音が聞こえ、彼女は心臓が破裂するのではないかと怖くなった。一秒の何分の一かのうちに、彼女は三年間にわたって彼女の人生をすっかり変えてしまったあの予告の夢を一から十まで検討しなおし、自分の解釈が誤っていたことに気づいた。

「神様」と彼女はおびえあがって自分に言った。「ということは、死ぬっていうんじゃなかったのね！」。

彼女はようやくのことで鍵穴を見つけ、暗闇の中の慎重な足音を聞き、暗闇の中を彼女と同じくらいおびえながら近づいてくる人間の呼吸が次第に荒くなるのを聞き、その時になって、かくも長く、何年も何年も待ち続けて、それがたとえ、この一瞬を生きるためだけだったにせよ、暗闇の中であれほど苦しんだ甲斐があったことを知った。

（一九七九年五月）

毒を盛られた十七人のイギリス人

プルデンシア・リネーロ夫人がナポリの港に着いて最初に気づいたのは、リオアーチャの港と同じ匂いがするということだった。もちろん、それは誰にも言わなかった。戦後初めて母国にもどるブエノス・アイレスのイタリア人であふれかえるその古びた大西洋横断船では誰にも理解されないだろうから。しかし、それによって彼女は、七十二歳という年齢にして、また、荒れた海を十八日分、自分の家族と自分の家から離れていながら、それほど孤独を感じなくなり、それほどおびえも距離も感じなくなった。

夜明けごろから陸の明かりが見えはじめていた。乗客たちはいつもより早く、新しい服を着て、下船の不安に心を締めつけられながら起き出してきた。そのため、この船上最後の日曜日は旅の全体を通じて唯一本当に日曜日であるように感じられた。プルデンシア・リネーロ夫人はミサに参列した数少ないひとりだった。軽喪装で船内を歩きまわっていたそれまでと変わって、彼女は下船に際して茶色の粗い麻の胴衣を身につけ、聖フランチェスコの腰紐を巻き、新しすぎるために巡礼のものにはまだ見えない皮のサンダルをはいた。それは誓いを前もって果たしているのだった――彼女は、教皇様にお会いするためにローマへ旅するという恩寵をおあたえくださったら、以後死ぬまで裾をひきずるこの修道衣を着ます、と神に誓っており、恩寵の方はすでにあたえられたも同然と考えていたのだ。ミサの終わりに彼女はカリブ海の嵐を乗り越える勇気をあたえてくれたお礼に、聖霊にろうそくを捧げ、また、その瞬間に風の強いリオアーチャの夜のさなかで彼女のことを夢に見ている九人の子供と十四人の孫それぞれのために祈りを一回ずつ唱えた。

朝食後、甲板に上がってみると、船上の暮らしはすっかり変わっていた。*ボールルームには、アンティール諸島の魔術市場でイタリア人たちが買い求めたありとあらゆる観光客向けの品々とともに荷物が山と積まれており、売店のカウンターには鉄細工の檻に入ったペルナンブーコの猿がのっていた。八月初めのまばゆい朝だった。光が日々の啓示のように輝いていたあの戦後の夏の典型的な日曜日、巨大な船はごくごくゆっくりと、病人のように苦しげに、澄みきった穏やかな水面を進んでいた。*アンジュー家の公爵たちの陰気な要塞がかろうじて水平線の上に見えはじめたばかりだったが、舷側から身を乗り出した乗客たちはすでに自分たちの知っている場所を見分けられるような気になって、はっきりと見えないものを指差しては、南部の方言で喜びの叫びをあげていた。プルデンシア・リネーロ夫人は船上でたくさんの人と旧知の親友のように親しくなっていたし、親がダンスを踊る間、その子供たちのめんどうを見たり、さらには一等航海士の上着のボタンをつけてあげたりしていたが、急に彼らが遠く、異なった人になっているのを感じた。熱帯のまどろみの中で、最初のノスタルジアを越えて生きのびることを可能にした社交的な精神も人間的な暖かさもすっかり消えてなくなっていた。海上での永遠の愛は、港が見えたとたんに終わったのだった。移り気なイタリア人気質を知らなかったプルデンシア・リネーロ夫人は、悪は他人の心の中にあるのではなく、自分の心にあるのだと考えた。帰っていく群衆の中で、出かけていくのは彼女だけだったからだ。旅というのはすべてそういうものにちがいない、と彼女は考え、よそものであることの痛みを生まれて初めて味わいながら、水底に消えた、いくつもの世界の痕跡を舷側から追い求めた。突然、横にいたとても美しい少女が恐怖の声をあげて彼女を驚かせた。

「*マンマ・ミーア」と彼女は水底を指差して言った。「あそこを見て」。

水死体だった。プルデンシア・リネーロ夫人は男の死体がためらうように仰向けに漂っているのを見た。それは立派な体格の禿げあがった中年の男で、陽気に開かれたままの目は夜明けの空と同じ色をしていた。正装をして錦のヴェストを着ており、エナメル靴をはいて、襟にはくちなしの花を差していた。右手にはプレゼント用の紙に包まれた立方体の小さな箱があり、力なく硬直した指は、輪っかになったリボンをつかんでいた。それが唯一、死ぬ瞬間につかむことができたものなのだった。

「結婚式の途中で落ちたんでしょう」と航海士が言った。「夏になると、このあたりの水域ではよくあるんです」。

その映像は一瞬にして消え去った。すでに湾に入ろうとしており、もっと不吉でない対象に乗客の注意はすぐに逸《そ》れていったからだ。しかし、プルデンシア・リネーロ夫人はその水死者のことを考え続けた。溺死した哀れな男、そのフロックコートの尻尾は船の航跡の中にたなびいていた。

湾の中に入るや、老いぼれたタグボートが迎えに出てきて、戦争中に破壊された無数の軍艦の残骸の間をぬって船を引っ張っていった。錆びた残骸の間を抜けていくにつれて、水よりも油の方が多くなっていき、暑さは午後二時のリオアーチャよりももっと熾烈《しれつ》になった。午前十一時の太陽に輝く狭い水道を抜けると、突然町の全体が姿をあらわした。夢幻的な宮殿群と、丘に折り重なる色とりどりの古い小屋掛けからなる町だった。すると遠景のどこかから、耐えがたい悪臭が立ちのぼった――プルデンシア・リネーロ夫人にはそれが自宅のパティオの腐った蟹の匂いと同じであることがわかった。

接岸の作業が続く間に乗客たちは、ごったがえした埠頭で大きな歓喜の身振りを見せる親族の姿を見いだしていった。その大半は、目のくらむような大きな胸をした秋めいたおばさんたち――喪服の中で息苦しそうにしながら、地球上で一番かわいらしく一番数の多い子供たちを連れている――、そして小柄でまじめそうなその夫たち、妻よりも後で新聞を読み、どんなに暑くても堅実な書記のような服装を守る永遠の種族に属する男たちだった。

そのお祭り騒ぎのさなかで、乞食のようなつなぎ服を着た哀れな様子の老人がひとり、両手でポケットから雛鳥を次から次へと取り出していた。一瞬のうちにその雛鳥たちはいたるところで狂ったようにぴいぴい鳴きながら埠頭を満たし、魔法の動物であるがゆえ、この奇跡に関心のない群衆に踏みつけられてなおも元気に走りまわり続けた。魔術師は帽子を逆さにして地面に置いていたが、船上から慈悲の小銭を投げてやる人はひとりもいなかった。

まるで彼女を歓迎するために行なわれているような――というのも彼女以外にそれをありがたく眺めた人はいなかった――このすばらしい出し物にすっかり魅了されて、プルデンシア・リネーロ夫人はいつタラップが降ろされたのか気づかなかったが、すぐさま、まるで海賊の襲来のような叫び声と迫力をもって人間の雪崩《なだれ》が船内に流れこんだ。歓喜の声と、真夏の家族たちが発する傷みかけた玉ねぎの匂いに圧倒され、喧嘩腰で荷物を奪い合う荷物運びの男たちの群れにもまれて、彼女は埠頭の雛鳥たちと同じ栄光なき死におびやかされているように感じた。そこで彼女は、真鍮色の金具が角についた木製のトランクの上に腰をおろし、異教徒の土地における誘惑や危険に抗する祈りを悪循環のようにくりかえして冷静さを保った。天変地異の騒ぎがおさまり、すべてが運び去られて広間に他に誰もいなくなってから、一等航海士は彼女がなおもそこに留《とど》まっているのを見つけた。

「もうここにいちゃいけませんよ」と彼は多少のやさしさをこめて言った。「何かお手伝いしましょうか?」。

「領事を待っていないといけないんです」と彼女は答えた。

その通りだった。出航する二日前に、彼女の長男は友人であるナポリの領事あてに電報を打ち、港で彼女を迎えて、ローマまで旅を続ける手配を手伝ってやってほしいと頼んだのだ。船の名前と入港する時間を知らせ、さらに、下船する時には聖フランチェスコの修道衣を着ているのですぐにわかるはずだと伝えていた。彼女は自分の決めたことに関していかにも頑固だったので、一等航海士は、乗員の昼食時間が近づいていて椅子はテーブルの上に乗せられており、デッキの水洗いが行なわれていたにもかかわらず、もうしばらくそこで待つことを許した。水に濡れないように何度かトランクを移動させねばならなかったが、彼女は動じることなく、祈りを中断することもなく黙って場所を移り、ついにはゲームルームからも追い出されて、直射日光のもと、救命ボートの間にすわりつくすことになった。午後二時の少し前になって、一等航海士はまだ彼女がいるのを見つけた——彼女は潜水服のような苦行衣の中で汗びっしょりになって、もはや希望もなくロザリオ*の祈りを唱えていた。恐怖と悲痛の念に圧倒されて、泣き出したいのを必死でこらえているのだった。

「いつまで祈り続けても無駄ですよ」と一等航海士は、最初のやさしさもなくして言った。「八月には神様だって休暇に行くんですから」。

彼は、この時期には、そして特に日曜日には、イタリアの大半が海辺に出かけていることを説明した。領事は仕事の性質上、休暇には行っていないかもしれないが、確実に月曜まではオフィスに行かないにちがいない。唯一理性的なことといえば、ホテルに行って、今晩はゆっくり休み、あした領事館に電話をすることだ。電話番号は電話帳にのっているにちがいない。こうして結局、プルデンシア・リネーロ夫人はこの判断に従わざるをえなくなり、航海士は入国と税関と両替の手続きを手伝ってから彼女をタクシーに乗せ、運転手にはまともなホテルに連れていくようにと、かなり危なっかしい指示をあたえたのだった。

霊柩車の残りの部品を集めたようなおんぼろタクシーは、無人の通りをがたがたと走った。プルデンシア・リネーロ夫人は一瞬、通りのまんなかに洗濯紐から幽霊がぶらさがっているこの町で、生きているのは運転手と自分だけになってしまったのではないか、と考え、しかしまた、これほどよくしゃべる男——それもこれほど情熱を傾けて——には、教皇に会うために危険な大洋を乗り越えてやってきた哀れなひとりぼっちの女に害をなしている暇などないだろう、とも考えた。

迷路のような通りをぬけるとふたたび海が見えた。タクシーは焼けつくさびしいビーチに沿ってがたがたと走り続けた。そこには毒々しい色の小さなホテルがいくつも並んでいたが、車はそのどれにも止まらず、大きな椰子の木と白いベンチのある公園に面した一番目立たない宿屋にまっすぐ乗りつけた。運転手は日陰になった歩道にトランクを降ろし、不安げなプルデンシア・リネーロ夫人を前に、これがナポリで一番まともなホテルだと請け合った。

ハンサムで愛想のいいポーターがトランクを肩にかつぎ、彼女の世話を引き継いだ。階段ホールの空いたスペースに後から設置された金網のエレベーターのところに彼女を案内すると、ポーターはプッチーニのアリアを全声量で、聞く方がたじろぐほどに思いつめて歌いはじめた。それは改修された九階建ての古い建物で、各階ごとに別のホテルになっていた。プルデンシア・リネーロ夫人は急に幻想の一瞬の中に飛びこんでしまったように感じた——鶏の檻に入れられて、よく響く大理石の階段の中央をごくごくゆっくりとのぼっていきながら、家の中の人たちを、自分の一番個人的な疑問と、破れたパンツと、酸味がかったげっぷで、おどかしていく……。三階でエレベーターはがくんと止まり、ポーターは歌うのをやめると、菱形が折りたたまれていく扉を開け、プルデンシア・リネーロ夫人に深々とおじぎをして、どうぞ自由にくつろぐようにと言った。

入り口ホールには色ガラスの嵌めこみ細工がほどこされ、銅の植木鉢には観葉植物が植わっており、木のカウンターの向こうには生気のない若い男の子がいるのが見えた。すぐに彼のことが気に入った。一番下の孫と同じ天使のような巻き髪をしていたからだ。ブロンズの板に彫りこまれているホテルの名前も気に入ったし、消毒液の匂いも気に入った。ぶらさがっている羊歯《しだ》も気に入ったし、静けさも、壁紙の金色の百合も気に入った。そこで彼女はエレベーターから一歩踏み出し、すると心臓が縮みあがった。半ズボンとビーチサンダルをはいたイギリス人観光客のグループが、ホールの椅子にずらっと並んで眠りこんでいた。全部で十七人、対称形に並んですわっていて、たったひとりが鏡の間《ま》で何度も何度も反復されているかのようだった。プルデンシア・リネーロ夫人は彼らをひとりひとり区別することなく、ひと目で全員を見た。彼女の印象に残ったのは、ずらりと並んだピンク色のひざ頭だけだった。肉屋の鉤からぶらさがっている豚肉のようだった。彼女はそれ以上一歩もカウンターの方には足を踏み出さず、体を縮めて後ずさりしてもう一度エレベーターに乗りこんだ。

「別の階に行きましょう」と彼女は言った。

「シニョーラ、食堂があるのはここだけなんです」とポーターは言った。

「かまわないわ」と彼女は答えた。

ポーターはしょうがないというような身振りを見せてエレベーターを閉め、五階のホテルに着くまで、歌の残りの部分を歌った。五階のホテルの方はすべてがずっとくだけた感じで、主人は春めいた中年の女性だった。彼女は楽々とスペイン語を話したし、ホールの椅子で昼寝をしている人は誰もいなかった。たしかに食堂はなかったが、近くの安料理屋との取り決めで、ホテルの客は特別な料金で食べられることになっていた。そこでプルデンシア・リネーロ夫人は合意し、ひと晩泊まることにした。女主人の饒舌と愛想もあったが、ピンク色のひざ小僧をしたイギリス人がひとりもホールで寝ていないという安堵からでもあった。

午後二時の寝室には日よけが閉ざしてあり、薄闇によって、奥まった森のような涼しさと静けさが保たれていた。そして、そこは泣くのに都合がよかった。ひとりになるやいなや、プルデンシア・リネーロ夫人は門をふたつとも掛け、朝から初めての小便をした。弱々しく、出の悪い放尿は、旅の間失われていた自分をとりもどさせてくれた。それから彼女はサンダルを脱ぎ、胴衣の腰紐をほどいて、彼女ひとりには広すぎてひとりぼっちすぎるダブルベッドに心臓の側を下にして横になり、もうひとつの泉を解き放って延ばし延ばしにしてきた涙を流れるにまかせた。

彼女にとって、リオアーチャの外に出るのはそれが初めてだっただけでなく、子供たちが結婚して家を出て行ってからというもの、自宅の外に出るのすら数えるほどになっていた。子供たちがいなくなると、彼女はふたりの裸足のインディオ女とともにひとり残され、魂なき夫の体のめんどうを見ることになった。一生で愛したたったひとりの男の残骸を相手にして、彼女はその寝室の中で人生の半分を過ごした。若々しい愛が行なわれたその同じベッドの上で、山羊革のマットレスに横たわったまま、その男は三十年間近くにわたって昏睡状態にこもり続けたのだった。

前年の十月、病人は突然、閃光のような明晰さを得て目を開き、家の者を認識すると、写真屋を呼ぶように求めた。そこで彼らは公園で開業している老人を連れてきた。彼は蛇腹と黒い暗幕のついた馬鹿でかい写真機と、室内写真のためのマグネシウム皿を持ってやってきた。病人自身が撮影の指揮をとった。「プルデンシアのために一枚、この生涯においてあたえてくれた愛と幸福のために」と彼は言った。マグネシウムの最初の閃光とともにその一枚が撮影された。「次は愛する娘たち、プルデンシータとナタリアのために二枚」と彼は言った。その二枚が撮影された。「さらにあと二枚、心のやさしさと分別ゆえに一家の模範となったわが息子たちのために」と彼は言った。そのようにして紙がなくなるまで続け、写真屋は家に補充を取りに帰らなければならなかった。午後の四時、マグネシウムの煙と、それぞれの写真をもらうために駆けつけてきた親戚、友人、知人らの大騒ぎのせいで、寝室ではもう息ができなくなったころ、病人はベッドの上で力を失いはじめ、手を振りながら全員に別れを告げていった。まるで、船の手すりのところに立って、自分をこの世から消していくかのように。

彼の死は、未亡人にとっては、他の人たちが望んだような安堵をもたらさなかった。それどころか、彼女はすっかり悲嘆に暮れてしまったため、子供たちは集まって、どうしたら心が軽くなるだろうか、と彼女に聞いた。すると彼女は、自分がしたいのは教皇に会いにローマに行くことだけだと答えたのだった。

「私ひとりで行くわ、聖フランチェスコの修道衣を着て」と彼女は子供たちに告げた。「それが私の誓いなの」。

あの看病の年月以来、彼女が唯一のよろこびとしたのは、泣くことの快楽だった。船内で、マルセイユで下船するまで*クララ会修道女ふたりとキャビンを分け合っていた時には、目撃されずに泣くためにトイレの中で長い時間を過ごしたものだった。そのため、ナポリのホテルの部屋は、リオアーチャを出て以来、思うがままに泣くことのできる初めての場所だった。そして、七時になって女主人が戸を叩き、時間までに料理屋に行かないと食事ができなくなると知らせにくることがなければ、彼女はそのまま、翌日のローマ行き列車が出る時まで泣き続けていたはずだった。

ホテルの従業員が店までいっしょについてきてくれた。涼しい風が海から吹きはじめており、午後七時の弱い太陽のもと、まだ砂浜に残っている人もいた。プルデンシア・リネーロ夫人は、日曜日の昼寝からようやく覚めたばかりのような細くて急な坂道を従業員の後についてくねくねと進み、突然、日の当たらない蔓棚の下に着いた。そこにはチェックのテーブルクロスがかかったテーブルが並べられ、花瓶がわりのピクルスの瓶には紙の造花が差されていた。この早い時間に食事をしているのは店の給仕人たちと、離れた隅で玉ねぎとパンを食べているひどく哀れな神父ひとりだけだった。足を踏み入れると、彼女は全員の視線が茶色の修道衣に集まるのを感じたが、動揺はしなかった。というのも、滑稽に見えるということ自体がすでに苦行の一部をなしていることを意識していたからだ。その一方で、店のウェイトレスは、彼女の中に慈愛の心を呼び覚ました。それは歌を歌うようにしゃべる金髪の美しい娘で、このような娘が安食堂で給仕しなければならないとは、戦後のイタリアはひどい状態にあるにちがいないと彼女は考えた。しかし、花に彩られた蔓棚の雰囲気は気持ちよく、調理場から香るローレルの入った煮物の匂いは一日の騒ぎで後まわしにされていた食欲を呼び覚ました。ずいぶんひさしぶりに、彼女は泣きたい気持ちを覚えなかった。

しかしながら、食べたいものを思い通りに食べることはできなかった。それは部分的には、金髪のウェイトレス——親切で辛抱強かったが——と意志を伝えあうのがむずかしいせいだったが、部分的には、店にある唯一の肉が、リオアーチャの家々で籠に入れて飼われている声のきれいな小鳥の肉だったからだ。隅で食べていた神父は、結局両者の間の通訳をつとめることになり、ヨーロッパでは戦時中の緊急事態がまだ終わってないことを彼女に理解させようとし、少なくとも山の小鳥の肉が食べられることを奇跡として尊重すべきであると説明した。しかし彼女は拒絶した。

「私にとっては」と彼女は答えた。「自分の子供を食べるような感じですから」。

そこで彼女は、パスタの入ったスープと、古くなりかけたベーコンのかけらとともにゆでたズッキーニひと皿、それに大理石のようなパンのひとかけら、というので我慢するしかなかった。

それを食べていると例の神父がやってきて、慈悲の心でコーヒーを一杯ごちそうしてもらえないかと頼みこみ、同じテーブルにすわった。彼はユーゴスラヴィア人だったが、宣教師としてボリビアに行っていたことがあり、苦労しながらも表現力豊かなスペイン語を話した。プルデンシア・リネーロ夫人には彼は、罪*の許しをあたえられたことがある人物とはとても思えないごくふつうの男のように感じられ、爪がひび割れてきたなく、威厳のない手をしていることを心に止めた。そのうえ、息があまりにもしつこく玉ねぎ臭く、彼の本性の一部をなしていると思われるほどだった。しかし、神に仕える身であることには変わりがなく、家からこれほど遠くにいてなお も話の通じる人に会えるというのは新しいよろこびだった。

ふたりがゆっくりと話を続けている一方で、他のテーブルに客が入るにつれて周囲は馬小屋のようにやかましくなっていった。プルデンシア・リネーロ夫人はすでにイタリアについて最終的な判断を下していた——嫌いだった。男たちが少々でしゃばりで鼻につくからではなく(それだけでも相当にいやだったが)、小鳥を食べるからでもなく(それはもう本当に我慢がならなかったが)、水死者を放置しておくという心根の悪さのためだった。

神父はコーヒーに加えて、彼女の勘定でグラッパ*を一杯持ってこさせてから、彼女の判断が軽率なものであることをわからせようとした。というのも、戦争中には、毎朝ナポリ湾に浮かんでいるのが発見される数多くの水死者に対して、彼らを収容し、身元を調べ、教会の土地に埋葬するための実に能率的なシステムが確立されていたのだから。

「もう何世紀も前から」と神父は結論に入った。「イタリア人は人生は一回しかないとはっきり意識するようになっているので、それをできるかぎりよく生きようとつとめるのです。そのせいで彼らは計算高かったり移り気だったりするわけですが、同時に、そのせいで彼らは残酷であることは免れているのです」。

「船を止めようともしなかったんですよ」と彼女は言った。

「無線で港湾当局に連絡するんですよ」と神父は応じた。「もう今ごろはちゃんと収容して、神の御名のもとに埋葬をすませているはずです」。

この議論はふたりの気分を変えた。プルデンシア・リネーロ夫人はすでに食事を終えており、その時になって、他のテーブルが全部埋まっているのに気がついた。近い方のテーブルでは、ほとんど裸に近い観光客が黙って食事をしており、その中には恋人のカップルが何組かいて、食べるかわりにキスばかりしていた。カウンターに近い奥の方のテーブルでは、近所の人たちがさいころで遊びながら色のないワインを飲んでいた。プルデンシア・リネーロ夫人はこの嘆かわしい国に留まる理由はひとつしかないことをはっきりと知った。

「教皇様にお会いするのはひどくむずかしいんでしょうか?」と彼女は聞いた。

神父は、夏の間はごく簡単だと答えた。教皇はカステルガンドルフォに休暇に行っており、毎週水曜日の午後に、世界じゅうから来た巡礼たちを迎える公開接見が行なわれるのだった。入場料はひじょうに安く、二十リラだった。

「告解をするにはいくら取るんですか?」と彼女は聞いた。

「教皇様は誰の告解も行ないません」。神父は若干面食らったように言った。「もちろん、王様とかは別ですが」。

「こんなに遠くから来た哀れな女の告解を拒む理由はなさそうですけど」。

「いや、王様たちの中には、王でありながら、それを待ち続けて死んでいった人もいますから」と神父は言った。「でも、教えてください、教皇様に告解をするためだけにひとりでたいへんな旅をしてこられたのには、重い罪がおありなんでしょうね」。

プルデンシア・リネーロ夫人は一瞬考えこみ、神父は彼女が初めて笑みを浮かべるのを見た。「清純なるマリア様！　お会いできるだけで十分なんです」。そして魂の底から出てきたような吐息とともに言った。「一生の夢だったんですから！」。

実際には彼女の中にはなおもおびえと悲しみがあり、この場所を、そしてイタリアを、即座に後にしたい、というのだけが願いだった。神父はこの宗教女からはもう何も期待できないと考えたに違いなく、彼女に幸運をと告げると、別のテーブルに慈悲の心でコーヒーを一杯おごってくれないかと頼みに行った。

料理屋を出ると、プルデンシア・リネーロ夫人は町がすっかり変わっているのに気がついた。夜の九時だというのにまだ太陽があるのに驚き、吹きはじめた風に誘われて通りにくりだしてきたやかましい群衆におびえを感じた。狂ったように走りまわるヴェスパの爆音とともに生きることは彼女にはできなかった。運転しているのは上半身裸の男たちで、後ろには、きれいな女たちを腰にしがみつかせて乗せており、ぶらさがった豚や西瓜の屋台の間を蛇のようにくねって飛びはねながら抜けていくのだった。

あたりはお祭りのような雰囲気だったが、それはプルデンシア・リネーロ夫人にはむしろ破局の混乱のように感じられた。道に迷ってしまった。そして折り悪しくも急に、どれも同じような家の戸口に憂鬱そうな女たちが並んですわりこんでいる通りに出てしまった。そこには赤いライトが点滅しており、彼女は恐怖に震え上がった。大きな金の指輪をはめて、ネクタイにダイヤモンドをつけているしっかりとした服装の男が、数街区にわたって彼女の後をつけてきた。イタリア語で、それから英語とフランス語で何かを言いながら。返事が返ってこないので、男はポケットから包みを出して一枚の絵葉書を彼女に見せた。自分は地獄を横切っているのだとわかるにはそれをひと目見るだけで十分だった。

彼女は恐れおののいて逃げ出し、通りの果てでふたたび、リオアーチャの港と同じ腐った魚介類の匂いのする黄昏の海とぶつかった。心臓はもとの場所に落ち着いた。人気《ひとけ》のない浜に面した色とりどりのホテルには見覚えがあった。霊柩車のようなタクシー、広大な空の最初の星の輝きにも。湾の奥には、自分の乗ってきた船が甲板に明かりをつけて、埠頭にひとりぼっちで接岸しているのが見えた。そして、彼女はその船がもう自分の人生とは何の関係もないことを思った。そこの角を彼女は左に曲がった。しかし、先に進むことはできなかった。野次馬の群れが集まっていて、警察のパトロール隊がそれを遠ざけているところだった。彼女のホテルが入っている建物の前には救急車が何台もドアを開けたまま並んでいた。

爪先立ちになって野次馬の肩の上からのぞいてみた。そして、プルデンシア・リネーロ夫人はふたたびあのイギリス人観光客たちを目にすることになった。彼らをひとりずつ担架に乗せて運び出しているところだった。いずれもじっとして威厳を保っており、いずれも夕食のために正装していた——フランネルのズボン、斜めの縞のネクタイ、黒い上着の胸ポケットにはトリニティ・コレッジ*の紋章が刺繡されていた。あいかわらず同じひとりが何度も反復されているように見えた。バルコニーに姿をあらわした近所の人たちと通行止めにされた野次馬たちは、まるでスタジアムにでもいるかのように声を合わせて、運び出されてくるイギリス人の数を数えあげていった。十七人だった。彼らはふたりずつ救急車に乗せられ、戦争のようなサイレンを響かせながら運ばれていった。

仰天の連続で頭がくらくらしながらプルデンシア・リネーロ夫人はエレベーターに乗りこんだ。ありとあらゆる言語でしゃべっている他のホテルの客たちで満員だった。彼らは各階で順次降りていったが、三階だけは別だった。三階のホテルは開いていたし明かりもついていたが、受付のカウンターには誰もいなかった。日中に、眠っている十七人のイギリス人のピンク色のひざ小僧を見た椅子にも誰もすわっていなかった。五階の女主人ははてしなく興奮しきって災難について語った。

「全員死んだのよ」と彼女はプルデンシア・リネーロ夫人にスペイン語で言った。「夕食のカキのスープで食中毒になったんですって。八月にカキだなんて、考えてもみて！」。

彼女は部屋の鍵を渡すと、それ以上プルデンシア・リネーロ夫人には注意を向けず、他の宿泊客たちに自分の方言で話した──「うちには食堂はありませんからね、だからうちで眠った人はちゃんと生きて目を覚ますのよ！」。ふたたび涙のかたまりを喉に感じて、プルデンシア・リネーロ夫人は部屋の閂をふたつともかけた。それから書き物机と安楽椅子を動かしてドアに寄せ、さらにトランクも置いて、かくも多くのことが同時に起きるこの国の恐怖に対して、突破不能なバリケードを築いた。それから彼女は未亡人らしい寝間着をつけ、ベッドに仰向けになり、毒にやられた十七人のイギリス人の魂が永遠の休息につくよう、ロザリオの祈りを十七回となえた。

（一九八〇年四月）

トラモンターナ

私は彼をたった一回だけ、バルセローナのはやりのカバレー「ボッカチオ」で見た。彼が不幸な死と遭遇する数時間前のことだ。徒党を組んだスウェーデン人の若者たちに囲まれて責め立てられていた。彼らはカダケスに行って一日の遊びの仕上げをしようと、夜中の二時に彼を連れていこうとしているのだった。彼らは十一人、男も女も同じように見えて、ひとりひとり区別をつけるのはむずかしかった――整った容貌、ひきしまった尻、金色の長い髪。彼はまだ二十歳以上にはなっていないにちがいなかった。頭は青光りするカールで覆われ、日陰を歩くようお母さんにしつけられたカリブ人たち特有の淡いなめらかな肌、そして、そのアラブふうの目つきは、スウェーデン女たちを――そしておそらく、スウェーデン男たちの一部をも――魅了するに十分なものだった。連中は彼を腹話術の人形のようにカウンターの上にすわらせて、一緒に行くのに同意するよう、手拍子にあわせてはやりの歌を歌って聞かせていた。おびえあがった彼は、どうして行きたくないのか理由を説明していた。大声をあげて彼を放っておくよう求めた人がいたが、スウェーデン人のひとりは大笑いしてその人にたてついた。

「俺たちのものなんだ」と彼は叫んだ。「俺たちがゴミためから拾ってきたんだから」。
私はその少し前に、パラウ・デ・ラ・ムジカ音楽堂でダヴィド・*オイストラフの最後のコンサートを聞いてから、友人たちのグループとともにその店に入ったところで、彼の言うことを信じようとしないスウェーデン人たちには神経を逆なでされるような思いがした。その若者の言う理由というのはまったく神聖なものだったからだ。彼はその前の夏までカダケスに住んで、はやりの*カンティーナで雇われてアンティール諸島の歌を歌って暮らしていたのだが、結局トラモンターナに負けて逃げ出したのである。トラモンターナの二日目にかろうじて脱出したのだが、その時すでに、トラモンターナが吹こうと吹くまいと二度とカダケスにはもどらないことを決めていた。もどったらかならず死と出会うことになると確信していたからだ。それはカリブ的な確信であって、合理主義的な北欧人の連中には理解されえないものだった。夏に燃えあがった連中、心の中に途方もない考えを生みつけるものだったあのころのカタルニアのきついワインにたきつけられた連中には通じないものだった。

　しかし、私には誰にも増して彼のことが理解できた。カダケスはコスタ・ブラーバでもっとも美しい村のひとつで、もっともよく保全されているところでもあった。それは、そこに行くには、底なしの淵の上に張り出した細いくねった道路――時速五十キロ以上で運転するには相当にしっかりした魂をもっていなければならない――を通らなければならないせいでもあった。昔からの家々は白く、低く、地中海の漁村の伝統的なスタイルのものだった。新しい家も、高名な建築家たちがもとからの調和を尊重して建てたものだった。通りの反対側とでもいうべきアフリカの砂漠から熱気が押し寄せてくるように感じられる夏になると、カダケスは地獄のような*バベルに変貌し、ヨーロッパじゅうの観光客がやってきては、もとからの住民や、幸運にもまだ手の届く値段だったころに家を買うことができた人たちから、この楽園を奪おうと競った。混雑がやわらいで居心地がよくなるのは春と秋だったが、この季節になると、誰もが恐怖をもってトラモンターナのことを考えずにはいられなくなるのだった。これは陸から吹いてくる無慈悲な、執拗な風で、そこで生まれ育った人や痛い目にあった作家たちによれば、狂気の種を運んでくるものだった。

十五年前ごろ、私はカダケスに通いつめる熱心な客のひとりだったが、それも私たち一家の人生にトラモンターナが踏みこんできた時までだった。私はそれがやってくる前に感づいた。ある日曜日のシエスタの時間、何かが起ころうとしているという説明不能な予感があった。気分が落ちこみ、わけもなく悲しくなり、当時はまだ十歳になっていなかった息子たちが、敵意のこもった視線で私を家じゅう追いまわしているような気がした。しばらくすると門番が工具箱と船で使うようなロープを持って、ドアと窓を補強するために入ってきた。彼は、私の弱り切った状態を見ても驚きはしなかった。

「トラモンターナのせいだな」と彼は私に言った。「あと一時間もしないで来るはずだから」。

彼は昔船乗りだった男で、すっかり年をとっていたが、船乗り時代の防水コートと帽子とパイプ、そして世界じゅうの塩によって焼かれた肌を、今なお持っていた。暇な時間には、いろんな負け戦《いくさ》を戦った老兵たちと広場でペタンク*をして遊び、海辺のタベルナで観光客たちとアペリティフを飲んだ。何語が相手でも、その砲兵のカタルニア語で通じさせるという特技があるからだった。彼の自慢は、この惑星上にある港はすべて知っているが、内陸の町はひとつも知らない、ということだった。「フランスのパリさえ知らん、有名なところらしいがな」。海の乗り物以外の乗り物には信用がおけないと考えているからだった。

その数年間のうちに彼は急に老けこんで、もう町には行かなくなっていた。大半の時間を門番部屋の中で、昔からずっとそうしてきた通り、精神的にひとりぼっちで過ごした。自分の食事は空き缶とアルコールのコンロを使って自分で作り、これだけの道具でもわれわれすべての舌をよろこばせる実にすばらしい高貴な料理をこしらえるには十分だった。夜が明けると同時に一軒一軒、われわれ借家人たちの世話にとりかかった。私の知るかぎり、彼はもっとも面倒見のいい男のひとりであり、カタルニア人らしい無意識の気前のよさとつっけんどんな優しさがあった。口数は多くなかったが、そのことばのスタイルは直截的で的確だった。もう何もすることがなくなると、彼は何時間もサッカーの予想くじの用紙を埋めて過ごしたが、実際に賭けることはめったになかった。

あの日、惨事にそなえてドアと窓を補強しながら彼は、トラモンターナのことをまるで、ひとりの女のように私たちに語って聞かせた。いまわしい女だが、それがいなければ人生に意味がなくなってしまうというような。私は海の男がそれほどの敬意を陸の風に払っていることに驚いた。

「こいつの方が古くからあるものだからね」と彼は言った。

彼の一年は月や日に分かれているのではなく、トラモンターナが来る回数によって分かれているような感じだった。「去年、二度目のトラモンターナの三日ほど後だ、急にさしこむような腹痛におそわれてな」と彼は私に言ったことがある。それは、トラモンターナが一回来るたびに人は何年分も一気に年をとる、という彼の考えを説明するものだったのかもしれない。トラモンターナに対する彼の思いはこのように強いものだったため、私たちまで、早くこの危険な、しかし魅力的な訪問者に会ってみたいという気持ちになった。

そんなに長く待つ必要はなかった。門番が出ていくとすぐに、口笛を吹くような音が聞こえはじめ、徐々にそれは鋭く、激しくなっていき、ついに地響きのような大音声《だいおんじょう》へと発展した。それから風が始まった。最初は間歇《かんけつ》的な突風で、次第に間隔が短くなり、それがついには居すわって動かなくなり、休みなく、息つぎすらせずに吹き続けた。その強烈さ、残酷さには何か超自然的なところがあった。私たちのアパートメントは、カリブでのスタイルとは反対に、山の方を向いていた。これはもしかすると、海を見ずに海を愛す、という古いカタルニア人の妙な趣味によるのかもしれない。そのため、風は私たちに正面から吹きつけることになり、窓を縛ったロープはひきちぎれそうだった。

私の注意を一番引いたのは、天気があいかわらず二度とないほど晴れているということだった。黄金の太陽と雲ひとつない空。あまりにも天気がいいので、私は海の様子を見に子供たちを連れて出ていくことにした。子供たちはもともと、メキシコの地震とカリブのハリケーンを経験しながら育ったのであり、多少の強風ぐらい心配することはなさそうに見えたのだ。私たちは忍び足で門番の部屋の脇を過ぎ、見ると彼はチョリソ入り*の豆のひと皿を前にして、我を忘れて窓から風を見つめていた。私たちが出ていくのを彼は見なかった。

家の陰にいる間は歩くことができたが、遮蔽物《しゃへいぶつ》のない角に出るや、風の力に飛ばされないよう柱にしがみつかねばならなかった。私たちはそうして、大異変のさなかで不動のまま澄みきっている海を、門番が何人かの隣人とともに救出に来てくれるまで眺め続けた。その時になってようやく私たちは、唯一理性的なのは、神が望むまで家の中に閉じこもることだと納得した。そして、神がいつ望むことになるのか、事前には誰にもさっぱりわからないのだった。

二日間もそれが続くと、この恐るべき風はこの大地の自然現象ではなく、誰かが自分に対して、自分だけに対して行なっている個人的な侮辱であると感じるようになった。門番は私たちの精神状態を心配して日に何度か訪ねてきて、季節のくだものや、子供のためのお菓子を持ってきてくれた。火曜日の昼食には、彼の料理用の缶で作ったカタルニア田園料理の傑作を持ってきてくれた——兎とカタツムリの煮こみだった。それは恐怖のさなかでのよろこびだった。

水曜日、風以外に何も起こらなかったこの日は、私の人生で一番長い一日だった。しかしそれは、夜明け前の闇のようなものだったにちがいない。というのも、真夜中過ぎになって、私たちは、死の沈黙としか考えられない絶対的な沈黙に圧倒されて全員同時に目を覚ましたのだ。山の側では樹木の葉一枚動くものはなかった。そこで私たちは、門番の部屋にすら明かりがないうちから表に出て、すべての星が灯っている夜明け前の空と、蛍光を発して光る海を享受した。まだ五時前だったにもかかわらず、たくさんの観光客が浜に出て岩の合間で休息の味をかみしめており、三日間にわたる懲罰を経てヨットの艤装も始まっていた。

外に出た時点では、門番の部屋に明かりがないのは気にも止めなかった。しかし、家にもどった時には、大気もすでに海と同じく光に満ちており、それでもまだ彼のねぐらの明かりは消えたままだった。不審に思って私は二度ノックをし、返事がないのでドアを押した。思うに、子供たちの方が私より先にそれを目にした。そして、恐怖の叫びをあげた。老門番は卓越した航海士の記章を船乗りジャケットの襟につけて、中央の梁《はり》から首でぶらさがっていた。彼はトラモンターナの最後のひと吹きになおも揺れていた。

衝撃から回復しきらぬまま、すでにしてこの地にノスタルジアを感じながら、私たちは予定よりも早く村を後にした。二度ともどらないという固い決意をもって。観光客はふたたび通りにあふれ、老兵たちの広場には音楽が鳴っていたが、彼らはもうペタンクの玉を投げる元気もないようだった。埃で曇ったバール「マリティム」の窓の中に私たちは、生き残った友人たちを何人か目にした。彼らはトラモンターナ後のまばゆい春のさなかで人生を再開していた。しかし、もうそれはすべて、私たちにとっては過去に属するものだった。

だから、「ボッカチオ」での悲しい深夜、死ぬことになるのを確信しているがゆえカダケスにもどるのを拒否する人の恐怖感を、私ほどよく理解できる者はいなかった。しかし、スウェーデン人たちを思い止《とど》まらせる手立てはなく、彼らは結局、アフリカ的な迷信をショック療法で叩き直してやるというヨーロッパ的な傲慢さをもって、無理やりその若者を連れていくことになった。拍手と野次とに分かれた他の客たちの見守る中で、彼らは手足をばたつかせて抵抗する若者を、酔っぱらい満載のライトバンに押しこみ、この遅い時間になってカダケスへの長い旅を開始したのだった。

翌朝、私は電話で目を覚ました。パーティから帰ってきた後、私はカーテンを閉めるのを忘れたらしく、何時なのか見当がつかなかったが、寝室には夏の光が満ちていた。すぐには誰だかわからなかったが、電話の向こうの不安げな声で私は一気に目が覚めた。

「きのうの晩、無理やりカダケスに連れていかれた若いやつのこと、覚えているか？」。

私にはそれ以上聞く必要はなかった。ただ、それは私が想像したのとは違い、さらに劇的だった。その若者はカダケスへの帰還が近づいたことに恐慌をきたし、乱暴なスウェーデン人たちが注意をそらしたすきに、避けがたい死を逃れるべく走行中のライトバンから淵の底へと飛びこんだのだった。

（一九八二年一月）

ミセス・フォーブスの幸福な夏

午後になって家に帰ると、私たちは巨大な海蛇が首のところで、ドア枠に釘で打ちつけられているのを見つけた。それは黒くて蛍光を発していてジプシーの妖術の道具のように見え、しかも目はまだ生きていて、押し広げられた口からは鋸《のこぎり》のような歯を剝き出しにしていた。私はそのころ九歳ぐらいで、妄想の中から抜け出てきたようなこの化け物を前にして、激しい恐怖から声も出なかった。しかし、二歳年下の弟は、酸素ボンベやマスクや足ヒレを放り出し、恐怖の悲鳴をあげて逃げ出した。ミセス・フォーブスは、船着き場から家まで岩場の間をのぼってくる曲がりくねった石段の途中でその悲鳴を聞きつけ、息を切らして私たちに追いついた時には蒼白になっていたが、ドアにはりつけにされた動物をひと目見て私たちの恐怖の原因を理解した。彼女はふだんから、子供がふたり一緒にいる時には、そのそれぞれが勝手にやったことでも共同の責任になると言っていたもので、それに従って、弟の悲鳴に関して私たち両方を叱り、自制心が足りないといってふたりを咎《とが》め続けた。彼女は家庭教師としての契約に定められていた英語ではなく、ドイツ語でそれを言ったのだったが、これはもしかすると、彼女自身もぎょっとなっていて、それを自分で認めたくなかったからなのかもしれない。しかし、呼吸が回復するや、彼女はごつごつした英語にもどり、教育の強迫観念をとりもどした。

「*これはムラエナ・ヘレナです」と彼女は言った。「そう呼ばれているのは、古代ギリシャ人にとって神聖な動物だったからです」。

オレステという現地の若者が私たちに深い水域での泳ぎ方を教えてくれていたのだが、その彼がその時突然、*ケーパーの茂みの向こうに姿をあらわした。ダイビングのマスクを額に上げて、特別に小さな水着と革のベルトをつけていた。ベルトには形も大きさも違うナイフが六本差してあり、それは彼が、水中で狩りをするには動物と一対一で格闘するものだと考えているからだった。オレステは二十歳ぐらいで、陸上よりも海中で過ごしている時間の方が長く、彼自身、体にいつもエンジンのグリスを塗りたくっていて海の動物のように見えた。初めてオレステを目にした時、ミセス・フォーブスは私の両親に、彼よりも美しい人間を想像することは不可能だと話した。しかし、美しくても特別扱いはされなかった——彼もまた、子供たちをおどかすという以外に何の理由もなくドアにウツボをぶらさげておいたことに関して、イタリア語で叱責を受けねばならなかった。それからミセス・フォーブスは、それを神話的な動物にふさわしい敬意をこめて外すよう指示し、私たちには夕食にそなえて着替えるよう命じた。

私たちは即座に、何ひとつ間違いを犯さないように気をつけながら、着替えにとりかかった——というのも、ミセス・フォーブスの統治下に入ってからの二週間のうちに、私たちは、生きるということほどむずかしいものはない、としっかり学びとっていたからだ。薄暗い風呂場で弟とシャワーを浴びていると、私は弟がまだウツボのことを考えているのに気づいた。「人間の目をしてた」と弟は言った。私も同じ意見だったが、弟には気どられないようにして、シャワーを浴び終えるまで話題を変えるのに成功した。しかし、私が先にシャワーを出ると、弟は自分が終わるまで一緒に残っていてくれと私に頼んだ。

「まだ昼間だぞ」と私は言った。

カーテンを開けてみせた。それは八月の盛りで、窓の向こうには月面のような燃える平野が島の反対側まで見渡せ、太陽は空にまだ高くとどまっていた。

「そのせいじゃない」と弟は言った。「こわくなるのがこわいんだ」。

しかしながら、食卓についた時には弟は落ち着いた様子で、すべてを細心の注意をこめて行なっていたため、ミセス・フォーブスに特別にほめられ、その週の得点に二点が追加された。一方、私の方は、すでに得ていた五点から二点減点された。最後になって急ぐ気持ちに引きずられ、荒れた息遣いで食堂に着いたからだった。五十点ごとにデザートを二倍もらう権利があたえられたが、私たちはどちらも十五点以上まで行ったことはなかった。これは本当に、まったく残念なことだった。なぜなら、私たちはミセス・フォーブスの作るプディングよりもおいしいプディングには、一生二度と出会うことがなかったのだから。

夕食を始める前に私たちは空のお皿の前に立ってお祈りをした。ミセス・フォーブスはカトリックではなかったが、契約には私たちに一日六回お祈りをさせるようにと定められており、彼女はそれを果たすために私たちのお祈りの文句を暗記していた。それから私たちは三人とも席につき、彼女が私たちの行動をもっとも些細な点にいたるまで観察する間、息をつめて待った。すべてが完璧に見えると彼女はやっと鈴を鳴らした。すると料理人のフルヴィア・フラミネアが、あの疎ましき夏の間じゅう続いた永遠のパスタ入りスープを持って入ってくるのだった。

夏の初め、私たちと両親だけだった時には、食事は饗宴のようだった。フルヴィア・フラミネアはテーブルのまわりでいろいろ言いながら、人生を楽しくする天性の無秩序ぶりをもって給仕してくれたもので、最後には私たちと一緒にテーブルについて、結局全員のお皿から少しずつ食べたりすることになった。しかし、ミセス・フォーブスが私たちの運命の責任者となってからは、スープが鍋の中でぐつぐついっているのが聞こえるほどの、ひどく暗い沈黙の中で給仕が行なわれることになった。私たちは脊椎骨を椅子の背につけて、口の片側で十回嚙んでは反対側で十回嚙んで夕食をし、その間、この鉄のような、色つやの悪い秋めいた女性から一瞬も視線を離さなかった。食事の間、彼女はすっかり記憶している優雅洗練についてのレッスンを唱えた。それは日曜日のミサと同じようなものだったが、歌を歌っている人さえいないという点ではもっとひどかった。

ウツボがドアにぶらさがっているのを見つけた日、ミセス・フォーブスは祖国に対する義務について私たちに話した。その声のせいで希薄になってしまった空気の中に、フルヴィア・フラミネアはほとんど浮遊するようにして出てきて、スープの後には、絶妙な匂いのする白身魚のフィレの炭火焼きを給仕した。そのころからすでに、地上や空中の他のどんな食べ物よりも魚が好きだった私は、*グアカマヤルのわが家を思い出させるこのひと皿には心が休まる思いがした。しかし、弟はひと口も食べずに皿を押しのけた。

「ぼくは嫌い」と弟は言った。

ミセス・フォーブスは授業を中断した。

「わからないでしょ」と彼女は言った。「まだひと口も食べてないんだから」。

彼女は料理女に気をつけるようにと視線を向けたがすでに遅すぎた。

「ウツボは世界じゅうで一番おいしいお魚なのよ、フィーリョ・ミーオ」とフルヴィア・フラミネアは弟に言った。「ひと口食べてごらんなさい、すぐにわかるから」。

ミセス・フォーブスは顔色ひとつ変えなかった。そして、いつもの容赦ないメソッド通り、ウツボは古代には王様のごちそうとされたものであり、戦士たちは超自然的な勇気をあたえてくれるとしてその胆汁を競って求めたものだった、と私たちに語って聞かせた。それから彼女は、それまでの短い期間のうちに何度となく言ってきたように、よい趣味というのは生まれつきのものではなく、かといっていつでも身につけられるというものでもなく、幼少のころからあたえられて初めて身につくものだ、ということをくりかえした。したがって、それを食べないという正当な理由は何もないというわけだった。ウツボと知る前に食べてしまっていた私は相反するものを永久に抱くことになった——それは少しばかり憂《うれ》いがあるものの、たしかにつややかな味わいがするものだったが、戸口に釘で打ちつけられた蛇の映像は食欲よりも強く切迫してくるのだった。弟は至高の努力をしてひと口、口に含んだ。しかし、こらえられなかった。彼は吐いてしまった。

「お手洗いに行きなさい」。ミセス・フォーブスは動じることなく弟に言った。「ちゃんと洗って、またもどって食べなさい」。

私は心が締めつけられた。暗くなってきている家をまるごと横切って、服をきれいにする間ずっとひとりで洗面所にいなければならない、というのが彼にとってどれほどつらいことであるかわかっていたから。しかし、弟はひじょうに早く、別のきれいなシャツを着てもどってきた。青ざめて、隠れた戦慄にかすかに揺さぶられていたが、清潔さに関する厳格な審査にもしっかり耐えた。ミセス・フォーブスはそれからウツボを切り分け、食べ続けるようにと命じた。私は我慢してなんとかふた口目を口に運んだ。ところが、弟は、ナイフとフォークを手に取ることさえしなかった。

「ぼくは食べない」と彼は言った。

彼の決意の強さはあまりにも明らかで、ミセス・フォーブスですらそれと直接ぶつかるのを避けた。

「わかりました、そのかわり、デザートも食べられませんよ」と彼女は言った。

弟の安堵した様子は、今度は私を彼のような勇気で満たした。私は食べ終わったらこうするようにとミセス・フォーブスに教えられた通りにナイフとフォークをお皿の上で交差させ、言った――

「ぼくもデザートは食べません」。

「ふたりともテレビも見られませんよ」と彼女は応じた。

「テレビも見ません」。私は言った。

ミセス・フォーブスはナプキンをテーブルの上に置き、三人とも立ち上がって祈った。それから彼女は、自分が食事を終えるまでの時間のうちに眠りにつくようにと注意した上で、寝室に行くよう私たちに命じた。私たちのそれまでの得点はすべてキャンセルされ、二十点ふたたびたまるまで、彼女の作るクリーム・パイもヴァニラ・タルトも絶品のプラム・ケーキも口にすることができなくなった。それはいずれも、以後の一生で二度と味わえないものだった。

しかし、遅かれ早かれ、決裂が来るはずだった。まる一年にわたって私たちは、シチリアの南にあるこのパンテレリア島での自由な夏を待ち遠しく思ってきたのであり、実際、両親が私たちと一緒にいた最初の一か月はたしかに自由な夏だった。私は今でも夢のようにして覚えている――太陽の照りつける火山岩の平原、永遠の海、土台まで生石灰で塗られた家、そしてその窓からは、風のない夜にはアフリカの灯台の光の十字が見えた。父とともに島の周囲の眠れる水底を探険していて、私たちは前の戦争以来座礁したままになっている黄色い魚雷が一列に並んでいるのを見つけた。石化した花輪のついた高さ一メートル近いギリシャの壺を救出し、するとその底にはいつのものともしれない毒葡萄酒の残りがたまっていた。私たちはまた、湯気の出ている水の溜まりで水遊びしたもので、その水はほとんど上を歩けそうなほど濃いのだった。しかし、私たちにとって、目の眩むような一番の発見はフルヴィア・フラミネアだった。陽気な司祭様といった感じの彼女は、眠たげな猫の取り巻きをいつも連れていて、それは足にまとわりついて歩く妨げとなったが、彼女が言うには、猫たちを愛しているから我慢しているのではなく、自分が鼠に食われるのを防ぐためなのだということだった。夜になって、両親が大人向けの番組をテレビで見はじめると、フルヴィア・フラミネアはうちから百メートルも離れていない彼女の家に私たちを連れていき、チュニスからの風*に乗って聞こえてくる遠いちんぷんかんぷんなことばや歌や、突風のような泣き声などを聞き分けることを教えてくれた。彼女の夫は、彼女には若すぎる男で、夏の間は島の反対側にある観光ホテルで働いていて、眠るために家に帰ってくるだけだった。オレステは両親とともにもう少し先に住んでおり、いつも夜になると、ひとつなぎに結わえた魚や籠に入った取れたてのロブスターを持ってきて、フルヴィア・フラミネアの夫が翌日、ホテルに売りにいけるよう台所にぶらさげた。それから彼はもう一度潜水用のライトを額につけて、生ゴミをあさりに来る兎ほどの大きさの野鼠狩りに連れていってくれた。時には両親がもう寝てしまってから家に帰ることもあり、中庭で食べ残しを奪いあう鼠の大騒ぎでほとんど眠れなかったりした。しかし、それもまた、私たちの幸福な夏の魔術的な要素だった。

ドイツ人の家庭教師を雇うというようなことを思いつけるのは父だけだった。父は才能よりも自惚《うぬぼ》れの方がまさっているカリブ出身の作家だった。ヨーロッパの栄光の燃え滓に目が眩んでいた彼は、作品においても実生活においても、いつでも自分の出身を免れようと必死になっている様子で、息子たちには自分の過去の痕跡がひとつも残らないようにするという幻想を自らに課していた。母は、ラ・グアヒーラ奥地の巡回教師だったころと同じようにいつまでも謙虚な人であり続け、夫が最善でない考えを思いつくことなどありえないと信じきっていた。したがって、自分たちが流行の作家四十人とともにエーゲ海の島々をまわる五週間の文化クルーズに参加している間、ヨーロッパ上流社会のもっとも古びた習俗を無理やり叩きこむという方針で凝り固まっているドルトムント*出身の鉄の女の手にかかって、私たちの暮らしがどんなものになるのか、彼らはどちらもほんとうに心をこめて考えたことはなかったにちがいない。

ミセス・フォーブスは七月の最後の土曜日、パレルモからの小さな定期船に乗って到着し、初めて彼女を目にした時から私たちには、もはや祭りが終わったことがわかった。彼女はこの南方的な暑さの中で、民兵のようなブーツをはいて、ダブル・ブレスト*の服を着てやってきた。髪はフェルト帽をかぶる男のように刈りこんでいた。そして、猿の小便のような匂いがした。「ヨーロッパ人はみんなああいう匂いがするんだ、特に夏はな」と父は私たちに言った。「それが文明の匂いなんだ」。しかし、軍人ふうの装いにもかかわらず、ミセス・フォーブスは痩せこけた哀れな女性で、私たちの中にある種の同情の念を呼びさましても不思議ではなかった――もし私たちがもう少し年上だったら、あるいは、彼女に優しさのかけらでも残っていたなら。世界は違ったものになった。海で過ごす六時間は、夏の初め以来想像力の絶えざる訓練となっていたが、それは、まったく同じ一時間の反復にとってかわられた。両親が一緒にいたころには、好きなだけオレステと泳ぐことができ、墨と血で濁った蛸の領分の中で、戦闘用のナイフ以外に何の武器も持たずに蛸に立ち向かうオレステの技と勇気に目を見張ったものだったのだが。以後も彼は船外機のついた小舟で以前と同じように毎日十一時にやってきたが、ミセス・フォーブスは潜水の授業に必要不可欠な時間以上は一分たりとも、彼が私たちと一緒にとどまることを許さなかった。フルヴィア・フラミネアの家に夜一緒に帰ることも禁じられた。それは使用人との度を越した親密さであると彼女は考えたからで、私たちは以前は鼠狩りで楽しんだ時間をシェークスピアの分析講読に費やさねばならなかった。中庭のマンゴーを盗んだり、グアカマヤルの焼けつく通りで犬に煉瓦を投げつけて殺したりするのに慣れていた私たちにとって、王子様のようなこの暮らし以上に残酷な責め苦は想像することもできなかった。

しかしながら、すぐに私たちは、ミセス・フォーブスが私たちに対してほど自分には厳格でないことに気づき、これが彼女の権威に入った最初のひびとなった。最初のうち、彼女は浜辺でも色とりどりのパラソルの下に軍人服を着たまま残って、オレステが私たちに潜水を教える間、シラーのバラードを読んだりして待ち、それから、上流社会におけるよき作法に関するセオリーの授業を、何時間も何時間も、昼食の休憩に入るまで続けた。

ある日のこと彼女は、ホテルに泊まっている観光客向けの店までオレステにモーターボートで連れていってくれるよう頼み、アザラシの皮のように光によって色調が変わる黒いワンピースの水着を買って帰ってきたが、水にまで入ることは一度もなかった。私たちが泳いでいる間、彼女は浜辺で日光浴をし、汗はシャワーをかぶらずにタオルでふくだけだったため、三日もすると生《なま》剝《は》ぎのロブスターのようになり、文明の匂いはとてもかげないほどになった。

彼女の夜は息抜きのためにあった。彼女の任期の初めから、私たちは誰かが家の暗闇の中を手探りで歩いている音を耳にするようになり、弟はそれが、フルヴィア・フラミネアからさんざん聞かされたさまよう土左衛門なのではないかという考えに不安がるようになった。私たちはじきにそれがミセス・フォーブスであることを発見した——彼女は、日中だったら彼女自身咎めたであろうような、孤独な女の実生活を生きて夜を過ごしているのだった。ある日の夜明け前、私たちは彼女が台所にいる現場を見つけた。女子寄宿生のような長い寝間着姿で、全身、顔まで小麦粉だらけにして、オポルトを一杯飲みながらお得意のお菓子を作っているところで、もうひとりのミセス・フォーブスだったら大騒ぎして咎めたような混乱した精神状態にあった。もうそのころには私たちも、私たちが寝た後、彼女が自分の寝室には行かず、浜に降りていって隠れて泳いだり、遅くまで居間に残って、未成年には禁じられている映画をテレビで音を消して見ていたりすることを知っていた。その間に彼女はケーキをまるごとひとつ食べてしまったり、父が特別な機会のために一生懸命とっている特別なワインを一本飲んでしまったりするのだった。

節度や品位を重んじる彼女自身の教えに反して、彼女はある種の暴走した情熱をもって休む間もなくものを食べ続けた。それから私たちは、彼女が自分の部屋でひとりでしゃべっているのを聞いたし、『オルレアンの少女』*の断片をまるごと、その旋律豊かなドイツ語で朗唱しているのも聞いたし、歌を歌っているのも、また、夜が明けるまでベッドですすり泣いているのも聞いた。そして、泣き腫《は》らした目をして朝食にあらわれると、彼女はなおさら陰気に、権威主義的になるのだった。弟も私自身も、あのころほど不幸であったことは二度とないが、私はとにかく最後までこらえ通すつもりでいた。どのみち、彼女の理屈の方が私たちの理屈を支配することにならざるをえないのがわかっていたからだ。しかし、弟はその性格の激しさのすべてをつぎこんで彼女に立ち向かい、私たちの幸福な夏は地獄と化した。ウツボの一件は限界を超える最後の一撃だった。その同じ晩、ベッドの中から、眠りついた家の中をミセス・フォーブスがせわしなく行き来するのに耳をすましていた時、弟は突然、魂の中で腐り続けていた恨みのすべてを一気に解き放った。

「殺してやる」と弟は言った。

私が驚いたのは、その決断そのもののせいというよりも、私自身、偶然にも、夕食以来同じことを考えていたからだった。しかしながら、私は弟を思い止《とど》まらせようとした。

「首を切り落とされるぞ」と私は言った。

「シチリアにはギロチンはない」と弟は言った。「それに、誰がやったのか、誰にもわからないようにやる」。

弟は海から引き上げた壺のことを考えていた。その底には死の葡萄酒が沈殿して残っていた。

父がそれを保存していたのは、その毒が単なる時間の経過によってできたものではありえないと考えて、毒の性質を調べるためにより綿密な分析にかけたいと思っていたからだった。それをミセス・フォーブスに対して使うというのは実に簡単なことで、誰もが事故か自殺だと考えるにちがいなかった。そこで私たちは、夜明けごろ、彼女が騒々しい不眠の一夜に疲れ果ててベッドに倒れるのを聞くと、壺のワインを、父の特別のワインの瓶に注ぎこんだ。聞いていたところによれば、それだけの分量で楽に馬一頭殺せるということだった。

朝食は九時ぴったりに台所でとった。フルヴィア・フラミネアが朝早くコンロの上に置いていった菓子パンでミセス・フォーブス自身が用意したものだった。ワインを差し替えた二日後、朝食をとっている時に、弟は、毒の入ったワインの瓶が手つかずのまま戸棚の中に残っていることを目つきで私に知らせてきた。それは金曜日のことで、週末の間もその瓶は手つかずのままだった。しかし、火曜日の夜、ミセス・フォーブスはテレビで放埓《ほうらつ》な映画を見ながらその半分を飲んだ。

にもかかわらず、彼女は水曜日の朝食に、いつも同様、遅れることなくあらわれた。荒れた夜を過ごした後のいつもの顔をしており、目は、分厚いレンズの向こうでいつにもましてそわそわしていて、パン籠の中にドイツの切手が貼られた手紙が置かれているのを見つけるとなおさら落ち着きがなくなった。彼女は、私たちには何度となくやってはいけないと言っていたのに、コーヒーを飲みながらその手紙を読み、読んでいる間にその顔には、書かれたことばの発する光の突風が走った。それから彼女は封筒の切手を乱暴にはがし、フルヴィア・フラミネアの夫のコレクションのために、あまったパンと一緒に籠の中に突っこんだ。よからぬ始まり方をした一日だったにもかかわらず、その日、彼女は私たちの海底探険に同行し、タンクの空気がなくなりはじめるまで穏やかな潮の海をさまよい続けて、私たちはよき作法に関する授業を受けずに家に帰った。ミセス・フォーブスは一日じゅう華やいだ様子だっただけでなく、夕食の時間にはいつにもなく活気づいていた。一方、弟の方は落胆に耐えられなくなっていた。食べはじめるようにとの指令を受けるや、弟はパスタ入りスープの皿を挑発的な身振りで押しのけた。

「もうこのミミズ汁にはげろが出そうだ」と弟は言った。

それはまるで食卓に手榴弾を投げたみたいだった。ミセス・フォーブスは青ざめ、くちびるは爆煙が晴れるまで固くすぼめられ、眼鏡のレンズは涙で曇った。それから彼女は眼鏡をはずし、ナプキンでぬぐい、立ち上がる前に、栄光なき投降の苦々しさをこめてナプキンをテーブルに置いた。

「好きなようになさい」と彼女は言った。「私は存在しませんから」。

彼女は七時から自室にこもった。しかし、真夜中前になって、もう私たちが寝たものと考えた彼女が、寄宿生の寝間着を着て、チョコレート・ケーキ半分と、毒入りワインが指四本分以上入った瓶を寝室に持っていくのを私たちは見た。私は哀れみに身が震えた。

「かわいそうなミセス・フォーブス」と私は言った。

弟の息は荒かった。

「もし今晩死ななかったら、かわいそうなのはぼくたちのほうだ」と彼は言った。

その夜中、彼女はふたたび長いことひとりごとをしゃべり、熱情的な狂気に押されて大声でシラーを朗唱し、最後には家じゅうを埋めつくす叫び声をあげて頂点に達した。それから魂の底まで届くため息を何度ももらし、難破した船の汽笛にも似た長く悲しい笛のような息とともに沈没した。私たちが不眠の緊張になおもぐったりしたまま目を覚ました時、太陽はブラインドの間から刃物のように差しこんでいたが、家は池の底に沈んでいるような感じだった。その時になって私たちは、もう十時になろうとしていて、なのに、ミセス・フォーブスの朝の巡回によって起こされなかったことに気がついた。朝の八時にトイレの水が流れるのも聞かなかったし、洗面台の蛇口の音も、ブラインドを開ける音も、ブーツの金具の音も、奴隷商人の手のひらがドアに三回、死の打撃をくれるのも聞かなかったのだ。弟は壁に耳をつけ、息を殺し、隣の部屋に生命の徴候を聞きつけようとし、ついに解放のため息を吐いた。

「やった！」と彼は言った。「海の音しか聞こえない」。

私たちは十一時少し前に自分たちで朝食を作って食べ、それから、フルヴィア・フラミネアが家の掃除のために猫の取り巻きを連れてやってくる前に、それぞれタンク二本とさらに予備を二本持って浜辺に降りた。オレステはすでに船着き場で、仕留めたばかりの六ポンドほどの鯛の内臓を取り除いていた。私たちは、ミセス・フォーブスを十一時まで待ったけれども、ずっと寝たままなので自分たちだけで海に降りることにした、とオレステに話した。さらに、前の晩、彼女は食卓で発作的に泣き出したりしたから、よく眠れなくてベッドにこもっていたいのかもしれない、と説明した。私たちが期待していた通り、オレステはこの説明には特に関心を示さず、私たちとともに海の底を一時間あまりうろついた。それから彼は、私たちに昼食に行くよう指示し、自分はモーターボートで観光ホテルに鯛を売りにいった。石の階段のところから私たちは彼に手を振って、家のほうに上っていくつもりだと思わせ、ボートが崖の向こうに消えるのを見送った。

それから酸素タンクをつけて、誰の許可を得ることもなく泳ぎ続けた。

その日は曇っていて水平線際では暗い雷が鳴っていたが、海は平らで透き通っており、水の発する光だけで十分だった。私たちはパンテレリア灯台と平行の位置まで水面を泳いでいき、そこから百メートルほど右に曲がって、夏の初めに戦争中の魚雷を見たはずの位置を計算して潜った。やはりそこにあった——六本、太陽のような黄色に塗られて、製造番号も残ったまま、火山性の水底に、偶然とは考えられない完璧な秩序にのっとって横たわっていた。それから私たちは灯台の周囲をぐるぐるまわって、フルヴィア・フラミネアから何度も、たいへんな驚きをこめて聞かされていた水没した都市を捜したが発見できなかった。二時間後、もう新しい謎はないと納得して、私たちは酸素の最後のひと息分を使って水面に出た。

泳いでいた間に夏の嵐が近づいて、海面は荒れており、肉食の鳥の群れが凶暴な鳴き声をあげながら、浜にひと筋に打ち上げられて死にかけている魚の上を飛びまわっていた。しかし、午後の光は生まれたばかりの光のようで、ミセス・フォーブスなしの人生はいい人生だった。ところが、崖の階段をようやくのぼりつめると、家にたくさん人がいるのが見え、警察の車が二台、玄関の前に止まっており、私たちはその時初めて自分たちが何をしたのか意識した。弟は震えはじめ、後もどりしようとした。

「ぼくは入らない」と弟は言った。

それに対して私は、死体をひと目見さえすれば、私たちに疑いがかけられることはない、という混乱した着想を得た。

「落ち着け」と私は弟に言った。「深呼吸をして、このことだけ考えるんだ——ぼくたちは何も知らない」。

誰も私たちには注意を向けなかった。私たちはタンクとマスクと足ヒレを玄関口に置き、側面の柱廊に入った。そこでは男がふたり、簡易寝台の横で床にすわって煙草を吸っていた。その時になって私たちは、裏口のところに救急車が来ていて、ライフルを持った兵隊が何人かいることに気がついた。居間では近所の女たちが、壁に沿って並べられた椅子にすわって方言で祈っており、その夫たちは中庭に集まって、死とはまるで関係のないことばかりを話していた。私は弟の手をさらに強く握りしめ——固くて冷たかった——、裏口から家の中に入った。私たちの寝室は開け放たれており、私たちが朝残していったままの状態だった。その隣のミセス・フォーブスの寝室では、武器を持った警官が戸口を警備していたが、ドアは開いたままだった。私たちは心臓を締めつけられながら中をのぞいたが、見るか見ないかのうちにフルヴィア・フラミネアが突風のように台所から出てきて、恐怖の声をあげてドアを閉めた——

「神様の愛にかけて、坊ちゃんたち、見ないで！」。

しかし、遅すぎた。その駆け抜けるような一瞬のうちに見たものを、私たちは、その後の人生を通じて、けっして忘れることはなかった。私服を着た男がふたり、ベッドと壁の間の距離を巻き尺ではかっており、その一方でもうひとりが、公園の写真屋のような黒幕つきのカメラで写真を撮っていた。ミセス・フォーブスは乱れたベッドの上にはいなかった。彼女は床に半分横向きになって、部屋の床を染めつくした乾いた血の海の中に裸で倒れており、体は刃物の刺し傷だらけだった。致命的な傷が二十七か所、その数と残忍さからして、安らぐことなき愛の憤怒をもって加えられたものにちがいなく、また、ミセス・フォーブスは同じ激しい情熱をもって、叫ぶこともなく、泣くこともなく、兵士の美しい声でシラーを朗唱しながら、それが彼女の幸福な夏の非情な代価であることを意識しつつ、それを受け止めたらしかった。

（一九七六年）

光は水のよう

クリスマスに子供たちはふたたびボートをねだった。

「わかった」とパパは言った。「カルタヘーナに帰ったら買ってやるから」。

九歳のトトー、そして七歳のジョエルは、両親が思ったよりもずっと頑《かたく》なだった。

「だめだ」とふたりは声を合わせて言った。「今ここで必要なんだ」。

「だいいち」とお母さんは言った。「ここじゃ水はシャワーしかないんだから、船なんてどこにも浮かべられないじゃないの」。

彼女の言うことも、その旦那さんの言うことももっともだった。カルタヘーナ・デ・インディアスの家の裏庭には湾に面した船着き場があり、大きなヨットが二艇係留できた。それに対して、ここマドリードでは、パセオ・デ・ラ・カステリャーナ47番地の五階ですしづめになって暮らしているのだ。しかし、ふたりとも最終的には拒否できなかった。というのも、小学校三年の月桂樹賞を取ったら、オールつきのボートに六分儀と羅針盤をつけて買ってやると約束してあり、実際にそれを取ったのだったから。そこでパパは、奥さんには相談せずに――彼女の方が賭けの借りを払うのをしぶるたちだった——全部まとめて買ってきた。それは美しいアルミニウムのボートで、喫水線には金色のラインが入っていた。

「ボートはガレージに置いてあるぞ」とパパは昼食の時に明かした。「問題は、エレベーターでも階段でも、ここまで持って上がってこれないということだ。それに、ガレージにも置いておく場所はない」。

しかしながら、次の土曜日の午後、子供たちはボートを階段で運び上げるために学校の友人たちを呼び、実際に女中部屋まで運び上げるのに成功した。

「おめでとうよ」とパパは彼らに言った。「で、どうするんだ?」。

「で、どうもしない」と子供たちは言った。「部屋にボートがほしかっただけで、これでいいんだ」。

水曜日の夜、いつもと同様、両親は映画に出かけた。家の主となった子供たちはドアと窓を全部閉め、居間のライトをつけたまま、電球のガラスに穴をあけた。割れた電球からは金色の涼しい光が水のように流れ出した。彼らはそれを出しっぱなしにして、床から手のひら四つ分の深さになるまで光をためた。それから彼らは電流を切り、ボートを出してきて、家の中の島の間を自由に航海した。

この奇想天外な冒険は、家庭電化製品の詩的価値に関するセミナーに参加していた時に、私が軽率な発言をした結果だった。どうしてボタンを押しただけで光がつくのか、とトトーに質問された私には、それをちゃんと考えるだけの勇気と資質がなかった。

「光は水のようなものなんだ」と私は彼に答えた。「蛇口をひねるだろ、そうすると出てくるんだ」。

そうして彼らは毎週水曜日に航海を続けながら、六分儀と羅針盤の扱いを身につけていき、映画から帰ってきた両親は、ふたりが陸地の天使のように眠っているのを見つけるのだった。何か月も後、もっと先へと進みたくなったふたりは、水中で魚を狩るための道具をねだった。要するに、水中マスク、足ヒレ、酸素ボンベに水中銃だった。

「女中部屋に何の役にも立たないボートがあるだけでもよくないのに」とお父さんは言った。「その上、潜水の道具だなんて、いいかげんにしろ」。

「一学期に黄金のガーデニア賞*を取ったら?」とジョエルが言った。

「だめよ」とお母さんはあわてて言った。「もうだめよ」。

お父さんは彼女の非妥協的な態度を咎めた。

「この子たちは何もかかってないと、当然のことすらやろうとしないのよ」と彼女は言った。「でも、気まぐれでほしがっているものがかかっているとなったら、先生の椅子まで勝ち取ってくるわよ」。

両親は結局、いいともだめだとも言わなかった。しかし、それまでの二年間、ビリに近い成績だったトトーとジョエルは、七月にはふたりとも黄金のガーデニア賞を取り、校長先生から公式にお褒めのことばをいただいた。その同じ日の午後、再度ねだることもなく、ふたりは寝室に潜水の道具がパッケージに入ったまま置いてあるのを見つけた。そこで次の水曜日、両親が『ラストタンゴ・イン・パリ』*を見にいっている間に彼らはアパートを腕二本分の深さまで光で満たし、家具やベッドの下をおとなしい鮫のように潜水して泳ぎ、何年間も闇の中に失われていたものを光の底からサルベージした。

学年末になるとふたりは、学校全体の模範として表彰され、最優秀のディプロマ*をあたえられた。今回は何もねだる必要はなかった。両親の方から何がほしいかと聞いてきたからだ。彼らは実に聞き分けがよく、クラスの仲間をもてなすために家でパーティをしたいと言うだけだった。

パパは奥さんとふたりだけになると大よろこびだった。

「大人になってきた証拠だ」と彼は言った。

「だといいけど」とお母さんは言った。

次の水曜日、両親が『アルジェの戦い』を見にいっている間に、カステリャーナ通りを通りがかった人たちは、樹木の合間に埋もれた古いビルから光が滝になって流れ落ちているのを見た。それはバルコニーからこぼれて建物の前面を奔流となって流れ落ち、大通りを黄金色の激流となって流れながら、グアダラーマ山脈のふもとまで町じゅうを照らし出した。

緊急呼び出しを受けた消防隊は、五階のドアをこじ開けると、家じゅう天井まで光であふれているのを発見した。ソファーと豹皮の安楽椅子が居間の中を異なった高さで漂っており、その合間にバー・コーナーの酒瓶とグランドピアノが浮かび、刺繡入りの絹のピアノ・カバーは黄金色のエイのように中ほどで悠然とはためいていた。電化製品は、その詩的価値を全面的に発揮して、それぞれの翼で台所の空を飛んでいた。子供たちがダンスのために使った軍楽隊の楽器は、ママの水槽から自由になった金魚たちの間を漂流していた。広大な光の沼の中で唯一生きて幸せにしているのは彼ら金魚たちだけだった。洗面所に浮かんでいるのは家族全員の歯ブラシ、パパのコンドーム、ママのクリームの瓶と予備の入れ歯、そして主寝室のテレビは横向きになって浮かんだまま、子供たちには禁じられた深夜映画の最後の部分を映し出していた。

廊下の果てで流れに身をまかせて浮かんでいるのはトトー、ボートの艫《とも》にすわってオールを握りしめ、マスクをつけて、タンクの空気がそこまでは足りるはずの港の灯台を捜していた。ジョエルは舳先《へさき》に浮かんで、六分儀でまだ北極星の高さを測っており、家じゅうにはクラスの三十六人の仲間が、ゼラニウムの植木鉢におしっこをしていたり、校長先生を馬鹿にする校歌の替え歌を歌っていたり、パパの瓶から隠れてブランデーを一杯飲んだりしている最中で永遠に停止していた。というのも彼らは一度にあまりに多くの光を開けすぎて家はあふれてしまい、看護騎士聖フリアン小学校の四年生全員がパセオ・デ・ラ・カステリャーナ47番地の五階で溺れてしまったのだった。スペイン王国マドリード、海もなければ川もない、燃える夏と凍える風の、遠い都市、その揺るぎなき陸の原住民が光の中を航海する術にたけていたことは一度もなかった。

（一九七八年十二月）

雪の上に落ちたお前の血の跡

日が暮れて国境に着いた時、ネーナ・ダコンテは結婚指輪をはめた指からまだ血が出ていることに気がついた。エナメルの三角帽の上から粗い羊毛の毛布をかぶった治安警察隊員は、ピレネー山脈*から吹きおろす風に飛ばされないよう必死にふんばりながら、カーバイト灯*の明かりでパスポートを調べた。ふたつとも正規の外交パスポートだったが、隊員はランプを持ち上げて顔写真と本人たちとを見比べた。なおも子供のように見えるネーナ・ダコンテは幸福な小鳥のような瞳に、陰気な一月の夕暮れの中でまだカリブ海の太陽を照り返している糖蜜色の肌をして、ミンクの襟がついたコートに首まですっぽりとくるまっていた。国境検問所の隊員全員の給料を一年分合わせてもまだ買えないような品物だった。車を運転している夫のビリー・サンチェス・デ・アビラは彼女よりひとつ年下で、ほとんど彼女と同じくらいに美形で、タータン・チェックの上着に野球帽をかぶっていた。彼の方は妻とは対照的に、背が高くがっしりした体つきで、内弁慶な乱暴者特有の鉄の顎骨をしていた。しかし、このふたりの経済状態を一番よくあらわしているのはプラチナめっきの車だった――内装は生きた野獣のように息づき、こんな、貧乏人しか通らないような国境ではいまだかつて目にしたことがないような車だった。後部座席には、新しすぎるスーツケースとまだ開けていないプレゼントの包みが山と積まれていた。そこにはさらに、海水浴場を荒らすこの純情な不良と、誰もが反対した恋に落ちるまでネーナ・ダコンテの最大の情熱であったテナー・サックスも乗っていた。

警察隊員がパスポートにスタンプを押して返すと、ビリー・サンチェスは妻の指の手当をしたいのでどこに行ったら薬局があるかとたずね、すると隊員は、フランス側のアンダイユで聞けと風に向かって叫んだ。しかし、アンダイユの番兵たちは明るく照らされた暖かいガラス張りの番小屋の中にシャツ姿ですわって、トランプをしながら、お碗に入ったワインにパンをひたして食べているところで、車の大きさとランクをちらりと見ただけで、入国してよろしいと合図した。ビリー・サンチェスは何度もクラクションを鳴らしたが、番兵たちは呼ばれているとは思わず、中のひとりはガラス窓を開けると、風よりもさらに激しい勢いで叫んだ――

「くそっ！　早く行け！」。

そこでネーナ・ダコンテは耳までコートにくるまって車から降り、完璧なフランス語でどこに薬局があるかと番兵に聞いた。番兵はいつもの習慣通りパンを頬ばったまま、そんなことは知ったことじゃない、こんな嵐の中じゃなおさらだ、と答えて窓を閉めた。しかしそれから彼は、本物のミンクの輝きに包まれて傷ついた指をしゃぶっている少女に注意をそそぎ、幽霊でも出そうな夜にあらわれた幻だとでも思ったのか、瞬時にして愛想が変わった。彼は一番近い町がビアリッツであることを説明し、しかし、真冬のことだし、この狼の風の中では、もう少し先のバイヨンヌまで行かないと薬局は開いてないかもしれないと言った。

「ひどいんですか?」と彼は聞いた。

「何でもないんです」とネーナ・ダコンテは微笑んで、ダイヤモンドの指輪をはめた指を見せた。バラに刺された傷が指先にかすかに見てとれた。「ちょっと刺されただけですから」。

バイヨンヌに着く前にふたたび雪になった。まだ七時前だというのに町の通りに人影はなく、家はどれも激しい嵐に扉を閉ざしており、ぐるぐるまわって虚しく薬局を捜したあげく、ふたりは先を急ぐことに決めた。ビリー・サンチェスはこの決定によろこんだ。彼には希少な車にかける果てしない情熱があり、また、過剰な罪の意識ゆえ、息子をよろこばせるためならいくらでも金を使えるパパがいた。そして彼は、結婚祝いのこのベントレーのコンバーティブルにかなう車は一度も運転したことがなかった。ステアリングを握る陶酔のあまり、走れば走るほど彼は疲れを感じなくなった。彼はその夜のうちにボルドーまで行きつくつもりでいて——そこではホテル・スプレンディッドの新婚スイートが予約してあった——、彼がそうと決めている以上、どんな逆風も大雪もそれを阻むことはできないはずだった。対照的に、ネーナ・ダコンテは疲れきっていた。特にマドリードからの街道の最後の部分が、山羊しか歩けないような、雹《ひょう》の打ちつける崖っぷちの道だったせいだった。そのため、彼女はバイヨンヌを過ぎると、流れ続ける血を止めるために薬指にハンカチをきつく巻きつけて、ぐっすりと眠りこんだ。ビリー・サンチェスは、真夜中近くになって雪がやみ、杉の木の間を吹き抜ける風が急におさまり、荒野の空が冷えきった星で埋まるまで、彼女が寝たことに気づかなかった。彼は眠りついたボルドーの町の明かりの前を通りがかったが、街道沿いの給油所でタンクを満たすために止まっただけだった。息つぎもせずにパリまで行けるだけの元気がまだ残っていた。彼はこの二万五千*ポンドの大きなおもちゃにすっかり幸せになっていて、すぐ隣で、血だらけの布を指に巻きつけて眠っている輝くばかりの生きものがやはり同じように幸せでいるのかどうか、自問することもなかった。彼女の青春の夢の道筋には、今初めて、不確実性の突風が吹きこんでいたにもかかわらず。

ふたりは三日前、そこから一万キロ離れたカルタヘーナ・デ・インディアスで、彼の両親の感嘆と、彼女の両親の失望と、そして主座大司教じきじきの祝福を受けて結婚したところだった。彼ら自身をのぞくと誰も、何がこの予想外の恋愛の真の基盤になっているのか、それがどのようにして始まったのか、知る人はいなかった。始まったのは結婚式の三か月前、ビリー・サンチェスのギャングがマルベーヤの海水浴場で、女子脱衣場を襲撃した海日和の日曜日だった。ようやく十八歳になったばかりのネーナ・ダコンテは、スイスのサン・ブレーズにあるシャテルニー寄宿学校から——四か国語を何の訛りもなくこなすようになって、テナー・サックスを見事にマスターして——帰ってきたところで、帰国以来それが初めて海に行った日曜日だった。水着に着替えるために服を全部脱いだ時になって、まわりの脱衣小屋から恐慌の連鎖が始まり、襲撃の声が聞こえてきたが、彼女には何が起こっているのかわからなかった——扉の掛け金が弾け飛び、自分の正面に、想像しうる最も美しい不良が立ちつくしているのを見るまでは。男が身につけているのは糸のように細い豹皮模様の水着だけで、穏やかで柔軟な体は海に暮らす人特有の黄金色だった。ローマの剣闘士のようなメタルの腕輪をはめた右の拳には、必殺の武器となる鉄の鎖が丸めて握られ、首に下がった聖人像なきペンダントは心臓の鼓動にあわせて静かに息づいていた。ふたりは同じ小学校に通い、バースデー・パーティで何度も一緒にくす玉を割ったことがあった——それは、どちらも、植民地だったころからずっとこの町の命運を好き勝手にあやつってきた田舎の旧家に生まれていたからだった——が、もう何年も顔を合わせなくなっていたため、最初はどちらも相手に気づかなかった。ネーナ・ダコンテは棒立ちになって立ちつくし、その鮮烈な裸体を隠すこともしなかった。そこでビリー・サンチェスはいつもの子供じみた儀式を実行した——彼は豹のパンツを下に降ろし、直立した堂々たる動物を彼女に見せた。彼女はそれを正面から、驚くことなく見つめた。

「もっと大きくてもっと固いのだって見たことがあるわ」と彼女は恐怖を抑えて言った。「だから、どうするつもりなのかよく考えなさい、あたしを相手にするなら黒人よりもっとすごくなきゃだめよ」。

実際には、ネーナ・ダコンテは処女だっただけでなく、その時まで男の裸を見たこともなかったが、この脅しは効果があった。ビリー・サンチェスが思いついたことといえば、丸めた鎖を握りしめたまま怒りの拳を壁に叩きつけることだけだった——そして自ら骨を砕いた。ネーナ・ダコンテは自分の車で彼を病院に運び、彼が療養期間を乗り越えるのを助け、そして結局、まともなやり方で愛を行なうのをふたりで一緒に学んだ。ふたりはネーナ・ダコンテの家系の名士が六世代にわたって死んでいった家の屋内テラスで、六月の困難な午後を過ごした——彼女は流行歌をサックスで吹き、手を石膏で固めた彼はハンモックの中から呆然と彼女を見つめた。家には入り江の腐敗物溜まりに面した扉窓がいくつもあり、それはラ・マンガ地区で最も大きく、最も古い家のひとつであっただけでなく、確実に一番醜い家だった。しかし、ネーナ・ダコンテがサックスを吹いていた市松模様のタイルのテラスは、午後四時の暑気も届かぬ安息の地で、そこに面した中庭にはマンゴーの大木とバナナの木が深い影を作り、その下には、家よりも一家の記憶よりも古い無名の墓石があった。音楽についてなど何も知らない人でさえ、これほどの栄誉に彩られた家にサクソフォーンの音は時代がずれすぎていると考えた。「まるで汽船みたいな音だね」――初めてそれを聞いた時、ネーナ・ダコンテの祖母は言ったものだった。彼女の母親は、彼女がこの方が吹きやすいからと言っていつもやっているように、スカートを太ももまでまくり上げ、ひざを開き、そして、音楽にとって本質的なものとはどうしても思えない肉感性を発揮して吹くのではなく、もっと別のやり方をするようにと説得したが無駄だった。「どんな楽器をやってもかまわないのよ」と彼女は娘に言うのだった。「足を閉じてやってくれればね」。しかし、この船の別れのような調べと、この愛の激昂があってこそ、ネーナ・ダコンテはビリー・サンチェスの苦い殻を割ることができたのだった。名高い苗字をふたつ連ねていることによってしっかりと維持されている乱暴者という悲しい評判の下に、感じやすいおびえたみなしごが隠れているのを彼女は発見した。彼の手の骨が固まるまでの間にふたりはすっかりお互いのことを知るようになり、そのため、ふたりだけが家に残されたある雨の午後、彼女が乙女のベッドに彼を導き、愛が行なわれるにいたったそのなめらかさには彼自身が驚いたほどだった。ほとんどまる二週間にわたって毎日、その時間にふたりは裸で戯れた――その歴史的なベッドの楽園に彼らよりも先に遊んだ内戦の闘士たち、貪欲な祖母たちの肖像が呆然と見つめる前で。愛の休憩中にもふたりは裸のまま、窓を開け放ち、入り江から吹き寄せる船の塵芥の風を吸い、その腐った匂いを嗅ぎ、サックスの音が途絶えた中庭の、ありふれた日々の音に耳をすました――バナナの茂みの下にいる蛙の単音の鳴き声、無名の墓に落ちる水滴、それまでふたりとも知る暇がなかった生命の自然の足音を聞いた。

ネーナ・ダコンテの両親が家にもどった時までに、ふたりは愛にすっかり上達して、もうこの世にそれ以外のことをしている余裕はないというありさまで、時も所もかまわずひたすらやりまくって毎回新たなものを発見しようと試みていた。最初は、ビリー・サンチェスのパパが罪の意識を解消するために次々に買ってくれるスポーツカーの中でうまくやろうと工夫した。しかしやがて、車の中が簡単になりすぎると、ふたりは夜中に、運命がふたりを最初に対面させたマルベーヤの無人の脱衣小屋に忍びこむようになり、さらに、*十一月のカーニバルの日には扮装をして、つい数か月前までビリー・サンチェスのチェーン・ギャングの被害にあっていた売春宿のマダムたちの庇護のもとでゲッセマニ旧奴隷地区の貸し部屋に上がりこんだりまでした。ネーナ・ダコンテは人目を忍んだ愛の行為に、以前サックスに入れこんでいたのと同じ猛烈なのめりこみ方で熱中した。それは、黒人みたいにすごくないと、と彼女が言ったのがどういう意味だったのか、馴化《じゅんか》された悪漢を納得させるに十分なものだった。ビリー・サンチェスはいつも、りっぱに、そして同じ熱狂をもって彼女に応えた。結婚してからは、大西洋のまん中で、スチュワーデスらが寝ている間に愛を行なうという義務をふたりは果たした——飛行機のトイレの中に苦労して閉じこもり、快楽よりは爆笑の方で死にそうになりながら。結婚式の二十四時間後のその時に、ネーナ・ダコンテが妊娠二か月であることを知っていたのは彼らふたりだけだった。

そのため、マドリードに到着した時、ふたりの感じ方は食傷気味の恋人同士というのからはほど遠かったが、純然たる新婚カップルのようにふるまえるほど純然たる新婚カップルではなかったのである。両者の親によってすべての手配が整えられていた。飛行機を降りる前から顧客担当の職員がファースト・クラスの客室に上がってきて、ネーナ・ダコンテのもとに、きらりと光る黒い房飾りのついた白いミンクのコートを持ってきた。彼女の両親からの結婚祝いだった。ビリー・サンチェスにはその冬の新しいスタイルとされている子羊革のジャケットと、空港に用意されて待っている秘密の車のキーが届けられた。

　彼らの国の駐在外交団全員がオフィシャル・サロンで出迎えた。大使夫妻は両家の昔からの友人であっただけでなく、大使本人こそ、ネーナ・ダコンテの誕生に立ち会った当の医師であり、見事なバラの花束を持って彼女を待っていた。それはあまりにまばゆく新鮮で、露のしずくまで人工のもののように見えるほどだった。彼女は新婦という少し早すぎるような立場に戸惑いながら、大使夫妻に形だけのキスをして挨拶し、それからバラを受け取った。受け取る時に茎の棘がちくりと指に刺さったが、愛嬌のある機転によって騒ぎになるのを回避した。

「わざとやったの」と彼女は言った。「みなさんに指輪に気づいてもらいたくて」。

　実際、大使館の全員が見事な指輪の輝きに見入った。たいへんな値打ちのものに違いなかった。それも、ダイヤモンドの等級ゆえにではなく、保存状態のいいそのアンティーク性ゆえに。しかし、指から血が出はじめていることには誰も気づかなかった。そして、それからはすべての人の注意が新しい車の方に向いた。大使は機転をきかせて、車を空港まで運んできただけでなく、セロファン紙で包ませて巨大な金のリボンまでかけるという念の入れようだった。しかし、ビリー・サンチェスはこの機知をよろこびはしなかった。早く車を見たいあまり、包み紙を一気にひき破り、そして息を飲んだ。その年のベントレーのコンバーティブル、本革の内装だった。空は灰色のマントのように広がり、*グアダラーマ山脈からは身を切るような凍《い》てついた風が吹きおろしていて、屋外にいて快いところは何もなかったが、ビリー・サンチェスにはまだ寒さの観念がなかった。彼は大使館一行を屋根のない駐車場に立たせたまま、彼らが礼儀ゆえに仕方なく凍《こご》えて我慢していることにも気づかずに、子細に車のディテールを確認した。それから、大使が彼の隣にすわって、昼食が用意されている大使公邸までの道筋を案内した。道中、大使は町の名所をいくつも指摘して教えたが、ビリー・サンチェスは車の魔法にしか関心がないようだった。

生まれた土地を出るのはこれが初めてだった。彼はあちこちの私立学校、公立学校に転校をくりかえしては毎年落第して、ついにはすべてに対する嫌悪の海を漂流するようになったのだった。自分の町とはちがう町を目にした最初の印象――昼間から明かりをつけている灰色の家ばかりの街区、裸になった木々、海の遠さ、そのすべてが彼の中に、見放されたような感覚をふくらませていき、彼はそれを心の隅に留めておこうと努めた。しかし、それもすぐに、彼自身気づかぬうちに、最初の忘却の罠にのみこまれることになった。突発的な静かな嵐、この冬最初の嵐が接近しているとのことで、昼食を終えてフランスへの旅を開始すべく大使の家から外に出てみると、町はまばゆいばかりの雪に覆われていた。ビリー・サンチェスは即座に車のことを忘れ、すべての人が見ている前で、歓喜の叫びをあげ、粉雪をつかんでは自分の頭にかけ、コートを着たまま道のまん中を転げまわった。

ネーナ・ダコンテが指から血が出ていることに初めて気づいたのは、嵐の後ですっかり晴れあがった午後のマドリードを出発した時だった。自分でも驚いた。というのも、公式の食事の後で、いつもオペラのアリアをイタリア語で歌いたがる大使夫人の伴奏をしてサックスを吹いたのに、その時には薬指にはほとんど痛みなど感じなかったのだから。それからは、国境までの一番短いルートを夫に指示しながら、血が出るたびに無意識に指をしゃぶってすませ、ピレネー山脈まで来て初めて薬局を捜そうと思いたった。その後、この数日間の睡眠不足からいつしか眠りこみ、車が水の中を走っているような悪夢の感覚に突然目が覚めてからも、指に巻いたハンカチのことはずいぶん長いこと思い出さなかった。ダッシュボードの夜光時計でもう三時を過ぎていることを見て、彼女は頭の中で計算をし、そこで初めて、もうボルドーを通過してしまっていて、さらに*アングレーム、ポワティエも過ぎて、今や増水したロワール川の堤防を走っていることに気がついた。月の輝きは霧を透かして差しこみ、松の合間に見えるお城のシルエットはまるでおとぎ話のようだった。この地方の様子をそらで知っているネーナ・ダコンテは、もうパリまであと三時間ほどのところまで来ていると計算した。なのにビリー・サンチェスは、動じることなく運転を続けているのだった。

「あなたはまるで野蛮人ね」と彼女は言った。「何も食べずにもう十一時間以上も運転してるじゃない」。

彼はまだ、新しい車の酔いによる浮遊状態にあった。飛行機の中ではわずかに、寝苦しく眠っただけだったが、頭は冴えきって、夜明けのパリまで走り続けるぐらい平気なほど元気な感じがしていた。

「まだ大使館の昼めしが効いているからな」と彼は言い、まったく何の脈絡もなく続けた。「考えてみりゃ、カルタヘーナじゃまだやっと映画館から出てくるころだ。だいたい十時ごろだろう」。

そうは言うものの、ネーナ・ダコンテが恐れたのは彼が運転しながら居眠りしてしまうことだった。そこで彼女は、マドリードでもらったたくさんの贈り物の箱のひとつを開け、砂糖漬けオレンジをひとかけら、彼の口に入れようとした。しかし、彼は顔をそらして拒んだ。

「男が甘いものなんか食えるか」。

オルレアンの少し手前で靄《もや》は晴れ、すごく大きな月が雪をかぶった畑を照らし出したが、パリに向かう野菜のトラックやワインのタンク車などがふえて、運転には神経を使うようになった。ネーナ・ダコンテは夫に代わって運転したいほどだったが、そんなことはほのめかしもしなかった。初めてふたりで外出した時から、彼ははっきりと、男にとって自分の女に運転されることほど屈辱的なことはない、と宣言していたからだ。彼女は五時間近くぐっすり眠ってすっかり頭が晴れたのを感じており、しかも、フランスの田舎のホテルに泊まらずにすんだことをよろこんでいた。彼女は小さいころから両親と何度も旅行してよく知っていた。「世界じゅうでフランスの田舎ほど景色のきれいなところはないわ」と彼女は言うのだった。「でも、一杯の水をただで飲ませてくれる人を捜してたら、見つかる前に渇き死んじゃうようなところよ」。彼女はそう確信しており、最後の瞬間になって手元の鞄に石鹼とトイレット・ペーパーをひと巻入れたほどだった。フランスのホテルにはいつも石鹼がないし、トイレの紙は前の週の新聞を四角く切って鉤でひっかけてあるだけだからだった。唯一残念なのは、まるひと晩も愛を交わさずにむだにしてしまったことだった。夫の答は即座に返ってきた。

「ちょうど今考えてたところだ、雪の中でやったらすげえだろうなって」と彼は言った。「今ここでもいいんだぜ、お前がよければ」。

ネーナ・ダコンテは本気でそれを考えた。道路脇、月明かりのもとで雪はふわふわしていて暖かそうだったが、パリの近郊に近づくにつれて交通量はさらにふえ、明かりのついた工場や、自転車に乗った労働者がたくさん目に入るようになってきていた。冬でなければもうすっかり夜が明けているころだった。

「もうパリまで待った方がよさそうだわ」とネーナ・ダコンテは言った。「あったかい部屋で、きれいなシーツのベッドで、ちゃんとした夫婦みたいにね」。

「お前が断るのは初めてだぜ」。

「そりゃそうよ」と彼女は答えた。「あたしたちが結婚してるのは初めてだもの」。

夜が明ける直前に、彼らは街道沿いの食堂で顔を洗って小便をし、トラックの運転手たちが赤ワインで朝食をしているカウンターでコーヒーと暖かいクロワッサンを食べた。ネーナ・ダコンテはトイレで、ブラウスとスカートに血の染みがついていることに気づいたが、洗い落とそうとはしなかった。血まみれのハンカチはごみ箱に捨て、結婚指輪を左手にはめかえ、傷のある指を水と石鹼でよく洗った。傷痕はほとんど見えないほどだった。しかし、車にもどるとすぐにまた出血しはじめたため、ネーナ・ダコンテは窓から外に腕をぶらさげておくことにした。凍りつくような畑の空気には治療効果があるにちがいないと考えてのことだった。これも効果はなかったが、彼女はまだあわてなかった。「誰かがあたしたちを見つけようとしたら簡単ね」と彼女は生来の愛嬌をもって言った。「雪の上に落ちたあたしの血の跡をつけてくればいいんだもの」。そう言ってから彼女は自分の言ったことをもう一度よく考え、するとその顔は夜明けの最初の光の中で華やいだ。

「考えてもみて」と言った。「マドリードからパリまで、雪の上に続く血の跡。歌にしたらきれいだと思わない？」。

しかしもうそんなことを考えている暇はなかった。パリの郊外に入るころには指は抑えがたい血の泉と化しており、彼女は本気で傷口から魂が流れ出しているように感じた。鞄に入れていたトイレット・ペーパーで出血を止めようとしたが、紙を指に巻きつけるよりも前に血まみれになった紙を窓から投げ捨てているという感じだった。着ていた服も、コートも、車の座席も、徐々にだが、取り返しのつかないかたちで血に濡れていった。ビリー・サンチェスは本気でこわくなって薬局を捜そうと主張したが、彼女にはすでにこれが町の薬屋の手に負えるものではないことがわかっていた。

「もうちょっとでオルレアン門よ」*と彼女は言った。「まっすぐ、ジェネラル・ルクレルク通りを行って。一番広くて木がたくさんある通りだから。その先はどうすればいいか順に言っていくから」。

ここが道のり全体で一番苦しい部分だった。ルクレルク将軍通りには両方向とも小型車とオートバイが詰まっており、さらに都心の市場に向かおうとする巨大トラックが加わって地獄のような様相だった。ビリー・サンチェスは無益なクラクションの大音声にすっかり苛立ちやすくなり、何人もの運転手をチェーン・ギャングの台詞で罵倒し、ついには車から降りてそのひとりと殴りあいまでしようとしたが、ネーナ・ダコンテは、フランス人は世界で一番下品な人たちだけど、殴りあいはけっしてしないのだ、と言って思い止《とど》まらせた。これもまた彼女のすぐれた判断力を示す証拠だった。というのも、その時のネーナ・ダコンテは、意識を失わないよう懸命に努力している状態だったのだから。

レオン・ド・ベルフォールのロータリーを抜けるだけで一時間以上かかった。カフェも商店もまるで真夜中のように明かりをつけていた。それは、どんよりと曇ったきたならしいパリの一月の典型的な火曜日で、はっきりと雪にはならない小雨が執拗に降っているせいだった。しかし、ダンフェール・ロシュロー通りに入ると道はもっと空いていて、数ブロック行ったところでネーナ・ダコンテが右に曲がるよう夫に指示すると、車は巨大な、陰気な病院の救急入口で止まった。

車から降りるのには助けが必要だったが、彼女は冷静だったし意識もはっきりしていた。当直の医師がやってくるまでの間に、彼女はストレッチャーに横になって、身元と既往症に関する看護婦の質問にひと通り答えた。ビリー・サンチェスは彼女のハンドバッグを持ち、今では結婚指輪のはまっている左手を握りしめたが、それは力がなくて冷たく感じられ、くちびるも色を失っていた。その手を握ったまま傍らにつきそっていると、当直医がやってきて、傷のある薬指をすばやく診察した。ずいぶん若い男の医師で、肌は古びた銅のような色、頭は剃りあげていた。ネーナ・ダコンテは医師には注意を向けず、夫の方に力ない微笑みを向けた。

「心配しないで」と彼女は不屈のユーモアをもって言った。「どうかなるとしても、この人食い人種に手を切られて食べられちゃうだけだから」。

医師は診察を終え、それからきわめて正確な、しかし奇妙なアジア的な訛りのあるスペイン語を口にしてふたりを驚かせた。

「とんでもない」と彼は言った。「この人食い人種はこんなきれいな手を切り落とすくらいなら、飢え死にした方がましですよ」。

ふたりは当惑したが、医師は温厚なしぐさで彼らを落ち着かせた。そして寝台を運んでいくよう指示を出すと、ビリー・サンチェスも妻の手につかまったまま一緒に行こうとした。医師は彼の腕をとって押し止めた。

「あなたは残って」と医師は言った。「集中治療室に入りますから」。

ネーナ・ダコンテはふたたび夫に微笑みを向け、寝台が廊下の奥に消えるまで別れを告げて手を振り続けた。医師は遅れて続きながら、看護婦が手元のボードに書いたデータを読んでいた。ビリー・サンチェスは彼を呼び止めた。

「先生」と彼は言った。「彼女、妊娠してるんです」。

「何か月？」。

「二か月です」。

医師はビリー・サンチェスが期待したほどそれを重視しなかった。「教えてくれてよかったよ」とだけ言って、寝台の後を追った。ビリー・サンチェスは病人の汗の匂いが充満する陰気なホールにたたずみ、どうしたらいいのかわからずにネーナ・ダコンテが運ばれていった空っぽの廊下を見つめていたが、やがて、他にも人が待っている木製のベンチに腰をおろした。どれだけそこにいたのかわからなかったが、病院から外に出ることにした時にはふたたび夜になっていて、こぬか雨は降り続いていて、彼もまた世界の重さに圧倒されて自分をどうしたらいいのかわからないままだった。

私が何年も後に病院の資料室で確認したところによれば、ネーナ・ダコンテは一月七日火曜日の九時三十分に病院に入った。その最初の日の晩、ビリー・サンチェスは救急入口の前に駐車した車の中で眠り、翌朝、ごく早く起きて、一番近くに見つけたカフェテリアで、ゆで玉子六個とカフェ・オ・レを二杯飲んだ。マドリード以来一度もまともな食事をしていなかったからだ。それから彼はネーナ・ダコンテに会いに急患のホールにもどったが、表の入口にまわらなければならないことを知らされた。表口にまわると、いろいろあってからようやく、ここで働いているアストゥリアス人の労働者を連れてきてくれて、その助けを借りて受付係と話をすることができ、たしかにネーナ・ダコンテが入院していることは確認できたが、面会が火曜日の九時から四時に限られていることも知らされた。つまり、六日後まで面会はできない。彼はスペイン語を話すあの医師に会おうとして、頭を剃っている黒人の医者というふうにその描写をしたが、その簡単な特徴ふたつでは誰にも理解してもらえなかった。

ネーナ・ダコンテがちゃんと登録されていることにほっとして、ビリー・サンチェスは車を止めたところにもどり、すると、交通警官がいて、二ブロック先の、きわめて細い道の奇数番地側に移動するよう指示された。その道の向かい側には修復された古い建物に看板が出ていた——「ホテル・ニコール」。星はひとつだけ、狭い受付のホールにはソファーがひとつと古いアップライト・ピアノがあるだけだったが、甲高い声の主人は、ちゃんと支払いのできる客が相手なら何語でも話がわかった。ビリー・サンチェスは十一個のスーツケースとプレゼントの箱九個をもって、空いている唯一の部屋に投宿した。それは三角形をした九階の屋根裏部屋で、そこに行きつくには、ゆでたカリフラワーの灰汁《あく》の匂いがする螺旋階段を息を切らして上らねばならなかった。壁には悲しい壁紙が貼られてあり、たったひとつの窓からは閉ざされたパティオの濁った光が入ってくるだけだった。部屋にはふたり用のベッドと大きな洋服簞笥、シンプルな椅子ひとつと持ち運び式ビデ、それに洗面台の金盥と水差しがあるだけで、結局、部屋の中にいるにはベッドに横になるしかなかった。すべてがただ古いというよりももっと悪く、しみったれている感じだったが、ひじょうに清潔ではあり、消毒されたばかりの衛生的な感じがあった。

ビリー・サンチェスには一生かかっても、吝嗇《りんしょく》の才に基礎をおいたこの世界の謎を解明することはできなかったにちがいない。彼には、自分の階にたどりつく前にかならず消える階段の電灯の謎が結局わからなかったし、それをもう一度つけるにはどうしたらいいのかも発見できなかった。各階の踊り場に小さな水洗トイレの部屋があることを知るまでに朝の半分がかかり、まっ暗の中で使う決心を固めてからようやく、掛け金を内側から締めると電気がつく仕掛けになっていることを発見した。消し忘れを防ぐための策だった。廊下の突き当たりにあるシャワーを、彼は自分の土地でと同じように毎日二回使うことに固執したが、これは別に現金前払いで払わなければならず、受付でコントロールされている温水は三分でぴたりと止まった。にもかかわらず、ビリー・サンチェスには十分に明晰な判断力があり、自分とはまったく相容れないこの秩序の方が、一月の寒空のもとで過ごすよりはとにかくまだましであることは理解できたが、すっかり混乱していてひとりぼっちで、以前はネーナ・ダコンテの庇護を受けずにどうやって生きていられたのだったか、見当もつかなくなっていた。

水曜日の朝、部屋まで上りつめるやいなや、彼は通りの向こう側で血を流し続けているあのすばらしい希有な娘のことを考えながら、コートを着たままベッドにうつ伏せに身を投げ、すぐにまったく自然な眠りに落ち、目が覚めると時計は五時を差していたが、午後の五時なのか夜明けの五時なのか判断がつかなかったばかりか、それが何曜なのか、風と雨が窓に打ちつけるこの町がどこの町なのかすらわからなくなっていた。ネーナ・ダコンテのことを考え続けながらベッドの中で待ち、やがて実際には夜が明けようとしていることを確認した。それから彼は、前日と同じカフェテリアに朝食に行き、そこでそれが木曜であることを知った。病院には明かりが灯っており、雨はやんでいたため、彼は白い上っぱりを着た医師や看護婦が出入りしている表玄関の前で、ネーナ・ダコンテを診察したあのアジア系の医師に会えることを期待して、マロニエの木によりかかって時間を過ごした。会えなかった。その日の午後、昼食後もやはり無駄で、結局凍えそうになって待ち伏せはあきらめねばならなかった。七時にふたたびカフェ・オ・レを飲み、ゆで玉子を二個、四十八時間同じ場所で同じものを食べてきた気軽さから自分でガラス・ケースから取って食べた。もう寝ようと思ってホテルに帰ると、自分の車だけを残して他の車は全部反対側の歩道に止まっており、ウィンドシールドには罰金の通知がはさんであった。ホテル・ニコールのポーターは苦労しながら、奇数日には奇数番号側の歩道に駐車することができて、その翌日には反対側に駐車するのだと説明した。こうした合理主義的な小技は、わずか二年前には地元の映画館に地方判事の公用車で突っこんで、死者まで出したのに警官たちは顔色ひとつ変えなかった、というような生粋のサンチェス・デ・アビラにはどうしても理解できないものだった。さらに、ホテルのポーターが彼に忠告して、罰金は払っておいた方がいい、しかし、もうこの時間だから車をわざわざ移動させることはない、夜中の十二時にはまた移動させなきゃならなくなるから、と言ったのはなおさら理解できなかった。その夜中、彼は初めて、ネーナ・ダコンテ以外のことも考えた。眠れずに寝返りをうちながら、彼はカリブ海のカルタヘーナで、公営市場のおかまの飲み屋で過ごした苦悶の幾夜のことを考えた。アルーバ島*から来るスクーナーが接岸する波止場の安食堂の揚げ魚とココナツご飯の味を思い出した。壁が三色菫の絵柄で覆われている自分の家を思い出した。そこではまだきのうの夜の七時にしかなっていないはずで、彼は、自分の父親が絹のパジャマを着てテラスで涼みながら新聞を読んでいるのを見た。

彼はまた自分の母親のことも思い出した。いつでもどこにいるのかさっぱりわからなかった母、男をそそる毒舌の母、彼女が日曜日のドレスを着て、日暮れ時から耳にバラを差し、豪華な服地のせいで暑くてふうふう言っている。彼が七歳だったある午後、彼女の部屋に入ってみると、彼女がゆきずりの愛人のひとりとベッドに裸でいるところに出くわしてしまった。この一件については、どちらも何も口に出したことはなかったが、それはふたりの間に、愛よりも便利な共犯関係をうちたてることになった。しかし、彼はそのことを意識していなかったし、ひとりっ子の孤独にまつわるたくさんの不快についても意識したことがなかった。自らの不運を語る相手もなく、泣きたい気持ちを我慢できない自分に対して激しい怒りを覚えながら、パリの情けない屋根裏部屋のベッドで寝返りをくりかえしたその晩が初めてだった。

有益な不眠の一夜だった。金曜日、彼は寝苦しい夜の痕跡をとどめたまま、しかし自分の人生の意味をはっきりさせる決意をかためて起き出した。服を着替えるためについに自分のスーツケースの錠をこじ開けることに決めた。荷物の鍵はすべて、現金の大半と、パリにいる知り合いの誰かの電話番号を見つけられたかもしれない住所録とともに、ネーナ・ダコンテのハンドバッグの中に入っていたからだ。いつものカフェテリアで彼は、自分がフランス語で挨拶できるようになっていて、ハムのサンドイッチとカフェ・オ・レも注文できるようになっていることに気づいた。しかし同時に彼は、自分がどんな玉子料理もバターもけっして注文できるようにならないことを知っていた。それをどう言うのか覚えることがないにちがいなかった。バターはいつもパンと一緒に出てきたし、ゆで玉子は見えるところのケースに入っていて、頼まずに自分で取ればよかった。それに、三日間通っているだけあって、店員も彼に慣れてきていて、意思の伝達に協力的だった。そのため、金曜日の昼食時、くらくらする頭をかかえながらも、彼は子牛のヒレ肉とフレンチフライにワインを一本注文した。するとすっかり気分がよくなって、彼はさらにもう一本注文し、その半分まで飲み、そして、無理やりでも病院に侵入する決意をかためて通りを渡った。どこに行けばネーナ・ダコンテが見つかるのかはわからなかったが、彼の頭の中にはあのアジア系の医師の映像が神からあたえられたようにはっきり描かれており、かならず見つかると確信していた。表玄関からではなく救急入口から中に入った。それは救急の方が監視が薄いように思われたからだったが、ネーナ・ダコンテが手を振って別れを告げたあの廊下より先まで進入することはできなかった。血がはね飛んでいる上っぱりを着た番人がすれちがいざまに何か質問したが、彼はそれを無視した。番人は同じ質問をフランス語でくりかえしながら彼の後についてきて、ついにはものすごい力で腕をつかんで立ち止まらせた。ビリー・サンチェスはチェーン・ギャングのやり方で振りほどこうとしたが、すると相手はフランス語で母親にうんこをかけると言って毒づき、彼の腕を背中にまわして見事に締め上げ、なおも、売女《ばいた》である母親に千回うんこをかけ続けながら、苦痛にあえぐ彼をほとんど宙づりにする勢いで出口まで連行し、まるでじゃがいもの袋のように道のまん中に放り出した。

その午後、この懲罰に傷つきながら、ビリー・サンチェスは大人になりはじめた。彼はネーナ・ダコンテだったらそうしたであろうように、大使に助けを求めることにした。ホテルのポーターは人間嫌いのような顔つきにもかかわらずひじょうに親切で、その上、外国語に耳を傾ける辛抱強さがあり、電話帳で大使館の電話番号と住所を調べて、カードにメモしてくれた。電話に出たのはたいへん感じのいい女性で、ビリー・サンチェスはそのゆっくりとしたくすんだ声に、即座にアンデス地方の発声法を聞きとった。彼は自分のふたつの苗字が相手に強い印象をあたえることになるのを確信してまず最初に自分のフルネームを言ったが、電話の向こうの声に変化はあらわれなかった。彼はその女が暗記した文面のように、大使はただ今オフィスにおりません、明日までもどる予定はありません、いずれにしてもあらかじめアポイントメントがなければお会いになれません、それも特別な問題の場合だけです、と説明するのを聞いた。ビリー・サンチェスはこの道を行ってもやはりネーナ・ダコンテにはたどりつかないことを理解し、相手の礼儀正しさをそのまま返してお礼を言った。それからタクシーをつかまえ、大使館に向かった。

大使館はエリゼー街22番地、パリじゅうでもっとも落ち着いた地区のひとつにあったが、ビリー・サンチェスの印象に残ったのは、彼自身が何年も後で私にカルタヘーナ・デ・インディアスで語ったところによれば、到着以来初めて太陽がカリブ海と同じくらい明るく照っていて、エッフェル塔が町の上、輝く空に突き出していることだけだった。大使にかわって応対した職員は、その黒いウールのスーツと、重苦しいカラー、喪服のようなネクタイのせいだけでなく、その用心深い身振りと弱々しい声からしても、まるで死にいたる病から回復したばかりのように見えた。彼はビリー・サンチェスの焦燥感に理解を示したが、われわれは文明国にいるのであって、その厳格なきまりは昔からの賢明な判断にのっとったものであり、守衛を抱きこめば病院ぐらい簡単に入れる野蛮なアメリカ大陸とはちがうのだ、と温和な調子を崩すことなく指摘した。「だめなんですよ」と彼は言った。理性の支配に屈して火曜日まで待つしか手はないというのだ。「それにですね、もうあとわずか四日じゃないですか」と相手は最後に言った。「その間、ルーヴルにでも行ってごらんなさい。行く価値はありますよ」。

大使館を後にすると、ビリー・サンチェスは何をしたらいいのかわからぬままコンコルド広場にいる自分を発見した。屋根の上にエッフェル塔が見え、ごく近そうだったので川岸に沿って歩いて行ってみようと考えた。しかしじきに、思ったよりも遠いことがわかり、しかも、追っていくにつれて位置が変わっていくみたいだった。そこで、セーヌ川の岸辺のベンチにすわってネーナ・ダコンテのことを考えることにした。橋の下を引き船が通っていくのが見えた。それはとても船には見えず、むしろ、移動する家のようだった――赤い屋根、窓際には花の植わった植木鉢、艀《はしけ》には針金に洗濯物が干してある。それから彼は長いこと、不動の釣り人を見つめた。不動の竿、流れに垂らした不動の糸。しかしやがて、何かが動くのを待つのにくたびれ、ついに暗くなりはじめたのでタクシーをつかまえてホテルに帰ることに決めた。その時になって彼は、ホテルの名前も住所も、また、病院がパリのどの地区にあるのかすら、さっぱり知らないことに気がついた。

パニックに襲われて混乱しながら、見つけた最初のカフェに入り、コニャックを注文して考えを整理しようとした。考えながら彼は、壁の何枚もの鏡の中に自分が何度もいろんな角度から反復して写し出されているのを目にし、その自分がおびえて孤独に見え、生まれて初めて死を現実的なものとして考えた。しかし、二杯目を飲むと気分はよくなり、大使館までもどるといういい考えが浮かんだ。通りの名前を思い出すためにポケットのカードを捜し、すると、その裏にホテルの名前と住所が印刷してあるのが見つかった。この経験にすっかりこりて、その週末は、食事をするためと車をその日の側に移動するため以外は部屋から出なかった。三日間にわたって、到着した朝と同じきたない雨が、しとしとと休みなく降り続いた。本を一冊として読み通したことのないビリー・サンチェスだったが、ベッドに寝ている退屈をまぎらわすのに何か一冊あればいいと思った。しかし、妻のスーツケースの中に見つかったのはいずれもスペイン語以外のことばで書かれていた。そこで彼は、壁紙に反復されている孔雀を見つめながら、一瞬たりともネーナ・ダコンテのことを考えやめることなく、火曜日を待ち続けた。月曜日には、彼女がこの状態を見たら何と言うかと考えて部屋を少しばかり整理し、その時になってミンクのコートが乾いた血で汚れているのを見つけた。午後いっぱいかけて、彼女の手荷物の中にあった香水石鹸で洗い、ようやくマドリードで機内に運ばれてきた時と同じ状態にもどした。

火曜日は曇って冷たく明けたが、雨はやんでおり、ビリー・サンチェスは六時からすでに起き出して、花束や贈り物の包みを持った入院患者の親族の群れに交じって病院の入口で待った。そして、ミンクのコートを腕にかけたまま、何も質問せずに、またどこにネーナ・ダコンテがいるはずなのかまったくわからずに、しかしあのアジア系の医師をかならず発見できるという確信に後押しされて、群衆とともに病院内になだれこんだ。花が植わって野生の鳥が住みついているひじょうに大きな中庭を通った。その両側に病棟があった——右側が女性病棟、左側が男性病棟だった。面会の人たちの後について、彼は女性の病棟に入った。病院の古びた寝間着姿でベッドの上に起き直っている患者の列が見え、いずれも大きな窓の光に明るく照らされていて、外から想像するよりも楽しげだな、とまで思った。通路の果てまで行き、今度は反対向きにもう一度歩いてもどって、どの患者もネーナ・ダコンテではないことを確認した。それからもう一度、窓から男性病棟の方を見つめながら外の廊下を歩いていると、ついに捜していた医師が見えた気がした。

実際そうだった。他の医師や何人かの看護婦と一緒に患者を診察しているところだった。ビリー・サンチェスは病棟の中に入り、看護婦のひとりを押しのけて、患者の上に上体をかがめているアジア系の医師の前に立ちはだかった。そして、声をかけた。医師は悲嘆に染まった目を上げ、一瞬考えこんで、それから彼のことを思い出した。

「しかしまあ、いったいぜんたい、どこに行っていたんですか?」と彼は言った。

ビリー・サンチェスは当惑した。

「ホテルにいたんですが」と言った。「すぐそこの、角を曲がったところの」。

そして、彼は知った。ネーナ・ダコンテは一月九日木曜日の夜七時十分、フランスで一番すぐれた専門医たちの七十時間にわたる努力にもかかわらず、出血多量で死亡したのだった。最後の瞬間まで彼女は明晰で、冷静さを保ち、部屋が予約してあるプラザ・アテネー・ホテルに夫を捜すよう指示を出し、両親に連絡をとるよう必要事項を伝えた。大使館には金曜日に本国の外務省から緊急電報で連絡が入った。その時点ではすでに、ネーナ・ダコンテの両親はパリに向かって飛行中だった。大使自ら遺体の防腐処理と葬儀の手配をし、ビリー・サンチェスを捜し出すためにパリの警察本部とたえず連絡を取っていた。金曜日の夜から日曜日の午後まで、彼の名前と人相を伝える緊急呼びかけがラジオとテレビを通じて流された。その四十時間の間、ビリー・サンチェスはフランスで一番捜し求められている男だった。ネーナ・ダコンテのハンドバッグの中にあった彼の写真はいたるところに掲示された。同じ年式のベントレーのコンバーティブルが三台発見されたが、いずれも彼の車ではなかった。

ネーナ・ダコンテの両親は土曜日の正午に到着し、病院のチャペルで遺体を見守りながら最後の瞬間までビリー・サンチェスが見つかるのを待った。ビリー・サンチェスの両親にも連絡がいき、彼らもパリに飛ぶつもりにしていたが、最後になって電報の混乱があって中止した。葬儀は日曜の午後二時に、ビリー・サンチェスがネーナ・ダコンテへの愛の孤独に苦しんでいたホテルの部屋からわずか二百メートルしか離れていないところで行なわれた。大使館で彼の応対をした職員は、何年も後になって私に、ビリー・サンチェスが彼のオフィスを出た一時間後に、彼自身が外務省からの電報を受け取り、フォーブール・サントノレ街のあやしいバーを捜してまわったことを語った。彼は、ビリー・サンチェスの応対をした時にはあまり本気で相手にしなかったことを私に告白した。それは、まったく似合わない子羊革のコートを着て、初めて見るパリにすっかりまごついているあのカリブの若者が、これほどの名家の出身だとは想像もできなかったからだということだった。その日曜日の夜、彼が怒りで泣き出したいのを我慢していたころ、ネーナ・ダコンテの両親は捜索をあきらめ、金属製の柩に収められた芳香剤の香る遺体を運んで帰った。その遺体を見ることができた人たちは、あれほど美しい女性は、生きているのも死んでいるのも一度も見たことがないとそれから何年間も語り続けた。こうして、ビリー・サンチェスがようやく病院に入ることができた火曜日の朝には、彼らが幸福の最初の鍵を解き明かしたあの家にほど近い荒涼たるラ・マンガ霊園で、すでに埋葬もすんでいた。ビリー・サンチェスに悲劇の全貌を知らせたアジア系の医師は、病院のホールで彼に鎮静剤をあたえようとしたが、彼は拒否した。彼は別れも告げず、もちろん何の礼を言う必要もなく、ただ、自分の不幸の埋め合わせに誰かを鎖で至急ぶちのめしてやりたいとだけ考えながら、出ていった。病院を後にした時、彼はまったく気づかなかったが、空からは血の跡のついていない雪が、まるで鳩の羽毛のようなやわらかな、けがれのない雪が落ちてきていた。そして彼はやはり気づかなかったが、パリの通りにはよろこびの空気があった。十年ぶりの大雪だったからだ。

（一九七六年）

特別付録

ラテンアメリカの孤独

――一九八二年度ノーベル文学賞受賞講演

鼓　直　訳

La soledad de América Latina, 1982

最初の世界周航に赴くマゼランに同行したフィレンツェ生まれの航海者ですけれども、アントニオ・ピガフェッタ*という者が、南アメリカを通過したさいに、極めて精細でありながら、同時に突っ拍子もない妄想という印象を与える、一冊の記録を書き残しました。そのなかで彼は、背中にへそのある豚や、雌が雄の背中の上で卵を抱いている、肢《あし》のない鳥や、スプーンそっくりのくちばしをした、舌のない、鰹鳥《かつおどり》まがいの別種の鳥などを見た、と語っています。また、騾馬《らば》の頭と耳に駱駝の胴をそなえ、脚は鹿のもの、いななきは馬そっくりという動物の仔を見た、と語っています。さらに、パタゴニア*地方で出くわした最初の原住民の眼の前に一枚の鏡を置いたところ、いきり立っていたこの巨人は、自分の姿に怯《おび》えて気を失った、と語っています。

今日のラテンアメリカ小説の萌芽が早くもそこに見られるのですが、しかしこの簡潔でしかも魅力に富んだ書物が、当時のラテンアメリカの現実についての最も驚くべき証言というわけでは決してありません。インディアス*の年代記作者たちは、他にも無数の証言を残しています。人びとの激しい渇望の的であった幻の国、黄金郷《エルドラド》は、地図製作者の気紛れで位置と形とをさまざまに変えながらも、長い間、多くの地図に姿を留《とど》めていました。永遠の若さの泉を求めて、伝説的な存在であるアルバル・ヌニェス*＝カベサ＝デ＝ラ＝バーカは、八年間にわたってメキシコ北部を踏査いたしましたが、この気違い沙汰に等しい探険行のなかで、隊員たちは互いの肉を啖《くら》い、無事帰り着いたのは、当初の六百人中五人に過ぎませんでした。未だかつて明らかにされたことのない謎が多数ありまして、その一つが、それぞれ百ポンドの黄金を背に積んだ一万一千頭の騾馬にまつわる謎です。アタワルパ*の身代金を支払うために、騾馬たちはある夜クスコを出立したのですが、ついに、目的地には到着いたしませんでした。だいぶ時代が下って植民地時代のことです。河口地帯で育った牝鶏《めんどり》がカルタヘナ・デ・インディアスの町で売られていましたが、その砂袋から小粒の金が見つかることがよくあった、と伝えられています。われわれの祖先のこの黄金熱は、ごく最近まで生き残っていました。これは前世紀のことですが、パナマ地峡横断鉄道の建設に当たって、その調査を依頼されたドイツ人の技師たちは、この地域には乏しい金属である鉄を使用しないで、金でレールを鋳造するならば、計画は実現可能である、と断定したそうです。

スペインの支配からの脱却も、われわれを狂気から解放することはできませんでした。三度もメキシコの独裁者となったアントニオ・ロペス・デ・サンターナ*将軍は、いわゆるケーキ戦役で失った右脚を、盛大な葬儀を行なってから埋葬させました。ガブリエル・ガルシア=モレーナ*将軍は、十六年間、絶対君主としてエクアドルを統治したのですが、その通夜は、礼装を身につけ、勲章を胸に飾った遺体を大統領の椅子に坐わらせるというかたちで営なまれました。三万人の農民を虐殺するという蛮行を犯したエルサルバドルのカリスマ的な僭主、マクシミリアノ・エルナンデス=マルティネス*将軍は、食べ物に毒が入っているかどうかを調べるための振り子装置を考案したり、猩紅熱《しょうこうねつ》の流行を抑えるために、街灯に赤い紙をかぶさせたりしました。生地のテグシガルパの大広場に建っているフランシスコ・モラサン*将軍の記念碑は、実際には、パリの中古の彫刻類を扱う店の倉庫で買い入れた、ミシェル・ネー提督の彫像なのです。

現代の傑出した詩人の一人であるチリのパブロ・ネルーダがこの場所で演説したのは、十一年前のことでした。それ以後、かつてない勢いでラテンアメリカ――その底知れぬ執拗さが伝説にまでなっている、理想主義的な男性や現実主義的な女性を生んできた、あの広大な地域――にまつわる曖昧なニュースは、ヨーロッパの善意ある、時には悪意に満ちた人びとの意識のなかに流れこむようになりました。実はあれ以後、われわれは一瞬も心安らぐ時がなかったのです。炎に包まれた官邸に立てこもった、プロメテウス的な大統領は、大軍を相手にひとりで闘って死にました。また、二度の原因不明の航空機事故は、べつの高潔な人物の生命と、国民の尊厳を回復した民主主義的な軍人の生命を奪いました。あれから実に、五回の戦争と十七回のクーデタがあったのです。神の名のもとに現代のラテンアメリカで初めての大量虐殺を行なった、まさに悪魔的な独裁者も出現したのです。一方、ラテンアメリカの二千万の子供が、二歳になる前に死亡しました。この数字は、一九七〇年以降にヨーロッパで誕生した子供の数を凌ぐものだと思います。政治的弾圧によって行方不明となった者は、おおよそ十二万の数に昇ります。これは、現在のウプサラの全市民がどこかへ姿を消したのと同じ状態だと言っていいでしょう。妊娠していながら逮捕された大勢の女性たちがアルゼンチンの刑務所で出産しましたが、その赤子たちの居所や素姓を知る者はいません。彼らは軍当局によって密かに養子縁組させられたり、孤児院に送りこまれたりしてしまったのです。体制を変革しようとしたがために、全大陸で二十万近くの男女が命を落としました。中米のニカラグア、エルサルバドル、グアテマラという、小さいながら自由意志を持った三つの国で、十万以上の男女が死亡しました。これがアメリカ合衆国での出来事だとしたら、数字は比例して増え、四年間に百六十万人が死んだということになるでしょう。伝統的に外国人に親切なチリから、百万人が、その人口の一割が逃げだしました。大陸で最も文化的な国と見做されている人口二百五十万の小国、ウルグアイは国外追放というかたちで五人に一人の割合で国民を失いました。エルサルバドルの内戦は一九七九年以降、おおよそ二十分毎に一人の亡命者を出しています。ラテンアメリカの亡命者や強制移住者のすべてで建設される国があるとすれば、その人口はノルエーのそれを超えるに違いありません。

*

今年スエーデン文芸協会の関心を呼んだのは、そうした異常な現実であって、ただ単にその文学的な表現ではない、と私には思えてなりません。それは紙上の現実ではなく、われわれと共に生きていて、日常茶飯のことである無数の死の瞬間を支配する現実なのです。それはまた、幸福と美の溢れる、飽くことのない創造の源泉であって、郷愁を抱きつつ放浪するこのコロンビア人としての私は、たまたま幸運によって掬《すく》い上げられた、その一滴でしかないのであります。詩人と物乞い、音楽家と予言者、軍人と悪党。あの桁はずれな現実から生まれたわれわれは皆、想像の力を借りることは殆んど必要ではありませんでした。ただ、われわれにとって最大の問題は、われわれの生き方を真実性のあるかたちで表現するために必要な、既存の手段の欠如でありました。これこそが、皆さん、われわれの孤独の根源なのです。

実はわれわれ自身がその根源なのですけれど、こうした困難がわれわれの障碍《しょうがい》となっているとすれば、世界のこちら側にいて、自らの文化のことをもっぱら考えている、合理主義的な人びとが、われわれを解釈するのに有効な方法をこれまで持たなかったと考えるのは、困難なことではありません。生を損なうものは万人に共通ではないということ、また、自己同一性の探求は彼らにとってと同様、われわれにとっても容易でない、血の滲むような努力を要する作業だということを忘れて、自分たちを計る物差しでわれわれを計ろうと躍起になるのも分からないでもありません。外来の図式によってわれわれの現実を理解しようとしても、それはただ、われわれをますます不可解なものに、ますます自由でないものに、そしてますます孤独なものにすることに役立つだけです。古いヨーロッパは、それ自身の過去のなかにわれわれを置いてみることで、恐らく、われわれをより深く理解できるはずです。ロンドンが最初の城壁を築くのに三百年、司教を持つのにさらに三百年を要したこと。エトルスクの王*によって歴史に登場させられるまで、ローマが二十世紀もの間、おぼろな闇の奥であがいていたこと。温和なチーズと沈着な時計でわれわれを喜ばしてくれている、今日の穏やかなスイス人が、十六世紀には、傭兵としてヨーロッパ全土を血で染めたこと。ルネサンスも最盛期のことですが、帝国の軍隊に金で買われた一万二千人のドイツの兵隊がローマを略奪し、荒廃させ、八千人の住民を刃にかけたこと。こうしたことを思い出していただきたいのです。

私はなにも、トニオ・クレーゲル*の夢を語ろうとしているのではありません。純潔な北方と情熱的な南方との結合という彼の夢を、五十三年前のこの場所で、トーマス・マンは称揚いたしましたが。私の信じるところでは、洞察力に富んだヨーロッパの人びと、ここでもより人間的で、より公正で、偉大な祖国のために戦っている人びとは、われわれに対するその見方を徹底的に再検討するならば、われわれにとってより力強い援けとなるに違いありません。広い世界のなかで自分なりに生きていきたいと願っている全ての人間に、正当な、具体的な支援をするところまで行かなくても、われわれの夢に連帯してくださるだけで、われわれは多少とも孤独から救われるのです。

ラテンアメリカは、意志というものを持たないチェスの駒であることを望んではいません。そのようなものである理由もないのです。ラテンアメリカの独立と独創性への希求が西欧の願望するところのものと一致したとしても、少しも不思議ではないのです。とは言うものの、われわれのアメリカ大陸とヨーロッパを隔てる長い距離を短縮した航海術の進歩は、その一方で逆に、われわれの文化的疎隔を深めたような気がいたします。われわれの文学に関して文句なしに認められている独自性が、極めて困難なことなのですが、われわれの社会変革の試みの場合には、いろいろと疑惑の目で見られ、否認されることになるのは、いったい何故なのでしょうか。先進的なヨーロッパの人間がそれぞれの国で確立しようと努めている社会正義が、条件は異なり、手段は異なるでしょうが、ラテンアメリカの人間の目的とするところでは有りえないと考えるのは、いったい何故なのでしょうか。われわれの歴史を支配する途方もない暴力と苦痛は、古くからの不正と数知れぬ悲惨な出来事の結果なのであります。われわれの家から三千リーグ*も隔たった場所で企《たくら》まれた陰謀では、決してないのです。ところがヨーロッパの多くの指導者や思想家はそう信じてきました。結構有益だった自分たちの若げの過ちを忘れた老人の幼時退行とでも言いますか、世界を支配する二大強国の言いなりになって生きること以外に道はない、と信じているかのようです。これこそが、友人の皆さん、われわれの孤独のスケールなのです。

しかし、抑圧や収奪、遺棄に対するわれわれの応えは、生命力そのものであります。洪水も悪疫も、飢餓も天災も、永遠に続くと思われる戦乱でさえも、死に対する生の圧倒的な優位をくつがえすことはできませんでした。この優位の幅は、ますます大きくなりつつあるのです。年毎に生まれる人間の数は死者の数を七千四百万上回っています。この新しい生命の数は、毎年、ニューヨークの人口を七倍にする程の数なのです。彼らの大多数が、もちろんラテンアメリカ諸国を含みますが、比較的貧しい国々で誕生しています。ところが一方で、最も豊かな国々が、今日まで存在してきた人類のすべてだけではなく、この哀れな惑星をよぎって行った生き物の全体を、百度も絶滅させるに足る破壊的な力を蓄積するに到ったのです。

今日と同じ日でしたが、わが師ウイリアム・フォークナー*はこの場所で申しました、私は人間の終末を認めることを拒否する、と。人類の歴史が始まってから初めてのことですが、彼が三十二年前に認めることを拒否した大破滅が、今日、単なる理論的可能性でしかなくなった、という確信を持たなかったとしたら、私は、かつて彼が立ったこの席に立つ資格が自分にあるとは思いません。人類の歴史を通じてユートピアと思われたに違いない、この驚くべき事態を前にして、何事でも信じるわれわれ物語作者は、逆のユートピアの建設に手を着けようというのならば、まだ遅すぎはしないと、信じる権利があるような気がしています。新しい、完璧な、生命のユートピア。そこでは、死に方まで含めて他人の運命を決定できる者は誰もいません。実際に、真実の愛が存在し、幸福に生きることが可能であります。同じようにそこでは、百年の孤独を運命づけられた大種族も、ついに、そして永久に、地上における二度目の機会を持つことができるのであります。

(邦訳初出『すばる』一九八三年三月号)

注解

二　**ヴィセンテ**　ポルトガルの劇作家。自由奔放な筆致の詩劇をポルトガル語、スペイン語、または両語で書いた。ポルトガル国民劇の創始者（一四六五？―一五三六？）。

三　**イゲロン**　メキシコからパラグアイにかけて、中南米に分布するクワ科の喬木。高温と日光を好み大木となり、幹は柱材などに用いる。

一三　**鷓鴣**　キジ科の鳥で、尾が短い小形種の一部の総称。

一五　**タネツケバナ**　カラシナに類するアブラナ科の越年草。

一九　**リオアチャ**　コロンビア北部、グアヒラ州（八五頁参照）の州都。カリブ海に臨む港湾を有し、同国でも最も古い都市の一つ。著者ガルシア＝マルケスの母方の出身地に近い。リオアーチャ。

二〇　**灰鷹**　鷹狩りに用いる小形の鷹。

二五　**ユカ芋**　トウダイグサ科イモノキ属の落葉低木ユカ（ユッカ）に生ずるサツマイモ状の塊根。この塊根からタピオカデンプンを得る。

二六　**ファド**　ポルトガルの民謡。主に恋愛を歌って哀愁に満ちた叙事歌《バラード》。

二六　**教母**　保証人として洗礼に立会う代母。名（付け）親。**プーラ**は、本篇では**プリシマ**（聖母無原罪の御孕《おんみごも》りを意味する女性名）の愛称。

三〇　**硝石**　乾燥地帯で天然に産する硝酸カリウムの結晶。無色か白色、針状または糸状。黒色火薬やガラスの原料となるほか、防腐剤、肥料に用いる。

三〇　**マグダレナ・オリベル**　著者ガルシア＝マルケスのエージェントであるカルメン・バルセルス・アヘンスィアに勤務する女性編集者の名前。

三〇　**学校**　本篇の語り手である「わたし」が、そのころ親許を離れて入っていた寄宿学校《コレヒオ》のこと。

三三　**彼女にぴったりの名**　アンヘラは、天使《アンヘル》を意味する女性（の洗礼）名。

三三　**国の祭り**　十月十二日、民族の日（コロンブスのアメリカ大陸発見の日）。

三四　**オーガンジー**　薄手の張りのある綿布。オーガンディ。

三五　**メルセデス**　著者ガルシア＝マルケスの妻（一九三二―）の名。

三五　**黄昏熱**　夕刻になると発熱するという症状は肺結核に似るが、不詳。

三七　**カサナレ**　コロンビア中部、アンデス山脈東麓から平野《リャーノス》の南端部を占める地方。**カイエンヌ**はフランス領ギアナの首都、貿易港。一六四三年フランスの植民地として建設、一九三五年までは同国の流刑地。**ペルナンブーコ**はブラジル北東部の州。大西洋に面し、大部分はブラジル高原。二三二頁参照。**ロス・ビエントス**はキューバ島とヒスパニョラ島の間の水道。大西洋とカリブ海を結ぶ。

三七　**ガレオン船**　十五―十九世紀頃、主にスペインがアメリカ貿易に、または軍艦として使用した三―四層の大型帆船。

三七　**キュラソー島**　カリブ海南部、ベネズエラ沖にあるオランダ領の島。**アンティーリャス諸島**は西インド諸島の主島群で、ユカタン海峡からベネズエラ沖にかけ、弧を描いて大西洋とカリブ海を仕切る形で連なる島々。アンティール諸島。

三七　**トゥクリンカ**　コロンビア北部、マグダレーナ州の町。アラカタカ（著者ガルシア＝マルケスの生地で、一九六七年に発表した長篇『百年の孤独』の舞台であるマコンドのモデルとなった町）に近い。**アウレリアノ・ブエンディーア**は、『百年の孤独』の主人公の一人。**ヘリネルド・マルケス**は、アウレリアノの右腕とも言うべき大佐。

三八　**リンネル**　亜麻糸で織った、薄く光沢のある布地。リネン。

三九　**カルタヘナ**　コロンビア北部、ボリーバル州の州都。カリブ海に面した港湾都市で、一五三三年建設。スペイン南東部の軍港のカルタヘナと区別して、新大陸《インディアス》のカルタヘナと呼ばれる。カルタヘーナ。

四三　**コンバーティブル**　転換できる、の意で、折畳み式の幌でオープンカーにもなる乗用自動車。

四四　**タマリンド**　マメ科の常緑高木。南アジア、アフリカ原産。豆果を酢や清涼飲料の原料とする。

四六　**繻子**　縦糸だけ、または横糸だけを長く浮かせて織った布。地が厚くなめらかで、光沢がある。

サテン。

四六　**センチモ**　貨幣単位の百分の一《センチモ》の意。

四六　**メレンゲ**　ドミニカ起源の二拍子の舞曲。

四七　**グワヤコ**　ハマビシ科の常緑高木。中米原産。材は車輛、器具用。樹脂は癒瘡木脂と呼ばれ、リューマチ、痛風などの薬用。ユソウボク。

四八　**クンビア**　コロンビア起源の黒人系ダンス音楽。

五三　**インチ**　一インチは一二分の一フィート、約二・五四センチメートル。

五五　**ポンド**　一ポンドは、約〇・四五四キログラム。**レアンドロ**はスペインの大司教、聖人（五五〇頃―六〇〇）。祝日は二月二十七日。

五七　**マリアの会**　一八一七年にフランスのボルドーでシャミナード（一七六一―一八五〇）が創立したカトリックの修道会。マリア会。

六五　**パラマリボ**　南米大陸北東部、オランダ領ギアナ（現スリナム共和国）の首都。スリナム川下流左岸に位置する貿易港。パラマリーボ。

六七　**セネガル**　アフリカ大陸西端、現在のセネガル共和国。十四世紀以降、諸王国が分立。十六世紀にオランダ、イギリス、十七世紀にフランスが進出、奴隷貿易の基地としていた。

七〇　**カラフェル**　スペイン北西部、バルセロナ南西方の地中海に面した町。

七三　**ウナ**　電信用略語で、至急電報の意。

七四　**サラマンカ**　スペイン中西部の都市。紀元前からの歴史を持ち、一二一八年創立のスペイン最古の大学がある。

七四　**カルメル**　カルメル（修道）会。イスラエル北西部の岩山、カルメル山で十二世紀に創設。観想を旨とし、古来、聖母尊崇が盛ん。カルメル山の聖母の修道会とも呼ばれる。

七五　**ガリシア**　スペイン北西端部、北と西は大西洋に面し、南はポルトガルに接する地方。住民はケルト系が多く、ポルトガル語に近いガリシア語を話す。

七六　**バビロニア**　現在のバグダッドから南東ペルシャ湾に至るチグリス川、ユーフラテス川の流域を占めた古代帝国。華美と罪悪の象徴。

七九　**オレガノ**　シソ科の多年草。地中海沿岸原産。暗緑色の葉には樟脳に似た芳香と胡椒のような辛味がある。

八〇　**時計草**　トケイソウ科のつる性常緑多年草。ペルー、ブラジル原産。糸状の副花冠と花弁と萼片を時計の文字盤に見立てた名。**ニガヨモギ**はキク科の多年草。ヨーロッパ原産。全体に苦味質のアブシンチンを含み、葉や花を健胃、強壮剤とする。

八一　**マナウレ**　コロンビア北部グアヒラ州（八五頁参照）のカリブ海沿岸の町。マナウレ湾に面す。

八四　**モンポス**　コロンビア北部ボリーバル州のマグダレーナ川下流左岸の町。一五三七年建設。

八五　**グアヒラ**　コロンビア北部、カリブ海に面し、東はベネズエラ湾を抱くグアヒラ半島を占める州。グアヒーラ。ラ・グアヒーラ（二七二頁参照）。

八八　**アルニカ**　キク科の多年草。ヨーロッパの高山に自生。古来、花と根茎を万能薬として用いた。**チンキ**は、ある薬品のアルコール溶液のこと。

九四　**ビチャーダ**　コロンビア東部、ベネズエラに接する特別地区。内陸の平坦地で、農・牧業が盛ん。

九五　**ドレイク**　イギリスの提督。マゼランに次ぎ、世界一周に成功。スペインの無敵艦隊撃破に活躍（一五四〇?―九六）。

一〇九　**ベドゥイン**　アラビア半島から北アフリカの砂漠地帯に暮らすアラブ系の遊牧民。ベドウィン。

一二七　**ジュネーヴ**　スイス南西部、レマン湖のローヌ川流出口に位置する国際都市。古代にガリア人が建設。宗教改革者**カルヴィン**（カルバン。一五〇九―六四。一四一頁参照）の神政政治によりフランスを離れ、のちにスイス連邦に加入。

一二八　**マルティニーク島**　フランスの海外県をなす火山島。西インド諸島東部に位置し、ナポレオン一世の皇后ジョセフィーヌの生地として知られる。

一二九　**シュマン・デュ・ボー・ソレイユ**　フランス語で、美しい陽光の小道、の意。

一三〇　**デイジー**　ひなぎく。ヨーロッパ原産のキク科の多年草。極めて一般的な園芸植物。

一三〇　**エヴィアン水**　フランス東部、スイス国境に近いレマン湖南岸の温泉保養地、エヴィアンで産出される飲用鉱水。

一三一　**ペダル式バイク**　ペダルで走ることも出来る小型のオートバイ。モペット。

一三二　**オメーロ・レイ**　スペイン語で、王ホメロスの意。四行後の**オメーロ・レイ・デ・ラ・カーサ**は、家の王ホメロスの意。

一三二　**ル・ブフ・クーロネ**　フランス語で、冠をかぶった牛の意。

一三九　**プエルト・リコ**　アンティール諸島中部に位置するアメリカ領の島。**サン・フアン**は、同島の首都。**ムラータ**は、白人と黒人の混血女性。男性はムラート。

一四〇 **ヨルバ族**　アフリカ西部、ナイジェリアの主要部族の一つ。六－十世紀にアラビア半島からナイジェリア南西部に移住してきたとされ、ヨルバ語を使用。

一四一 **フウリンソウ**　キキョウ科ホタルブクロ属の、鐘状の花をつける草本の総称。釣鐘草《カンパニュラ》。

一四一 **ルビンシュタイン**　ポーランド生れの米国のピアニスト（一八八七－一九八二）。

一四三 **アルパカ銀**　洋銀。銅・亜鉛・ニッケルの合金。銀白色。

一四四 **サンテリア**　スペイン語で聖性、清廉潔白を意味し、黒人奴隷たちがアフリカから中南米に持込み、今に伝わる宗教儀礼を指す言葉。

一四六 **セゼール**　マルティニーク島出身のフランスの詩人、政治家（一九一三－）。『**故国への帰還ノート**』は一九三九年発表の処女長篇詩。作者自身の内なる黒人性《ネグリチュード》を正面から見すえた作品。

一五四 **ルイ十五世様式**　フランス国王ルイ十五世（一七一〇－七四）の治世中に流行した、優美、軽快、機知、洗練を特徴とするロココ様式。言わゆる猫脚の家具は、その典型。

一五七 **ブラッサンス**　フランスのシャンソン歌手、詩人、作曲家（一九二一－八一）。**アッティラ**は、カスピ海からドナウ川北辺にわたる大帝国をつくり、ヨーロッパ全土に猛威をふるったフン族の王（四〇六?－五三）。

一五九 **マルセイユ**　フランス南東部、地中海沿岸の港湾都市。同国最大の貿易港。

一五九 **ベラクルス**　メキシコ南東部、メキシコ湾側に臨む港湾都市。同国最大の貿易港。

一六二 **トラステヴェレ**　ローマのテヴェレ川の右岸地区。古い街並の残る、独特の情緒がある下町。

一六三 **ピウス十二世**　ローマ教皇（一八七六－一九五八。在位一九三九－没年）。

一六五 **カステルガンドルフォ**　ローマの南東二五キロメートルに位置する町。古くからの景勝地。ローマ教皇の別荘がある。

一六八 **マルコ**　マルコによる福音書の筆者とされている聖人。パウロの伝道旅行に同行した。**フィーリヨ・ミーオ**は、イタリア語で、わが息子の意。

一六八 **カニリア**　イタリアのソプラノ歌手（一九〇五－七九）。一九三〇－四〇年代に絶大な人気を博し、五九年引退。

一六八 **パレルモ**　イタリア南部、シチリア島北西岸、地中海に臨む港湾都市。**カプチン会**は、清貧を旨とするフランシスコ会の一分派。

一六九 **ヴェスパ**　イタリアのスクーターの商標名。ヴェスパは、蜂の総称。

一六九 **ポプリン**　細い横畝《うね》のある平織の布。

一六九 **バール**　コーヒー、酒類、軽食などを供する喫茶店。日本で言うバーとは趣きが異なる。**ガロッパトイオ**は、ヴィラ・ボルゲーゼ公園にある馬術競技場。**グリンゴ**は、南米人が英米人に対して用いる俗称。

一七〇 **シエナ**　イタリア半島中央、トスカーナ地方の小都市。古代エトルリア人が建設。

一七一 **ブオナ・セーラ、ジョヴァノット**　今晩は、お若い方。

一七三 **トラットリア**　軽食堂。

一七四 **アンマッツァ！**　（殺せ、の意から）参った！

一七七 **ヨハネ二十三世**　ローマ教皇（一八八一―一九六三。在位一九五八―没年）。

一七七 **アルビーノ・ルチアーニ**　ローマ教皇ヨハネ・パウロ一世（一九一二―七八）の本名。

一八〇 **ブーゲンビリア色**　南米原産、オシロイバナ科のつる性低木、ブーゲンビリアの枝先に咲く小花を包む、三枚の苞葉の色。鮮やかな紅色。

一八二 **ロワシー**　パリ北東郊外の地名。パリ第三国際空港（シャルル・ドゴール空港）の所在地。ロワシー・アン・フランス。

一八四 **デカルト**　フランスの哲学者（一五九六―一六五〇）。ここでは、合理的経験主義の象徴。

一八五 **ディエゴ**　スペインの詩人（一八九六―一九八七）。ここに引かれているのは「不眠」と題する詩の一節。

一九〇 **フリーダ**　平安を意味する女性名。**フラウ**は夫人（婦人）の意。

一九〇 **旧カルダス地方**　コロンビア中西部、西アンデス山中のカルダス、（四行前の）**キンディーオ**、およびリサラルド周辺のこと。急峻な地形と独立心の強い気性の住民で知られる。

一九二 **ネルーダ**　チリの詩人（一九〇四―七三）。外交官としてビルマのラングーンなどアジア各地に勤務。三一七頁参照。**バルパライソ**は、チリ中部の港湾都市。

一九三 **カンタブリア海**　フランス西岸からスペイン北

部にかけての大西洋に面した湾、ビスケー湾のスペインでの呼称。**烏帽子貝**は、烏帽子形の五枚の白い殻に包まれた頭部と伸縮自在の柄部を持つ節足動物。**アリカンテ**は、スペイン南東部、地中海に臨む州。**アカザエビ**は、体長二五センチメートルに達する大形種のエビで、長大なはさみ脚を持つ。**コスタ・ブラーバ**は、スペイン北東端、地中海に面した海岸地帯。二五八頁参照。

一九四 **ランブラス**　バルセローナ市内の通りの名。

一九五 **ボルヘス**　アルゼンチンの詩人、作家、評論家。博大な知識に裏づけられた迷宮的構造の作品で知られる（一八九九―一九八六）。

一九七 **サラゴサ**　スペイン北東部、バルセローナの西北西二六〇キロメートルに位置する内陸の都市。

二〇四 **サトゥルノ**　ローマ神話の農耕神サトゥルノス。普通名詞としては、鉛、無口な人の意。

二〇五 **万聖節**　カトリックで、諸聖人を記念する祝日。毎年十一月一日。**クレープ**は、布全体に細かい縮み皺を表した織物。

二〇五 **マリアッチ**　メキシコ独特の民族楽団。通例、大小各種のギター、それと同数程度のヴァイオリン、トランペット一、二本の編成。

二〇六 **モラエス**　ポルトガルの海軍士官、外交官、文筆家。日本領事を務め、日本人女性と結婚。退官後は徳島に隠棲、日本文化を研究し、同地に没した（一八五四―一九二九）。

二〇六 **ペルピニャン**　フランス南部、ピレネーゾリアンタル県の県都。**カタルニア**は、スペイン北東部、ピレネー山脈と地中海に接する地方。独自の言語を有し、スペイン的なマドリード地方とは、しばしば対立。三四頁「カタルーニャ男《ポラーコ》」参照。

二〇六 **カディス**　スペイン南部、大西洋に臨む港湾都市。サラゴサからでも南西へ七三〇キロメートル近い距離がある。

二〇七 **カダケス**　スペイン北東端、地中海に突き出たクレウス岬にある港町。二五七頁参照。

二〇七 **トラモンターナ**　北風。山からの風。二五七頁以下参照。**パジャマ服**は、ゆったりした上衣とズボンの組合せからなる衣服。パジャマ・ルック。

二〇七 **ラ・バルセロネータ**　バルセローナの中心部に近い海岸沿いの地区。

二〇八 **アンダルシア**　スペイン南部の地方。八世紀から十五世紀末までイスラム教徒の支配下にあり、その影響は今なお色濃く残る。

二二〇 **モーロ人**　アフリカ北西部のベルベル人とアラビア人の混血。八世紀にイスラム教に帰依するやイベリア半島に渡って西ゴート王国を倒し、以後十五世紀まで半島を支配した。ムーア。

二二三 **テレピン油**　マツ科植物の樹脂を水とともに蒸留して得る、油状・揮発性の液。

二二八 **アレッツォ**　トスカーナ州（イタリア中部の農業地帯。エトルリア人の本拠地）東部、州都フィレンツェの南東八〇キロメートルに位置する、アルノ川上流の都市。ルネサンス期の詩人ペトラルカの生地。

二三三 **ジュート**　シナノキ科の多年草。インド原産。茎の皮から採る繊維で包装用などの粗布を織る。綱麻《つなそ》。黄麻《こうま》。

二三四 **マナウス**　ブラジル北部、アマゾン川支流のネグロ川左岸の河港都市。一六六〇年建設。アマゾン盆地の経済、文化の中心地。

二三六 **コロンス！**　コロンは形容詞で、臆病な、の意。驚き怯えた気持ちの表現。

二三七 **カネロニ**　太い筒状のマカロニの中に詰め物をしたパスタ料理。三行後の**オポルト**は、ポルトガル北部、ズーロ川上流地帯に産するワイン。その積出し港の地名オポルトにちなんでの呼称。ポート・ワイン。

二三四 **アルバネーゼ**　イタリア生れ、米国籍のソプラノ歌手（一九一三―）。**ジリ**は、イタリアのテノール歌手（一八九〇―一九五七）。

二三五 **バスク人**　フランス、スペインの国境にまたがり、ピレネー山脈西端麓からビスケー湾岸の地域に居住する民族。独自の言語、文化を有し、一九五九年、「自由祖国バスク」運動を決起。七九年に地方自治権を確立した。

二三八 **カスティーリャ**　スペインの中央部から北部にまたがる地方。イスラム勢力に対する砦《カスティーリョ》が数多く築かれ、国土回復運動《レコンキスタ》の中心地となった。

二四二 **ボールルーム**　舞踏会場。

二四二 **アンジュー家**　九世紀後半に始まるフランスの貴族の家系。同国西部、ロワール川下流の、アンジューと呼ばれた地方の領主。

二四三 **マンマ・ミーア**　イタリア語で、呼称として、私のお母さん。転じて、なんということだ。大変だ。

二四六 **ロザリオの祈り**　大珠六、小珠五三を数珠風につないだ道具ロザリオの鎖を繰りながら、主の祈り、天使祝詞、栄誦を唱え、キリストと聖母マリアの生涯を黙想するための祈り。ロザリオは（聖母に捧げる）薔薇冠の意。

二五〇 **クララ会** アッシジの聖フランシスコの弟子、聖クララ（一一九四―一二五三）が創始した女子修道会。

二五二 **罪の許し** カトリックで、一時的罪を痛悔する者に教会が与える罰の赦免のこと。免償。贖宥《しょくゆう》。

二五二 **グラッパ** イタリア原産の非熟成ブランデー。葡萄の搾り滓に水を加え、発酵・蒸留したもの。

二五五 **フランネル** 羊毛を紡いだ糸を荒く織った、柔らかで厚手の布地。ネル。フラノ。**トリニティ・コレッジ**は、ケンブリッジ大学の、もしくはオクスフォード大学の学寮《コレッジ》の一つ。前者は一三二四年、後者は一五五五年創立。

二五八 **オイストラフ** ソ連（ロシア）のヴァイオリニスト（一九〇八―七四）。

二五八 **カンティーナ** （イタリア語の地下ワイン貯蔵庫から）酒場。

二五八 **バベル** バビロン（古代バビロニア帝国の都）とバラル（乱す）の語呂合せで、がやがやとした言語の混乱状態を表わす語。バビロンに天まで届く塔を建てようとしたノアの子孫たちが神の怒りにふれ、言語を乱され離散したという創世記の記述に由来。

二五九 **ペタンク** 金属球を転がして、標的への近さを競うゲーム。**タベルナ**は、（ラテン語の小屋、商店の意から）居酒屋。

二六一 **チョリソ** 豚の腸詰。

二六六 **ムラエナ・ヘレナ** ギリシャ《ヘレナ》のウツボ《ムラエナ》。

二六六 **ケーパー** 地中海沿岸産の、棘《とげ》の多い低木。蕾《つぼみ》の酢漬けは料理の味付け用。風鳥木《ふうちょうぼく》。

二六八 **グアカマヤル** コロンビア北部、マグダレーナ州の、カリブ海沿岸の町。

二七一 **チュニス** アフリカ北部、チュニジア共和国の首都。言語はアラビア語、フランス語。パンテレリア島からは西へ一六〇キロメートルほどの距離。

二七二 **ドルトムント** ドイツ中西部、ルール地方東部の工業都市。

二七二 **ダブル・ブレスト** 服の前打合せが深く、上前と下前の重なりが広いもの。

二七五 **『オルレアンの少女』** シラー（ドイツの詩人、劇作家。一七五九―一八〇五）の悲劇。一八〇一年作。百年戦争下のフランスで、英国軍の包囲からオルレアン（パリ南方、ロワール川右岸の都市）を解放、祖国の危機を救いながら、異端の罪に問われ火刑に処せられた少女《ユングフラウ》ジャンヌ・ダルク（一四一二―三一）の、神の命ずる使命ゆえに地上の愛を断念する姿を描く。

二八四　**ガーデニア**　梔子《くちなし》。

二八四　**『ラストタンゴ・イン・パリ』**　一九七二年のイタリア＝フランス合作映画。主演マーロン・ブランド。性愛の根底にある孤独を浮彫りにして、センセーショナルな話題を呼んだ。次頁の**『アルジェの戦い』**は、一九六六年のイタリア＝アルジェリア合作映画。アルジェリア独立運動の激戦の過程を、すべて劇映画として再現してみせた大作。

二八五　**ディプロマ**　学業課程の修了証書。

二八七　**ピレネー山脈**　スペインとフランスの国境をなす山脈。スペイン中央部のマドリードからピレネー最西端の国境付近までは約四三〇キロメートル、フランス側に入り、ビスケー湾沿いの**アンダイユ**、**ビアリッツ**、**バイヨンヌ**を経て、やや内陸の**ボルドー**までは、さらに約二〇〇キロメートルの行程。

二八七　**カーバイト**　炭化カルシウムの通称。これに水を加えて製するアセチレンガスは光の強い炎をあげて燃え、灯火に利用する。

二八九　**ポンド**　英国通貨。**ベントレー**は英国車ロールス・ロイスの兄弟車で、最高級乗用車の一つ。

二九三　**十一月のカーニバル**　カルタヘーナでは独立運動を祝う祝祭が十一月十一日に行なわれ、これが一般にカーニバルと称されている。**ゲッセマニ**は、エルサレム東方、オリーブ山の麓《ふもと》にある園。キリストがユダの裏切りで捕えられた苦難の地。ゲッセマネ。

二九四　**グアダラーマ山脈**　スペイン中部の山脈。平均高二千メートルで、マドリード北方を南西から北東に連なる。

二九六　**アングレーム**　ボルドーから北東へ約一〇〇キロメートルの行程の、シャラント県の県都。ここから**ポワティエ**へは、北へ約一一五キロ、**オルレアン**へ向かう**ロワール**川沿いの道に至るには、さらに北東へ約一〇〇キロメートルの行程。

二九九　**オルレアン門**　オルレアンからの道を約一二〇キロメートル北上し、パリ市街に入る入口にある門。ポルト・ドルレアン。

三〇二　**アストゥリアス**　スペイン北西部の、山岳と森林の地方。十四世紀末から二十世紀前半まで、スペインに属しながら半独立の地位を保った。

三〇四 **アルーバ島**　オランダ領アンティール諸島中の島。ベネズエラ北西沖に位置。**スクーナー**は、通例二本マストの縦帆船。

三二五 **ピガフェッタ**　イタリアの航海者（一四九一―一五三四）。マゼランに随行し、『地球を巡る最初の航海』を著す。

三二五 **パタゴニア**　アルゼンチン南部、南米大陸南端の半乾燥高原台地。マゼランがこの地の原住民の姿を見て、巨人《パタゴン》（十六世紀の騎士道物語に登場する怪物）たちと呼んだことに由来。

三二五 **インディアス**　発見の当初、コロンブスがアメリカ大陸に与えた呼称。インド東岸に達したとの誤解に基づく。

三二五 **ヌニェス＝カベサ＝デ＝ラ＝バーカ**　スペインの探険家、征服者（一五〇〇?―六〇）。波乱に富んだ体験を『挫折と評釈』に書き残した。

三二六 **アタワルパ**　インカの最後の皇帝。一五三三年、征服者ピサロに捕えられて処刑された。**クスコ**はペルー南部、アンデス山脈の標高三五〇〇メートルに位置するインカ帝国の首都。

三二六 **サンターナ**　メキシコの軍人、政治家。サンタ・アナ（一七九一―一八七六）。**ケーキ戦役**は、一八三八年、ベラクルス（メキシコ南東部、メキシコ湾に臨む港湾都市）港口のサン・フアン・デ・ウリョア要塞に対してフランス軍の行なった攻撃のこと。フランス側の要求の中に、暴動でケーキを略奪された菓子屋への賠償が含まれていたことから。

三二六 **ガルシア＝モレーナ**　南米大陸北西部、エクアドルの政治家、作家（一八二一―七五）。

三二六 **エルナンデス＝マルティネス**　中央アメリカ、エルサルバドルの軍人、政治家（一八八二―一九六六）。

三二六 **テグシガルパ**　中央アメリカ中部、ホンジュラスの首都。**モラサン**は、同国の軍人、政治家（一七九二―一八四二）。首都市街の大広場は、モラサン広場と呼ばれる。**ネー**は、フランスの提督（一七六九―一八一五）。ナポレオン一世を最後まで支持し、反逆罪で処刑された。

三二七 **ウプサラ**　この講演の行なわれたストックホルムの北北西六四キロメートルに位置する学園都市。一九八〇年当時の人口は十四万六千人だった。

三二九 **エトルスク**　エトルリア。現在のイタリア西部、トスカーナ地方にあった古代の都市国家。

三九 **トニオ・クレーゲル**　ドイツの作家**トーマス・マン**（一八七五－一九五五）が一九〇三年に発表した同名短篇の、近代的自我に於ける人間意識の分裂に苦悩する青年主人公。

三〇 **リーグ**　距離の単位。一リーグは三マイル、約四・八三キロメートル。

三一 **フォークナー**　ガルシア＝マルケスが「私の魂と深くかかわっていた作家」と呼ぶ、米国南部出身の作家（一八九七－一九六二）。

解説

野谷文昭

『予告された殺人の記録』の原題は Crónica de una muerte anunciada である。そこに含まれる crónica という語には、(新聞などの)「ニュース」あるいは「報道記事」という意味と「年代記」、「記録」という意味がある。それらが包含する時間の長短はあるにせよ、共通するのは事実の記録ということである。一方 muerte は基本的には「死」を意味する。最後の anunciada は「知らせる」という意味の動詞 anunciar の過去分詞から派生した形容詞の女性形で、受身になるから、「知らされた」と訳すことができる。したがってタイトルは、「知らされた死のニュース」ともなる。だがこれではインパクトがないことは言うまでもない。ここでもう少し muerte にこだわると、実は「殺人」という意味もあるのだ。実際、小説の内容からすれば「殺人」の方がふさわしいだろう。そして anunciar には「予告する」という意味もあり、登場人物で殺人を犯す双子の兄弟はまさに犯行を予告していた。これらを加味した結果、翻訳では『予告された殺人の記録』とした。ちなみにガルシア＝マルケスの作品の英訳者として定評のあるグレゴリー・ラバッサはタイトルを Chronicle of a Death Foretold と訳している。ついでに「日本語訳の記録」を紹介すると、初出は一九八三年一月に発売された雑誌「新潮」の二月号で、ガルシア＝マルケスがノーベル文学賞を受賞した直後だったため、大きな反響を呼んだことを覚えている。そして同年四月に単行本化され、さらに一九九七年には文庫版が出ている。実は訳出の際に、タイトルを『予告された殺人事件』にしてはどうかという提案があった。ガルシア＝マルケスが〈文学性〉にこだわる作家であるだけに、まだ若かった訳者はあまりに軽すぎると感じ、生意気にも断ったのだが、興味深いことに、提案の理由をあらためて考えると、この作品の性格が逆に浮かび上がってくることに気付く。

すでに述べたように、crónica に「事実」というニュアンスがあるため、原題はノンフィクションの的な響きをもっている。読者はこの作品がジャーナリズムから生まれた作品であろうと予想するかもしれない。著者がかつてジャーナリストであったことを知ればなおさらである。それに彼はかつて『ある遭難者の物語』（水声社）という、今日でいうノンフィクションを書いているのだ。ただしそれは最初新聞の連載記事として書かれ、後になって単行本化されたもので、コロンビア海軍の駆逐艦から海に落ちた乗組員がメキシコ湾を漂流したのち生還するまでが、一人称で語られている。特徴は文学的要素に満ちていることで、ガルシア＝マルケスの作家的才能が早くも発揮されていることが分かる。『予告された殺人の記録』も最初はノンフィクションとして書きたかったのだが、当時スペイン語圏ではそのジャンルが発達していなかったからという理由でやめたことを、彼はのちに明かしている。したがって、このタイトルは、作品がジャーナリズムのパロディであることを示しているとも言えるだろう。

ガルシア＝マルケスは学生時代から小説を書き、一九四七年にはのちに『青い犬の目』（福武書店）として刊行される初期短篇集に収められることになる「三度目の諦め」を新聞に発表している。作家になることを望んでいただけに、彼が手掛けた新聞記事にはエッセーやノンフィクションと見紛うものが少なくない。その一部は『ジャーナリズム作品集』（現代企画室）として邦訳が出ているので興味のある読者は日本語で読むことができる。一九四七年に国立ボゴタ大学法学部に入学した彼は、法学のほかにジャーナリズムも学び始めたが、翌年首都で暴動が発生し、大学が閉鎖されたため、カリブ海沿岸地方のカルタヘナの大学に移るものの、結局中退してしまう。その一方で生活費を稼ぐために、その地の新聞「エル・ウニベルサル」のコラムニストとなり、さらに一九五〇年にはかつて実家があった港町バランキーリャで「エル・エラルド」紙のコラムを担当し、週刊誌の編集長を務めた。この週刊誌の名前が「クロニカ（Crónica）」だった。そしてその間も、カフカからのモダニズム文学の影響下に短篇を書き続けていた。ガルシア＝マルケスにとっては新聞の記事を書くこともひとつの訓練であると同時に、これは彼の文学の性格を考える上で重要なことだが、何よりも社会との絆を保つ役目を果たしていた。『予告された殺人の記録』に描かれる事件が起きたことを知るのはこの時期である。

長らくバランキーリャで暮らしたのち、ガルシア＝マルケスの家族は一九四一年に内陸の田舎町スクレに引っ越していた。この町で彼の十人の妹弟のうち四人が生まれている。何人かは小説に実名で登場するので、ここでその十人の名を挙げておこう。ガブリエルすなわち作家ガルシア＝マルケスは、父ガブリエル・エリヒオ・ガルシア＝マルティネスと母ルイサ・サンティアガ・マルケス＝イグアランの間に生まれた十一人兄弟姉妹の長男で、以下次男ルイス・エンリーケ、長女マーゴ、次女アイーダ、三女リヒア、三男グスタボ、四女リタ、四男ハイメ、五男エルナンド、六男アルフレード、七男エリヒオ・ガブリエル（通称エリヒオ）と続く。したがってスクレ生まれの四人とは四男のハイメ以下となる。ついでに断っておきたいのは、翻訳ではマーゴを敢えて姉としてあることだ。家族の関係が煩雑なので区別しやすくするためである。この家族構成を知る上で役に立つのが、七男エリヒオが書いた『サンティアゴ・ナサールの第三の死――記録の記録』、シルビア・ガルビス著『ガルシア＝マルケス一族』および毎日新聞の記者、藤原章生によるノンフィクション『ガルシア＝マルケスに葬られた女』（集英社）である。ガルビスの著書と同じく最後の本も実際の事件の中心人物にインタビューを行い、とりわけヒロイン、アンヘラ・ビカリオのモデルになったマルガリータ・チーカに焦点を合わせて書いている。藤原は『予告された殺人の記録』が出版されたことにより彼女が再びスキャンダルに巻き込まれたことを伝え、作家の倫理を問題にしているのだが、それはこの小説の実話性と同時にリアリティの強度を示しているとも言えるのではないだろうか。

ガルシア＝マルケスがこの作品を完成させ発表するまでに、事件から三十年の歳月が流れている。その原因のひとつはノンフィクションというジャンルが未発達だったからだが、もうひとつは事件に関わったのが身内やそれに近い人々だったことから、彼の母親が迷惑を恐れて反対したためである。マグダレナ河の支流ラ・モハナ河に近い町スクレで事件が起きたのは、一九五一年一月二十二日のことだった。それから三十年後、満を持してガルシア＝マルケスは本作を発表したわけだが、そのとたんスペインの週刊誌「インテルビウ」の記者をはじめ多くのジャーナリストが現地を訪れ取材を行い、マスメディアは被害者サンティアゴ・ナサールのモデル、カエタノ・ヘンティーレ・チメントや犯行現場の写真入りで過去の事件を報道したのだった。「インテルビウ」の記事は、後にスペイン文学研究者の荻内勝之氏のお宅で見せていただくことができ、文庫版の解説を書くときに役立った。

訳者が本書刊行の予告を知ったのは、一九八一年にロサンジェルスに一週間ほど滞在する機会があり、それを利用してUCLAを訪れたときだった。壮大な図書館でスペイン語の雑誌を繰っていると、ガルシア＝マルケスの新作に関する記事が目に留まった。それをメモし、帰国後早速、当時担当していた文芸誌のコラムで紹介した記憶がある。今は元の記事も自分が書いたコラムも手許にないので、うろ覚えでしかないが、雑誌にはガルシア＝マルケスの言葉が引用され、誰も知りながら止められなかった、共同体全体が犯人である殺人事件を扱っていることと、そこにギリシャ悲劇に通じる宿命というテーマが見出せるということが書かれていた。またそれがフィクションとジャーナリズムの総合であるとも書かれていたと思う。そのときは自分が翻訳することになるとは思いもしなかったので、今思えば不思議な出会いだったという気がする。ガルシア＝マルケスの世界の住人ならそこに予兆を見るかもしれない。

最初に手に入った原書はブエノスアイレスのスダメリカーナ社から出た版だった。それはいかにも大衆小説という体裁で紙の質は悪く、大きな活字がゆるく組まれ、表紙には低い家並みに挟まれた舗装もされていない荒涼とした街路を、喪服の女性がただ一人、手前に向かって歩く姿が描かれている。次に手に入れたのはコロンビアのオベハ・ネグラ社版で、装丁は似たようなものだが、表紙には血の染みがあるシーツで覆われた死体が描かれていた。活字の大きさやゆるい組み方は実は著者が指示したことで、そこにはやはりパロディの要素が感じられる。

ところが、本を開くと、読者がまず出くわすのがポルトガルの詩人・劇作家でスペイン語でも作品を書いたジル・ヴィセンテのビリャンシーコの一節である。ビリャンシーコというのは、十五世紀から十六世紀にかけてスペインのカスティーリャ地方で流行った短い民衆叙情詩で、リフレインを伴うのが特徴である。スペインの古典に造詣が深いガルシア＝マルケスらしい用い方だ。とはいえ注は一切ないから、ジル・ヴィセンテが誰だか知らなければ、謎めいたエピグラフとして読むしかないだろう。このエピグラフを分析している論文のひとつにアーカンサス大学のバーバラ・M・ジャーヴィスの「鷹と獲物――『予告された殺人の記録』における曖昧な同一性」がある。彼女によると、ガルシア＝マルケスのように恋人を「狩りをするものとされるもの」として表すのはスペイン文学のきわめて古い伝統の継承であるという。この曖昧性、二重性は登場人物たちの多くに見られる特徴でもある。ガルシア＝マルケスが引用している〈愛の狩人は／鷹に似て高きより獲物を狙う〉は、詩の中ほどの一節である。そこだけ取り出せば格言あるいは諺のような響きがあり、しかも前後関係が分からないので謎めいている。さらに読み方によっては娼家の危険性に対する警告ともなるのだ。だからこそエピグラフに使われたのだろう。

これはむしろ読み終えたときにそれが暗示的であったことに気付くようなエピグラフである。面白いのは同じ詩の冒頭の一節が小説の途中で登場人物によって引用されることだ。〈鷹といえども／戦を好む鷺に挑めば／危うし〉。これを娼婦マリア・アレハンドリーナ・セルバンテスに溺れないよう警告する言葉としてサンティアゴに言うのが〈わたし〉すなわち語り手で、作中語り手が物語に直接参加する珍しい例なのだが、エピグラフ同様こうした暗示を含んだ言葉が現れることで、一見簡潔な文体が緊張を孕むことになる。つまり〈わたし〉が謎解きを試みる一種の探偵小説という大衆小説あるいはジャーナリズムの文体に、古典という〈文学〉の文体が干渉するのである。しかも手が込んでいるのは、ビリャンシーコが必ずしも高踏的な詩ではないことだ。民衆文化と絆がある。これはまさにガルシア＝マルケスの文学の性格と重なる。「アラカタカからマコンドへ」という評論で作家のバルガス＝リョサは『百年の孤独』を大衆的な読みから高踏的な読みまで複数の読みを可能にする小説であると評したが、『予告された殺人の記録』の通俗的外見に惑わされると、このエピグラフの用い方に見られる高度な文学的テクニックを見過ごしてしまう。したがってこれは、アルゼンチンのフリオ・コルタサルやメキシコのカルロス・フエンテスが彼らの作品の読者として想定する能動的読者に対する、作者の側からの目配せと考えることもできるだろう。

殺人が遂行されたことが冒頭で述べられ、読者を犯行の場面に駆り立てつつ一気に読ませるのかと思うと、読者の関心はアンヘラの処女を奪ったのは誰かという問題にすり替えられてしまう。『族長の秋』に似た螺旋状の構造が期待の地平への到達を遅らせるばかりか、大小様々な謎が仕掛けられ、気付いた読者は歩みを止めざるをえないだろう。なぜならそれらに大きな謎を解く鍵が潜んでいるように思えるからだ。そのひとつがすでに指摘されてきた人名をはじめとする固有名詞の謎掛けである。登場人物たちには、語り手の身内に実名が使われていることを別として（これも作品に実話的リアリティを与える仕掛けだろう）、仮名が用いられているようだが、日本の作家がよくやる、およそありそうもない名前を作り出すというのではない。基本的にはカトリック文化圏に普通に存在する名前を用いながら、あたかもそこに重要な意味が隠されているかのように名づけてあるのだ。

まず主要な主人公たちの名前をモデルと比較してみる。アンヘラ・ビカリオ（マルガリータ・

チーカ・チメント)、サンティアゴ・ナサール(カエタノ・ヘンティーレ)、バヤルド・サン・ロマン(ミゲル・レイエス・パレンシア)、ペドロ・ビカリオ(ホセ・ホアキン・チーカ・チメント)、パブロ・ビカリオ(ビクトル・マヌエル・チーカ・チメント)。アンヘラは天使だが、それは中性すなわち曖昧性を帯びていることが分かる。それは処女性をめぐっての曖昧性と関連しているようだ。サンティアゴはスペインの守護聖人でモーロ人殺戮者《マタモロス》の異名を持つ。ところがナサールはアラブ系の姓であると同時にナザレ人すなわちキリストでもある。モデルのヘンティーレはイタリア系だが、彼は混血なのだ。しかし、彼が〈宿命の扉〉の前で双子の兄弟に殺される姿はキリストの磔刑《たっけい》に重なる。

それで思い出すのが数年前にニューヨークで観た同名の舞台である。スペイン語劇を専門に上演する小劇場でアメリカ在住のラティーノの俳優からなるカンパニーが演じたもので、コロンビア出身の色白の男優がサンティアゴ役になり、最後にやはり〈宿命の扉〉の前で殺されるのだが、扉によじ登りかなり高くまで上る。あれは間違いなく磔刑を暗示していた。

サンティアゴと条件は異なるがやはり犠牲者のひとりであるバヤルドは、ボヤルドと読み替えると大貴族になりサン・ロマンを神聖ローマと考えれば、彼が保守派の大物の御曹司ということが理解される。ペドロとパブロはペテロとパウロでキリストの使徒だがビカリオには代理人という意味がある。つまり彼らは代理人としてサンティアゴを殺すのだ。言葉遊びの最たるものは、マリア・アレハンドリーナ・セルバンテスだろう。彼女は娼婦マリアであり、バビロニアの女王然とし、文豪セルバンテスの名を持つ。ガルシア゠マルケスがセルバンテスの再来と言われることはよく知られている。その他にもアナグラムのリストは果てしなく続くだろう。また、さきほど身内には実名が使われていると言ったが、マグダレナ・オリベルの場合も身内に近いと考えていいだろう。というのも、これはエリヒオ・ガルシアがその著書の中で明らかにしているのだが、彼女はバルセロナに事務所を構えるガルシア＝マルケスの代理人カルメン・バルセルスのアシスタントの名だからである。したがってバヤルドが急性アルコール中毒の症状を起こしたときに死んだと早合点したマグダレナは、思わずマリョルカ訛りのカタルーニャ語で叫んでしまうのだ。これは害のない悪戯《いたずら》だが、土地の隠語を使っての悪戯にはある種の悪意が感じられる。『ガルシア＝マルケスに葬られた女』の著者が披露している例に、〈鶏冠《とさか》のスープ〉というのがある。これはおそらく架空の料理と思われる。著者によれば〈鶏冠〉は隠語で処女膜を意味するという。

ガルシア＝マルケスがローマの権威をしばしばからかうことはよく知られており、教権主義に対しては明らかに反感を抱いている。それは彼の長男ロドリーゴに洗礼を施したのが友人だった神父で、のちにゲリラ軍に参加して殉死したカミロ・トーレスであることとも関係していそうだ。『予告された殺人の記録』においても、町を嫌っていると見なされている司教が船を下りず素通りしてしまったことがフラストレーションの種となり、スペクタクルとしての儀式的殺人を招いたと考えることもできる。だとすれば、司教は町の人々に挫折感を与えることで事件を招いたのであり、その意味で大いに責任があることになる。

ガルシア＝マルケスがラテンアメリカではさして珍しくない名誉ゆえの殺人事件を小説化しようとしたのは、それが町という共同体全体の犯行であったからだ。ごく一部の人間を除けば、双子を引きとめようとするものはいない。クロティルデ・アルメンタにしても、止めようとしながらも双子が復讐しようとする姿の格好良さにほれぼれしてしまうのだ。ここには明らかに男性至上主義《マチスモ》を礼賛する風土が存在する。しかもそれを刺激しているのは女たちなのだから、彼女たちも絡み合った共犯関係の担い手である。ガルシア＝マルケスはこのマチスモ批判をただちにそれと分かるようにはしない。むしろそれを称《たた》える人々を生き生きと描く。そして読者にそれが自分たちの鏡像であることに気付かせるのだ。だから誤読も招くだろう。しかし彼は自分の考えるマチスモとは他人の人権を侵害することであるとはっきり定義している。これは人間関係ばかりでなく国家のレベルにもあてはめることが可能なのだが、今は議論をそこまで広げないでおこう。

　ところでロシアの文芸批評家バフチンは、ラブレーの作品における民衆文化、とりわけカーニバルなど民衆の祝祭との密接なつながりを評価したことで知られるが、彼はラテンアメリカではネルーダの作品にのみ、カーニバルにつながる文学的モードであるグロテスク・リアリズムを見出している。かりに彼がガルシア＝マルケスの作品に触れていれば、間違いなくカーニバルと結びつけて論じたにちがいない。バフチンの理論を文化研究に応用しているロバート・スタムはその『転倒させる快楽――バフチン、文化批評、映画』で、「カーニバル性という原理はヒエラルキーを廃止し、いろいろな社会階層を平準化し、因習的規則・規制から解放された生活をつくり出す。カーニバルにおいて、周縁のもの、除外されているもの――狂人、はずれ者、小悪人――のいっさいが中心を奪取して、他者たちを笑い飛ばす解放性を獲得する。肉体の原理――飢え、渇き、排泄、性交――が痛烈な風刺の力になり、陽気な笑いが、死に対して、抑圧し規制するいっさいのものに対して、象徴的な勝利をおさめる」（浅野敏夫訳）と述べている。こうした特徴はガルシア＝マルケスの多くの作品に見受けられ、『百年の孤独』などは作品そのものがカーニバルであるとさえ言えるだろう。

『予告された殺人の記録』もまたカーニバル的である。婚礼の祝宴の桁の外れたカーニバル的壮大さは言うまでもないが、それはついに権力を転倒させるに至り、町のヒーローだったサンティアゴもバヤルドも哀れな姿を曝してしまう。サンティアゴの検死解剖の場面や急性アルコール中毒になったバヤルドの姿は残酷かつ滑稽であり、哀れでありながら笑いを誘う。マリア・アレハンドリーナ・セルバンテスの大食やビカリオ兄弟の排泄など、短いながらこれだけカーニバル的要素の詰まった作品も珍しいのではないだろうか。

しかしこのカーニバルは「ママ・グランデの葬儀」や『族長の秋』のカーニバルと違って必ずしも解放につながらずむしろ共同体を崩壊させてしまうように見える。いや共同体はすでに崩壊の危機を迎えていたのだろう。河の流れが変わり、かつての商業的な繁栄はもはやない。バヤルドというよそ者を取り込むことにも失敗した。そんな共同体が名誉にこだわり、儀式的な殺人を双子に強いたのだ。彼らは実行したくなかった。それをさせることこそ人権侵害であり、ガルシア＝マルケスの言うマチスモなのである。

実際の事件が起きたとき彼はスクレにいなかった。したがって事件については身内や関係者から話を聞いたり資料を読んだりして全容を知るに至ったのだが、事件を内側からも眺めて語るために、〈わたし〉を登場させ、その日〈町〉にいたという設定にした。こうして複眼的な目を確保したのだが、しかし犯行は目撃していない。そこで彼はそのとき娼家にいたというアリバイを作っている。それでも〈わたし〉は、〈町〉を離れていたもののよそ者の目を備えてしまってはいないことによって、町を立体的に描くことが可能になった。そして何よりも町の人々のパースペクティヴを用いることができる。だからこそ婚礼の祝宴をあれほどのスケールで語ることができたのだ。もちろんそこには誇張が施されているのだが、それは共同体のパースペクティヴから生まれるものであり、それを誇張と感じるのは外部の人間だろう（イタリアの監督フランチェスコ・ロージが撮った同名の映画には、このパースペクティヴが感じられなかったのはある意味で当然と言える）。内部の人々の記憶の中ではそれこそラブレー的饗宴として生き続けているのである。それを敢えて批判せず、むしろ現実として受け入れるところにこの作家が民衆的と言われる所以がある。あるいは町の人々が信じる迷信や予兆も現実として受け入れる。彼の魔術的リアリズムは現実が唯一無二ではなく複数であるところから生まれるのだ。それはテクニックによって人工的に作ったものではなく、日常に存在する現実なのである。それからもうひとつ押さえておくべきは、事件は執筆の三十年前に起き、彼は当日現場にいなかったものの当時のスクレを覚えている。それは記憶の中で浄化され、美化されてもいるということだ。『悪い時』のような作品では〈町〉が乾いた目で批判的に描かれていたのに対し、『予告された殺人の記録』の描写にはノスタルジーが感じられる。これは時間というフィルターの作用かもしれない。

この小説の舞台となる〈町〉は交通の便としては河を走る船しかなく、閉ざされている。それなのにあらためて読み返すと、他の作品の舞台となる〈町〉に比べて大きくかつ開かれた感じさえする。それはなぜだろう。ことによるとそこが多民族多言語的世界として描かれているからかもしれない。そこではガリシア語やカタルーニャ語が使われ、イタリア系住民がいればアラブ人のコミュニティーもある。それに河を通じてガイアナやパラマリボ、アンティーリャス諸島につながっているのだ。人々は外の世界を知っている。それは著者自身の世界観の広がりが反映しているのかもしれない。

ところでカーニバルは死と再生をもたらすはずだが、共同体は再生したのだろうか。それは分からない。というより崩壊したように見える。だからこそ再生の物語があとから付け加えられたのではないだろうか。共同体を出たアンヘラとバヤルドの再会のエピソードである。だがその前に、アンヘラが成長し、象徴的母殺しを行うことが語られる。自分が母親に縛り付けられてきたことの愚かさに気付いた彼女は思わず「くそっ《ミエルダ》！」と叫ぶ。ちょうど『大佐に手紙は来ない』で飢えた老大佐が、何を食べればいいのかと妻に問い詰められ、「糞でも食うさ《ミエルダ》」と答えてすっきりした気分になったように、これもささやかながらスカトロジックなカーニバル的要素である。これによって彼らは再生するのだ。さらにアンヘラにはおまけがつく。今は老いたバヤルドが彼女のもとに戻ってくるのである。

ただし、何かひとつ足りないと言ってこのエピソードを考え付いたのは、実はガルシア＝マルケスではなく、彼の親友のひとりだった故アルバロ・セペダ・サムディオだという。ガルシア＝マルケスはそれを「物語の物語」という文の中で披露している。彼が草稿をバランキーリャ時代の友人グループや年長の詩人アルバロ・ムティスに読んでもらっていたというのは有名な話だが、何がどこまで本当なのかよく分からないところがある。が、まずは信じるしかないようだ。それに作品が作者を裏切るということもある。ただ、完結性ということで言えばこのエピソードは物語からはみだしている。しかし、それは『予告された殺人の記録』の読後感を大きく左右するばかりでなく、後に書かれる『コレラの時代の愛』のモチーフにもなる。ガルシア＝マルケスの作品はそれぞれが独立している一方で、すべてがひとつの世界を作っているとも言えるのだ。

ここで『十二の遍歴の物語』に触れておきたい。ガルシア＝マルケス自身が「緒言」でそれぞれの短篇とこの短篇集の成立事情について語っているので、付け加えることはあまりなさそうだ。しかし、ジャーナリズム作品を別にすれば、この作家がラテンアメリカの外を舞台にした作品はきわめて珍しい。それだけに文学的トポスを持った作家が外に出たときどのような反応を示すのかという興味を掻き立てられる。収録作品のうち、「眠れる美女の飛行」、「ミセス・フォーブスの幸福な夏」、「雪の上に落ちたお前の血の跡」は新聞などに掲載されたバージョンをテキストとして別の訳者の手ですでに翻訳されているが、「緒言」によると短篇集を編むにあたってかなり手を加えた可能性がある。また「聖女」、「ミセス・フォーブスの幸福な夏」のようにいくつかの作品は映画化され、主に映画祭を通じてではあるが、日本でも見ることができた。だが彼が言うように、映画は原作に監督ら他人の手がかなり入り、場合によってはまるで違う作品に変わってしまうこともある。インタビューにおいてだったか、いつか彼はそのことで嘆いていた。自らもシナリオを書いた経験があり、そのあたりの事に通じているだけに、かえって辛いのかもしれない。

収められた作品はもともと短篇集を編む目的で書かれたものではないから、もっとも古い短篇「雪の上に落ちたお前の血の跡」および「ミセス・フォーブスの幸福な夏」は一九七六年、「緒言」は一九九二年と、制作年には大きなばらつきがある。素材も様々で、主人公は老人から子供にまでわたっている。それらの中で「光は水のよう」は童話風ということで目を引くが、この短篇と「ミセス・フォーブス」には男の子の兄弟が出てくる。そこを捉えて以前ガルシア＝マルケスの長男ロドリーゴ・ガルシアに電話インタビューをした折に、ガルシア゠マルケスの短篇や映画に出てくる兄弟は彼と弟のゴンサロがモデルかどうか訊いてみた。すると必ずしも自分たちがモデルというわけではないという答が返ってきた。それだけのことだが、ガルシア゠マルケスが子供をどう見ているのかがあらためて気になった。けれど、「大統領閣下、よいお旅を」に出てくる老いた亡命大統領のほうがいかにもガルシア゠マルケスの世界の人間らしいと思ってしまうのはやはり『族長の秋』のような作品を読んでいるせいだろうか。ここでひとつ仮説を立ててみたいのだが、彼は幼年時代を母方の祖父母に育てられている。九歳のときに祖父が亡くなると世界がつまらなくなったというほどのおじいちゃんっ子だったようだ。娘の初孫ということで可愛がられたのだろう。そしておそらく周りは大人ばかりで子供がいなかったのだろう。彼の作品に老人や大人は出てくるが子供が登場しないのはそのせいだと思うがどうだろう。そしてこの短篇集に現代的な男の子が出てくるのは、やはり息子たちを持ったことによるのではないか。

ガルシア゠マルケスは「雪の上に落ちたお前の血の跡」の荒くれのような主人公や、「聖女」の娘の遺体を抱いてローマで教皇の接見を待ち続ける父親のような人物たちを描くのが本当にうまい。真面目で不器用な彼らの行動がいつも裏目に出るところがなんともやるせない。筒井康隆はガルシア゠マルケスの文学を「やるせなさの文学」と呼んでいるが、なるほど頷ける。そうした感覚は、ガルシア゠マルケス自身が子供時代からやるせなさを味わい、ジャーナリストとして民衆の世界に入り込み、同胞として彼らに接し、共感したことが大いに役立っているのではないか。それもインテリとして観察するのではなく、腹を空かせた貧乏学生として、同じ目の高さで彼らを見るのだ。やるせなさは孤独と言い換えられるかもしれない。

最後に特別付録として収められているのがガルシア＝マルケスのノーベル文学賞受賞講演のテキストである。彼は元来内気で、大勢の前で話すのを苦手としている。これだけの〈長文〉を読むのにさぞ苦労しただろうが、内容はやはりジャーナリストとしての彼と作家としての彼が共同して書いたものという印象を受ける。ここで注目したいのは、彼がピガフェッタの航海記やインディアスの年代記作者たちの証言に今日のラテンアメリカ小説の萌芽を見ていることである。それはおそらくパースペクティヴの問題と関わってくるはずだからだ。彼の魔術的リアリズムを考える上で重要な発言である。

（のや　ふみあき・早稲田大学教育学部教授）

付記

本書に収録した諸篇は、「ラテンアメリカの孤独」を除き、左記の両既刊本を底本とし、原語版単行本の刊行順と各篇収載順に従って配列した。

『予告された殺人の記録』（新潮文庫、一九九七年十二月刊、二〇〇七年九月第九刷）
『十二の遍歴の物語』（新潮社、一九九四年十二月刊、一九九七年五月第四刷）

（編集部）

Obras de García Márquez | 1976-1992

予《よ》告《こく》された殺《さつ》人《じん》の記《き》録《ろく》
十《じゅう》二《に》の遍《へん》歴《れき》の物《もの》語《がたり》

著　者　ガブリエル・ガルシア＝マルケス
訳　者　野《の》谷《や》文《ふみ》昭《あき》　旦《だん》 敬《けい》介《すけ》

発　行　2008年 1 月30日
3　刷　2024年12月15日
発行者　佐藤隆信
発行所　株式会社新潮社
郵便番号 162-8711　東京都新宿区矢来町 71
電話　編集部　03-3266-5411
読者係　03-3266-5111
http://www.shinchosha.co.jp
印刷所　錦明印刷株式会社
製本所　大口製本印刷株式会社

乱丁・落丁本は、ご面倒ですが小社読者係宛お送り下さい。
送料小社負担にてお取替えいたします。
価格はカバーに表示してあります。

Printed in Japan　ISBN 978-4-10-509013-5 C0097

Obras de García Márquez

ガルシア＝マルケス全小説

1947-1955 La hojarasca y otros 12 cuentos
落葉 他12篇 高見英一 桑名一博 井上義一 訳
三度目の諦め／エバは猫の中に／死の向こう側／三人の夢遊病者の苦しみ
鏡の対話／青い犬の目／六時に来た女／天使を待たせた黒人、ナボ
誰かが薔薇を荒らす／イシチドリの夜／土曜日の次の日／落葉
マコンドに降る雨を見たイサベルの独白

1958-1962 La mala hora y otros 9 cuentos
悪い時 他9篇 高見英一 内田吉彦 安藤哲行 他 訳
大佐に手紙は来ない／火曜日の昼寝／最近のある日／この村に泥棒はいない
バルタサルの素敵な午後／失われた時の海／モンティエルの未亡人／造花のバラ
ママ・グランデの葬儀／悪い時

1967 Cien años de soledad
百年の孤独 鼓 直 訳

1968-1975 El otoño del patriarca y otros 6 cuentos
族長の秋 他6篇 鼓 直 木村榮一 訳
大きな翼のある、ひどく年取った男／奇跡の行商人、善人のブラカマン
幽霊船の最後の航海／無垢なエレンディラと無情な祖母の信じがたい悲惨の物語
この世でいちばん美しい水死人／愛の彼方の変わることなき死／族長の秋

1976-1992 Crónica de una muerte anunciada / Doce cuentos peregrinos
予告された殺人の記録 野谷文昭 訳
十二の遍歴の物語 旦 敬介 訳

1985 El amor en los tiempos del cólera
コレラの時代の愛 木村榮一 訳

1989 El general en su laberinto
迷宮の将軍 木村榮一 訳

1994 Del amor y otros demonios
愛その他の悪霊について 旦 敬介 訳

2004 Memoria de mis putas tristes
わが悲しき娼婦たちの思い出 木村榮一 訳

ガルシア＝マルケス全講演
1944-2007 Yo no vengo a decir un discurso
ぼくはスピーチをするために来たのではありません 木村榮一 訳

ガルシア＝マルケス自伝
2002 Vivir para contarla
生きて、語り伝える 旦 敬介 訳